스파이스 살인사건

Spiced to Death
By Peter King

Spiced To Death

스파이스
살인사건

피터 킹 지음 | 위정훈 옮김

피피에

다음 여러분께 감사드립니다.

코펭의 특성을 구성하는 데에 귀중한 조언을 해주신

남플로리다 대학 뉴칼리지 자연과학부 존 B. 모릴 박사,

스파이스의 역사에 대한 광범위한 자료를 제공해준

카길 사 유럽지부의 조앤 바실리크,

그리고 요리와 레스토랑을 조사하느라

수고해준 도나레터 로빈슨.

01

음식은 충분히 먹음직스러웠다. 하지만 시각적인 임팩트를 망친 것은 그것을 싸고 있는 스티로폼과 랩이었다.

나는 나이프, 포크, 스푼, 종이냅킨, 소금과 후추가 들어 있는 비닐 주머니를 뜯었다. 뜯기가 쉽지 않았다. 아니, 비닐은 왜 이렇게 질기게 만드는 거야? 포크를 꺼내려는데 포크의 살 하나가 부러지고 말았다. 아니, 플라스틱은 왜 또 이렇게 약하게 만드는 거야? 하지만 플라스틱 산업을 비판하기 위해 이 자리에 앉아 있는 건 아니었으므로, 다시 음식으로 주의를 돌렸다.

양이 적은 샐러드는 나쁘지 않았다. 얇게 썬 토마토는 놀랄 만큼 맛있었고 양상추도 충분히 아삭아삭했다. 몇 시간 동안이나 랩에 싸여 있었다는 사실을 고려하면 경이적이라 해도 좋을 것이다. 갓과 꽃상추도 괜찮은 맛이었고, 조그마한 크루통*도 바삭바삭했다. 나의 취향에서 보면 드레싱은 너무 진하고 단 맛이 강

---

* 튀기거나 구운 식빵 조각. 수프에 띄우거나 샐러드에 섞는다.

했지만, 몇 만 명이나 되는 승객에게 똑같은 식사를 제공하고 있는데 샐러드를 먹는 모든 이들을 만족시킬 수는 없을 것이다.

드레싱은 단 맛이 나는 데도 불구하고 식초가 듬뿍 들어 있어서 나는 샐러드를 다 먹어치운 다음에야 보르도 레드 와인을 플라스틱 컵에 따랐다. 플라스틱은 어떤 와인을 담기에도 끔찍한 환경이며, 특히 포도의 수확연도 표시가 없다는 불리한 배경 — 이는 곧 그 와인이 사생아라는 말이나 마찬가지다 —을 상대로 이미 헛된 싸움을 벌이고 있는 와인이라면 더더욱 그러하다.

02

돈 렌쇼와는 몇 년 전에 처음 만났다. 당시 나는 런던에서 살면서 일을 하고 있었는데, 고향인 콘월에서 소규모 조선업을 하고 있던 그가 나를 찾아왔다. 그의 고객들은 대부분 어부들이었는데, 너무 많이 잡아들인 가재나 게, 홍합, 생선 따위를 어떻게 처리해야 하나 하는 문의가 잦아졌다는 것이었다. 우리 둘을 모두 알고 있는 지인이 우리를 연결해주었고 나는 수프 통조림을 만들어 보라고 권했다. 돈은 그 새로운 사업을 시작했고 나도 도왔다. 그리고 사업이 궤도에 오르자 돈은 조선소를 팔아치우고 통조림 사업에 전념하기로 했다.

당시는 나도 막 독립했을 때였다. 나는 희귀한 음식재료를 찾아내거나, 잘 알려져 있지 않은 음식재료의 활용법을 소개하거나, 시장확대를 위한 전략을 조언하거나, 외국의 특이한 식재료를 취급하는 업자와 사들이는 사람을 중개하는 일을 했다.

처음에 나는 스스로를 '식품 감정사'라고 불렀지만 누군가 어느 샌가 '미식가 탐정'이라는 별명을 붙였고, 그 이름이 굳어지고 말았다. 초라한 나의 업무보다는 광고업계처럼 좀더 화려한 데에 어울릴 명칭 같았지만 고객을 끌어들이는 데는 도움이 되었다. 딱 하나 단점이 있다면, 글자 그대로의 탐정이 결코 아니라는 사실을 끊임없이 설명해야 한다는 점이었다.

그로부터 얼마 지나지 않아 우리는 다시 만났다. 그때 돈은 런던에서 살고 있었는데, 심장과 혈액 관련 질병에 효과가 있다고 해서 중세 때 인기가 있었던 아가위*의 새로운 시장을 찾는 데에 나의 도움을 얻고 싶다면서 찾아왔다. 그는 허브나 스파이스로 영역을 넓히자 사업이 번창했으므로 그쪽에 전념할 생각이라고 말했다.

아가위 이야기가 끝나자, 돈은 아내 페기의 오빠가 젊었을 적

---

* 산사나무 열매를 말린 것. 건위제, 소화제, 정장제로 사용한다.

에 미국으로 이주해서 운송업을 하고 있는데 상당히 사업이 잘 되어간다는 말을 했다. 그리고 그의 권유에 따라 자기도 미국의 아울렛에 가게를 열어볼까 하고 진지하게 고민하고 있다는 말도 했다.

그 뒤로 돈한테 한 번 더 전화가 왔었다. 미국에 눌러 살 결심을 한 뒤에 잠시 영국에 돌아와 있었을 때였다. 요즘 갑자기 인기가 높아지고 있는 스파이스와 허브를 풍성하게 갖춘 「스파이스 창고」라는 가게를 뉴욕에 열었더니 자신도 놀랄 만큼 번창하고 있다는 이야기였다. 그 이후로는 몇 년 동안 소식을 듣지 못했는데 얼마 전에 갑자기 전화가 걸려왔다…….

인사를 나누고 서로의 안부며 이게 대체 몇 년만이냐는 둥, 상투적인 말들이 오간 다음 돈이 물었다. "많이 바쁜가?"

"뭐 그럭저럭이지." 나는 말했다.

"설마 일이 없진 않겠지?"

"바빠지긴 했지." 나는 인정했다. "자네도 알다시피 장사란 건 좋을 때도 있지만 나쁠 때도 있는 거니까."

"사실은 간단한 일을 하나 부탁하고 싶은데."

"할 수 있을 것 같긴 한데……." 나는 말했다. 너무 탐내는 듯하게 들리지 않기를 바라면서.

"자네가 이쪽으로 와주어야 하는데."

"며칠이나 걸리는데? 다음 주에는 스코틀랜드에서 증언을 해야 해. 강에서 송어를 몰래 잡아 네쳐 먹는 놈들이 있어서……."

"난 송어는 그냥 석쇠에 구워 먹는 게 좋은데."

"농담이 아니야. 잡힌 송어가 그곳 지주의 소유인지, 누구에게도 구속되지 않고 마음대로 움직이는 자유로운 존재인지, 나의 견해를 증언해야 한다구."

"물고기를 몰래 잡는 녀석들처럼 말이지."

"송어가 매달린 낚싯대를 들고 있는 현장을 덮치지 않는 이상, 무죄겠지."

"글쎄." 돈은 말했다. "이 일이 재판을 방해하진 않을거야. 며칠만에 끝날 일이니까. 길어봤자 한 사흘? 게다가 이건 자네가 절대로 거절할 수 없는 일이거든."

나는 돈에 대해 잘 알고 있었다. 그가 그렇게까지 말하는 건 깜짝 놀랄 만한 일이라는 뜻이었다.

"마지막으로 여기 온 지 얼마나 됐지?" 그는 말을 이었다.

"몇 년 전이지." 나는 솔직하게 대답했다.

"게다가 뉴욕은 좋아하는 도시 중에 하나라고 했었지?"

"돈, 서론은 그쯤 하지. 도대체 무슨 일인데?"

돈이 키득거렸다. "꽤 고생은 했지만, 아시아에서 보내온 어떤 화물을 감정하게 됐어. 그 물건은……." 그는 주저했다.

"빨리 가르쳐줘." 나는 재촉했다. "그 화물이 뭔데?"

"그 화물은 너무 귀중해서 나의 바이어는 감정인 두 명이 감정해야 한다고 주장하고 있어. 그는 내가 추천하는 다른 한 명의 감정인을 받아들일 거고, 난 자네를 추천할 생각이야."

"자네 말은, 그러니까 화물을 감정한다는 말이야?"

"그래."

"맛을 음미하고 냄새를 맡고 각종 검사를 하는 일?"

"바로 그거야."

"그 방법은 우리가 결정해도 되는 거고?"

"그렇지."

"그리고, 우리가 갖고 있는 최고의 지식과 이런저런 것들에 근거해서 선언을 하고……."

"그렇지."

"아니면, 어쩌면 진짜가 아니라고 판정할지도 모르고."

"바로 그거야."

"글쎄." 나는 말했다. "무슨 말인지는 잘 알겠어. 그리고 돈, 자네 말이 맞아. 빅 애플*을 보고 싶군."

"정말로 몇 년만인가 보군, 그렇지? 요즘은 빅 베이글이라고 하거든. 그럼, 일해주는 거지?"

"보수는?"

"일당 500. 달러로 계산해서 말이야. 거기에다 일등석 항공권

_____
* 뉴욕의 애칭.

과 최고급 호텔. 이틀, 기껏해야 사흘이면 끝날 거야. 예정대로 송어 곁으로 돌아갈 수 있을 걸세."

"좋아. 그 화물이 뭔데?"

돈은 대답하기까지 한참을 망설였는데, 그때 거기서 일종의 힌트를 얻었어야 했었다⋯⋯.

"나의 「스파이스 창고」는 알고 있지?" 그는 물었다.

"자네와 마지막으로 이야기를 했을 때, 어떤 가게를 할 예정인지는 들었지."

"그래, 글자 그대로 다른 일은 모조리 정리하고 가게에 전념해 왔지."

"대단한데. 장사는 어때?"

"굉장하지. 가게도 다시 확장할 예정이고. 사실은," 돈은 잠시 말을 멈추었는데 묘하게 담담한 어조인 것이 마음에 걸렸다. "이 일이 잘 끝나면 정말로 가게도 확장할 수 있을 거야."

"참, 들여오는 건 스파이스 화물인가? 그렇다면 간단하잖아. 향기나 맛에 특징이 있으니까 가짜라면 곧바로 알 수⋯⋯."

"이 일은 그렇게 쉽지 않아."

돈은 말을 끊었다.

"어서 말해봐." 나는 재촉했다. "뭐가 그렇게 어려워? 무슨 스파이스인데?"

"코펭이야." 그 말을 듣고 나는 수화기를 떨어뜨릴 뻔했다.

03

그 대화가 있었던 것은 지금으로부터 36시간 전이었다. 나는 샐러드를 모두 먹어치우고 꽤 육질이 좋은 스테이크를 자르고 보르도 와인을 좀더 따랐다.

전화에서 나머지 대화는 코펭에 관한 이야기로 채워졌는데, 그건 마치 공 없이 테니스를 치는 것과 같았다. 업무상 스파이스를 취급하는 건 드문 일이 아니므로, 나 역시 스파이스에 대해서는 꽤 자세히 알고 있다. 아득한 옛날부터 사용되었고 요리의 역사에서 중요한 역할을 해왔다는 것도 알고 있다.

고대세계에도 많은 유명한 스파이스가 있었다. 역사적으로 가장 오래된 것이라면 현대의 우리가 '흔해 빠진' 것으로 여기는 후추일 것이다. 그러나 2, 3천년 전에는 결코 흔해빠진 것이 아니었다. 아니, 사실은 너무나 비싸서 후추 열매는 한 알 단위로 팔렸을 정도의 가치가 있었다. 옛날에 모든 캐러밴들은 낙타등에 후추를 산더미처럼 싣고 중동의 사막을 가로질렀고, 한 무리의 낙타와 함께 수많은 고초를 겪으며 한재산 장만했었다.

후추가 그토록 값어치가 있었던 이유는 단순하다. 당시의 요리는 현대의 기준에서 보면 조악하고 단조롭고 맛이 없었다. 음식은 금방 상했다. 후추나 그 다음에 등장한 스파이스류는 두 가지 목적으로 이용되었다. 하나는 맛을 즐기기 위해서, 또 하나는 주로 육류가 상하는 것을 막기 위해서.

후추 이외에 쓰였던 스파이스로는 생강, 육두구(너트메그), 정향, 계피가 있으며 오늘날에는 남아 있지 않은 것들도 많다. 이런 스파이스는 약이나 의료용으로 쓰였으며, 그 특별한 가치를 인정받았다. 함무라비 법전에 치료하던 환자가 죽으면 의사의 두 손이 잘린다고 명문화되어 있었던 것을 보면 분명히 약이 광범위하게 사용되었을 것이다.

중국에서 발견된 파피루스에는 약효가 있다는 스파이스나 허브가 800종류나 적혀 있으며, 세 명의 동방박사가 선물로 손에 들고 베들레헴을 찾아왔을 당시에 몰약은 황금만큼 값진 것이었다고 한다. 또한 몰약은 이슬람교의 창시자가 되기 전에 마호메트가 경영하던 메카의 작은 스파이스 가게에서 가장 잘 팔리는 상품이기도 했다.

돈과 이런저런 이야기를 하는 동안에 이런 생각들이 머릿속을 스쳐갔다. 돈의 말에 따르면, 고대세계에서 인기가 높았던 약초인 실피움은 같은 무게의 은과 동등한 가격이었다고 한다. 하지만 실피움은 1세기에 멸종되고 말았다. 그러나 최고의 스파이스로 알려진 것들 중에서 가장 유명한 것은 단연 코펭일 것이다.

"멸종된 지 얼마나 되었지? 400년? 아니, 500년인가?" 나는 돈에게 물었다.

"그쯤 될 걸. 더 오래되었을지도 모르고."

"그런데 이제와서 그걸 누군가 발견했다고?"

"그렇지."

"또는 발견했다고 주장하고 있다?"

"거기가 우리가 나서야 할 부분이지." 돈은 활기차게 말했지만 나는 어쩐지 오싹 한기가 들었다.

"이거 대단한 인증 작업이 되겠는데." 나는 엄격하게 말했다.

"그냥 손떼고 싶어?"

"그럴 리가 있나! 이건 요리 역사상 니콜라 아펠이 통조림을 발명한 이후 가장 큰 사건일지도 모르는데."

"좋아, 그럼 다음 주 화요일에 자네와 나는 코펭을 손에 들고 있게 되는 거지."

"코펭이 아닐지도 몰라. 그럴 가능성도 있잖아."

"비관주의자로군."

"그럴 지도 모르지. 하지만 믿기 힘든 걸."

"그 기분은 알겠어. 나도 받아들이는 데에 시간이 걸렸거든." 돈이 말했다.

나는 스테이크를 다 먹어치우고 치즈의 랩을 벗겼다. 은박지와 비닐로 밀봉되어 있었음을 고려해서 잠시 공기와 접촉하게 하면 약간이라도 맛이 돌아올 것이다.

돈과 나는 언제, 어디서, 어떻게 감정을 할 것인지에 대해 자세히 의논하고 전화를 끊었다. 그리고나서 비행기를 예약하고 돈에게 전화해서 편명을 알리자 호텔 예약번호를 가르쳐주었다. 그는 JFK 공항까지 마중나오고 싶지만 코펭의 바이어가 마지막 회의를 하고 싶어 하고 아내 페기도 「스파이스 창고」를 비울 수가 없어서 나올 수가 없다고 했다. 나는 맨해튼의 호텔까지는 혼자서 갈 수 있으니 괜찮다고 대답했다.

창밖에는 은빛 날개가 태양빛을 받아 반짝이고 있다. 내일 이 맘 때쯤이면 몇 천 년이나 오래 전부터 있었던 신비한 스파이스를 만난다. 생각만 해도 기대와 흥분으로 가슴이 두근거렸다. 그건 마치 클레오파트라와의 데이트를 기다리는 것과 같았다.

04

"리거요." 택시 운전수는 엄지손가락으로 자기 가슴을 가리키며 이름을 말했다. 피곤한 눈에 짧은 수염이 듬성듬성 나 있고,

차보다는 배와 더 어울릴 듯한 챙모자를 쓰고 있었다. 운전대를 잡은 모습은 아무리 봐도 프로 같지가 않았다. 또 풋내기로군. 불황 탓에 어쩔 수 없이 택시 운전을 하고 있는지도 모르겠다. 그는 자신의 이름을 리거라고 했지만, 대시 보드에 붙은 등록증에 씌어 있는 이름은 재니스 레제크네였고 실물과는 상당히 동떨어진 사진이 붙어 있었다.

그는 운전석과 뒷좌석을 가로막은 플렉시 유리를 열어젖힌 채 —이것으로 미루어봐도 그의 운전 경력이 짧은 데에다, 심지어 오래 할 생각도 없음을 알 수 있었다 —자신에 대해 떠들어댔다. 적어도, 나는 그가 자기 이야기를 하고 있다고 추측했다. 그가 하는 말의 10분의 1 정도밖에 알아들을 수가 없었기 때문이다. 이럴 수가. 뉴욕에 너무 오랜만에 와서 내가 말을 못 알아듣게 되었나? 아니, 그럴 리가. 지난 주에 TV에서 알 파치노가 나오는 영화를 봤는데, 무슨 말을 하는지 똑똑히 다 알아들었는데.

리거의 운전은 상당한 연습이 필요한 상태라서, 혹시 나 때문에 주의가 흐트러질까봐 대화의 내용을 구태여 확인하고 싶지는 않았다. 그래서 가끔 고개를 끄덕이며 알겠다는 표정을 지어주기로 했다. 정신을 집중해서 이야기를 들어보고는, 그가 라트비아 공화국 사람이고 수도인 리가에서 왔음을 자랑스럽게 말하려고 애쓰고 있다는 것을 알았다. 그는 미국에 온 지 6개월밖에 안 되었다고 했다. 6일밖에 안 되었다 해도 믿을 수 있겠지만, 그 점에 대해 왈가왈부할 생각은 없었다. 무엇보다도 리거는 손가락을 써서 숫자를 전하려 했으므로, 그 동안에 운전대에서 손을 떼고 말았다. 이번에는 미국은 멋진 나라라고 말하기 시작했으므로 맨해튼까지는 적당히 맞장구를 쳐주기로 했다. 둘 다 이해할 수 있는 말을 필사적으로 찾았지만 기껏해야 스무 개 정도의 단어밖에 없었다.

뉴욕의 거리는 그렇게 달라진 것 같지 않았다. 언제나 그렇듯이 교통체증은 심했고 차는 대형차가 더욱 많아진 것 같았다. 도로는 좀더 엉망이고 지저분해진 것 같지만 일을 마치고 런던으로 돌아가면 어차피 똑같을 것이다. 그리고 요즘 대도시는 어디든 그렇지만, 거리를 걷고 있는 사람은 더욱 더 다국적화되고 있는 듯했다.

코트니 파크 호텔에 도착해서 택시에서 내릴 때에는 마치 오랜 친구 둘이 헤어지는 것 같았다. 리거는 나의 등을 탁탁 두드렸고 나는 직접 트렁크에서 가방을 끄집어내야 했다.

로비 한가운데에는 분수가 시원스런 소리를 내며 물을 뿜어올리고 있었고, 그 위에는 샹들리에까지 있었다. 분수를 중심으로 각 방향으로 뻗어 있는 좁은 복도에는 고급 상점들이 쭉 늘어서 있는데 붙여진 종이에 따르면, 장식되어 있는 사람 크기의 조각은 매주 바뀐다고 한다. 생각해 보니 돈 렌쇼는 최고급 호텔이라고 했었지. 그야말로 최고급이었다.

네 개가 있는 체크 인 데스크에는 사람들이 줄을 쭉 서 있었다. 몇 번이나 줄을 바꿔 섰지만 결국 나는 맨꼴찌로 체크 인을 했다. 그리고 돈의 메시지를 받아들었다. 저녁을 함께 하자면서 7시 30분에 아내 페기와 함께 마중오겠다고 씌어 있었다.

방에 있는 팸플릿은 '이곳은 집처럼 편안한 곳입니다' 라고 장담하고 있었다. 그러나 그들은 웨스트 런던의 해머스미스에 있는 나의 아파트가 이 호텔방 욕실에 쏙 들어가는 크기라는 사실은 까맣게 모를 것이다. 창문을 통해서는 센트럴 파크 모퉁이가 보였다. 나는 시간을 들여 천천히 샤워를 하고는 TV를 틀었다.

이 나라는 지난 번에 왔을 때와 달라진 것이 있었다. 아무리 봐도 요즘 TV는 오락보다 폭로에 방점을 찍고 있는 것 같다. 맨 처음 채널에서는 흑인 여성이 스튜디오 안의 청중들에게 박수갈채를 받고 있었는데, 친구 애인을 빼앗아 자기 애인으로 삼았다는 것이었다. 나는 내 귀를 의심했다. 다음 채널에서는 푸에르토리코인 남성이 정신병원에 있는 동성애자에 대해 조사를 시작했다. 그런가 하면 아시아계 인터뷰어는 게스트한테서 비밀을 지키겠다고 약속하고 들은 유명인에 관한 험담인데요, 라고 전제를 깔더니, 그렇게 말한 입에 침이 마르기도 전에 나불나불 그 험담을 다 불어버리는 것이었다. 계속 채널을 돌려보았지만, 내가 생각하는 오락에 가장 가까운 프로그램은 애니메이션 「벅스 바니」 정도뿐이었다.

나는 옷을 갈아입고 아래층으로 내려갔다. 상점에는 현란한 상품이 넘쳐났고 런던의 물가와 비교해 보면 놀라울 정도로 싼 값이었다. 나는 대충 둘러보고는 돈과 페기가 올 때까지 분숫가에 앉아서 기다렸다.

두 사람은 별로 변하지 않았다. 굳이 말하자면, 조금 뚱뚱해지고 부유해 보이는 정도랄까. 돈은 키는 보통 키였지만 다부진 몸집에 금발이 듬성듬성해지기 시작했고 혈색 좋은 얼굴을 하고 있다. 돈은 나에게 반갑게 인사했다. 나는 이어서 페기와 포옹을 주고받았다. 엷은 금발의 페기는 영국인다운 매끄러운 피부에다 눈동자는 정말 행복한 듯이 빛나고 있었다.

레스토랑은 가까웠으므로 택시 안에서는 서로가 알고 있는 지인에 대해 이런저런 정보를 교환하는 것만으로 끝났다. 자리에 앉고나서야 비로소, 돈의 전화를 받은 뒤로 쭉 나의 머릿속을 어지럽히고 있던 질문을 꺼낼 수 있었다.

"일 이야기부터 꺼내서 미안해요, 페기." 나는 말했다. "하지만 이번 일은 음식업계에 있어서 고기는 날로 먹는 것보다 구워서 먹는 것이 맛있다는 것을 원시인이 발견한 이래로 가장 큰 사건이거든요. 코펭을 발견하게 되다니 믿을 수가 없어요!"

돈은 미소지었다. "나도 알아. 나도 처음엔 그랬으니까. 사실이라고 받아들이게 되기까지는 상당히 시간이 걸렸어. 확실히 처음엔 믿을 수 없는 말로 들렸지."

"돈이 「스파이스 창고」를 비울 때에는 물건을 사들이는 것을 비롯해서 뭐든지 제가 하고 있어요." 폐기가 말했다. "그래서 저도 당신만큼이나 열광하고 있답니다. 물론 고백하건대, 코펭이란 단어는 난생 처음 들었지만요."

"몇 세기도 더 전에 멸종되었으니까 아는 사람이 드물지." 돈이 말했다. "물론 스파이스 업계 사람이라면, 멜레게타 후추처럼 이름 정도는 들어본 적이 있겠지만 말이야."

"멜레게타 후추는 '낙원의 씨앗'이라는 이름으로도 알려져 있지." 나는 말을 보탰다. "하지만 그것들이 현대에 소생하게 되다니, 아무도 생각지 못했을 거야."

"소생한다고 하니 감이 딱 오는데." 돈이 말했다.

"아니, 그냥 무심코 한 말이야. 그런데 그건 어떻게 발견한 거야? 누가 발견한 거지? 그 사람은 코펭을 찾고 있었던 건가? 어떻게 해서 거기 있다는 걸 알았지?"

그때 소믈리에가 다가와서 자기소개를 했다. 이런 풍조는 런던의 레스토랑에서도 은근히 퍼지고 있는 추세지만 아직 두드러진 경향은 아니었다. 평소에 자기소개를 받으면 이렇게 응대하곤 한다. "나는 미식가 탐정인데, 오늘밤은 당신의 손님이 되죠."라고. 하지만 지금 내 머릿속에는 질문하고 싶은 것들이 소용돌이치고 있었고, 더욱이 오늘밤의 호스트는 돈이었다.

미국이 인종의 도가니라면 뉴욕은 요리의 도가니다. 이 정도로 많은 레스토랑이 북적거리며 다채로운 음식문화의 꽃을 피우고 있는 거리는 세계 어디에도 없다. 뉴욕에서는 그야말로 세상의 모든 요리를 먹을 수 있다.

우리가 있는 곳은 「몬드라곤」이라는 이름의, 맨해튼에 새로 생긴 레스토랑이었다. 덮개가 씌워진 입구에는 부드러운 엷은 청색 바탕에 금색 글자로 가게 이름이 씌어 있었다. 안으로 한 발짝 들어가자 천장은 스테인드 글라스이고 마호가니로 만든 난간이 달린 계단이 우아한 곡선을 그리며 이층 좌석으로 이어져 있었다. 나뭇잎 문양의 푹신한 주단이 호화로운 분위기를 빚어내고 있었다. 주위를 둘러보다가 돈과 눈이 마주쳤다.

"걱정마. 인테리어만큼이나 음식 맛도 훌륭하니까."

돈은 축하를 하자면서 샴페인을 병으로 주문했다. 그것도 돔 뤼나르 브뤼 블랑 드 블랑*을.

"그래, 코펭의 바이어에 관해 한 가지는 알겠어. 이 일에 돈을 아끼지 않고 있다는 사실." 돔 뤼나르 브뤼 블랑 드 블랑을 병으로 주문하면 100달러쯤 한다는 것 정도는 알고 있었다.

돈은 고개를 끄덕였다. "그래, 의뢰인이 궁금하겠지. 이름은 알렉산더 마블이야. 오랫동안 레스토랑 사업을 했고, 그 뒤로 뉴욕에서 식재료 수입업을 시작했지. 내가 「스파이스 창고」를 막

---

* 100% 그랑크뤼 지역의 포도만으로 생산하는 고급 샴페인.

열었을 때 터메릭*을 사준 적이 있어. 인도의 알레피 산 터메릭을 말이야. 자네도 알다시피 터메릭으로는 최고급품이지. 그 뒤로 몇 번 물건을 팔기는 했지만 그런 정도의 관계였지. 그래서 이번에 의뢰를 받았을 때는 솔직히 놀랐어."

"윌러드가 마블에게 당신을 추천했잖아요." 페기가 말했다.

"윌러드 카트라이트는 마블의 오른팔 격인 사람이야." 돈이 설명했다.

"자네 이상의 적임자는 없어. 그건 확실하지." 나는 말했다. "「스파이스 창고」를 경영하고 있는 자네는 스파이스 전문가로는 최고겠지."

"게다가 다른 쪽으로도 영향이 있었어요." 페기가 덧붙였다. "이번 의뢰를 받았다는 것이 소문이 났거든요. 가게 매출이 몇 퍼센트 올랐죠."

소믈리에가 샴페인 병을 들고 나타나 익숙한 솜씨로 마개를 땄다. 펑, 하는 기분좋은 소리가 났지만 주위의 시선을 끌 정도의 소리는 아니었다. 유리잔에 따르자 아름다운 거품이 일어났다. 우리는 샴페인을 즐기면서 천천히 메뉴를 검토했다.

전채요리는 돈과 나는 오이스터 록펠러**를 골랐고, 페기는 레

---

* 강황의 뿌리 부분을 말려서 빻아 만든 노란색 향신료.
** 잘게 썬 시금치, 양파, 버터 등을 굴에 얹어 오븐에 구운 요리.

드 페퍼 쿨리*를 뿌린 게살에 아보카도와 레몬그래스 곁들인 것을 시켰다. 주요리는 페기와 돈은 양갈비로 했지만 나는 자레 드 부를 주문했다. 오소 부코**를 프랑스식으로 좀더 세련되게 만든 것으로, 내가 좋아하는 요리였다.

샴페인을 다 마시자 돈은 캘리포니아의 와인 명가인 다이아몬드 크릭 사의 카베르네 소비뇽을 주문했다. 전채도 훌륭했고 주요리도 그에 못지않았다. 양갈비는 안쪽이 장밋빛이고 즙이 배어나온다고 두 사람이 입을 모아 칭찬했다. 충분히 시간을 들여 요리되어 있었으며 그레몰라타***가 뿌려져 있었다. 아쉽게도 육즙이 약간 부족했지만 그건 이 요리를 할 때 많이 저지르는 실수였다. 곁들여져 있는 하얀 콩 퓌레는 독창적이었다.

웨이터는 세심한 곳까지 신경을 쓰고 척척 움직인다. 뉴욕과 런던의 레스토랑 서비스의 차이에 대한 이야기가 시작되었다.

"런던에서는 계산해달라고 하고 30분씩 기다린 적이 많았지." 돈이 말했다. "웨스트엔드****에 있는 레스토랑에서도 그랬어. 계산서를 갖고 오기 싫은 게 아닐까 하는 생각이 들 정도의 가게도 있지."

---

* 파프리카를 잘게 썰어 마늘과 식초, 토마토, 바질 등을 넣고 끓여서 만든 퓌레.
** 송아지 정강이살로 만든 쇠고기찜.
*** 마늘, 파슬리, 세이지, 레몬 껍질을 섞어서 곱게 다진 것. 보통 고기 위에 뿌린다.
**** 런던의 가장 번화한 상업지구이자 오락지구.

"그건 영국 중산층이 돈 이야기를 하는 건 천박하다고 여기기 때문이에요." 페기가 말했다. "아무튼, 계산서를 기다리는 게 성가신 건 아니에요. 와인을 한 병 더 주문할 텐데요, 뭐."

"그건 장사치의 나라답지 않은 것 아닌가요?" 내가 말했다.

"그렇지 않아요." 페기가 말했다. "그건 단지 나폴레옹이 영국에 대해서 경멸을 표시한 방식이었을 뿐이에요."

"또는 그가 영국을 몰랐기 때문일지도 모르지." 덧붙이는 돈.

우리는 와인을 마셨다.

"그런데," 나는 말했다. "코펭 이야기로 돌아가서……."

돈이 웃었다. "코펭이 어떻게 발견되었냐 이거지? 알렉산더 마블이 쌀을 계약하러 호치민에 갔었대. 쌀은 그가 취급하는 최대의 주력상품 가운데 하나거든. 그런데 상대방이 계피농장을 꼭 한 번 봐달라고 했다더군. 마블은 스파이스에는 별로 힘을 기울이고 있지 않아서 내키지는 않았지만, 무작정 거절하기도 미안해서 동행하기로 했다더군. 그런데 마블의 말에 따르면, 지프를 타고 가다가 문득 창 밖을 내다봤는데 계곡 사이에 난생 처음 보는 식물이 우거져 있더라는 거야. 석양을 받아 새빨갛게 빛나고 있기에 무슨 식물이냐고 물었더니, '그냥 잡초인데요'라고 대답하더라는 거야."

웨이터가 후식 메뉴판을 갖고 왔으므로 나는 돈의 매혹적인 이야기와 마지못해 헤어졌다. 오늘의 추천 메뉴는 야생딸기를 곁들인 마스카르포네* 셔벗이라고 해서 세 사람 모두 그것으로 하기로 했다. 돈이 이야기를 계속했다.

"마블 말로는, 어쩐지 그 희귀한 식물 포기가 마음 속에서 떠나지 않더라는 거야. 아무튼 범상치 않은 뭔가를 느꼈대. 그래서 다음 날 다시 그 곳으로 돌아가 샘플을 채취해서 호치민의 대학으로 갖고 갔다더군."

"이야기 도중에 미안한데요." 페기가 끼어들었다. "알렉산더 마블이란 사람은 오퍼상을 하고 있지 않았다면 종교인이 되어 있을지도 모를 타입이에요. 괴짜랄까. 난 마블의 모습이 눈에 선해요. 심홍색 계곡을 굽어보면서 이 식물에는 뭔가 신비로운 매력이 있다고 확신하고 있는 모습이 말이에요."

돈이 동의한다는 표시로 고개를 끄덕였다. "맞아, 그런 사람이지. 아무튼 호치민 대학 사람들은 무척 당황했다더군. 무슨 잡초, 아니 무슨 식물인지 전혀 알 수가 없었거든. 그래서 마블은 뉴욕으로 돌아오는 비행기편을 변경했지. 뭄바이와 런던을 경유해서 귀국할 예정이었는데 샌프란시스코에 들르기 위해 반대쪽으로 돌아서 귀국하기로 한 거야." 돈은 말을 멈추고 나를 바라보았다. "자네라면, 그가 왜 샌프란시스코에 들렀는지……."

---

* 생크림이나 휘핑크림으로 만든 치즈. 크림으로 만들기 때문에 다른 종류의 치즈들과 달리 단 맛을 낸다.

"메클렌버그 식물연구소가 있지. 이 분야에서는 최고잖아."

"맞아. 그는 심지어 들르기만 한 것이 아니라 가까운 호텔에 묵으면서 곧바로 조사를 시작하라고 압력을 넣었어. 연구소 쪽에서도 일단 조사를 시작하자 곧바로 흥미를 느껴서, 뭐 자세한 이야기는 생략하고, 이리하여 이 식물은 코펭임이 틀림없다는 결론을 내린 거야."

"하지만 마블은 그 이야기를 들었을 때 어떻게 해야겠다는 생각은 없었을 것 아냐? 스파이스에 정통한 사람도 아니니, 이름도 들어본 적이 없었을 것이고……."

"당연히 몰랐지. 하지만 코펭에 대해 조사해보고는 글자 그대로 열광했지."

"좀 천박한 질문을 해서 미안한데," 나는 말했다. "요즘 시장에서 코펭은 어느 정도의 가치가 있다고 생각해?"

돈은 싱긋 웃었다. "그런 질문은 해도 돼. 여기는 미국, 자본주의의 중심지 아닌가. 장사가 아니면 유지될 수 없는 나라지. 돈은 발전의 수레바퀴를 매끄럽게 굴리고 있다구."

"우리도 궁금해요." 페기는 강조하듯 스푼으로 테이블을 두드렸다. "돈에게 물어본 적이 있는데 대답을 안 해주더군요."

돈은 두 손을 벌렸다. "대답하기 힘들어. 이런 것을 어떻게 값을 헤아릴 수 있지? 살 사람이 얼마나 지불할지를 정하는 거지."

"「모나리자」 그림처럼?" 페기가 물었다.

"어떤 의미에서는, 그렇지."

"아니면, 일본인이 3천만 달러에 사들였던 고흐처럼?"

"바로 그거야. 고흐 그림의 가치는 뭐지? 나무, 캔버스, 물감. 기껏해야 20달러 정도야. 「모나리자」는? 아마도 더 싸지 않나. 그림 재료가 더 오래되었으니까."

"하지만 그림과는 달라." 나는 지적했다. "지금까지 루브르 미술관을 방문한 몇백 만 명이나 되는 사람이 「모나리자」를 봤고, 앞으로도 몇백 만 명이나 되는 사람이 보겠지. 하지만 스파이스는 먹으면 없어져 버려. 그럼 어떻게 될까?"

"희소가치가 있다는 것 때문에 더욱 가치가 올라가겠지."

페기가 돈을 바라보았다. "마블은 값에 대해 뭔가 말했나요?"

"얼마 정도에 팔 생각인지, 힌트도 주지 않아."

"우리한테도 조금은 팔아줄려나?" 페기가 궁금해 했다.

"글쎄. 어려울지도 모르지. 사고싶다고 말은 했지만."

"지금 사프란*은 얼마 정도 하지?" 나는 물었다. "요즘 가장 값비싼 스파이스는 사프란이겠지."

---

* 붓꽃과에 속하는 다년초인 사프란의 암술을 말려서 얻는 스파이스. 꽃 한 송이에서 세 가닥의 암술밖에 얻지 못하며, 1kg의 사프란을 얻으려면 16만 가닥의 암술을 손으로 일일이 따서 말려야 한다. 최근까지 사프란의 무게는 금의 무게와 동등하게 값이 매겨졌다고 한다. 독특한 향기와 약간의 쓴 맛이 있으며, 선명한 노란 빛깔을 띠고 있어 천이나 음식을 아름다운 황금색으로 물들인다. 의류의 염료, 음식, 과자, 술, 음료수 및 여러 가지 요리의 착색 향미료, 화장품의 향료, 귀중한 약초로 쓰인다.

"소매가격으로 1온스* 당 200달러쯤일걸." 돈이 대답했다.

"코펭이라면 그것과는 비교할 수 없이 비싸게 값이 매겨지겠지. 10배 정도?" 나는 재촉했다.

"어쩌면 그 이상일걸."

"이번 화물은 어느 정도라고 했지, 돈? 40킬로그램 정도?"

"그 정도야."

페기가 포크를 이용해서 식탁보 위에서 재빨리 계산했다.

"2~300만 달러는 되겠군요." 페기가 부드럽게 말했다.

우리는 잠시 조용히 앉아 있었다. 이런 단순한 것에서 상상도 못할 만큼의 큰돈이 굴러들어온다는 것에 위압당해 버린 것이다. 그때 후식이 오는 바람에 우리는 문득 정신을 차렸다.

후식은 훌륭한 맛이었다. 마스카르포네의 부드러움에 야생딸기의 신 맛이 완벽한 강조점을 찍고 있다. 마스카르포네는 이탈리아에서 예전부터 많이 먹는 치즈인데 요즘은 후식으로도 인기를 얻고 있다.

페기는 홍차, 돈과 나는 커피를 주문했다. 식후의 음료가 오기 전에 무엇보다도 중요한 말을 꺼냈다.

"내일 말야. 몇 백 년 동안이나 행방불명이었던 스파이스를 어떻게 감정하지?"

---

* 1온스는 28.35그램.

우리는 커피를 마시면서 이것저것 다각도로 의논했다. 결국 커피를 한 잔 더 주문하고, 더 필요한 건 없냐며 웨이터가 두 번씩이나 왔다 갔으므로 거기서 마침내 논의를 끝내기로 했다.

"내일은 대단한 하루가 될 거야." 돈이 계산서를 확인하면서 말했다. "8시에 마중갈게. 비행기 도착예정은 10시 45분이지만, 그 전에 해야 할 수속이 몇 가지 있거든."

"내일까지 못 기다리겠는걸." 나는 그렇게 대답했는데 그것은 글자 그대로 진심이었다.

05

바람이 강하게 부는 쌀쌀한 날이었고 회색 하늘은 당장이라도 비가 쏟아질 듯했다. JFK 공항의 화물지구가 너무 휑하게 넓어서 그렇잖아도 음울한 날씨가 한층 춥게 느껴지는 지도 모른다. 아니, 기대에 부푼 나머지 몸이 오싹한 것뿐이다. 이런 기회는 좀처럼 없으니, 일 분 일 초를 즐겨야지.

입구에서 신분증을 내보이고 사인을 했다. 우리가 대기하게 될 격납고의 담당 경비원이 마중을 나와서 안내해주었다. 딱딱한 얼굴을 한, 농담을 용서치 않는 분위기의 젊은 남자다. 이름은 칼 에버하드였고, 약간이지만 분명히 알아차릴 수 있는 독일어 억양이 남아 있었다.

돈은 그의 뒤를 따라갔고, 우리는 옆면에 붉은 글자로 BLS 12 라고 씌어 있는 거대한 격납고 앞에서 멈추었다. 견인차를 연결한 화물용 트레일러가 바로 옆에 서 있었다. 우리는 격납고로 들어갔다. 안은 썰렁했고 콘트리트만 발라진 맨바닥 때문에 더욱 추운 느낌이 들었다. 사람들의 말소리가 드높은 천장에 부딪쳐 돌아왔다.

칸막이로 나뉜 몇 개의 부스가 벽을 따라서 쭉 늘어서 있었다. 각각의 부스에는 책상, 의자, 테이블, 작업대가 있었다. 첫 번째 부스에는 여섯 명의 남자가 앉아서 카드를 하고 있었다. 두 번째 부스에도 몇 명의 남자가 있고, 작업대와 테이블 위에는 여러 가지 장치가 놓여 있었다. 칼 에버하드는 두 번째 부스로 향했다.

세 번째 부스에는 사람은 없고 크고 까만 승용차 한 대가 서 있을 뿐이었다. 네 번째 부스에서는 서너 명의 남자들이 이야기를 하고 있었고, 그 다음 두 개의 부스는 비어 있었다. 첫 번째 부스 앞에는 지붕이 달린 소형 트럭, 우리 부스 앞에는 회색 밴, 네 번째 부스 앞에는 번쩍이는 신형 렌터카 밴이 서 있다.

부스에 들어가자 한 남자를 향해 돈이 손을 내밀었다.

"안녕하십니까, 윌러드씨. 당신이 올 줄은 몰랐는데요. 보스는 어디 계십니까?"

"갑자기 급한 용무가 생겨서 오지 못하게 됐습니다. 그래서 제가 대신 왔습니다. 누가 오든지 여기서 몇 가지 수속을 마치기만 하면 되니까요."

돈이 나의 팔을 붙잡고는 소개했다. 그리고는 나를 향해 말했다. "이쪽은 윌러드 카트라이트씨. 알렉산더 마블 밑에서 일하고 있지."

우리는 악수를 했다. 카트라이트는 호리호리하고 탄탄한 몸집에 몸이 가볍고 정력적인 느낌이다. 여위고 주름많은 얼굴은 몸과 비교했을 때 나이들어 보였지만 연푸른색 눈은 민첩하게 움직였고 명민해 보였다. 카트라이트는 우리를 거기 있는 모든 사람들에게 소개했다.

극동항공 화물사의 아서 애플턴은 대머리에 가벼운 슈트 차림으로 오들오들 떨고 있었다.

"여기는 공항에서 가장 추운 곳입니다." 그는 말했다. "스파이스에게는 좋겠지만, 사람이 오래 있을 곳은 아니죠."

스파이스를 파는 쪽 대표로 온 샘 롱은 캄보디아인으로, 원래는 아주 길게 이어지는 아시아식 이름이 있었지만, 듣자마자 바로 잊어버리고 말았다. 아시아계에게 많은, 주름 하나 없는 매끈한 얼굴을 하고 있어서 출생증명서에 씌어 있는 나이보다 20년은 젊어 보였다.

첫 번째 부스에서 온 사람은 마이클 심슨으로, 세관 담당자라고 자신을 소개했다. 뚱뚱하게 살찐 거대한 몸집에 슬슬 정년퇴직이 가까울 듯한 나이였다. 쌕쌕, 하고 고통스럽게 숨을 쉬며 이렇게 말을 걸었다. "런던에서 왔다구요? 사실은 작년에 나도 런던에 3주 이상 머문 적이 있어요. 멋진 거리였죠. 갈 수만 있다면 내년에도 가고 싶군요."

카트라이트의 설명에 따르면, 엄중한 경비가 필요한 화물이 코펭 이외에도 두 개 있는데, 같은 비행기로 도착할 예정이며 통관수속은 모두 이 격납고 안에서 마친다고 한다. 첫 번째 부스에서 카드를 하고 있는 남자들에게는 모회사인 스시모토 전기에서 컴퓨터 회로판 샘플이 온다고 한다. 그리고 네 번째 부스에서는 시카고 동양미술관으로 운반될 상아 조각품이 들어 있는 나무상자를 기다리고 있다고 한다.

"취소된 게 한 건 있다더군요." 에버하드가 비어 있는 세 번째 부스를 향해 고개를 끄덕이면서 말했다.

"그렇습니다." 애플턴이 답했다. "하지만 비행기가 방콕을 이륙한 다음에야 그걸 알았죠."

애플턴은 이 멤버가 화물 세 개의 모든 통관수속을 하지만 시간은 그리 걸리지 않을 것이라고 보증했다. 허리띠에 매달린 전화가 울리자 애플턴은 양해를 구하고 전화를 받았다. 오늘 오후에 도착하는 대만에서 오는 비행기편에 대한 이야기인 듯했다.

칼 에버하드는 주변을 정찰하러 갔지만, 그저 벽을 조사하는 것 같았다. 내가 보기엔 무엇을 조사하고 있는지 전혀 알 수 없었지만 분명 경비원 나름의 방식이 있을 것이다. 심슨이 어슬렁거리며 미술관 일행 쪽으로 갔으므로 마침내 부스 안을 차분히 관찰할 기회를 얻었다.

책상 위에는 서류가방, 종이, 폴더, 금속제 파일상자, 그리고 전화가 놓여 있지만, 나의 주의를 끈 것은 스테인리스 싱크대와 건조대 양쪽에 있는 작업대였다. 온갖 종류의 실험기구가 놓여 있었다. 나는 돈을 바라보았다.

"자네가 이 모든 걸 준비했어?"

"그래. 필요한 것을 카트라이트에게 전했더니, 며칠 동안 빌려와 주었지. 어제 체크도 다 끝냈어."

다시 애플턴의 전화가 울렸다.

"이번에는 227편입니다." 휴대폰을 허리띠에 꽂아넣으면서 애플턴이 말했다.

"공항 레이더에 나타났답니다. 곧 착륙허가를 내릴 겁니다."

"드디어 도착하셨군." 윌러드 카트라이트는 말했다. 그는 손톱을 물어뜯기 시작할 정도로 긴장하고 있었다. 애플턴이 옆의 부스로 가서 그 소식을 전하자 남자들은 곧장 카드놀이를 접었다. 누가 얼마를 땄다고 정산하는 소리가 들려온다. 에버하드는 돌아왔다가 다시 곧장 나갔다. 나는 즉시 샘 롱 곁으로 다가갔다.

전설의 스파이스에 대해 좀더 많은 것을 알아낼 기회였다.

"코펭에 흥미가 있어서 하는 말인데요." 나는 말했다.

샘 롱은 분명히 나의 호기심을 즐기면서 미소지었다. "아, 그러십니까?"

"얼마 만큼의 양을 수확했지요?"

"거의 전부입니다." 롱은 말하면서 여전히 미소짓고 있었다.

"내년에도 또 수확을 거둘 수 있을까요?"

롱은 활짝 웃었다. "그건 내년이 되어봐야 알겠죠."

"그 말은 더 이상 수확을 못 할 수도 있다는 뜻인가요?" 나는 놀라서 말했다.

"그렇게 생각하지는 않습니다. 우리가 이 식물에 대해 아무 것도 알지 못한다는 것만은 염두에 둬야겠죠. 그저 잡초일 뿐이라고 생각하고 있었으니까요."

"다시 수확을 할 수 있기까지 얼마나 걸릴까요? 아무튼 몇 세기나 멸종했다고 여겨졌던 스파이스니까요."

"오래 걸릴지도 모릅니다. 어쨌든 그냥 잡초라고 생각해서 아무도 관심을 갖지 않았으니까요."

"광채를 발하고 있는 것도 깨닫지 못했단 말입니까?"

처음으로 롱의 미소가 사라졌다. "예?"

"마블씨는 밭이 빛나고 있는 것을 봤다고 하던데요."

"아아, 빛난다구요. 아뇨, 그건 아무도 못 봤어요."

"하지만 마블이 그것을 지적한 뒤로는 보셨지요?"

샘 롱은 단호히 머리를 저었다. "아뇨, 아무도 못 봤습니다."

"그럼, 코펭이라는 걸 알고난 뒤로는 어떻게 하셨죠?"

"마블씨의 지시에 따랐습니다. 꽃에서 수술을 수확했습니다." 샘 롱은 거기서 말을 자르고, 그 단어를 알고 있는 것을 자랑스러워하는 듯이 다시 한 번 말했다. "그래요, 수술요. 꽃 속에 있는 길고 가느다란 것으로서, 끄트머리에서 꽃가루를 만들지요. 그리고 수확할 수 있는 것은 이른 아침뿐입니다. 새로운 하루에 인사를 하기 위해 꽃잎이 벌어질 때뿐이지요." 그의 활짝 핀 미소가 돌아왔다.

"한 편의 시 같군요." 나는 아첨을 했지만 그가 내 말을 이해했는지는 알 수 없었다.

"시 같다." 롱은 중얼거렸다. "예, 한 편의 시 같습니다." 역시 못 알아들은 건가.

"1온스의 코펭을 얻으려면 3만 개의 수술이 필요합니다." 롱은 설명을 계속했다. "샌프란시스코에 있는 재단에서 그렇게 말하더군요."

돈이 아서 애플턴과 이야기를 하다가 돌아오고, 윌러드 카트라이트가 샘 롱에게 서류에 관해서 뭔가를 질문했다.

"코펭에 관한 모든 것을 배웠어?" 돈이 물었다.

"1온스의 코펭을 얻으려면 3만 개의 수술이 필요하다고 하는군. 그것을 수확하기 위해 어느 정도의 시간이 걸렸는지는 물어보고 싶지도 않아."

"이제 세상에서 가장 비싼 이유를 알게 된 거로군." 돈이 말했다. "커피 한 잔 할까?"

테이블 위에는 커다란 보온병이 두 개 놓여 있었고, 커피를 마시면서 나는 칼 에버하드가 여전히 정찰을 계속하고 있는 것을 알았다. 마이클 심슨이 시카고 동양박물관 부스에서 나와서 스시모토 전기 사람들과 짧은 대화를 나누고 있었다. 모든 것이 순조로운 듯, 심슨은 우리 부스로 돌아와서 나와 돈을 상대로 런던 이야기를 시작했다.

다시 전화가 울렸다. 아서 애플턴이 허리띠에서 전화를 빼들고 응답했다. 통화를 마치자 애플턴은 우리 쪽으로 왔다.

"227편 착륙허가가 내려졌습니다. 착륙하는 걸 보시겠습니까? 31번 활주로랍니다."

애플턴은 다른 두 부스에도 그것을 알리러 갔다. 우리는 모두 밖으로 나갔다. 때마침 인도항공의 화물 수송기가 이륙하고 있어서 그 무시무시한 소리 때문에 이야기를 나눌 만한 상황이 아니었다. 하늘은 여전히 잔뜩 흐려 있었지만 구름이 비교적 높았기 때문에 아득한 저편에 비행기의 빛이 보였다. 옆의 활주로에서는 네발 엔진을 단 꼬리가 긴 비행기가 이륙을 위해 서서히 달리고 있었다. 인도항공의 화물수송기가 보이지 않게 되기를 기다려 아서 애플턴이 가르쳐 주었다. "러시아의 투폴레프입니다. 우린 '보드카 특급'이라고 부르고 있죠."

제트엔진의 프로펠러 후류 때문에 거세진 바람이 활주로에 불어와 쓰레기와 종잇조각이 소용돌이치며 올라가고 있다. 다가오는 비행기의 불빛은 점점 커졌고, 우리는 제각기 흩어져 서서 그것을 바라보고 있었다.

747기가 웅장하게 배기가스를 뿜어내면서 다가왔다. 축축한 공기 속에서 엔진의 굉음이 규칙적으로 울리고 있다. 기체가 점점 커지더니 마침내 착륙했다. 비행기는 활주로에서 천천히 속도를 떨어뜨려 마침내 우리가 있는 쪽을 향해서 50미터쯤 떨어진 곳에 멈춰섰다.

거기서 움직이지 않고 지켜보고 있자니, 거대한 기체의 아랫부분이 열리고 활주대가 주르륵 내려왔다. 엔진도 얌전하고 느리게 살랑거리는 소리가 되었다. 칼 에버하드가 뒤에서 이렇게 말하는 것이 들렸다. "우리 화물 세 개만 여기에 내립니다. 그리고 나서 일반 화물을 내릴 겁니다."

에버하드는 화물용 트레일러를 잇는 견인차에 올라타서 엔진을 걸었다. 아서 애플턴은 다시 전화를 하고 있었다. 이번 상대는 기내 승무원 책임자인 듯했다. 미술관 멤버 가운데 하나가 질문을 하고 애플턴이 고개를 끄덕였다. "귀중품인 경우에는 언제나 이런 식입니다. 최소한의 인원이 포함됩니다."

기내에서 두 명의 승무원이 나오고 활주대가 자리를 잡았다. 먼저 나무상자가 내려오고, 이어서 티크재의 운송상자, 보강재로 감싸인 알루미늄 상자가 나왔다. 에버하드는 견인차의 속도를 높여 운전해서 우리 쪽으로 천천히 돌아왔다. 열두 쌍 이상의 불안한 눈이 다가오는 견인차를 지켜보고 있었다.

마이클 심슨이 버튼을 누르자 격납고 문이 위쪽으로 열리고, 에버하드가 안으로 차를 몰고 들어갔다. 먼저 스시모토 전기의 부스로 가자 기다리고 있던 두 사람이 나무상자를 내렸다. 심슨과 애플턴도 합류했다. 에버하드는 차를 우리 부스에 붙였고 카트라이트와 샘 롱이 티크재 상자를 내리자 이어서 상아 조각품이 가득 든 알루미늄 상자를 미술관 부스에 배달하러 갔다.

그러나 우리 부스의 멤버들은 이미 트레일러에는 흥미를 잃고, 머릿속은 눈 앞의 상자로 가득 차 있었다. 티크재 상자는 다른 두 가지 화물이 들어 있는 나무상자나 알루미늄 상자와 비교하면 어쩐지 촌스러워 보였다. 카트라이트와 샘 롱이 회색 밴 바로 뒤쪽에 상자를 놓았다. 샘 롱이 여전히 미소를 지으며 상자로 다가갔다. 그는 들고 있던 작은 서류가방에서 열쇠꾸러미를 꺼냈다. 그리고는 열쇠 하나를 골라 맹꽁이 자물쇠*를 열었다. 카트라이트

---

* 서양식 자물쇠의 한 가지. 반타원형의 고리와 몸통의 두 부분으로 되어 있으며 열쇠로 열면 고리의 한쪽 다리가 몸통에서 떨어져 나온다.

가 뚜껑을 들어올렸고 우리는 일제히 가까이 다가갔다.

카트라이트가 성기게 짠 회색 캔버스천 꾸러미를 끄집어냈고, 돈은 부스에서 바퀴가 둘 달린 트롤리(이동활차)를 가져왔다. 꾸러미는 그렇게 무거워 보이지는 않았지만 카트라이트는 꾸러미를 손수레에 싣고 직접 밀어서 작업대로 향했다.

"자, 시작합시다." 돈이 그에게 말했다.

카트라이트가 주둥이를 묶고 있던 끈을 풀고 꾸러미를 열었다. 안에는 같은 소재의 꾸러미가 하나 더 들어 있었다. 카트라이트는 그 꾸러미도 풀었다.

전설의 코펭은 얼핏 보기에는 그리 대단해 보이지 않았다. 끈 같은 모양을 하고 있었으며, 색깔은 거무스름한 회색, 표면에는 광택이 없었다. 보통 때라면 일부러 다시 한 번 보고 싶다고 생각할 만한 것은 아니었다.

그러나 그 향기는, 그야말로 전설에 걸맞는 멋진 향기였다. 처음에는 정향 비슷한 향기가 나는 것 같았는데, 아니, 계피향에 더 가깝다는 생각이 드는가 싶었으나 카르다몸*과 좀더 비슷했다. 겨자향도 은근히 나는 것 같지만 약간 성급한 판단이었다. 그보

---

* 인도가 원산지인 생강과의 스파이스로 '스파이스의 여왕'이라고 불린다. 몸을 따뜻하게 하는 성질이 있으며 약하게 후추향이 난다. 사프란, 바닐라 다음으로 값이 비싸다. 북유럽 특히 스칸디나비아에서는 주로 빵이나 케이크, 피클에 쓰이며 인도를 비롯한 아시아에서는 필라프나 카레 요리에 쓰인다.

다는 회향*의 성분인 감초와 비슷했다. "아니스**야." 돈은 갈라진 목소리로 말했다. "차빌*** 향기도 나지만 희미하게 오렌지랑 담배향도 나고, 하지만 또······."

우리는 그제서야 비로소 카트라이트와 롱이 뒤걸음질친 것을 깨달았다. 아마도 그들에게는 돈과 내가 세상의 모든 향기를 주워섬기고 있는 것처럼 들렸을 것이다. 마지막에는 등유나 일주일을 신은 양말 냄새가 난다고까지 말하지 않을까 겁내고 있을지도 모른다.

샘 롱은 우리가 환희의 순간에서 현실로 돌아온 것을 알아차리고 미소지었다. 물론 별 뜻 없이 언제나처럼 미소짓고 있는지도 모른다. 하지만, 나는 어쩐지 그 순간 우리가 얼마나 가슴 설레었는지를 샘 롱은 진정으로 이해하고 있었던 것 같다.

"훌륭한 향기입니다. 다른 어떤 것과도 비슷하지 않군요."

우리는 그의 말에 동의했다. 월러드 카트라이트는 그것으로 끝

---

* 약초향이 나는 달콤하고 자극적인 스파이시한 향을 가진 허브. 아니스와 맛이 비슷하나 크기가 좀더 크고 이탈리안 소시지나 토마토 소스 등에 사용되며 특히 돼지고기와 맛이 잘 어울린다.

** 이집트와 지중해 연안이 원산지인 미나리과의 한해살이 풀로, 스파이스는 그 풀의 종자를 말려서 쓴다. 고대 이집트에서 미라를 만들 때 보존제로 썼을 정도로 오래 전부터 사용되었다. 맛과 냄새는 감초보다 약간 더 달콤하다. 맛이 부드러워 전통적인 사탕과 과자류, 술의 풍미를 돋우는 데 사용한다.

*** 파슬리의 일종. 파슬리보다 섬세한 향이 나며 '미식가의 파슬리'라고 불린다.

나지 않았다.

"훌륭한 향기라구요. 그럼 합격입니까?"

"전에도 말씀드렸듯이……." 돈이 말했다. "이것이 코펭이라
해도 몇 세기 동안이나 멸종됐다고 여겨지고 있었으니까 합격 기
준이 없습니다. 어떤 향기인지조차 모르고……."

"알고 있습니다." 카트라이트가 부루퉁하게 말했다. "그건 잘
알고 있습니다. 하지만 향기에 대해서는 만족하십니까?"

돈이 나를 바라보았으므로 나는 끄덕였다.

"문제가 있다고 생각할 이유는 없지만, 지금으로서는……."

"좋습니다." 카트라이트가 말했다. "다음엔 뭘 하실 겁니까?"

돈은 작업대로 가서 핀셋과 유리 플라스크를 갖고 왔다. 그리
고나서 수술 몇 개를 살짝 집어들어 플라스크에 집어넣고, 그것
을 작업대로 가져가 알코올을 약간 부었다. 그것을 잘 흔들어서
형광등 불빛 아래서 들어올려 보았다.

옆의 부스에서 나무를 쪼개는 것 같은 소리가 들려왔다. 아마
도 내용물인 컴퓨터 회로판 샘플을 확인하기 위해 나무상자의 뚜
껑을 열고 있을 것이다. 돈은 다시 한 번 플라스크를 흔들었다.
카트라이트가 뭔가 말을 하려 하자 돈은 화가 난 듯한 손짓으로
입을 다물게 했다. 좀더 밝아지도록 플라스크의 위치를 바꾸고
는, 나에게도 보라고 손짓으로 불렀다.

아서 애플턴이 부스로 들어와서 "스시모토 전기는 끝났습니

다." 하고 밝은 목소리로 알렸다. "물품도 예정대로였고 서류도 확실했습니다. 그런데 여기서는 뭘 하고 있는 겁니까?"

카트라이트는 그를 무섭게 노려보았고, 돈도 계속 방해를 받는 것이 짜증스러운 시선이었다. 샘 롱의 미소도 최소한의 수준으로 사그라들었다. 나는 되도록 중립을 지키자고 마음먹었다.

"지금 저희는 극도로 민감한 검사를 하고 있습니다." 나는 애플턴이 내 마음을 읽어주길 바라면서 그에게 설명했다. 그러나 그는 그렇지 않았다.

"저런 도통 알 수 없는 회로판을 쳐다보는 것보다는 여기가 훨씬 재미있겠는걸요." 하고 말하면서 주둥이가 풀려 있는 꾸러미를 엿보고 있다. "그래서, 이것이 그 유명한 전설의 스파이스입니까? 그리고 서류는 다 갖춰져 있겠죠?"

우리는 코펭 생각으로 머릿속이 꽉 차 있었으므로 서류 따위는 까맣게 잊어버리고 있었다. 샘 롱이 부스를 나가서 상자 바깥쪽에 붙여져 있던 비닐 폴더를 떼어내 돌아왔다. 애플턴은 재미있어 하는 표정으로 우리의 얼굴을 쳐다보고 있었지만, 아무 말도 하지 않았다. 그는 서류를 받아들고 작업대에 펼쳐놓았다. 돈은 다시 플라스크를 흔들고 그것을 집중하여 쳐다보았다.

"어떻습니까?" 카트라이트가 참을성 없이 물었다.

"방해를 하지 않으면 훨씬 검사를 원활하게 할 수 있을 것 같은데요." 돈이 답했다. 억제하고 있는 듯한 목소리다.

"어떤 상황인지를 알고 싶은 겁니다." 카트라이트는 말했는데, 그의 목소리는 초조했다.

"매분마다요?"

"그래요." 하고 말하는 카트라이트. "매분마다요."

"중대한 판정을 눈앞에 두면 아무래도 마음이 들뜨기 마련이죠." 샘 롱이 말했다. 그건 마치 B급 영화에 나오는 사립탐정 찰리 창의 대사처럼 들렸다. 이어서 그는 현명한 의견을 내놓았다. "렌쇼씨가 각각의 검사의 목적과 그 결과를 간단히 설명해주신다면, 그동안에 질문공세를 하지 않아도 될 텐데요."

그렇게 말하고 카트라이트를 향해 우아하게 미소지었지만, 카트라이트는 그것을 되받아 노려보았을 뿐이었다. 어쩐지 불안한 분위기에서 아서 애플턴이 분위기를 누그러뜨리기 위해 자기 앞에 놓인 서류에서 잠시 얼굴을 들었다.

"이곳에서 저는 단지 국외자일 뿐이지만, 그래도 가능하다면 저 역시 당신이 하고 있는 일을 몹시 알고 싶군요. 아마추어들도 알 수 있는 용어로요. 결국 우리 모두는 이 일에 어느 정도는 관련이 있으니까요."

"그 정도는 가능하지 않을까, 돈?" 나는 질문이 아니라 의견을 말했다.

돈은 어깨를 으쓱했다. "좋아. 방금 뭘 했는지 설명하면 되는 거지?" 돈의 목소리에서 어렴풋이 화가 난 것이 느껴졌다. 이 정도로 유례없는 순간엔 그렇잖아도 긴장이 높아지기 마련인데 카트라이트의 조바심으로 인해 짜증이 도를 넘어버린 것이었다.

"돈이 알코올에 코펭을 넣은 건 착색료나 불순물이 첨가되어 있다면 녹아나오기 때문입니다." 내가 설명했다. "알코올에서는 색깔이 나오지 않았었죠."

돈은 이미 다음 검사를 하느라 분주했다.

"지금은 증류수에 수술을 적시고 있습니다." 나는 애플턴에게서 어리둥절해 하는 표정을 읽었다. "수술이란 식물학에서 많이 쓰이는 용어로, 수정을 행하는 남성 생식세포입니다. 그것을 두 장의 압지 사이에 끼워서 굴리고 있습니다. 수용성 불순물이 있다면 이 단계에서 검출되는데……, 그것도 없는 것 같군요."

이 해설은 즉각 효과가 나타나 카트라이트도 약간 침착해진 것 같았다. 그럼에도 상당히 긴장하고 있다는 것이 느껴졌다. 그때 심슨이 건들건들 다가왔다. "상아는 순조롭게 진행되고 있습니다. 나중에 또 오죠." 하고 밝은 목소리로 말하고 스시모토 전기 부스로 향했다.

돈은 이제 현미경을 준비하고 있었다. 내 쪽으로 고개를 돌리고 여기서부터는 나보고 하라는 듯 고개를 끄덕여 보였다. 나도 대답 대신 끄덕였다. 다행히, 돈도 기분이 나아진 것 같았다.

"지금은 100배로 확대해서 수술을 보고 있습니다……." 그는 우리에게 다가오라고 손짓을 했고 모두들 화상이 비치는 화면이 잘 보이도록 가까이로 모여들었다. "지금은 500배……. 이상 없음……. 이것은 1천 배."

각각 자신이 보고 있는 것에 열중해서 한참 동안 아무도 말이 없었다. 돈이 말을 이었다. "진짜 식물의 수술인 것 같아. 물론, 코펭의 수술이 어떤 모양인지 우리가 알 수 있는 방법은 없지만 말이야. 내가 말할 수 있는 것은, 이것이 코펭이 아니라고 할 이유가 없다는 것뿐이야."

그는 나를 쳐다보았다. 모두가 그를 따라서 나를 쳐다보았다. "자네 말에 동의해." 나는 말했다.

돈은 핀셋으로 또 하나의 수술을 집어들어 플라스틱 판 위에 놓았다.

"지금은 내부 조직을 보기 위해 조직을 직각으로 자르고 있습니다. 이종교배 품종인 경우, 현존하는 어떤 식물과도 다른 조직이 보일 것입니다. 그러면 이것은 가짜 코펭이라는 것이……." 내가 하는 말의 중대성을 문득 깨닫고 나는 샘 롱을 향해 사과의 미소를 지어보였다. 그는 놀라운 통찰력으로 나의 뜻에 발맞추어, 알고 있다는 듯이 더욱 미소지었다.

"그러나 단면을 보면 이것은 식물 조직이며, 이종교배의 가능성은 거의 없음을 알 수 있습니다."

이어서 돈은 다양한 식물의 단면 그림이 그려진 표를 펼쳤다. 거기에 하나씩 눈길을 주면서 몇 번씩이나 화면의 영상과 비교했다. 마침내 돈은 고개를 끄덕였다.

"괜찮은 것 같아."

숨을 토하는 소리가 들린 것은, 주위의 안도의 한숨일 것이다. 아서 애플턴이 잠시 실례한다고 말을 했다. "상아 조각품도 확인하러 가는 것이 좋을 것 같습니다. 가능하다면 계속 지켜보고 싶지만요." 그렇게 말하고 애플턴이 나가고, 미술관 사람들에게 인사하는 소리가 메아리가 되어 들려왔다.

칼 에버하드가 들어왔다. 그의 존재를 까맣게 잊고 있었다. 현미경의 화상이 비치는 화면을 궁금한 듯이 쳐다보았지만 아무 말도 하지 않았다. 일단 정찰은 끝난 듯, 다음엔 무슨 일이 생길까 하는 얼굴로 그 자리에 서 있었다.

돈이 이번에는 세라믹으로 만든 내열용기를 끄집어내어, 그 안에 다시 몇 개의 수술을 집어넣었다. 그 용기를 적외선 가열기에 올리고 스위치를 돌렸다. 디지털 눈금이 찰칵찰칵 움직이기 시작하고 숫자가 점점 올라가고 있었다. 돈이 스위치를 조절해서 가열을 약하게 하자, 우리 두 사람은 코로 크게 숨을 들이마셨다. 다시 한 번 들이마셨다.

"현존하는 어떤 스파이스의 향과도 분명 달라." 나는 말했다.

돈이 또 다른 장치를 꺼냈다. 받침대에 고정된 덮개가 내열용기에 끼워져 있고 관은 네모난 검은 색 상자로 이어져 있었다. 상자 앞면에 있는 몇 개의 숫자판은 모두 0을 가리키고 있었다. 돈이 스위치를 넣자 붉은 램프에 불이 들어왔다.

"이것은 연기의 성분을 분석하는 것입니다." 내가 설명했다. "먼저, 있을 수 없는 성분이 검출되는지를 조사합니다. 다음으로 어떤 성분이 포함되어 있는지를 조사하고, 어떤 과(科)로 분류되는지를 확인합니다."

"괜찮은 것 같아." 돈이 똑같은 말을 되풀이했다. 연결되어 있는 장치를 이리저리 조작하자 기계가 지직거리면서 종이 한 장을 내놓았다. "성분 분석 데이터야."

심지어 카트라이트까지도 훨씬 긴장이 풀린 듯해서 돈은 척척 분석을 계속해 갔다. 어떤 검사인지 직접 설명하기도 했지만, 돈이 입을 다물고 있을 때는 내가 설명했다. 중요한 일이 있는 듯한 발걸음으로 에버하드가 나갔지만, 아마도 다시 정찰하러 갔을 것이다. 심슨이 돌아와서 선 채로 검사를 지켜보고 있었다. 모두들 조용히 검사를 지켜보고 있는데 심슨이 미안한 듯이 "제가 참견할 문제는 아니지만, 분석이 필요한 특수 화물은 분석가들이 통관수속을 맡기도 합니다. 그들은 퀸터미터(발광 분광 분석 장치)라는 장치를 사용하는데, 그걸 쓰면 눈깜짝할 사이에 할 수 있지요. 그런데 왜⋯⋯."

"안 됩니다." 돈이 대답했다. "그걸로는 식물은 분석할 수 없거든요. 식물에 포함되는 원소는 거의 차이가 없고, 함유율도 거의 같아서 퀸터미터로 분석해봤자 아무 것도 알 수 없어요."

"미안합니다." 심슨이 중얼거렸다. "그냥 생각이 나서 해본 말입니다⋯⋯."

"하지만 이 놈이라면 할 수 있지요." 돈은 작은 오디오 세트처럼 생긴 기계를 탁 쳤다. 기계에는 계기류와 손잡이, 디지털 눈금 등이 빽빽히 붙어 있고 옆의 컴퓨터와 연결되어 있었다.

"이건 HPLC, 다시 말해 고압액체 크로마토그래피라는 기계지요. 식물의 함유성분을 몇 가지 형광을 발하는 물질로 분리해 줍니다. 그리고 빛을 비추면 이 형광물질이 눈에 보여서⋯⋯. 자, 실제로 해보죠."

돈은 알코올 플라스크에서 샘플을 꺼내어 그것을 기계 입구에 살짝 집어넣었다. 그리고나서 단추를 누르자 입구가 찰칵, 하고 닫혀서 수술이 보이지 않게 되었다. 돈이 몇 가지 손잡이를 돌리고 단추를 누르자 컴퓨터 화면에 어떤 패턴이 나타났다. 산이 있고 골이 있는 것이 마치 진도계 같았다.

"좋아요. 이 패턴은 샘플의 성분을 나타내고 있습니다. 그럼 이것에," 돈은 다시 버튼을 눌렀다. "메클렌버그 연구소가 조사한 식물의 패턴을 겹쳐봅니다."

모두들 더 잘 보기 위해서 돈에게 가까이 모여들었다.

"보시다시피, 거의 일치합니다."

하나둘씩, 안도와 동의가 섞인 한숨소리가 들렸다.

아서 애플턴이 내가 뭔가 재미있는 걸 놓쳤나, 하는 얼굴로 들어왔지만 아무도 꿈쩍도 하지 않았고 무슨 일이 있었는지 가르쳐주지도 않았다.

평소의 컨디션을 회복한 돈은 직접 설명을 해가면서 남은 검사를 차례차례 능숙하게 해치웠다. 검사가 끝나자 돈은 마치 강사처럼 우리를 쭉 둘러보았다. "자, 코펭이 인류 역사상 가장 값비싼 스파이스라는 건 틀림없습니다. 그러므로 우리가 지금 진행하려는 일은 중요합니다." 돈은 두 손을 펼쳤다. "과연 맛은 어떨까요?"

돈은 뚜껑을 꽉 닫은 내열용기를 끄집어내어 그것을 적외선 전열기 위에 올리고 온도를 조절했다. 그리고 뚜껑을 열고는 반쯤 미소를 지어보였다.

"스파게티 같군요." 아서 애플턴이 중얼거렸다.

칼 에버하드가 부스로 들어오더니 코를 벌름거렸다. "뭔가 타고 있어. 연기 탐지기는 아직 반응하지 않는 것 같은데……." 몇 사람이 빙긋 웃었고, 에버하드는 내열용기와 전열기에 눈길을 주더니 알겠다는 듯이 고개를 끄덕였다.

돈은 휴대용 블렌더 안에서 수술을 몇 개 잘게 다지고 있었다. 그가 버튼을 누르자 기계는 윙, 소리를 내며 돌았다. 부드러운 소음이 들리는 가운데 돈이 설명했다. "요령은 아주 조금만 사용하는 겁니다. 다른 스파이스도 대개 그렇지만, 최고의 맛을 끌어내기 위해서는 양을 최소한으로 억제하는 거죠. 양이 너무 많아지면 쓴 맛이 나고 말아요. 사프란, 카르다몸, 생강, 그리고 카옌 페퍼* 같은 고추류도 모두 그렇지요."

돈은 블렌더에서 곱고 부드러운 가루가 된 코펭을 꺼내어 방금 데운 스파게티 위에 아주 소량을 살짝 뿌렸다.

"스파이스의 맛을 보려면 파스타를 이용하는 것이 제일입니다. 특징이 없어서 스파이스의 맛을 훼손하지 않거든요." 그렇게 설명하면서 돈은 스파게티를 재빨리 섞었다.

"스파이스의 맛을 최대한 끌어내기 위해서 때때로 어느 정도 열을 가할 필요가 있죠." 나는 말을 보탰다. "그 점에 대해서는 나중에 얼마든지 확인할 수 있습니다. 지금은 일단 코펭의 맛을 보고 싶군요."

"그렇지." 돈이 끄덕였다. "이것이 진짜 코펭이고, 그리고 코펭이 전설에 걸맞는 대단한 스파이스라면 실제로 맛을 보는 것이 무엇보다도 확실한 증거가 되지."

나도 말을 덧붙였다. "아무리 검사기계가 날마다 진화하고 있다고 해도 예민한 인간의 미각은 도저히 당해낼 수 없죠. 혀는 1백만 배로 희석된 맛도 느낄 수 있거든요."

JFK 공항의 직원 세 사람도 참가했다. 누군가 보았다면 아마도 기이한 광경이었으리라. 일곱 명의 남자가 무시무시한 기세

---

* 고추의 일종으로 무척 맵다. 가루 상태로 판매하며 요리나 양념에 조금씩 넣어 쓴다.

로 파스타가 든 내열용기에 일제히 플라스틱 포크를 찔러넣고 있었으니까. 한 입 더 먹는 사람도 있었지만, 돈과 나는 최초의 한 입을 천천히 시간을 들여 맛을 음미하고 있었다.

맨 먼저 입을 연 사람은 아서 애플턴이었다.

"어떤 맛과 비슷한 느낌인데요." 그렇게 말하고는 당황해서 덧붙였다. "나야 완전 문외한이니까 착각했겠지요."

샘 롱과 칼 에버하드는 얼굴을 마주하고 열정적으로 서로 고개를 끄덕였다. 윌러드 카트라이트는 입 안에 하나 가득 넣고 천천히 맛을 보고 있었다. 나를 향해 묻듯이 눈썹을 치켜올렸다.

"훌륭합니다." 나는 말했다. "이런 맛은 난생 처음입니다. 돈, 자네 의견은 어때?"

"놀라워." 돈은 고개를 끄덕이며 눈을 빛냈다. 그는 카트라이트를 바라보았다.

"우리 두 사람의 지식을 총동원해서 검사한 결과, 이렇게 선언할 수 있다고 확신하고 있습니다. 이것은 정말로, 진짜 코펭 맞습니다."

억누른 탄성 같은 소리가 났다. 동시에 커다란 안도의 한숨소리가 들렸다. 뜨거운 주방에서 대형 냉동고에 들어가면 몸의 열기가 단숨에 식듯이, 바로 조금 전까지 가득하던 긴장감은 거짓말처럼 사라졌다.

샘 롱은 마이클 심슨의 등을 탁탁 두드렸으며, 이젠 활짝 웃고 있었다. 아서 애플턴은 카트라이트와 크게 악수를 나누며 축하한다고 말했다. 카트라이트의 입은 아직 굳게 다물어져 있지만 거기에는 한 조각 미소가 걸려 있었다. 돈이 칼 에버하드에게 웃어보이자 에버하드는 만족스러운 듯이 가볍게 끄덕였을 뿐, 이내 군용 벨트를 몸에 둘렀다. 이 일이 종료된 건 기쁘지만 다음은 뭡니까, 하고 말하고 있는 듯했다.

카트라이트가 안쪽 꾸러미의 주둥이를 묶고 큰 꾸러미에 넣고는 그것도 단단히 묶었다.

"이제 소유권은 우리에게 옮겨집니다." 카트라이트가 샘 롱에게 선언하자 샘 롱은 빙긋 웃으며 열쇠를 건넸다. 카트라이트는 바퀴 둘 달린 트롤리에 꾸러미를 실어서 밴으로 날랐다. 뒤쪽 문을 열쇠로 열고 조심스럽게 둥그런 꾸러미를 상자에 갈무리했다. 그리고 모두가 지켜보는 가운데 상자에, 이어서 상자를 실은 밴의 뒤쪽 문에 차례로 자물쇠를 채웠다.

"이제 서류를 정리할까요?" 샘 롱이 물었다.

"그러죠." 그렇게 대답하고 애플턴은 항공화물 운송장, 청구서, 두세 개의 다른 서류 등을 펼쳤다. 심슨이 통관서류를 끄집어내어 서류작업에 박차를 가했다.

"이것은 감정서입니다. 서명해 주시지요." 애플턴이 돈과 나에게 펜을 내밀었다.

그때 작업대 쪽에서 삐- 하는 커다란 소리가 났다. 무슨 일인가 하고 모두가 돌아보자, 돈이 검사하느라 사용한 도구의 타이 머였다. 돈은 버튼을 눌러서 소리를 껐다. "실례했습니다. 끄는 것을 까맣게 잊어버리고 있었군요."

파란 색, 노란 색, 하얀 색 등 다채로운 색깔의 서류가 오갔다. 두 벌, 세 벌씩 복사본이 떼어지고 각기 분배되었다. 서류가 점점 늘어나고 각각에 사인과 날짜를 써내려갔다. 애플턴과 심슨은 척척 처리했다. 하긴 매일같이 이런 일을 하고 있을 테니까.

마침내 모든 것이 완료되었다고 생각했는데…….

"잠깐만!" 마이클 심슨이 말했다. 그는 눈 앞의 서류를 지그시 응시하고 있었다. "이건 틀린데요!"

06

모두 그 자리에 얼어붙었다. 우리는 심슨의 손가락이 두툼한 통관 매뉴얼을 두드리고 있는 책상 주위로 몰려들었다. 그것은 모든 상품과 그것들의 코드번호 리스트였다. 매뉴얼 옆에는 그가 받은 서류가 펼쳐져 있고 코드번호에는 붉은 동그라미가 그려져 있었다.

"이게 틀립니다." 심슨이 설명했다. "보세요, 코펭은 동양 스파이스로 분류되므로 '스파이스, 동양, 코드 174.67'으로 분류하고 있는데 이 서류에는 '코드 176.47'이라고 씌어 있습니다."

"잘못 쓴 거겠죠." 아서 애플턴이 무뚝뚝하게 말했다.

그 때 시카고 동양미술관 부스에서 큰소리로 그를 부르는 소리가 들렸고, 애플턴은 잠시 실례한다며 그쪽으로 걸어갔다. 심슨은 카트라이트와 샘 롱과 이야기를 나누기 시작했다. 거기서 다시 소소한 모순이 발견되어 길게 이야기를 나누었지만 마침내 그럭저럭 해결되어 모두 한숨 돌렸다.

서류가 정리되고 악수와 작별인사를 나눈 다음 우리는 떠날 준비를 했다.

이제 맨해튼의 아시아 은행으로 가야 한다고 미리 돈한테서 들었다. 아시아 은행은 이 거래에 융자를 결정했고, 에스크로* 서비스도 제공하고 있었다. 카트라이트는 자신은 운전만큼은 아무도, 심지어 프로도 믿지 않는다며 밴의 운전석에 올라탔다. 차는 개조되어 여벌 좌석이 한 줄 만들어져 있었다. 샘 롱이 조수석에 앉고 나와 돈이 뒤쪽에 앉았다.

뉴욕을 좋아하든 싫어하든, 누구나 뉴욕에는 일가견이 있다. 뉴욕에 대해 부정적인 사람들은 1621년에 총독인 피터 미뉴잇이

---

* 조건부 날인 증서. 어떤 조건이 실행되기까지 제3자가 보관해 두는 증서.

맨해튼 섬을 24달러를 지불하고 강탈한 것은 불공정 행위라고 말한다. 대부분의 사람들, 특히 유럽에서 온 방문자들은 꿈처럼 아름다운 거리라고 말하는데, 나도 그 말에 동의한다. 그러나 딱 한 가지 면만은 누구에게도 받아들여지지 못하는데, 그건 바로 교통체증이다. 우리는 롱아일랜드 고속도로를 느릿느릿 기어가서 퀸즈 미드타운 터널을 통과한 후, 녹색 신호에서는 조금씩 나아가고 빨간 신호에서는 멈춰서는 승용차와 버스와 트럭의 거대한 무리 속을 빠져나오면서 조급함과 더불어 알 수 없는 피로감으로 이따금 신경질이 났다.

뉴욕의 소음은 더욱 더 심해진 것 같았지만 그 속에는 형용할 수 없이 생생한 흥분의 소용돌이가 존재했다. 카트라이트의 운전 솜씨는 대단해서 많이 막힌 것치고는 비교적 빨리 금융가에 도착했다. 카트라이트는 신호 따위로 차가 멈출 때마다 걱정스러운 듯이 백밀러에 눈길을 주곤 했지만, 마침내 아메리카 애비뉴에서 입체교차로에 진입했다. 어둑한 터널을 내려가자 경비원이 막아섰다. 그러나 전화로 우리가 들어왔다는 연락을 받았는지 곧바로 가로대를 올려서 지나가라고 손짓했다.

또 다시 입체교차로를 내려가자 밴이 겨우 들어갈 수 있을 정도 크기의 콘크리트 상자 같은 주차장이 나왔으며, 거기에 차를 세웠다. 은행 경비원 두 명이 나타나더니 우리가 안으로 들어간 동안에 밴 옆에서 경비를 섰다.

회의실에는 마호가니 패널과 역대 수뇌들의 초상화가 줄줄이 걸려 있었는데, 모두 아시아계였다. 천장의 호박빛 조명이 부드러운 빛을 뿌리며 커다란 테이블의 매끄러운 표면을 반짝이게 하고 있었다. 은행 쪽에서는 다섯 명의 사람이 나와 있었지만, 말을 하는 사람은 벤 투이뿐이었다. 몸집이 작고 바늘처럼 빼빼 말랐지만 압도적인 존재감을 가진 사람이었다.

"모든 준비가 되어 있습니다." 그는 말했다. 손가락을 딱 울리기도 전에 보좌관이 서류를 들고 나왔다. 카트라이트와 샘 롱도 각자 서류를 꺼내 사인을 하고 주고받는 등 즐거운 시간을 만끽하고 있었다.

벤 투이가 돈과 나를 바라보았다. "당신들이 코펭을 감정하셨죠?" 그는 찬찬히 우리를 보면서 말했다. "그리고 이것이 진품임이 틀림없다고 확인하셨구요."

"코펭을 감정한다고 해도 100퍼센트 확실한 방법은 없습니다." 나는 이것을 설명하기 위해 몇 번씩 표현을 바꾸어가며 연습을 했다고 돈한테서 들었다. "뭐라 해도 적어도 500년 동안 코펭의 향기를 맡거나 맛을 보거나, 그러기는커녕 본 적이 있는 사람도 없으니까요. 그러나 전문가로서의 지식과 경험에 토대해서 생각할 수 있는 모든 검사를 행했으며, 그 모든 검사에서 합격했습니다."

벤 투이는 서류를 한 장 들어올려 읽었다. "알겠습니다, 두 분 모두 전문가이시군요. 필시 이 분야에 정통하시겠지요."

나는 그 종이에는 무엇이 씌어 있고 누가 쓴 건지 궁금했다. 하지만 돈이 고개를 끄덕이고 있으므로 나도 거기에 따랐다. 최선을 다해 전문가인 듯한 표정을 지어보인 것이었다.

"그리고 전문가로서의 지식과 경험에 의거해서 이 스파이스는 진짜 코펭이라고 감정하셨구요."

"그렇습니다." 돈이 대답했다.

"그렇습니다." 나도 그대로 따라 했다.

벤 투이의 부하 가운데 하나가 아시아 말로 뭔가를 속삭이더니, 매끄러운 책상 위에 서류를 한 장 미끄러뜨렸다. 감정서였다. 돈과 내가 몇 번이고 되풀이해서 읽고 사인한 것이었다.

벤 투이는 활짝 웃었다. 카트라이트가 수표책을 꺼내고 샘 롱은 청구서를 꺼냈다. 다시 몇 개의 사인이 오가고, 그것으로 모든 수속이 끝났다. 벤 투이가 몸을 앞으로 내밀었다.

"정말 흥분되었겠군요." 그는 카트라이트에게 말했다.

"그랬죠." 카트라이트가 끄덕였다. 피곤해 보이는 얼굴이었다. 마침내 모든 일이 마무리되어 긴장이 풀리자 한꺼번에 피로왔기 때문일 것이다.

"저 역시도 흥분됩니다." 벤 투이가 말했다. "왜냐면 제가 태어난 고향은 코펭이 발견된 지역에서 그리 멀리 떨어지지 않은 곳이거든요."

샘 롱이 듬성듬성한 눈썹을 치켜올렸다. "그건 몰랐습니다."

"그렇답니다. 그래서 드리는 말씀인데요, 이것은 어디까지나 개인적인 바람입니다만, 그 전설의 스파이스를 한 번만 볼 수 있을까요?"

샘 롱은 카트라이트를 보았다. "저는 이견이 없지만 현재의 소유자는 카트라이트씨입니다."

카트라이트는 망설였지만 테이블 건너편에 있는 다섯 사람의 애절한 얼굴에 대고 싫다고 할 수는 없었을 것이다. 벤 투이는 지그시 카트라이트를 바라보고 있다. 찌푸린 얼굴을 하고 있던 카트라이트도 그럭저럭 미소를 띄웠다.

"좋습니다."

모든 서류를 가방에 넣고 우리는 지하 주차장으로 돌아갔다. 두 사람의 경비원이 벌떡, 등을 꼿꼿이 곧추세웠다. 아무래도 벤 투이는 사람을 부리는 데에 군인처럼 엄격한 듯했다.

카트라이트가 밴의 뒤쪽 문 자물쇠를 풀고 문을 열었다. 티크재 상자가 보이자 벤 투이의 부하들이 황송한 듯이 문득 숨을 들이켰다. 카트라이트가 자물쇠를 빼내고 자랑스럽게 뚜껑을 열었다. 벤 투이가 안을 엿보려고 목을 늘이고, 부하들도 조금이라도 가까이 다가오려고 밀치락달치락하고 있었다. 벤 투이가 옆에 있는 카트라이트를 바라보았지만, 카트라이트는 얼어붙은 듯 그 자리에 선 채 꼼짝을 못하고 있었다.

돈과 내가 한 발짝 앞으로 나갔다.

상자 안은 텅 비어 있었다.

코펭이 사라져 버렸다!

07

벤 투이는 뉴욕시에서 상당한 영향력을 갖고 있음이 틀림없다. 채 3분도 지나지 않아 제복 경관 두 명이 나타난 것이다. 아마도 근처를 정찰중이던 경관들이 불려온 것 같았다. 그러나 그들은 오자마자 자신들이 해결할 수 없는 사건이라고 판단하고는 곧바로 월 가의 관할서에 연락했다.

우리는 모두 회의실의 큰 테이블을 둘러싸고 앉아 있었다. 지금은 조명의 불빛도 더 이상 부드럽지 않았고 사정없이 우리를 위협하는 것처럼 보였다. 나는 너무나 어처구니 없는 일에 멍청해져 있었고, 돈도 나와 똑같은 상태 같았다. 카트라이트는 기절하기 일보 직전의 얼굴을 하고 있었고, 샘 롱의 부드러운 미소도 사라져 있었다. 벤 투이는 하필이면 자기 건물에서 이런 사건이 벌어진 것에 대해 미친 듯이 분노하고 있었다. 부하들은 분노의 화살이 자신들에게 향하지 않도록 끽 소리도 내지 않고 움직이고 있었다. 두 명의 경비원은 사형수 감방으로 걸어가고 있는 듯한 얼굴이었다.

뭔가 이야기를 해보려고 시도하는 사람도 있었지만 아무도 대꾸하지 않았다. 거북한 침묵이 이어지고 있는데 인상이 험악한 흑인 남자가 방으로 들어왔다. 별로 어울리지 않는 어두운 색 슈트를 입고 있었다. 그는 요령 없이 움직이고 있었으므로 그가 가는 길을 방해하지 않도록 조심하는 게 좋을 것 같았다. 머리카락 대신에 작고 까만 콧수염이 화가 나서 곤두서 있고 심하게 찌푸린 얼굴을 하고 있는데 표정은 끊임없이 변했다. 물론 변해봤자 웃는 얼굴로는 변하지 않았지만 말이다. 어쩐지 혹독한 추궁을 당할 것 같았다.

"게인즈 반장입니다." 그는 건조하고 단호한 목소리로 말했다. "특수범죄과 형사입니다. 현재로서는 꾸러미에 든 물건을 분실했다는 보고를 받았을 뿐입니다." 그는 테이블을 둘러보고 가장 가까이에 있던 돈을 보았다. "당신부터 시작하죠. 성함이?"

게인즈 반장은 메모를 하지 않았지만, 뜻밖의 질문을 빈번하게 끼워넣는 모습으로 미루어 상당히 머리가 좋은 형사 같았다. 이야기를 듣다보니 내가 생각해도 참으로 빈약하고 설득력이 없는 이야기라는 생각이 들었다. 하지만 나로서는 게인즈 반장이 무슨 생각을 하고 있는지 걱정하는 것말고는 달리 할 수 있는 일이 없었다. 모두가 사건의 윤곽을 이야기하자 반장은 다시 돈에게 질문을 시작했다.

"「스파이스 창고」? 스파이스만 팔고 있다는 말입니까?"

"스파이스와 허브를 팝니다." 돈이 대답했다.

"그리고, 이 스파이스, 이름이 뭐였죠? 코팡?"

"코펭입니다."

"아아, 그거. 꾸러미에는 그것만 들어 있었습니까?"

"그렇습니다."

"도난당한 것은 꾸러미뿐입니까? 꾸러미 한 개?"

"아주 희귀한 스파이스입니다. 몇 세기 동안이나 멸종했다고 여겨졌던 것이거든요."

"그리고 다시 없어져 버렸다는 말인가요……."

돈은 입매가 굳어졌지만 코펭에 대해 자세하게 설명하기 시작하는 걸 보고, 나는 그가 놀라운 자제심을 발휘하고 있다고 생각했다.

"그래서, 당신은 단지 그 코펭이 진짜인지를 확인하기 위해서 있었다는 겁니까?"

"감정을 하기 위해 고용되었습니다." 돈이 딱딱하게 말했다.

게인즈는 카트라이트를 향했다. "그리고 당신네들이 그것을 살 예정이었다고 하셨죠?"

"그렇습니다."

"그것이 100만 달러의 가치가 있단 말이죠." 제대로 이해하고 있는지 확인이라도 하듯 반장이 되풀이했다.

"대략 그 정도입니다." 카트라이트가 부루퉁하게 대답했다. 100만인지 200만인지, 여기서 흥정할 생각은 없는 듯했다.

반장의 시선이 샘 롱에게로 옮겨갔다.

"그리고 당신. 당신은 그것을 팔았습니까?"

샘의 얼굴에는 더 이상 미소는 없었지만 그래도 우호적인 태도였다. 반장은 질문을 마치고는 얼굴을 일그러뜨리면서 몇 번인가 입술을 깨물었다. 의심하고 있는 것처럼 보이기도 했다.

다음은 내 차례였다.

"영국에서 오셨다구요?"

나는 끄덕였다.

"단지 그 스파이스의 향기를 맡고 맛을 보기 위해서 멀리서 날아왔단 말이죠?"

"그것만은 아닙니다." 나는 말했다. "돈 렌쇼가 바이어로부터 코펭을 두 사람이 맡아서 감정해달라고 요청을 받아 저를 추천했죠. 파는 쪽에서도 동의했구요. 저희는 여러 가지 방법으로 그 스파이스를 검사한 뒤에 진짜라고 단언했습니다."

"진짜라……." 반장은 그 단어에 각운을 맞추면서 그 말을 곱씹었다. "정말, 100만 달러의 가치가 있다고 판단했습니까?"

"가치를 정하는 건 제 업무에 포함되어 있지 않습니다." 나는 말했다. "진짜인지 아닌지만 감정하면 됩니다."

"진짜인지 아닌지만 감정하면 된다, 구요." 나의 영국식 억양을 놀릴 셈인지 모르겠지만 하나도 안 비슷하니까 그냥 내버려두었다. 다른 사람 흉내를 내는 건 서툴지만 형사로서의 일은 상당히 잘하는 것 같았다.

"그럼 처음부터 정리를 해보겠습니다. 이 스파이스가 내팽개쳐지거나 한 적은 없었다. 눈을 뗀 것은 JFK 공항에서 여기에 오는 동안뿐이었다. 그러나 그 동안에 밴은 어디에도 들르지 않았고 도중에 사고를 당하지도 않았다. 누군가 밴의 뒷문을 열 기회는 없었다……."

"잠겨 있었습니다. 제가 열쇠를 갖고 있었구요." 카트라이트가 말했다. 그는 믿을 수가 없다는 듯이 아직도 머리를 설레설레 흔들고 있었다. "운전하고 있는 동안에도 문은 잠겨 있었습니다."

게인즈 반장은 은행 경비원 두 사람을 힐끗 쳐다보았다. "여기서 서류에 사인을 하고 있는 동안에 주차장에 들어간 사람은 없었겠죠?"

"예, 반장님." 경비원 중에 한 명은 빵빵하게 근육이 발달한 사람이었다. 그는 땀을 흘리고 있기는 했지만 태도는 완고했다. "들어온 사람은 아무도 없었습니다. 델과 제가 쭉 거기에 서 있었습니다."

게인즈 반장이 믿을 수 없다는 얼굴로 바라보고 있자, 침착성을 잃은 경비원이 불편하게 웃었다. "그러고보니," 그는 수정했다. "약간 어슬렁거리기는 했습니다. 다리를 스트레칭하기도 했구요. 하지만," 다시 고집스럽게 우겨댔다. "주차장을 떠나지는 않았습니다."

반장의 예리한 시선이 다른 한 명의 경비원에게 옮겨갔다. 그는 나이가 더 많고 희끗희끗한 머리칼에 마치 늙은 선원처럼 풍상에 시달린 얼굴을 하고 있다.

"떠나지 않았습니다. 두 사람 모두. 한 번도 주차장을 떠나지 않았습니다."

"담배를 피러 가거나 화장실에 간 적은⋯⋯."

둘이 동시에 고개를 흔들었다.

"혼자가 된 적은⋯⋯."

다시 동시에 고개를 흔들었다.

게인즈 반장은 심문을 계속했지만 그 이상은 아무 것도 알아내지 못했다. 두 사람의 경비원은 흔들림없이 자신들의 증언을 고수했다. 그런 다음, 벤 투이의 부하가 건물 구조를 설명했다. 막힌 주차장에서 회의실로 통하는 길이 한 방향이고, 은행 사무실로 통하는 길이 다른 한 방향이었다. 계단을 올라가면 거기는 1층이고, 거기서는 매일 조용하게 은행 업무가 행해지고 있다. 아무리 생각해도 누구에게도 들키지 않고 꾸러미를 갖고 통과하기는 힘들다고 했다.

반장은 턱을 쓰다듬으면서 어떻게 그런 일이 가능했는지 이해할 수 없다는 듯이 송송 돋아난 짧은 수염을 벅벅 긁어댔다. 그리고는 다시 샘 롱을 향해 스파이스에 관해 질문공세를 퍼부었다. 어떻게 발견되었는지, 어떻게 해서 마블에게 팔게 되었는가, 그리고 도난당하기까지의 자초지종을. 샘 롱은 아시아계 사람의 인내심을 최대한 발휘하여 반장의 추궁에 가까운 취조에도 냉정함을 잃지 않고 있었다.

예쁘장하게 생긴 젊은 타이 여성이 커피가 든 보온병과 찻잔을 트레이에 담아 왔다. 게인즈가 그것을 지그시 지켜보고 있었으므로 돈이 트레이를 그쪽으로 밀었다. 찻잔에 가장 가까운 사람은 카트라이트였지만 그쪽으로는 눈길도 주지 않았으므로 게인즈는 직접 찻잔을 집어들어야 했다. 커피를 한 모금 마시자 정말 형편없는 맛이라는 듯이 얼굴을 찌푸렸다.

"나쁘지 않은 커피로군요." 그리고는 다시 한 모금 마셨다.

"당신들은 운이 좋았습니다." 반장은 우리를 향해 말했다. "지금 당장은 떠맡고 있는 사건이 그리 많지 않으므로 이 사건에 전념할 수 있습니다." 다시 얼굴을 찌푸리고 뺨을 어루만졌다. "많은 협조 바랍니다."

"오오, 그 말을 들으니 안심이 됩니다, 반장님."이라고 말하는 것이 이상적이겠지만 아무도 입을 열지 않았다. 반장은 다시 커피를 마셨고 괴로운 표정도 깊어졌다. 나는 그 표정이 무슨 뜻인지 알아차렸고, 그 직후에 반장이 가늘고 긴 플라스틱 용기를 꺼내 약을 한 알 손바닥에 놓고 커피와 함께 삼키는 것을 보고는 내 생각이 옳았음을 확인할 수 있었다. 그는 소화불량임이 틀림없었다. 얼굴을 일그러뜨리고 있었던 것은 정말로 고통스러웠기 때문이었다. 그리고 나의 진단을 뒷받침해줄 보충 증거들이 곧바로 튀어나왔다.

"나는 햄버거와 감자튀김파입니다." 반장이 선언했다. "가끔은 피자도 좋죠. 일을 하면서도 먹을 수 있으니까요. 칠리 덕도 좋아합니다. 겨자소스를 잔뜩 뿌린 걸로요. 그리고 블랙커피를 사발로 벌컥벌컥 들이킵니다. 비록 경찰서 커피는 여기 커피와는 비교도 할 수 없는 맛이긴 하지만요."

반장은 거기서 말을 끊었다. 자신의 말에 대한 응답을 기다리고 있었는지도 모르지만 아무도 그것을 깨닫지 못했다.

"그러니까 후추 한 꾸러미가 100만 달러나 한다는 말을 들으면 화가 납니다." 그렇게 말을 이어나가면서 반장은 문득 뭔가 생각난 듯 모두를 빙 둘러보았다. "음, 피자에 얹으면 어떻습니까? 그 코펭이라는 놈을요."

우리 모두가 전문지식을 갖고 있더라도 그 질문에는 대답할 필요가 없었다. 시선을 교환할 필요조차도 없었다. 그는 우리가 그의 의견에 동조하기라도 한 듯이 고개를 끄덕이고 있었다.

"아무 보탬도 안됩니까? 뭐, 당신들은 전문가들이니까 잘 알겠지만요." 입으로는 그렇게 말하지만 마음 속으로는 전혀 그렇게 생각하고 있지 않다는 것은 불보듯 뻔했다.

"자, 그럼." 그는 커피를 한 모금 마시고 에너지를 끌어모아서 다시 이야기를 꺼냈다. "다시 한 번 처음부터 정리를 해보죠. 이번에는 알아내는 것이 있을지도 모르니까요."

심문이 되풀이되었다. 카트라이트는 놀라운 자제심을 발휘해 참고 있었지만, 몇 번인가 폭발할 듯했다. 미소를 되찾았던 샘 롱의 얼굴에서도 순식간에 미소가 사라졌다. 돈의 어조는 무뚝뚝했지만 이건 코펭을 찾아내기 위해서라고 필사적으로 자신을 타이르고 있는 듯했다. 나는 어쨌느냐면, 똑같은 말을 몇 번이고 되풀이하는 것에는 질렸지만 전반적인 상황이 상당히 재미있어지고 있음을 깨달았다.

사실상 사건의 전모가 머릿속에서 마침내 서서히 이해되기 시작한 것이다. 코펭을 훔친 것은 누구일까? 아니 그것보다, 일단 어떻게 훔친 걸까?

"지금 우리 경사가 은행쪽 사람들의 이야기를 듣고 진술서를 받고 있습니다." 게인즈 반장은 의자를 뒤로 뺐다. "이번에는 내가 은행쪽 사람들의 이야기를 듣고 올 겁니다. 대신에 경사가 이리로 와서 당신들 이야기를 들을 것입니다. 다시 처음부터 모조리 이야기해주시기 바랍니다. 뭔가 잊어버리고 있던 것을 생각해낼지도 모르니까요."

커다란 신음소리가 들려온 것도 당연했다. 카트라이트는 정말 기분이 안 좋은 것 같았다. 코펭을 되찾고 싶은 건 확실했지만 게인즈를 싫어한다는 것도 노골적으로 드러내고 있어서, 그것을 찾아낼 이 형사의 능력을 그리 신뢰하지 못하고 있음을 짐작하기는 어렵지 않았다. 돈은 빈정대고 싶은 걸 참느라 몸을 꼼지락거리고 있었고, 의연히 유지하고 있던 샘 롱의 품위도 신경의 소모로 한계에 이르렀다.

경사가 등장하면 우리는 뭘 해야 할까? 또다시 똑같은 일이 반복될까? 더 심한 상황이 될지도 모른다. 녀석이 맥도널드나 웬디스의 지지자이거나 버거킹의 광팬일 가능성조차도 있다.

게인즈 반장이 회의실을 나갔다. 경사가 오기 전에 이래저래 생각할 시간은 없었다.

08

경찰은 그저 인터뷰일 뿐이라고 했지만 실제로는 심문에 가까웠다. 반장은 우리가 함께 있는 곳에서 이야기를 하게 함으로써 모순점이 있는지 체크하고 있었던 것 같다. 반대로 경사는 개별적으로 이야기를 묻게 되었다. 우리는 회의실에서 대기하고 있다가 이름이 불리면 옆에 있는 소회의실로 들어갔다. 처음에 불려간 사람은 카트라이트였다. 다음은 샘 롱이었고, 그 다음은 돈. 어찌된 일인지 아무도 회의실로 돌아오지 않았지만 나는 재수없는 생각은 하지 않으려 애를 썼다. 내 차례가 왔다. 엇? 이 사람이 경사?

저쪽 회의실을 그대로 축소한 듯한 테이블이 있고, 경사는 그 반대편에 앉은 다음 자기소개를 했다.

"가브리엘라 로시니 경사입니다."

서른 살쯤 되어보였고 얼굴생김과 마찬가지로 이름도 이탈리아계였다. 그녀의 억양은 전형적인 뉴요커였다. 아마도 부모님이 이탈리아계이고 그녀가 나고자란 곳은 뉴욕일 것이다. 명백히 그녀의 얼굴은 전형적인 이탈리아계였다. 힘찬 코, 높은 광대뼈, 크고 인상적인 눈은 형사라기보다는 풋내기 여배우라는 편이 더 어울렸다. 윤기 있는 까만 머리는 짧았지만, 경찰 규정상 자신의 취향보다 짧게 자르고 있는지도 모른다. 미소를 지으면 하얀 이가 드러나 분명히 매력적이겠지만, 지금은 근무중이라 찌푸린 얼굴을 하고 있으므로 유감스럽게도 그것을 볼 수 있는 기회는 없을 듯했다.

경사는 나의 명함을 들여다보고는 비난하는 듯한 어조로 말했다. "탐정이시군요. 면허증을 보여주시겠습니까?"

"아뇨." 나는 설명했다. "전 진짜 탐정이 아닙니다. 제가 하는 일은 입수하기 힘든 식재료를 찾아내거나 진귀한 외국의 식재료를 소개하거나 요리나 와인에 관해 어드바이스를 하는 것입니다. 그런데 누군가 '미식가 탐정'이라고 별명을 붙였고 그것이 정착한 것뿐입니다. 사업상 그렇게 불리는 것도 괜찮을 것 같아서, 그리 마음에 들진 않지만 그냥 쓰고 있습니다."

"흠." 그것이 그녀의 대답이었다. 경사는 갈겨 쓴 글씨로 뭔가가 씌어 있는 눈 앞의 까만 스프링 노트에 뭔가를 써넣었다.

"도널드 렌쇼씨가 당신을 영국에서 여기로 불렀다죠?"

질문이 아닌 것 같아서 나는 대답하지 않았다.

경사는 불쑥 고개를 들었다. "그랬나요, 아닌가요?"

"아, 맞습니다." 나는 당황해서 대답했다. "감정을 할 사람이 두 명 필요해서 돈이 저를 추천했습니다."

"두 분은 사이가 좋으십니까?"

"몇 년 전에 일 관계로 몇 번 만난 적이 있었습니다."

"그럼, 친구이신가요?"

"사업상의 지인입니다." 그녀가 얼마나 자세한 부분까지 알고 싶어하는 건지 확신할 수 없었지만, 좀더 알고 싶어하는 것만은 명백했다. 이야기를 계속 하라며 고개를 끄덕이자 윤기 있는 까만 머리칼이 살랑살랑 흔들렸다. 나는 함께 일을 했을 때를 자세히 설명했다.

"팀을 짜서 함께 일하신 적은 없습니까? 공동으로 사업을 하신 적도 없나요?"

나는 그녀가 무슨 말을 하고 싶은 건지 알 수 있었다. 그녀는 우리 둘이서 짜고 코펭을 훔친 거라고 단정하려 하고 있었다.

"아뇨, 함께 팀을 짜서 일을 한 적도 없고 사업을 한 적도 없습니다."

그녀는 다시 노트로 눈길을 떨어뜨렸다.

"뉴욕에 온 목적은 단지 그것뿐입니까? 그러니까⋯⋯." 그녀가 적당한 말을 찾고 있는 것 같아 도움의 손길을 내밀었다.

"감정요. 예, 그것 때문에 온 겁니다."

"미국에는 감정할 만한 사람이 없습니까?"

"아뇨, 아닙니다. 이번에는 바이어를 대신해서 돈이 저를 추천하고, 파는 쪽에서 그것에 동의했던 겁니다. 전문가도 고향에서 멀리 떠나오면 평범한 사람일 뿐이라는 오래된 속담이 적용되겠죠. 영국에서는 종종 미국에서 전문가를 부릅니다."

"며칠 동안 머물 예정이셨습니까?"

그녀가 사용한 과거형 문장은 불길했다. "2,3일 머물 예정이었습니다. 내일 날짜로 귀국 항공편을 예약했습니다."

그녀도 경찰임에는 틀림없지만 외모에 상당히 공을 들이고 있었다. 이탈리아계 여성은 눈썹이 굵은 경우가 많은데 눈썹이 깔끔하게 정돈되고 예쁘게 다듬어져 있었다. 그것을 어떻게 알았느냐면, 그녀가 질문할 때 눈썹을 치켜올리는 버릇이 있었기 때문이었다. 회색 실크 블라우스를 입고 있는 것도 알아차렸지만, 내가 볼 수 있는 옷은 그것뿐이었다.

"며칠쯤 연장해도 좋겠지요." 나는 말했다. "그러면 여기저기 관광도 좀 할 수 있을 거구요. 뉴욕을 좋아하지만 몇 년 동안이나 와보지 못했거든요."

그녀는 어떤 결론을 내린 모양이었다. 의자에 기대어 노트를 약간 멀찍이 밀어냈다. 무슨 뜻일까? 취조 분위기는 희미해지고, 그녀는 거의 우호적이 되었다. 아마 이것도 테크닉 가운데 하나겠지만 그녀는 무척 매력적이었고 나는 이런 여성에게 코펭을 훔친 남자로 여겨지고 싶지는 않았다.

"도대체 무슨 일이 있었다고 생각하시죠?" 그녀는 물었다.

음악계에는 다른 어떤 나라보다 성공한 이탈리아인이 많은데, 그것은 음악에 적합한 목소리를 가진 이가 많기 때문일 것이다. 그런 신의 축복은 일상적인 이야기를 하는 목소리에서조차도 발휘된다. 분명히 가브리엘라 로시니도 듣기만 해도 황홀해지는 목소리를 가지고 있었다. 게다가 그 이름이라니…….

멍하게 그런 생각을 하고 있었으므로, 하마터면 '예, 뭐라고 하셨나요?' 하고 되물을 뻔했다. 그러나 장난치고 있다고 여겨지고 싶지는 않았으므로 기억을 더듬어서 이렇게 대답했다. "전혀 짐작도 가지 않습니다. 어떻게 훔쳤는지도 모르겠구요. 그 상자는 한 번도 우리 눈밖을 벗어난 적이 없었고……."

"하지만 공항에서 은행까지 이동하는 동안에는요?"

"확실히 보고 있지는 않았지만 뒤쪽 문은 잠겨 있었습니다. 신호에 걸렸을 때 말고는 차가 멈춘 적도 없었고, 저희한테 들키지 않고 문을 억지로 여는 건 불가능하죠."

"도널드 렌쇼 이외에 이전에 만났던 적이 있는 사람은요?"

"한 명도 없습니다."

"이 은행은 알고 있었습니까?"

"아뇨."

"이 은행에서 일하고 있는 사람 중에 아는 사람은요?"

"없습니다."

"아주 재미있는 일을 하고 계시는군요." 그녀는 이렇게 말했는데, 만약 이 말이 취조의 테크닉이라면 화제를 바꾸는 데에 상당한 테크니션이었다.

"예에, 저도 마음에 듭니다."

"코펭을 맛보았을 때에는 엄청 흥분된 순간이었겠죠? 몇 년이나 멸종되있다고 여겨졌었다구요?"

"약 500년입니다. 좀더 오래되었을지도 모르지만요."

그녀는 몸을 앞으로 내밀었다. 희미한 향수 냄새가 풍긴 것 같았지만 아마도 기분 탓일 것이다. 그랬다간 정말 뉴욕 경찰의 이미지가 훼손될 테니까.

"어떤 맛이었나요?"

"도저히 말로는 다 설명할 수 없습니다. 처음에는 다른 스파이스와 좀 비슷한 것 같기도 했지만, 그건 저의 착각이었고, 어떤 스파이스와도 완전히 다른 맛이었습니다. 참으로 독특하고 강렬한 동시에 미묘한 맛이었죠."

"확실히 스파이스의 맛을 말로 설명하기는 어렵죠."

"그렇습니다. 와인의 맛을 설명하는 말은 많이 있지만, 스파이스는 말로 형용하기 힘들죠."

"제 부모님은 그리니치 빌리지에서 레스토랑을 하고 계세요." 그녀의 어조는 훨씬 친밀해졌지만, 다시 어떻게 바뀔지 모르니 조심은 해야지. "그런 환경에서 자라서 저도 먹는 것이라면 사족을 못 쓰죠. 그래서 코펭 이야기를 듣고 굉장히 매혹당했어요."

"어쩐지 부모님의 레스토랑은 이탈리아 요리일 것 같은 느낌이 드는데요."

이것이 대성공이었다. 마침내 경사는 미소를 지었다. 역시 나의 눈은 정확했다. 대단히 매력적인 미소였으며 심지어 이도 새하얗다.

"「라 펠라 디 나폴리」라는 가게죠. 일요일 말고는 날마다 문을 열어요. 최고의 요리는 스칼로피네에 버섯을 곁들인 것, 살팀보카(한 입 크기로 만든 송아지고기 요리)와 감베리 콘 아글리오예요. 물론 파스타는 전부 손으로 직접 치구요."

"피시오네(비둘기)는 없습니까? 그건 유감이로군요."

"뉴욕에서요?" 경사는 다시 눈썹을 치켜올렸다. "여기 뉴욕에서는요, 비둘기는 식재료가 아니라 그저 성가시고 해로운 새에 불과하답니다."

"꼭 그 레스토랑에 가보고 싶군요. 요즘은 맛있는 살팀보카를 찾기 힘들거든요."

그녀는 고개를 끄덕이고는 다시 경찰관의 얼굴로 돌아갔다. "게인즈 반장이 체류를 며칠 연장하셨으면 한다고 하더군요."

"아마 호텔을 옮기게 될 것 같습니다. 제가 받는 보수는 일당이었고 앞으로의 몫을 받게 될 가능성은 없을 것 같으니 도저히 코트니 파크 호텔에는 묵을 수 없거든요."

"제 명함이에요." 그녀는 말했다. "새로운 숙박지가 정해지면 주소와 전화번호를 알려주세요."

"알겠습니다. 어쨌든 뉴욕에서 체류가 연장되는 것은 맛있는 요리를 맛볼 기회가 늘었다는 점에서는 기쁜 일이군요."

"온갖 종류가 있죠. 물론 아무리 그래도 저는 이탈리아 요리가 최고라고 생각하지만요. 당신과 다시 이야기를 나눌 필요가 있을 것 같군요."

그녀는 매력적인 미소를 짓고는 노트를 덮었다. "이제 돌아가셔도 좋습니다." 그녀는 말했다.

"제가 돌아가길 원하십니까?"

"돌아가셔도 좋습니다." 같은 말을 되풀이했을 뿐이지만, 미묘한 차이가 있었다고 나는 스스로를 위로했다.

09

시차로 고생하지도 않았고, 심지어 다음날 아침에는 8시도 되기 전에 눈이 떠졌다. 룸 서비스에 전화해서 자몽 반 개, 햄이 든 스크램블 에그, 그리고 커피를 주문했다. 그때 미국인은 원하는 빵 종류까지 지정한다는 것이 생각나서 통밀빵을 부탁했다. 호텔 팸플릿에는 룸 서비스는 15분 안에 배달된다고 약속하고 있었다. 그리고나서 돈에게 전화를 걸었다.

한바탕 어제의 사건에 대해 이야기를 나눈 다음, 도난당했다는 건 정말 믿기 힘들다는 데 의견을 같이했다. 언제쯤 그 전설의 스파이스에 대해 상세한 이야기를 들을 수 있을까? 돈은 나름의 의견을 갖고 있었다. "우리가 코펭의 가치에 대해서 이야기했을 때 폐기가 뭐랬는지 기억하고 있어? 코펭에 가격이 붙는 것은 「모나리자」에 가격이 붙는 것과 같다고 했었지."

"그랬나?"

"「모나리자」를 도난당했다면 범인은 그걸 어떻게 할 것 같아? 산 위에서 은둔생활을 하는 억만장자가 혼자서 즐기려고 그걸 훔치게 한다는 것이 옛날부터의 정설이었지. 하지만 그렇게 되면 아무도 그걸 다시 살 수 없게 돼. 그러나 이 사건은 그렇지 않을 거라 생각해. 그것보다 생각할 수 있는 건 몸값이지."

"그렇군. 유괴범들한테서 곧 연락이 올까?"

"나는 그럴 거라고 생각해. 게다가 코펭을 유괴하는 건 부잣집 딸이나 우승한 경주마를 유괴하는 것보다 훨씬 쉽잖아."

"확실히 일리가 있군. 코펭이라면 특별히 먹여 살릴 필요도 없고 말이야. 게인즈 반장에게 그 말 했어?"

"어쨌을 것 같은데?" 그것은 수사학적 비유였다.

"난 단지 그 말을 들었을 때의 반장 얼굴을 보고 싶을 뿐이야. 분명히, 간장을 한 사발 들이킨 얼굴이 될 걸."

"녀석은 형사잖아." 돈은 말했다. "몸값을 생각해내지 못한다면 특수범죄과에 있으면 안 되지. 그들은 모든 종류의 기괴한 범죄나 이상한 동기 따위를 수사해야 하잖아. 몸값이라는 건 벌써 생각하고 있을 거야."

"물어보고 싶은 게 있어. 자네가 이 일을 받아들인 다음에 갑자기 연락을 해온 녀석이 있어?"

"없어. 하지만, 지금 연락이 온다 해도 놀랍진 않겠지만."

"나도 놀라지 않아. 어쨌든 우리가 주요 용의자인 것 같더군."

잠시 두서없는 이야기를 나눈 다음 나는 말을 꺼냈다. "마블씨가 더 이상은 경비를 지불하려 하지 않겠군. 이 호텔은 하룻밤에 285달러나 하잖아."

"그럴 걸. 마블씨는 대하기 쉬운 사람은 아니니까. 나는 절대로 카트라이트의 입장은 되고 싶지 않아. 지금쯤 마블은 그를 달달 볶아대고 있을 걸. 혈압을 점점 높여가면서 말이야."

"마블씨가 우리를 그렇게 높이 평가할 것 같진 않군." 나는 덧붙였다.

"뭐, 적어도 우리가 코펭을 진짜라고 감정한 건 확실하니까." 돈은 말했다. "이 점에 관해서는 그가 우리에게 고마워해야 마땅하지."

"하지만, 그렇게 감정한 직후에 우리 눈 앞에서 도난당했잖아. 그 점에 관해서는 고마워하지 않을 걸."

"우리는 경비원으로 고용된 게 아니야." 돈은 주장했다.

"그걸 고려해줄 만큼 분별이 있는 사람인가?"

"바로 그거야. 그게 곤란한 점이지. 알렉산더 마블을 대할 때 그가 분별 있는 사람이라는 생각이 들진 않거든. 자네가 그와 얘기 나눠보면 알게 될 거야."

"엇, 꼭 만나야 하나?"

"도망가려 해봤자 피할 수 없을 걸. 글자 그대로, 이제 곧 연락이 올 거야. 초대받은 셈쳐. 초대라고 말할 수 있을지 어떨지는 의문이지만 말이야. 그건 그렇다치고, 아까의 호텔 이야기로 돌아가자면, 대답은 예스야. 마블은 앞으로는 코트니 파크 호텔 숙박료는 하루치도 지불해 주지 않을 거야." 그는 말을 멈추고 잠시 생각했다.

"저기, 웨스트 73번지 끄트머리에 센트럴 파크에서 그리 멀지 않은 곳에 좋은 호텔이 있어. 최고급 호텔을 이용할 수 없는 사람들한테 몇 번 소개한 적이 있어. 거기라면 추천할 만하지. 요금도 적당하거든. 플래밍엄 호텔이라고 해. 오래된 아파트를 호텔로 개조한 곳이지."

"괜찮을 것 같은데." 나는 말했다. "게인즈 반장이 며칠 체류를 연장하라고 했거든. 며칠만에 끝나면 좋겠는데."

"게다가 그 예쁜 경사에게도, 그렇지? 도대체 그녀가 자네한테 무슨 이야기를 했지? 취조에서 풀려났을 때 무척 사이가 좋아 보이던 걸?"

"경찰에게는 언제나 최선을 다해 협력하기로 마음먹고 있거든." 나는 점잔을 빼며 대답했다.

"특히 상대가 여자경찰일 때는 말이지? 오늘도 그녀의 취조를 받는 거야?"

"아니, 오늘은 아무 일도 없어. 그래서 국제 음식박람회를 둘러볼까 생각 중이야. 포스터를 여러 번 봤거든."

"나도 1시간 정도 얼굴을 내밀 예정이긴 한데, 아마도 못 갈 것 같아. 오전에도 오후에도 손님이 올 예정이거든. 나중에 다시 전화해주게."

아침식사가 배달되기를 기다리는 동안 샤워를 했는데, 코펭의 강렬한 향기가 여전히 두 손에 남아 있는 것을 알고는 깜짝 놀랐다. 그런데 샤워를 마쳐도 여전히 아침식사는 도착하지 않았다. 30분은 지났으므로 룸 서비스에게 다시 전화를 걸었다.

결국 아침식사가 도착한 것은 45분 이상이나 지난 뒤였다. 뉴욕의 서비스는 예전에 왔을 때보다도 더 형편없어진 것 같았다. 나는 체크 아웃하면서 하룻밤 숙박료가 285달러여서 좀더 나은 서비스를 기대했었다고 말해주었다. 프런트 담당 여직원은 죄송하다고 하며 손님이 많아서 그랬다고 변명을 했다. 나는 여기는 호텔이니 손님이 있는 것은 당연하다고 말해주었다. 하지만 그녀는 매출세 8.25%, 시의 숙박세 6%, 주의 숙박세 5%, 거기에 아침식사 룸서비스 6달러를 나의 청구서에 더하느라 바빠서 나의 유럽식 비아냥을 한 귀로 흘려듣고 말았다. 서비스의 질이 떨어졌을 뿐만 아니라 물가도 확실하게 오른 것 같았다. 가수 프랭크 시나트라는 이 도시는 잠들지 않는다고 노래했는데, 정말이지 상당한 대가를 치르지 않고서는 아무도 이 도시에서 잠들지 못할 것 같았다.

택시를 타고 플래밍엄 호텔로 가서 체크 인을 했다. 방의 크기는 절반이 되었지만 가격도 절반이 되었다. 게다가 일주일 예약을 했더니 50%나 깎아주었다. 나는 명함을 몇 장 꺼내 뒷면에 플래밍엄 호텔의 주소와 전화번호를 쓰고는 국제 음식 박람회가 열리고 있는 자비츠 컨벤션 센터로 택시를 타고 갔다.

10

겨우 몇 분 전에 개장했지만 박람회장은 벌써 꽤 붐비고 있었다. 팸플릿을 팔락팔락 넘기자 낯익은 이름 몇 개가 보였다. 가장 가까운 데 있는 것이 일본과 서인도 제도였으므로 먼저 서인도 제도부터 시작하기로 했다.

많은 섬들이 참가하고 있지만 가장 크고 화려한 것은 자메이카 부스였다. 야자잎으로 엮은 지붕 아래에 테이블이 쭉 놓여 있고, 어디엔가 숨겨져 있는 선풍기 바람에 진짜 같은 사탕수수 스탠드가 살랑살랑 흔들리고 있다. 스틸 밴드*의 연주음악이 가볍게 흐르고, 아직 이른 시간임에도 불구하고 바에서는 럼 음료를 만들고 있었다. 스낵 바와 레스토랑에서는 자메이카 전통 요리를

* 카리브 해 트리니다드 섬 특유의 드럼통을 이용한 타악기 밴드.

준비하고 있는 듯, 유혹적인 향기가 떠돌았다.

모험심 강한 미국인 취향에는 카레맛 산양, 맵고 자극적인 요리를 좋아하는 손님에게는 저크 치킨*, 좀더 익숙한 맛을 원하는 손님에게는 쇠고기 패티와 스페어 립이 준비되어 있다. 자메이카의 국민음식이라고도 할 수 있는 솔트 피시와 아키(소금에 절인 대구를 자메이카산 과일인 아키와 피망, 고추와 함께 볶은 요리)도 전시되어 있었다. 파파야, 파인애플, 망고는 대부분의 테이블에 준비되어 있었는데 모두 보기에도 먹음직스러웠다. 그러나 나는 그럭저럭 그 유혹을 물리치고 중동 지역 전시관으로 향했다.

페르시아는 상당히 큰 부스를 차지하고 있었다. 요리의 세계에서는 정치적인 국경 따위는 문제되지 않았고, 바뀐 국명인 이란은 무시되고 있다. 모든 참가자는 미국 이주민이었으므로 여기서는 조국이라는 것에 무게가 실려 있지 않았다. 페르시아 시대의 부엌을 멋지게 재현한 부스 한 구석에서 가무잡잡한 얼굴을 한 셰프가 걸쭉한 소스 안에서 부글거리며 쪄지고 있는 새끼양의 혀를 바라보고 있다. 나는 다가가서 소스 재료가 무엇인지 물어보았다.

---

* 자메이카 섬 북동부에 있는 포트 안토니오에서 시작된, 자메이카 특유의 스파이스로 맛을 내고 숯불에 구운 닭고기 요리.

"아드비랍니다." 그는 말했다. "커민, 코리앤더, 카르다몸, 계피가 들어 있는 스파이스 믹스에 비밀 성분이 더해져 있죠."

"그런데, 그 비밀 성분은 뭔데요?" 셰프는 빙긋 웃었다. "그걸 가르쳐줘버리면 더 이상 비밀이 아니겠죠. 뭐, 좋아요. 가르쳐드리죠. 장미 꽃잎이에요."

"그렇게 많은 스파이스와 함께 끓여서 비밀의 맛을 낸다구요? 장미 향기가 묻혀버리지 않습니까?"

"아니, 아련하게 좋은 향기가 난다오."

셰프의 말은 옳을 것이다. 분명히 약간 특이한 향기가 아련하게 났고, 페르시아에서는 옛날부터 다양한 요리에 장미 꽃잎을 사용해왔다.

다음 부스에는 중동 레스토랑의 정면 부분이 웅장하게 재현되어 있었고, 「페니키아」라는 눈에 띄는 간판이 있었다. 그 밑에는 '고대요리 스타일의 요리'라는 글자가 보였다. 손님이 드나들 수 있도록 반쯤 열려 있고, 안쪽은 절반은 레스토랑이고 절반은 주방이었다. 기발한 가게 배치에 감탄하고 있노라니, 한 여성이 주방에서 나왔다. 그녀는 나를 보더니 다가왔다.

엉덩이를 좌우로 흔들면서 대담한 발걸음으로 걸어오고 있어서 긴 다리와 섹시한 스타일이 강조되었다. 칠흑 같은 머리칼은 금색 고무줄로 묶고 있었고 뺨은 빛나는 연한 올리브색이었다. 새빨간 입술과 높은 코도 인상적이었지만, 그보다도 내 눈길을 사로잡은 것은 그녀의 독특한 눈동자였다. '아몬드 같은 눈동자'라는 말은 많이 들었지만 그 표현에 걸맞는 눈동자를 본 것은 처음이었다. 길쭉하고 보석처럼 빛났으며, 난생처음 보는 빛깔이었다.

"「페니키아」에 잘 오셨습니다. 제 이름은 아이샤예요."

그녀의 목소리는 나른하고, 마치 고양이가 골골거리며 목을 울리고 있는 것 같았다. 다시 한 번 목소리를 듣고 싶어 견딜 수가 없을 지경이었다. 빨강과 녹색의 블라우스에 똑같은 배색의 몸의 곡선을 따라 흐르는 긴 치마를 입고, 금색의 폭넓은 망사 벨트를 매고 있었다. 그 밑에는 맨발에 금색의 굽높은 끈샌들을 신고 있었다.

"고대 스타일의 요리라니, 정확하게 무슨 뜻입니까?"

아이샤는 아무렇게나 어깨를 으쓱했다. "현대요리라면 누구나 할 수 있죠. 하지만 고대인들이 무엇을 먹고 마셨는지도 모두가 흥미를 갖고 있겠죠? 그래서 2천년 전의 조상들과 같은 도구와 조리법을 사용해서 요리를 하고 있답니다."

"식재료도 같습니까?" 나는 물었다.

"되도록이면요. 물론 그것이 가장 어렵긴 해요. 예를 들어 고대에 사용되던 허브나 스파이스 따위를 지금은 손에 넣기가 힘드니까요."

그 요염한 눈동자에 홀린 듯이 나는 눈을 뗄 수가 없었고, 뿐만 아니라 아이샤의 말은 무섭도록 직관적이었다. 마치 내 마음을 읽는 것 같았다.

바로 가까이에서 초조한 듯한 엄격한 소리가 들려왔지만, 나는 알아들을 수 없는 언어였다. 아이샤에게 하는 말 같았지만 그녀는 무시하고 있었다.

"당신 얼굴을 보니 스파이스에 정통한 분이라는 걸 알겠어요. 자, 안으로 들어오세요. 「페니키아」를 보여드리고 싶군요."

그녀는 고양이처럼 나른하고 발레리나처럼 우아하게 움직였다. 아이샤의 주술에서 풀려나 다행이라는 생각도 있었지만, 다시 한 번 붙잡히고 싶다는 생각도 들었다.

맨 먼저 간 주방은 고대의 주방을 완벽하다고 할 수 있을 정도로 충실하게 재현하고 있었다. 커다란 구리도끼 옆에 과일과 채소가 쌓아올려진 바구니가 놓여 있다. 장작이 새빨갛게 타오르고 있는 난로 옆에는 돌절구와 절굿공이가 있었다. 아이샤가 산더미처럼 쌓인 두툼한 녹색 잎을 가리켰다. "이것은 우리의 접시랍니다." 그녀가 노래하듯 말했다.

야트막한 나무상자에 든 것은 식탁용 날붙이로, 두 갈래 포크와 뼈를 갈아 만든 손잡이가 달린 나이프가 들어 있었다. 질그릇으로 만든 단지와 볼은 1천년도 더 된 것이리라. 평평한 돌들에는 무수한 긁힌 상처가 나 있었다. "이것들이 우리 도마예요." 아이샤는 노래하듯이 말했다. 서로 접해 있는 레스토랑 구역의 벽이 마치 천막의 내부처럼 보였는데, 바닥의 높이가 달랐고, 제각 각 눈부신 빛깔의 카펫이 다양하게 깔려 있었다.

"오늘의 추천 요리는 양고기예요." 이국적인 미녀는 그렇게 말 하고 가리켰는데, 날렵하고 우아한 손가락에는 보석이 박힌 반 지를 여러 개 끼고 있고 매니큐어는 보랏빛이었다. 아이샤는 키 득키득 웃기 시작했다. "당신은 이런 차림이 요리에도, 서빙에도 어울리지 않는 모습이라고 생각하고 있죠? 맞아요, 하지만 미국 은 쇼 비즈니스의 세계예요. 요란하고 화려해야 하죠."

"인테리어나 식기류도 놀랍지만 요리도 훌륭할 것 같군요."

양고기가 커다란 덩어리 상태로 벽난로 같은 벽감(壁龕) 안에 서 천천히 돌고 있었다. 사슬에 매달려 있는 고기도 있었다.

"우리는 장작으로 올리브나무만 써요. 연기가 안 나거든요." 그렇게 설명하면서, 아이샤는 종이처럼 얇고 납작한 빵 더미를 가리켰다. "페틀라라고 하는 이름의 발효시키지 않은 빵이에요. 아주 얇아서 테이블 냅킨으로도 쓰지요. 빵으로 입을 닦고는 그 대로 먹어버리면 된답니다. 가난한 사람들은 노점에서 이 빵을 사서 채소를 끼워넣어 먹죠."

"대단합니다. 고대 스타일의 조리법과 요리를 재현하는 놀라 운 일을 해냈군요."

"칭찬의 말씀, 고맙습니다." 아이샤는 그렇게 말하고 인사를 했다. 그런 말을 하는 나를 한심해 하는 듯한 눈을 하고 있지만,

얼굴은 웃고 있었다.

"아까 스파이스라고 하셨는데, 어떤 스파이스를 쓰고 있죠?"

아이샤의 표정이 바뀌어 진지한 얼굴이 되었다.

"스파이스에 무척 관심을 갖고 계시나보군요. 관심 정도가 아닌데요. 혹시 관계자이신가요? 아닌가요?"

나는 대답을 할지, 어디까지 이야기를 할지 곰곰이 생각했다.

"아직 이름도 묻지 않았군요." 아이샤는 부드럽게 물었다.

내가 명함을 건네주자 길고 갸름한 손가락으로 받아들고는 고혹적인 눈동자를 나에게 향했다.

"코펭을 맛본 분이시군요." 마치 달라이 라마를 알현한 사람이라도 만났다는 듯한 존경의 뉘앙스가 있었다.

나는 고개를 끄덕였다.

"저쪽에 가서 이야기 좀 해주세요." 아이샤는 테이블로 나를 안내했다. 아직 가게 안은 비어 있었다. 식사 때로는 무척 일렀지만 밖을 오가는 사람은 상당히 많아져 있었다.

우리는 앉았지만 곧 아이샤가 일어섰다. "뭐 좀 가져올게요."

그녀는 도자기 컵과 뜨거운 김을 피워올리고 있는 사모바르*처럼 생긴 놋쇠 주전자를 들고 돌아왔다. 그 사모바르에서 차를

---

* 러시아의 가정에서 물을 끓이는 데 사용하는 주전자. 러시아어로 '자기 스스로 끓는 용기'라는 뜻으로, 18세기에 홍차가 보급되면서 함께 발달했다.

따르고 먹음직스러운 쿠키가 담긴 접시를 내놓았다. "로즈힙 차예요. 이것은 아몬드를 갈아서 만든 반죽인데, 산부니야라고 부르죠. 자, 코펭에 관한 것을 가르쳐주세요."

내가 이야기를 해야 한다고 못박는 것 같은 태도였지만, 어쨌든 이 매력적인 미녀가 나의 한 마디 한 마디에 귀를 기울여줄 기회를 놓치고 싶지는 않았다. 나는 알고 있는 것을 모조리 이야기했다. 코펭이 사라져 버린 이야기에 이르자 아이샤는 눈썹을 찌푸렸다.

"어떻게 그런 말도 안 되는 일이! 어떻게 훔쳤을까요?"

"저야말로 알고 싶습니다."

"동양은 마법과 환상의 나라이니 무슨 일이 벌어져도 이상하진 않지만, 하지만 뉴욕에서……." 영문을 알 수 없다는 얼굴로 머리를 흔들고 있다. 내가 그 다음을 이야기하려고 하는데 방해꾼이 끼어들었다. 아까도 들었던 초조한 목소리가 큰 소리로 뭐라고 하더니 안쪽 커튼 뒤편에서 한 남자가 모습을 나타냈다.

굵고 까만 곱슬머리에 까맣고 날카로운 눈을 한 남자였다. 하얀 실크 셔츠에 까만 투우사 바지, 장식이 달린 가죽 벨트에 종아리까지 오는 까만 부츠 차림이었다. 하얀 이를 내보이고 있지만, 미소짓고 있는 건 아니었다.

아이샤는 남자를 소개하려 하지 않았다. 불쾌한 듯 슬쩍 시선을 던졌을 뿐이었다.

"무슨 일이야, 레니?" 그녀는 초조한 듯이 물었다.

남자도 그렇게 쉽사리 물러날 생각은 없는 듯했다. 나를 힐끔 힐끔 쳐다보고 있었으므로 눈이 마주치고 말았다. 남자는 사모 바르와 쿠키 접시로 눈을 옮겨갔다.

"레니 리프킨이요." 남자가 말했다. "뭔가 팔려고 온 거요?"

"아닙니다." 나는 그렇게만 대답했다.

그는 다시 나를 향해 뭔가를 말하려 말고는, 갑자기 아이샤에게 얼굴을 돌렸다. "무화과는 아직 배달 안 됐어?"

"아직이야." 아이샤는 전혀 중요한 일이 아니라는 듯이 그를 쳐다보지도 않고 대답했다.

"주문은 확실히 했겠지?" 따지는 듯한 말투다.

"물론."

그는 망설이다가 몸을 돌려 걷기 시작했다. 그러면서 어깨 너머로 "집사람은 뭐든지 잊어버리는 사람이라서요." 하고 퍼붓고는 커튼을 확 열어젖히고는 안쪽으로 모습을 감췄다.

아이샤는 아무 일도 없었다는 듯이 이야기를 다시 시작했다.

"우리도 그렇지만, 코펭을 탐내고 있는 레스토랑은 많아요."

한 가지 생각이 퍼뜩 떠올랐다. "사겠다고 계약을 했습니까?"

"코펭에 대해서는 모두 알고 있지만, 누군가 계약을 했다는 이야기는 들은 적이 없어요. 알았다, 코펭을 되찾으려 하고 있는 거군요. 그야 당신은 탐정이니 당연하겠지요."

"사실은, 굳이 말하자면 저는 탐정은 아닙니다." 내가 설명했지만 그녀는 이해하지 못한 모습이었다. "코펭을 되찾으려 하고 있긴 합니다만." 그녀의 눈에 비친 나의 위신을 깎아내리기 싫다는 바람으로 나는 이렇게 덧붙였다. 그것이 성공적이었는지 아닌지는 확신할 수 없지만.

"그렇다면 뉴욕의 레스토랑 경영자들 이야기를 듣고 싶지 않나요? 그들 가운데 몇 명은 여기 있기도 하거든요."

"그럴 수 있다면 도움이 될 것 같은데요. 누구 이야기가 참고가 될 것 같습니까?"

아이샤는 화려한 매니큐어를 칠한 손가락으로 이름을 꼽아갔다. "셀림 오스만은 여기 있어요. 「토프카프 궁전」의 오너죠. 그 옆 전시관에 「히말라야」를 열고 있는 에이브러햄 케팔릭이 있구요. 그리고 「가스코니 공작」의 루이스 앨러컷도 있고, 「사냥꾼의 산장」의 짐 카일러도 있죠. 아 참, 마이크 이어하트도 뭔가 알고 있을지 몰라요. 「토니 패스톨즈」를 다시 시작하려고 하거든요. 그밖에도 지금 여기 없더라도 코펭을 탐낼 만한 레스토랑이라면, 로버트 드 니로의 「트리베커 그릴」, 「만달린 코트」, 「21」, 「루테세」가 있죠. 그것만이 아니예요. 「레스피나세」, 「라 카라벨르」……." 아이샤는 팔랑팔랑 우아하게 손을 흔들었다. "전설의 스파이스를 탐내지 않는 셰프는 세상에 없을 걸요!"

"꽤나 경쟁이 치열하군요."

아이샤는 마치 또 한 기의 피라미드가 무너졌다는 소식을 들은 왕비 네페르티티처럼 거만하게 어깨를 으쓱했다.

"여기는 뉴욕이잖아요. 경쟁이야말로 이 도시를 일구어낸 힘이죠. 하지만 저마다 완전히 다른 요리를 만들고 있어요. 「토프카프 궁전」은 터키 요리고 「히말라야」는 히말라야 산맥을 둘러싼 나라들의 요리죠. 또 우리 「페니키아」에서는 고대요리만을 만들고 있을 뿐만 아니라 조리법도 고대와 똑같아요. 어느 모로 보든 진짜가 되기 위해서죠."

그녀는 요염한 눈동자로 나를 지그시 바라보았다. "가게에 와서 직접 당신의 혀로 확인해 보시죠. 보시다시피 여기서 만들 수 있는 요리는 한정되어 있으니까요."

"그러죠." 나는 약속했다.

한 커플이 가게로 들어와 테이블에 앉았다. 강한 남부 사투리로 떠들고 있는 한 가족의 무리도 들어와서 조리 중인 냄비를 물끄러미 바라보고 있었다.

"슬슬 실례하는 게 좋을 것 같군요."

"그러네요. 코펭을 꼭 찾아주세요. 그것보다 중요한 일은 없답니다." 그녀의 목소리는 진지했고 거의 애원조였다.

내가 거의 가게 밖으로 나왔을 때 아이샤가 소리쳤다.

"전처예요."

밖은 엄청난 인파로 북적이고 있어서 좀처럼 마음먹은 대로 움직일 수가 없었다. 모든 부스가 대성황이었다. 「바바라의 아침식사」는 특히 유명한 가게인 듯했는데, 나는 손님들이 먹어치우는 음식의 엄청난 양에 놀라서 문득 눈길이 멎었다. 이것도 맛있어 보이고 저것도 맛있어 보인다. 두툼한 버터밀크 팬케이크, 부드러운 스크램블 에그, 통통한 갈색 소시지, 두껍게 썬 촉촉한 햄, 겉을 바삭하게 구운 해시 브라운 포테이토, 새빨간 토마토, 몽실몽실한 버섯, 바삭바삭하게 구운 베이컨…….

패스트푸드 부스에도 손님이 줄지어 있었다. 햄버거, 핫도그, 피자, 타코, 브리토, 오렌지 주스, 콜라, 맥주, 루트 비어*……. 그리고 맛있는 냄새를 솔솔 풍기고 있는 닭고기……. 조리법은 몇 종류나 있었다. 튀김, 남부 스타일 튀김, 구이, 로스트, 그릴, 숯불구이, 심지어 KFC에서 로드 아일랜드 로스트까지, 그리고 미국의 주마다 다양한 변형까지 있었다.

맨 처음 발견한 것은 「히말라야」였다. 세계에서 가장 높은 산맥의 위풍당당한 모습을 그린 벽화가 눈에 확 들어왔다. 벌써 몇 명의 손님이 앉아 있고 가게 안에는 식욕을 돋우는 냄새가 떠돌고 있었다.

---

* 사르사파릴라 뿌리, 사사프라스 뿌리 등의 즙에 이스트를 넣어 만든 비알코올성 음료.

주인인 에이브러햄 케팔릭은 곧바로 알아보았다. 검고 덥수룩한 턱수염을 기른 키가 큰 남자였다. 두툼한 가슴판의 깊숙한 곳에서 울려나오는 것 같은 굵고 울리는 목소리로 빵바구니를 나르던 운나쁜 직원과 언쟁을 벌이고 있었다. 이 언쟁은 예상대로 케팔릭의 승리로 끝났다. 케팔릭은 굵고 새까만 눈썹을 찌푸리며 수상쩍은 듯이 나를 바라보았다.

나는 자기소개를 하고 명함을 건넸다. 그리고 「페니키아」에서 알려줘서 왔다고 덧붙였다.

케팔릭의 반응은 차가웠다. "그래서, 무슨 용건이요?"

"잠시만 이야기를 들려주셨으면 하는데요."

"보시다시피, 지금은 무척 바쁘다오."

내가 보기에는 그렇게까지 바쁜 것 같지는 않았다.

"아이샤가 당신한테 이야기를 들어봐야 한다고 하던데요."

그 말을 들은 순간 케팔릭이 호탕하게 웃었다. "아이샤! 진짜 멋진 여자지. 왜 그 말을 먼저 하지 않았나? 그 쓸모없고 한심한 레바논 놈이 보냈을 거라고 생각했잖나!"

"레니 리프키 말입니까? 아니, 그와는 잠깐 얼굴만 봤을 뿐입니다. 바빠서 저와 이야기를 할 틈이 없어 보였거든요. 하지만 그런 여성과 결혼을 하다니 정말 운좋은 남자더군요."

"벌써 이혼했지." 케팔릭은 웃으면서 말했다. "축하할 일이지. 적어도 그녀에게는 말이야."

"하지만 그 레스토랑은 두 사람이서 하고 있는 것 같던데요."

"일은 전부 아이샤가 하고 있지."

"그렇다면 그는, 주방장인가요?"

"설마! 녀석은 아무 것도 아니야. 아이샤를 만나기 전에는 무슨 회사를 운영하고 있었지. 그런 녀석이 어디가 좋았는지는 영원한 수수께끼야." 케팔릭은 코 옆을 통통 두드렸다. "여자! 여자는 최고야! 그렇게 생각하지 않나? 하지만 가끔 엉뚱한 행동을 하지……." 거기서 말을 자르고 의아한 얼굴로 나를 보았다. "그러고보니 이야기를 듣고 싶다고 했지. 뭘 듣고 싶은데?"

"코펭에 대해서요."

케팔릭의 표정이 급변했다. "안에서 이야기하는 게 좋을 것 같군." 그때까지 손에 들고 있던 빵바구니를 놓더니, 큰소리로 주방보조를 불러서 그것을 가져가라고 일렀다. 그리고나서 앞장서서 구석진 테이블로 향했다.

인테리어는 히말라야를 테마로 통일되어 있었으므로, 어디를 둘러봐도 눈덮인 산꼭대기와 연속된 봉우리가 보인다. 벽에는 몇 줄의 현이 있는 리라, 가죽끈이 달린 농작용 멍에, 손잡이가 청동으로 된 긴 반달형 칼 등이 장식되어 있었는데, 모두 실용적이거나 아니면 상당히 이국적이었다.

몇 개의 테이블에는 손님이 있었다. 그들은 진한 블랙커피와 벌꿀을 바른 달콤한 빵을 즐기고 있다. 케팔릭이 주방을 향해 큰

소리로 고함을 지르자, 낙낙한 드레스를 입은 사슴 같은 눈동자의 어린 소녀가 종종걸음으로 주방으로 사라지더니 곧바로 은제 포트와 도자기 찻잔을 갖고 나왔다. 소녀는 굳은 타르처럼 걸쭉한 커피를 따르고는 부끄러운 듯이 미소지었다.

"맛있는 커피지. 그렇지?" 케팔릭이 물었다. 그는 내가 커피를 마시는 것을 지그시 관찰하고 있었다. 그가 킥킥거리며 웃기 시작했는데 마치 과열된 보일러에서 나는 소리 같았다.

"분명히, 처음 마셔보는 건 아니로군."

"세상의 다양한 것들을 맛보는 것도 제가 하는 일의 일부니까요. 확실히 맛있는 커피로군요. 케냐산 콩입니까?"

"에티오피아야. 커피의 고향으로 여겨지는 곳이지. 요즘은 좀처럼 구하기가 어렵지만." 다시 나의 명함으로 눈길을 떨어뜨렸다. "코펭을 맛보았겠군. 훌륭하던가?"

"레스토랑 업계는 소문이 빠르군요."

케팔릭은 웃었다. "미용업계보다 빠를지도 모르지."

"그래요, 훌륭한 맛이었죠. 뭐, 말로 형용할 수 없는 맛이기도 했구요. 다른 스파이스와 비슷한 면이 있는가 하면, 다른 어떤 스파이스와도 완전히 다르더군요."

"그리고, 그 다음엔 사라져 버렸다 이거지."

"그래요." 나는 슬픔에 잠겨서 대답했다.

"그래서 되찾으려고 하는 건가?"

"그렇죠. 물론, 저만 그러는 건 아니지만요." 나는 당황해서 덧붙였다. 내가 뭔가를 조사하고 있다는 말이 게인즈 반장 귀에 들어가는 건 원치 않았다. "경찰이 조사를 하고 있죠. 전 그냥 이 음식 박람회에 와서 아이샤와 이야기를 했을 뿐이구요……."

케팔릭은 눈을 가늘게 뜨고 다시 한 번 명함을 보았다. "하지만 탐정이라고 씌어 있잖아."

다른 명함을 갖고 왔어야 했나보다. "정확히 말하면 아닙니다." 일의 내용을 설명하자 케팔릭은 끄덕였다.

"하지만, 역시 되찾고 싶기는 하겠지."

"코펭을 살 예정이었습니까?" 나는 그에게 물었다.

"뉴욕의 셰프 중에 탐내지 않는 녀석이 있을까? 어쨌든 엄청난 화젯거리가 될 수 있잖아. 생각해보라구! 몇 세기 동안이나 멸종되었다고 여겨졌던 것을 다시 발견했다 이거야! 게다가 멸종된 스파이스 중에서도 가장 유명하니까. 코펭에게는 실피움도 질 수밖에 없지. 실피움은 알고 있나?"

"어느 정도는요."

"그건 스파이스였을 뿐만 아니라 귀중한 약이기도 했지. 은만큼의 가치가 있었어. 알고 있었나?"

"예, 그건 알고 있습니다." 이 사람이 혹시 내 질문에 대한 답을 얼버무리고 있는 건가? 나는 다시 물었다.

"코펭을 사지 않겠느냐는 말을 들었습니까?"

케팔릭은 커피를 따르기 시작했다.

"알렉산더 마블이 그것을 구매하기로 결정하기 전에 그런 정보를 흘렸을 것 같아? 아니지. 다른 녀석들은 모르겠지만." 그렇게 말하고 다시 커다란 목소리로 웃었다. 하와이안 셔츠에 반바지 차림의 커플이 그의 웃음소리에 놀라고 있었다. "이 업계에 있는 녀석들은 모두 착한 놈들이야." 그는 진지한 얼굴로 돌아와 있었다. "뭐, 거의 대부분이 그렇단 말이지. 전부는 아닐지도 모르지만. 하지만 한두 놈, 좀더 많을지도 모르겠지만 그런 짓을 할 만한 녀석도 있긴 하지."

"코펭을 훔친다거나 하는?"

"그런 일도 포함되겠지."

"그럴 경우, 그들은 어떻게 할 것 같습니까?"

그는 천천히 고개를 끄덕였다. "무슨 말을 하고 싶은지는 알겠어. 그건 아주 특별한 것이니까, 그게 뭔지가 알려지지 않으면 아무런 가치도 없는 거지. 하지만 만약에 그것을 팔려고 한다면, 자신이 범인 가운데 하나라고 자백하는 셈이지."

"그럴 것 같군요."

그는 빙긋 웃었다. "이런이런, 문제가 있군, 친구." 그렇게 말하고 일어나서 두 손을 들었다. "행운을 빌어주지. 그리고, 괜찮다면 「히말라야」에 식사하러 와주게. 야크를 그릴에 구운 건 좋아하나?"

"다양한 것들을 먹어보았지만, 야크는 아직 먹어본 적이 없는 것 같은데요." 나는 신중하게 말을 고르면서 답했다.

"오기 이틀 전에 전화하게. 미리 양념에 재워둬야 하거든."

그 말에는 의심의 여지가 없었다. 히말라야 산맥에서 뛰놀다보면 엄청나게 근육이 발달했을 테니 연화 과정이 반드시 필요할 것이다.

통로를 따라 걸어가자 아르메니아 부스가 있었다. 정치적으로 아르메니아라는 나라가 종속되었든 다시 독립국가가 되었든 간에, 민족의 관습이나 전통은 사라지지 않았고 요리 또한 그 지역의 주민들에게 변함없이 사랑받고 있다. 그런 전통 요리가 가득했다. 아르메니아 소시지. 다른 어떤 소시지와도 다른 독특한 생김새였다.

크래커처럼 얇은 빵인 라비슈, 중동에 가면 어느 길모퉁이에서든 팔고 있는 작은 미트 파이인 레흐메준. 그밖에도 잣이나 회향과 맛이 비슷한 스파이스인 마흐레브 등, 평소에는 별로 볼 수 없지만 아르메니아에서는 일반적인 여러 가지 식재료가 팔리고 있었다.

여섯 개의 불꼬챙이가 회전하며, 잘 드는 칼날이 얇은 조각을 저며낼 때 케밥에서 기름기가 배어나왔다. 그릴 위에는 작은 미트 볼인 쿠프타가 지글거리고 있었고, 박하, 바질, 계피향이 피어올랐다. 커다란 볼에는 밥이 산더미처럼 쌓여 있었다. 중동 요리에는 절대로 빠질 수 없는 곁들임 음식이었다.

마침내 「토프카프 궁전」에 도착하자 군침이 돌았다. 바깥 간판에는 '보석 같은 음식이 있는 레스토랑' 이라고 씌어 있었다. 레스토랑은 맨해튼의 머레이 힐에 자리잡고 있다고 한다. 이스탄불이나 아나톨리아 지역 요리를 좋아하는 사람이라면 도저히 참을 수 없을 향기가 온통 떠돌고 있었다.

터키인들은 뻔뻔스럽게도, 자신들과 전쟁을 벌였던 나라들의 맛있는 요리란 요리는 모두 흡수했으며, 현재의 터키 요리는 그리스, 유대, 그리고 중앙 아시아와 아랍의 영향까지 매혹적으로 뒤섞여 있다. 가게 인테리어는 깔끔하지만 그리 화려하지는 않았다. 이것은 요리에 공을 들이고 있다는 좋은 징조일 때가 많다. 테이블은 한층 낮은 구역에 있고, 한쪽 벽에는 가늘고 길게 중간 이층이 있었다. 벽에는 도자기, 유리, 구리로 만든 조리도구가 장식되어 있었고 웨이터들은 모두 얼룩 하나 없는 새하얀 제복을 입고 있었다.

셀림 오스만은 중간 정도의 키에 듬성듬성하지만 윤기 있는 검은 머리를 한 남자였다. 날카로운 까만 눈에 작고 검은 콧수염을 기르고 있었다. 정력적이고 화려한 하얀 슈트 차림으로 예의바르게 맞이해 주었지만 상당히 쌀쌀맞은 태도를 보이고 있어 별로 성과는 기대할 수 없을지 모르겠다.

"물론 코펭은 알고 있습니다." 그는 말했다. "이 업계에서 지금 최고의 화젯거리죠." 그는 어깨를 으쓱했다. "내일은 어떻게 될지 알 수 없지만요."

"당신의 요리에도 사용할 수 있다고 보십니까?"

"셰프라면 누구든지 시험해보고 싶다고 생각하겠죠. 그건 그냥 스파이스라고 할 수 없습니다. 말하자면 역사 자체지요."

"살 생각이 있느냐는 제안은 받았습니까?"

오스만은 잠시 대답을 생각하고 있었다. 일찌감치 식사를 하려는 손님이 이미 들어오기 시작하고 있었다. 웨이터가 갈릭 디핑 소스를 곁들인 팬 프라이드 오징어를 날라갔다. 건포도를 흩뿌린 밥과 시금치를 곁들인 황새치 케밥을 든 웨이터는 날듯이 옆을 스쳐지나갔다. 다른 쟁반 위에서는 터키 맥주의 병이 부딪쳐서 챙그랑거리고 있었다.

"그런 말을 들은 적은 없군요."

"무슨 말씀이신지요?" 되묻자, 그는 세련된 미소를 띠웠다.

"몇 세기 동안이나 멸종되었다고 여겨지던 스파이스 같은 상품은 감자 한 수레 따위와는 다른 방식의 마케팅으로 접근해야 합니다. 지금 누가 그것을 갖고 있든 간에, 아마도 어떻게 거래를 해야 할지 모를 수도 있죠. 하지만 어느 누가 그런 기회를 거부하겠습니까?"

그는 아주 신중하게 말을 고르고 있었다. 그의 말 뒤에는 뭔가 중대한 것이 숨겨져 있는 것 같은 느낌이 들었다. 그는 나에게 뭔가 말하려 하고 있었다. 오스만의 영어는 완벽했다. 어디서 배웠든, 가혹한 상황에서 배웠으리라는 데에 내기를 걸어도 좋다. 나는 오스만이라면 정면에서 공격해도 괜찮을 것이라고 생각했다.

"코펭을 훔친 건 누구일 것 같습니까?"

그는 눈 하나 깜짝하지 않았다. 한참 동안 아무 것도 대답하지 않았지만, 나도 물론 그가 용의자 이름을 줄줄이 읊어댈 것을 기대하고 있지는 않았다.

"모르겠는데요."

"단순한 추측이라도 좋습니다."

오스만은 빙긋 웃었다. "비방과 중상은 호된 대가를 치르는 법이죠. 뉴욕에서는 뭔가를 말하면 곧바로 소송에 걸리고 그런 경향은 전국으로 퍼져가는 추세죠. 고소당할 위험을 무릅쓰고 싶지는 않군요."

"법적 소송에 걸릴 위험이 없다면 이름을 말할 수 있다는 뜻입니까?"

"다음 기회에 이야기하죠." 그는 대화를 정중하게 거부했다. "「토프카프 궁전」에 식사하러 꼭 와주시기 바랍니다."

"기꺼이 그러죠. 이건 제 명함입니다. 코펭을 되찾는 데에 도움이 될 만한 정보가 들어오면 연락해 주십시오."

그는 그것을 받아들였다. 나는 재빨리 덧붙였다. "물론, 경찰에 연락하신 다음에요."

오스만은 고개를 끄덕이고는 내가 나가는 것을 묵묵히 지켜보았다.

몇 발짝 걸었을 때 뒤에서 나를 부르는 소리가 들렸다.

뒤돌아보니 거만하게 손을 흔들면서 활기찬 걸음으로 다가오고 있는 남자가 보였다. 등을 꼿꼿이 편 군인 같은 남자로, 작고 빳빳한 콧수염을 기르고 네루 재킷*을 입고 있었다. 뭐야. 이런 옷을 마지막으로 본 건 마거릿 대처** 시대였던 것 같은데.

"저기서 우연히 당신들이 나누는 대화를 들었습니다." 열병식에나 잘 어울릴 것 같은 목소리였다. "넬슨 키호라고 합니다. 키호 화학을 경영하고 있습니다. 「포춘」지 선정 500대 기업에 들어가는 회사죠."

"축하드립니다. 좋은 회사같군요." 나는 말했다.

"거기 든 것은 5년 전부터지만, 떨어지지 않기 위한 방법은 단한 가지. 시대의 변화나 유행에 민감해야 한다는 것이죠."

"어떤 화학 제품을 만들고 계시는데요?"

"현재 제품 수는 8천 가지입니다. 엄청난 시장을 갖고 있죠."

"음식에 관심이 있으신가요?"

---

* 칼라를 높이 세운 긴 웃옷.
** 1980년대 영국의 수상을 지낸 여성.

104

"우리 제품 중에는 식품첨가제나 착색료, 감미료⋯⋯."

"화학조미료도요?"

키호는 끄덕였다. "예, 그렇습니다."

나는 다음 질문을 할까 말까 잠시 망설였다. 에잇, 상관없다. 어차피 별다른 진전도 없는데 누군가를 약간 열받게 했다고 해서 별일 있겠나?

"그럼, 코펭을 도난당했을 때에는 다행이라고 생각하셨겠군요?" 어디까지나 허물없는 잡담이라는 어조로 말을 꺼냈다.

"그러니까, 분명 매출이 폭락하겠죠. 당신네 화학조미료보다는 코펭을 사용하는 것이 훨씬 맛있을 테니까요."

"사방에 적이라는 상황에는 익숙합니다." 그러나 키호의 얼굴에는 만약 여기가 군대이고 내가 그의 부하였다면 나는 당장에 석방 가능성 제로인 영창행이라고 씌어 있었다.

"한편으로는 코펭의 등장을 환영하고 있었는지도 모르겠군요. 손에 넣을 수 있게 되었을 때의 이야기지만요. 코펭만큼 요리를 맛있게 하는 화학조미료를 개발한다면 지금 제품보다 훨씬 많이 팔리겠죠."

키호의 표정이 바뀌었다. 다른 누군가가 그런 표정을 지었다면 웃는 얼굴이라고 생각할지도 모르겠다.

"예. 분명히 그 코펭을 손에 넣을 수만 있다면, 우리 연구소라면 그것에 버금가는 것을 개발할 수 있고 진짜인지 아닌지 분석도 할 수 있을 겁니다."

"코펭을 찾는다면 시험할 기회도 있을지 모르겠군요."

"뭔가 실마리는 없습니까? 찾을 수 있을 것 같습니까?"

"경찰은 유능하니까요. 경쟁에서 행운을 빕니다."

나는 작별인사도 하지 않고 그 자리를 떠났다.

11

셀림 오스만은 뭔가를 알고 있는 건지, 누군가를 의심하고 있는 건지 확신할 수 없었다. 그의 조상들이 애용하던 고문도구로 심문해봤자 소용없을 것이고, 나 역시 그것을 기대하지는 않았다. 어떻게 관계하고 있는지는 전혀 모르지만, 실마리라는 건 확실하다. 문제는 그가 무엇을, 그리고 어떻게 알고 있느냐였다. 무엇을 알고 있는지에 대해 그는 입을 열려 하지 않을지 모르지만, 어떻게 알고 있는지는 뜻밖에 쉽게 알아낼 수 있을지도 몰랐다.

물론, 도난사건을 조사할 의도는 전혀 없었다. 게인즈 반장이 지적했듯이 그것은 명백하게 경찰의 일이다. 하지만, 나는 이미 '휘말려들었다'. 내가 불려온 것은 코펭을 감정하기 위해서일 뿐임은 잘 알고 있지만, 내 눈앞에서 그 스파이스를 도난당하다니 프로로서의 자존심이 산산조각난 것이다.

나는 통로 맞은편 전시관으로 들어갔다. 발을 들여놓자마자 강렬한 향기가 덮쳐왔다. 그 향기가 조금만 더 강렬했었다면 급히 방향을 바꾸었을 것이다. 가게 이름은 「치즈라고 말해요」였고, 원산지도 다양한 모든 종류의 치즈가 갖춰져 있었다. 부드러운 것부터 딱딱한 것까지, 냄새가 없는 것부터 상당히 지독한 것까지, 전채용부터 후식용까지. 색깔도 가지가지였다. 파랑, 노랑, 빨강, 녹색, 흰 색. 두툼한 것이 있는가 하면, 얇게 썬 것, 막대 모양, 커다란 덩어리도 있다. 바퀴 모양 치즈는 문을 아슬아슬하게 통과했을 것이다.

그것은 아주 공격적인 부스였으며, 부스의 위치를 안내하는 어떤 표지판도 내걸 필요가 없었다. 부스 안에 걸려 있는 액자에는 '치즈란 불멸을 향해 분투하는 우유다'라는 문구가 씌어 있었다. 그러고보니 프랑스의 방랑시인 프랑수아 뷔용은 자신에게 다른 무엇보다 소중한 것은 치즈 찬장의 내용물이라고 썼었다. 이 부스가 혼잡스러운 걸 보니, 오늘날에도 뷔용과 똑같은 생각을 가진 사람이 엄청나게 많은 것 같다.

나는 전통 유대 스타일의 텍스 멕스*를 제공한다는 가장 웃기

* 텍사스-멕시코 지역의 매운 음식.

는 간판이 걸린 「모세의 골짜기」를 지나갔다. 모든 전시에는 독창성과 유머가 넘치고 있었다. 직원이 땀을 뻘뻘 흘리면서, 있을 수 있는 모든 종류와 크기의 소시지 더미와 씨름하고 있는 「소시지투성이」라는 전시관도 지나쳤다. 소시지에는 겨자 소스가 듬뿍 발라져 있었다. 독일 밴드는 흥겹게 풍악을 울리고, 바이에른 민족의상을 입은 소녀들이 맥주잔을 올린 쟁반을 손에 들고 테이블 사이를 바삐 돌아다니고 있었다.

어디서 점심을 먹을 것인가가 문제였다.

나는 최종적으로 헝가리 구역에 있는 「마자르 카페」로 정했다. 오랫동안 먹어보지 못했던 훈제혀를 주문했다. 헝가리에서는 먼저 혀를 통째로 부드러워질 때까지 삶고, 거기에 달걀과 밀가루를 묻혀서 기름에 튀긴 다음 얇게 썬다. 거기에 과일 푸딩 몇 개, 펌퍼니켈* 몇 조각, 파프리카와 캐러웨이** 맛이 나는 립투어*** 를 발라먹었더니 아주 만족스러운 점심식사가 되었다. 와인은 헝가리산 리슬링 한 잔을 골랐다. 유명한 레드 와인인 불스 블러드의 유혹에 저항하기는 쉽지 않았지만 대낮부터 마셔대기에는 약간 무거웠다. 헝가리의 대중적인 후식인 초콜릿 시럽을 입힌 크레이프에는 나도 모르게 두 번씩이나 눈길이 갔다. 그러나, 그건

---

* 검은 호밀빵.
** 회향풀의 일종.
*** 헝가리의 유명한 치즈 스프레드.

그야말로 전문가로서의 흥미였을 뿐이다.

각국의 전시에도 슬슬 질리기 시작했지만 좀 더 둘러보기로 했다. 홍콩의 유람선 레스토랑의 모사품에는 경의를 표했다. 분명히 읽는 데에 먹는 데 걸리는 시간만큼이 걸리는 메뉴가 있을 것이다. 나파 밸리* 와이너리가 상당히 넓은 범위를 차지하고 있어서 둘러보며 이야기를 나누었다. 모로코 부스에는 현란한 파티가 준비되어 있고 요리는 먹음직스럽기도 했고 냄새도 대단히 맛있을 것 같았으므로, 절반쯤은 진심으로 이대로 파티가 시작되기를 기다릴까 하는 생각도 들었다.

이미 오후도 저물어가고 박람회장은 더욱더 혼잡해져갔다. 먹고마시면서 통로를 걷고 있는 사람이 많았다. 어떤 스피커에서는 슈베르트의 「송어」가 우아하게 흐르고, 통로 반대쪽 스피커에서는 잉크 스팟스**의 「자바 자이브」가 흘러나오고 있었다. 향기도 여러 가지가 뒤섞여서 이젠 무슨 냄새인지도 알 수 없을 지경이었다. 그때 전화부스가 눈에 띄어 돈에게 전화를 걸었다.

돈은 어쩐지 입이 무거웠다.

"무슨 일이 있었어?" 나는 물었다.

"아니, 아무 일도 아니야." 돈은 빠른 어조로 대답했다.

---

* 미국 캘리포니아에 있는 유명한 와인 생산지.

** 두 왑의 초석을 마련한 R&B 4인조 그룹.

"가게에 무슨 문제라도 있는 거야?"

"아니, 별일 없어."

"거기 누가 있어서 말을 못하는 거야? 나중에 전화하는 게 나을까?"

나는 돈이 당연히 코펭 도난 사건을 이야기하고 싶어할 것이라 생각하고 있었다. 아니, 하지 않고는 참지 못할 것이라고 믿어 의심치 않고 있었다. 둘이서 이야기를 하다보면 코펭이 지금쯤 어디에 있을지, 범인의 목적은 무엇인지 찾아낼 실마리를 발견할수 있을지도 모르는데.

"아니, 지금 여기엔 아무도 없어."

"지금부터 그쪽으로 갈까 하는데."

"잠깐," 돈은 당황해서 말했다. "내일 아침에 오지 않겠어?"

"알았어. 가게를 보고 싶거든. 게다가 우리 두 사람은……."

"자, 그럼." 돈이 말을 가로막았다. "내일 아침에 보자구."

무슨 일이 있는 걸까 생각하면서 나는 혼잡한 통로 안으로 돌아갔다. 코펭에 관계된 일일까? 나에게는 무엇보다 중요한 문제이고, 돈에게도 그러리라 믿어 의심치 않는다. 하지만, 분명한 것은 무슨 일이 있었는지 알려면 내일 아침까지 기다려야 한다는 것이었다.

나는 택시를 잡아타고 도중에 필요한 물건을 사들고 플래밍엄 호텔로 돌아왔다. 보드카 토닉을 마시면서 잠시 TV를 보았다. 광고에서는 미용실이 퓨마 오줌으로 만든 모발 영양제를 선전하고 있고, 뉴스에서는 한 남자가 맨해튼의 고층빌딩 가장자리에 매달려서는 뉴욕 메츠가 11경기 연속 패배 기록을 멈추지 못한다면 뛰어내리겠다고 위협하고 있었다. 도리스 데이가 나오는 옛날 영화를 보다가 잠이 들었다가 10시 전에 눈을 떴다. 나는 훈제 연어 샌드위치를 만들어서 새로 만든 보드카 토닉을 마시면서 그것을 먹고는, 다시 자러 갔다.

12

「스파이스 창고」는 화려한 향기로 가득했다. 무슨 스파이스인지 구분할 수 있는 향기도 있지만 너무나 많은 허브와 스파이스의 향기가 뒤섞인 결과, 어지럽기도 하고 신비스럽기도 한 독특한 분위기를 띠고 있었다.

도소매를 겸하고 있는 이곳은 그야말로 환상의 식물나라였다. 돈과 폐기의 모습이 보이지 않으므로 출입구 옆에 있는 팸플릿 더미에서 전단지를 집어들고 가게 안을 어슬렁거렸다.

확실히 '창고'였다. 높은 천장에는 통기구와 창이 보였다. 이 가게의 상품을 생각하면 이상적인 환경이었다. 소매 코너는 슈퍼마켓처럼 스파이스와 허브 상자, 트레이가 쭉 늘어서 있었다. 제각각 원산국과 특징, 사용법 등이 씌어 있었다.

벨기에산 차빌*, 폴란드산 양귀비씨, 그라나다산 육두구(너트메그), 이탈리아산 노간주나무 열매. 갖춰진 상품의 풍성함은 놀라웠다. 세계 여기저기의 지명이 보였다. 마다가스카르, 키프로스, 잔지바르**, 바하마, 에콰도르, 이집트……. 마치 작은 정글 속을 걷고 있는 듯했다.

페기를 발견했을 때, 그녀는 레몬그래스를 팔고 있었다.

"돈은 사무실에 있어요. 손님이 와 있거든요. 시간이 얼마나 걸릴지는 모르겠어요."

"괜찮아요." 나는 대답했다. "여기라면 몇 시간을 있어도 지루하지 않으니까. 정말 훌륭한 가게로군요. 자랑스럽겠어요."

페기의 얼굴이 밝아졌다. "그럼요. 마음에 든다니 기뻐요."

"돈은 괜찮은가요?" 나는 세이지***를 들여다보면서 아무렇지 않은 듯이 물었다. 세이지를 태운 연기는 예전에는 페스트를 예

---

* 파슬리의 일종.

** 아프리카 동해안의 섬. 1964년에 탄자니아의 일부가 됨.

*** 약용 샐비어. '소시지'라는 이름을 유래시킨 허브다. 그리스 · 로마 시대부터 많은 사람들에게 만병통치약으로 이용되어 왔으며 특히 육류요리, 내장요리, 햄요리 등 동물성 식품을 요리할 때 쓰면 느끼함이 덜어지고 소화도 촉진된다.

방하기 위해 쓰이곤 했었다.

"그럼요." 페기는 말하더니 갑자기 나를 바라보았다.

"아니, 어제 전화했을 때, 뭔가에 정신이 팔려 있거나 걱정스러운 일이 있는 것 같던데, 뭔가 문제라도 있나 해서요."

페기의 눈이 걱정스러운 듯 그늘이 졌으므로 나는 당황해서 핑계를 댔다. "아마 코펭이 걱정되서 그랬겠죠."

"예에, 그걸 무척 신경쓰고 있어요. 아무리 생각해도 이해가 안된다고……. 그 소식을 들었을 때에는 나도 믿을 수가 없었죠."

잠시 사건에 대한 이야기를 하는데 아담한 녹색 제복을 입은 점원이 도움을 청하러 왔다.

"천천히 둘러보고 있어요. 잠깐 문제가 있는 손님이 있다고 해서, 실례할게요."

울퉁불퉁한 곤봉처럼 지저분하고 못생긴 갈색 식물의 더미에 눈길이 멎었다. 선반에 산더미처럼 쌓여 있었으므로 좀더 가까이 보려고 다가갔다. 촉감을 확인하려고 손을 뻗었다가 누군가의 손과 부딪치고 말았다. 밝은 푸른 색 울 슈트를 입은 **빼어난** 미인이 미소를 지어보였다.

"미안합니다. 당신이 먼저였군요." 그녀는 말했다.

"아니요, 먼저 하시죠. 저는 그냥 보고 있을 뿐이니까요."

"사실은 저도 그래요. 진짜 괴상하게 생긴 식물이네요."

"그렇죠. 생강을 좋아하시죠, 아닌가요?"

미녀는 당혹스러운 얼굴로 나를 쳐다보더니, 라벨을 보았다.

"그래요. 그 녀석의 정체는 바로 생강입니다." 나는 말했다.

미녀는 놀란 표정으로 그 꼴사나운 막대를 바라보고 있었다. 조각처럼 뚜렷한 이목구비에 밝은 밤색 머리카락. 웃으면 깜짝 놀랄 정도의 미인이지만, 갈색 눈동자 안쪽에는 강한 심지 같은 것이 있어서 상당히 강한 의지가 엿보였으며 그것은 또한 그녀의 개성이기도 했다.

"생강은 본 적이 있지만, 이렇게 큰 건 처음이에요."

"아마도 아프리카산일 겁니다." 나는 꼬리표를 찾았다. "역시 그렇군요. 자메이카산이 최고라고 생각하는 사람들이 많지만, 요즘은 아프리카로부터의 수입이 늘어나고 있지요. 이쪽이 더 크고 대개 맛도 더 낫거든요."

"고백하자면, 평상시에는 셰이커에 든 가루생강을 쓰고 있답니다." 미녀는 귀엽게 고개를 갸웃하면서 말했다.

"많은 사람들은 덩어리를 직접 찢어서 쓰죠. 건조시킨 분말은 신선한 생강과는 완전히 다르거든요. 게다가 양도 두세 배나 차이가 나구요. 물론 건조시키면 풍미가 꽤 응축되긴 하지만요."

"상당히 잘 아시는군요."

"돈 렌쇼와 이야기를 해보시면 어떨까요? 이 가게의 주인이죠. 스파이스나 허브라면 뭐든지 가르쳐줄 겁니다."

"아는 사람이세요?" 그녀가 물었다.

"예전부터요. 몇 번인가 사소한 일을 함께 한 적이 있죠."

"당신은 영국인이죠?" 그녀는 물건을 품평하듯이 밤색 눈동자를 거리낌없이 나에게 향했다.

"그래요. 돈도 그렇구요. 알게 된 건 영국이고, 그 뒤에 돈은 사업을 확장하기 위해서 이곳으로 왔죠. 아무튼 이 일을 아주 좋아하니까 계속 하기 위해서 그렇게 결심했다고 하더군요."

"분명히 재미있는 일이겠군요. 전 이런 허브나 스파이스 대부분이 이렇게 멀리서 수입되고 있는지 전혀 몰랐어요."

"스파이스 무역의 역사는 불과 몇 백년 전까지만 해도 피의 역사였죠. 후추 무역권을 둘러싸고 국가들이 전쟁을 벌였을 정도니까요. 후추 가격이 다른 모든 물품 교환의 기준이 되었었죠. 현재는 금본위제지만 당시는 후추본위제였죠."

미녀는 밤색 눈을 크게 떴다. "놀랍군요."

"괜찮으시다면 점심이라도 함께 어떠세요? 스파이스 이야기를 하면서 스파이스를 즐기는 건 어떨까요?"

미녀는 눈쌀을 찌푸렸다. "점심은 좀 무리일지도……."

"그렇다면 저녁식사는요?"

"똑똑히 말하는 게 낫겠네요. 사실 렌쇼씨를 만나러 왔어요."

"그래요?" 나는 좀더 자세한 설명을 기다리고 있음을 넌지시 비추었다.

"하지만 시간이 없어요. 다음 약속에 늦을 것 같으니, 갔다가 다시 오는 게 나을 것 같군요."

"그때도 만날 수 있으면 좋겠군요." 내가 그렇게 말하기가 무섭게 미녀는 빠른 걸음으로 걷기 시작했다.

"저두요." 하는 말만이 어깨 너머로 남았다.

페기를 찾으러 가자, 마침 건물의 다른 구획에서 나오고 있던 참이었다. 나의 모습을 알아보고는 손짓을 했다.

"이건 저장실이에요. 우리 가게의 재고도 있지만, 그밖에도 위탁보관하는 허브, 스파이스, 식물, 향료도 아주 많아요. 여기 설비는 정말 비쌌어요. 온도, 습도는 물론 이물질을 입자 크기로 관리하고, 모든 종류의 곤충과 벌레도 죽이죠. 저쪽에 격리된 구획은 섬세한 향기를 가진 것들 전용이에요."

"놀라운 설비로군요." 나는 경의를 담아 말했다. "당신과 돈은 그야말로 이상적인 가게를 만들어냈어요."

"안을 둘러보고 싶어요?"

"물론이죠."

"열쇠를 가져올게요……." 페기는 거기서 말을 잘랐다. 승마바지를 입은 여성이 다가와서 석류씨는 어디에 있느냐고 물었다.

"곧 돌아올게요." 그렇게 말하고 페기는 그 여성을 안내했다.

나는 주위를 어슬렁거리며 음침하게 생긴 진귀한 식물, 좀처럼 볼 수 없는 허브, 기묘한 형태의 스파이스를 보고 있었다. 마침내 페기가 돌아왔다.

"돈은 왜 이렇게 시간이 걸리는 걸까요? 당신이 와 있는 걸 알고 있을 텐데. 앞으로 얼마나 걸릴지 알아보러 갈까요?"

우리는 작은 사무실의 유리가 끼워진 문까지 걸어갔다. 안에서 전화벨이 울리고 있었다. 페기가 유리 부분을 두드렸지만 대답이 없었다. 다시 한 번 노크했다.

"이상하네. 왜 대답이 없지?" 그녀가 말했다.

전화는 계속 울리고 있었다. 페기는 세 번째로 노크를 하고는 문을 열었다.

페기가 헉, 하고 공포에 찬 숨을 삼켰으므로 나는 손을 뻗어서 좀더 문을 밀었다.

돈이 마룻바닥에 쓰러져 있었다. 가슴에 난 구멍에서 피가 흐르고 있었다. 나는 손가락 끝을 돈의 왼쪽 경동맥에 댔다.

아무 것도 느껴지지 않았다. 돈은 죽어 있었다.

13

게인즈 반장과 로시니 경사에게 전화하자 두 사람은 사이렌을 울리며 날아왔다. 페기에게 앞문에 자물쇠를 채우게 하고 손님들에게는 잠시 남아 있어 달라고 부탁했다. 손님들은 투덜거리고 항의도 했지만 다행히 그걸로 끝이었다. 뉴요커는 자신의 요구가 받아들여지지 않으면 훨씬 더 소란을 피우는 인종이라고 생각하고 있었는데, 혹시 스파이스를 먹다보면 성격도 부드러워지는 걸까? 어쨌든 강경하게 반대하는 사람은 한 명도 없었고, 앞으로 무슨 일이 벌어질까 흥미진진해 하고 있는 듯한 사람도 두어 명 있었다. 분명 TV 형사물의 조연이라도 된 기분일 것이다.

퀸즈에서 왔다는 인상 좋은 노부인은 단골 손님으로, 페기와도 얼굴을 아는 사이였다. 그녀는 지원단체에 속해 있다고 했는데, 그것이 뭔지 나는 알 수 없었지만 같은 불행에 처한 사람들이 힘을 합쳐 싸우는 것과 뭔가 관계가 있는 것 같았다. 이 여성은 그 단체에서 상당한 경험을 쌓고 있는 듯, 페기를 위로하는 역할을 사서 해주었다.

게인즈 반장은 고통을 참는 듯 얼굴을 찡그리고 있었다. 이탈리아계 미인 경사는 꽤 우호적이었지만 귀중품 도난사건 직후에 살인은 너무 했음을 태도로 말하고 있었다. 게인즈 반장은 태도로 미루어 볼 것도 없이, 미간의 주름이 말해주고 있었다.

"뭔가 사건이 일어나면 언제나 거기에 계시다니, 어떻게 된 일입니까?" 반장은 불쾌하기 짝이 없다는 목소리였다.

"반장님. 수상해 보인다는 건 저도 알고 있습니다. 저는 이 건에는 아무 관계도 없습니다. 그렇게 말한다면, 도난 사건과도 전혀 관계없지만요.”

반장은 나에게 실컷 질문공세를 퍼부었다. 나는 최선을 다해 정직하게 대답했다.

“알리바이라면, 페기와 함께 사무실에 가기 직전까지 어떤 여성과 서서 이야기를 하고 있었습니다.” 나는 덧붙였다.

“왜 다시 알리바이가 필요하다고 생각하는 겁니까?” 그는 어쩐지 비난하는 듯한 말투로 물었다.

“그거야, 당신의 질문이…….”

“알리바이를 증명해줄 여성이란 누구입니까?”

“저기, 아, 그렇지. 지금은 여기 없습니다.”

“이름은요?”

“모르는데요.”

반장은 수상쩍다는 듯이 눈을 가늘게 뜨고 나를 보았다. “그걸 알리바이라고 말하는 거요? 당신은 렌쇼를 쏘고는 가게 안을 어슬렁거리다가 새삼스럽게 시체를 발견한 척한 게 아닙니까? 총소리를 들은 사람은 없었고. 아마 소음기를 달았겠지.”

“아닙니다.” 나는 항의했다. “누군지는 모르지만, 돈이 만나고 있던 인물이 그를 죽이고 사무실의 다른 문으로 달아난 겁니다. 저쪽 문은 바로 주차장으로 나갈 수 있으니까요.”

“이 가게에는 얼마나 오랫동안 계셨지요?” 경사가 가라앉은 목소리로 물었다.

"40분이나 45분 정도입니다."

"그 여성 말고 다른 누군가와 이야기를 했습니까?"

"아니요."

"왜 그 여성과는 이야기를 했던 겁니까?"

"마침 둘 다 생강 코너 앞에 있었거든요. 생강에 대해서 이야기를 했죠."

경사가 질문을 하고 있는 동안에, 반장은 의심스러운 눈초리로 나를 노려보고 있었다. 생강에 대해 이야기를 한다는 건, 그의 사전에는 믿을 만한 행동이 아니라고 적혀 있는 것 같았다.

"그 여성이 뭐라고 했는지 다시 한 번 말해주시죠."

나는 설명했다. 감식반 사람이 도착하고, 카메라, 비닐봉투, 각종 도구를 손에 든 남녀가 척척 움직이고 있었다.

경사가 내쪽으로 고개를 돌렸다. "사무실에서 렌쇼씨가 누구를 만나고 있었는지는 전혀 모른다고 하셨죠?"

"예. 어제 찾아가도 좋냐고 전화했더니, 오늘 아침에 와달라고 하더군요. 부인도 손님이 와 있다는 건 알고 있었지만, 누군지는 못 들었다고 했구요. 저도 누군지는 모릅니다. 제가 이야기를 했던 여성은 돈과 만날 약속을 했지만 기다릴 시간이 없다고 했습니다."

"구태여 말할 것까지도 없지만." 게인즈는 심기가 불편한 얼굴이었다. "이건 당신네들의 그 후추 비슷한 것이 도난당한 사건과 분명히 뭔가 관계가 있을 겁니다."

"어떤 관계가 있는지는 전혀 모르겠지만 그렇게 생각할 수밖에 없겠군요."

"묻고 싶은 게 있습니다. 당신들은 JFK 공항에서 그것을 맛보고 진짜라고 판단했는데……." 반장으로서는 드물게, 분명하게 말하지 않고 말끝을 얼버무렸다.

"예, 저희가 아는 한 진짜입니다."

"두 사람 다 진짜라고 생각했습니까?" 그는 다시 확인한다.

"예."

"100만 달러 이상의 가치가 있다고 했죠? 그것이 진짜라면."

"그렇습니다."

"그럼, 만약 가짜라면 가치는 어느 정도입니까?"

반장은 자신이 노리는 것을 내가 알아채기도 전에 토해내듯이 빠른 말투로 말했다.

"뭐, 가치 따위는 없겠죠……. 하지만 가짜일 리는 없습니다. 우리 두 사람이." 나는 거기서 말을 끊었다. "아, 무슨 뜻인지 알겠습니다. 저와 돈 렌쇼가 한 패라고 말하고 싶은 거죠?"

요즘도 그런 표현을 쓰는지는 모르겠지만, 반장에게 그 말의 의미는 충분히 전해진 것 같다. 그는 고개를 끄덕임으로써 그렇다는 것을 인정했을 뿐만 아니라, 자신이 원하던 바로 그 표현임을 증명하기까지 했다.

"그밖에 뭔가 생각나는 것이 있습니까?" 매력적인 경사가 끼어들었다. "스파이스는 가짜인데 당신이 진짜라고 주장했을 가능성은요?" 그녀도 더 이상은 매력적으로 느껴지지 않았다.

"신중하게 수사하면 몇 가지 가설이 나오는 것은 이해할 수 있습니다." 나는 씁쓸하게 말했다. "하지만, 우리 둘이 코펭은 진짜라고 생각해서 그렇게 감정한 것은 사실입니다."

경사는 노트에 메모를 했다. 게인즈 반장은 아직 의심하고 있다는 표정이었지만 얼굴을 일그러뜨리는 일은 거의 없어졌다.

"그러고보니." 나는 덧붙였다. "돈 렌쇼도 어떤 것을 생각해냈었습니다."

두 사람 모두 별로 흥미는 없는 듯하다. 기껏 생각해낸 것을 가르쳐주는 건 애석했지만 일단 말은 해주었다. 내가 설명을 마치자 게인즈 반장은 잠시 생각하더니 결국 손사레를 쳤다.

"몸값이라니, 그렇군요, 우리도 그 생각은 했지만 모든 가능성 중에서 윗자리를 차지하고 있진 않아요."

세 가닥으로 기묘하게 땋은 머리를 한 창백한 얼굴의 청년이 다가와 뭔가를 속삭이자 반장은 고개를 끄덕였다.

"지문을 채취하겠습니다. 이 가게에 있는 모든 사람들의 것을요. 당신 것도 필요합니다. 불만 있습니까?" 마치 내가 불응하겠다고 하기를 기대하고 있는 듯한 말투다.

"아뇨, 전혀." 나는 곧바로 대답했다.

"그리고 또 하나. 서에 와주셔야겠습니다. 경사에게 장소를 물어봐 주십시오."

"진술서로군요. 알겠습니다."

"그리고, 패스포트를 맡아두겠습니다."

"또 발을 묶는 겁니까?"

이번 사건이 일어난 충격으로 머리가 가득 차 있었으므로 거기까지는 생각지 못했다. 반장은 고개를 끄덕였고 그의 얼굴 근육은 마치 보이지 않는 껌이라도 씹고 있는 듯이 움직였다.

"참, 여기에 남아 주십시오. 전에는 귀중품 도난사건이었지만, 이번에는 살인이니까요. 불만은 없으시겠죠."

막 한 가지 생각이 떠올랐으므로 나는 거리낌이 없었다. 사실은 더 머물고 싶었다. 혐의를 벗고 코펭을 훔치고 돈 렌쇼를 죽인 범인을 찾아내고 전설의 스파이스를 되찾고 말겠어. 그것은 야심찬 계획이었다.

두 사건을 내가 조사하겠다고 하면 게인즈 반장과 경사가 친절하게 협력해줄 것 같지는 않지만 그들이 뭐라든 나는 조사를 해야겠다고 결심했다. 그렇게 생각은 했지만, 나는 의무를 다하는 것일 뿐이며 그들을 돕는 것임을 이해해주길 바랐다.

나는 몹시 난처한 표정을 지어 보였다.

"뭐, 그렇게 해야 한다면야 어쩔 수 없겠죠……." 가능한 한 최선을 다해서 싫다는 투로 대답했다.

14

택시로 플래밍엄 호텔로 돌아가는 동안에도 이것저것 생각할 것들이 많았다. 돌아오기 전에 페기와 잠깐 이야기를 했다. 그녀는 상당히 동요하고 있기는 했지만 정신은 똑바로 차리고 있는 모습이었다. 도움을 주고 있는 그 지원단체 부인 말로는, 페기는 돈이 살해되었다는 것을 진정한 의미에서는 아직 깨닫고 있지 못하다고 했다. 시누이가 오고 있고 아무래도 오늘은 이대로 가게 문을 닫겠지만 내일은 평소처럼 가게를 열겠다는 말도 했다. 지원단체의 부인도 다시 오겠다면서 뭔가 할 일이 있는 것이 페기에게도 좋다고 가게 문을 여는 것에 찬성했다.

곧바로 호텔로 돌아갈 예정이었지만 도중에 마음이 변했다. 운전사에게 말해서 괜찮은 아이리시 펍에서 내려달라고 했다. 배가 고픈 건 아니었지만, 지금 좀 먹어두는 게 좋을 것 같아서 호밀빵 콘비프* 샌드위치와 기네스 맥주 한 병을 주문했다. 맛있는

---

* 소금, 스파이스 따위를 섞어 절여서 열로 살균한 쇠고기.

콘비프 샌드위치를 먹고 싶다면 뉴욕의 아이리시 펍보다 훌륭한 곳은 세상 어디에도 없다.

펍에서 택시로 호텔로 돌아오는 도중에 관광명소에 들를 수도 있었지만, 도저히 마음이 내키지 않았다. 도중에 오른쪽에 엠파이어 스테이트 빌딩이 보였다. 그러고보니, 처음에 왔을 때에는 이것이 세계 최고층 빌딩이었지. 브로드웨이 서쪽에는 택시가 줄줄이 서 있었다. 아마도 심한 교통정체를 피하고 있을 것이다. 새로 연 우디 앨런 극장을 지나치자 다음 블록에는 1차대전을 다룬 손드하임과 로이드 웨버의 최신 초대작 뮤지컬을 광고하는 거대한 게시판이 있었다. 잠시 후 링컨 센터를 지나치자 플래밍엄 호텔이 보였다.

제복 차림의 남자가 다가왔으므로 호텔 사람이라고 착각한 나는 방 열쇠를 달라고 부탁했다.

"죄송하지만, 함께 가주실 수 있으시겠습니까?" 그의 말투는 정중했지만 '있으시겠습니까'는 여분의 단어처럼 들렸다. 요컨대, 나의 대답 따위는 아랑곳하지 않는 느낌이었다.

그는 넓고 둥그런 얼굴에다 크고 건장한 체구였다. 검은 가죽 견장과 소맷부리가 달린 진회색 제복은 얼룩 한 점 없이 팽팽하게 다려져 있었다. 납작한 모자를 똑바로 쓰고 있고 부츠도 번쩍거리는 검정색이었다. 그는 나에게 선택의 여지가 없음을 넌지시 비추고 있었다.

"어디로요?"

"바로 근처입니다."

"무엇 때문에요?"

"그건 말씀드릴 수 없습니다."

정상적인 상황이었다면 좀더 질문공세를 할 수 있었겠지만, 돈렌쇼가 살해당한 충격으로 나는 아직 머리가 제대로 움직이고 있지 않았다.

"좋아요, 따라가죠."

바깥에는 번쩍번쩍 빛나는 긴 리무진이 모퉁이에 서 있었다. 제복을 입은 호텔 도어맨이 특등석에 차를 세우게 해준 대가를 운전사한테서 받고 있었다.

우리는 남쪽으로 향했다. 운전사는 진정한 프로였고 정체에도 불구하고 차는 순조롭게 나아갔다. 그는 아무 말도 하지 않았으며, 중간의 칸막이 유리창을 열려고도 하지 않았다. 아마도 분명히 인터콤이 있겠지만 내 눈에는 띠지 않았다. 부드러운 가죽 인테리어는 호화 그 자체였으며, TV와 미니 바까지 있었다.

세계무역센터 트윈 타워 그늘 안으로 들어가자 모퉁이를 돌아 몇 분 뒤 타워에 비하면 훨씬 작은, 40층쯤 되는 빌딩 앞에 멈췄다. 운전사는 나를 데리고 혼잡한 로비로 들어가 여섯 명의 안내 데스크 사람 중 하나에게 뭐라고 속삭였다. 나는 엘리베이터에 태워지고 운전사는 단추만 눌러주고는 모습을 감췄다.

31층에 내리자 남자 하나가 기다리고 있었다. 마르고 검은 머리의 젊은 청년으로, 라틴계 같은 얼굴생김이었다.

청년은 앞장서서 서류가방을 껴안은 남자들이 잡지를 읽으면서 기다리고 있는 대기실을 지나쳐, 간유리로 된 무거운 유리문 앞으로 갔다. 청년이 문을 노크했고 나는 안으로 들어갔다.

커다란 책상 건너편에 앉아 있는 남자가 누군지는 알고 있었다. 복도 벽에 '마블 코퍼레이션'이라는 엠블럼이 커다랗게 박혀 있었기 때문이다. 땅딸막한 체격에 대머리의 호전적인 남자였다. 그는 산더미 같은 서류에 사인을 하고 있었으며 일을 끝마칠 때까지 나의 존재에는 아무 관심도 보이지 않았다. 이대로 서서 기다릴 생각이 없었으므로, 그의 반대편에 있는 의자 가운데 하나에 앉았다. 사무실은 안락한 느낌이었지만 너무 크지도, 공들여 꾸며져 있지도 않았다. 벽에는 마티스의 판화 두 장과 정글의 강을 커다랗게 확대한 사진이 장식되어 있었다. 창밖에는 옆에 우뚝 선 초고층 빌딩의 벽이 보일 뿐이었다.

마블은 사인을 마치자 산더미 같은 서류를 밀어내고 벗겨진 머리와는 대조적으로 덥수룩한 눈썹 밑에서 매서운 눈이 나를 노려보았다. 친밀감이라곤 손톱만큼도 없는 눈빛이었다.

"정말이지 혼란스런 상황이오." 그는 위압적으로 말했다.

그 말에는 이견이 없었으므로 나는 입을 다물고 있었다. 마블은 대답을 재촉하듯이 나를 보았지만 아무 대답도 하지 않은 탓인지 그의 음색은 점점 분노를 띠어갔다.

"카트라이트한테 코펭이 사라졌다는 말을 들었을 땐, 맨주먹으로 이 빌딩을 때려부숴버릴까 했었지. 도저히 믿을 수가 없었소. 사실은 지금도 못 믿겠고. 그런 식으로 사라지게 하다니, 도대체 어떻게 그게 가능한 거요?"

"저도 그걸 알고 싶습니다." 나는 진지하게 대답했다. "그리고 도저히 믿을 수 없다는 의견에도 찬성합니다. 그런 일은 절대로 불가능하다고 밖에 생각할 수 없습니다. 하지만 현실에서 일어나 버렸죠."

마블은 잠시 동안 꼼짝도 하지 않았다. "그 믿기 어려운 순간의 일은 어떤 말로도 형용할 수가 없소." 스파이스가 사라져 버린 사건을 말하는 건가 싶었지만, 그게 아니었다. "모퉁이를 돌았을 때 나는 계곡 아래쪽을 굽어보았지. 그 밤의 광채는 그야말로 신비스러웠다구. 마치 오로라 같았지. 지프에 타고 있던 캄보디아인들에게는 그것이 보이지 않았어. 내가 손가락으로 가리켜도 왠일인지 녀석들에게는 보이지 않았다구."

마블은 말을 잘랐다. "말해 두겠는데, 난 미치지 않았소." 그는 경고했다.

"아니, 전혀 그렇게 생각지 않습니다." 나는 말했다. 그것 말고는 여러 가지 생각한 것이 있지만, 미쳤다고는 전혀 생각하고 있지 않았다.

"그것이 무슨 뜻인지는 나도 몰랐소. 다른 사람에게는 보이지 않는 광채 같은 게 나한테만 보인 건 처음이었지. 빛의 마술이라든지 뭔가에 석양이 반사된 것일뿐이라고 하는 사람들도 있겠지만, 나는 그게 뭔가 의미가 있다는 것을 알고 있었지. 이 밭은 뭔가 특별하다고, 평범하지 않은 뭔가가 있다는 것을 알고 있었던 거야. 그게 뭐든지 간에 정체를 찾아내겠다고 결심했지. 그리고 찾아냈소. 그것이 코펭이었다구!"

그의 말을 들으면 마치 광신자인 것 같았지만, 그의 태도에는 광신적인 면이라곤 없었다. 신비에 가까운 경외감을 가지고 코펭을 대하는 것과 그가 코펭을 발견했던 방식과는 별개로, 여기 있는 이 사람은 엄청난 가치가 있는 상품을 눈앞에서 강탈당한 냉철한 사업가였다. "내가 당신에게 이런 말을 하는 건, 도난당했다는 말을 들었을 때 내가 얼마나 화가 났는지 알아줬으면 해서요. 그리고 또 하나, 이것도 말해두지. 가장 먼저 당신과 렌쇼의 짓이라고 생각했다는 것. 그런데 경찰에서 전화가 왔소. 렌쇼가 죽었다고 말이오. 살해당했다고."

"알고 있슴니다. 그 곳에 있었으니까요." 나는 말했다.

"그렇다면 이렇게 불려온 이유도 알고 있겠군."

"거기에 있었다는 건, 「스파이스 창고」에 있었다는 뜻입니다. 손님 중 하나와 이야기를 하고 있었는데 사무실로 가던 렌쇼의 아내를 만나서 함께 갔죠. 거기서 죽은 그를 발견했구요."

마블은 차가운 눈으로 나를 보았다. "자네만 홀로 지옥에 남겨 두고 사라지다, 로군. 그렇지?"

그것은 질문이 아니라 비난처럼 들렸다.

"렌쇼에게는 사소한 일을 부탁한 적이 있소. 뭐, 대단한 일은 아니지만. 정직한 사람 같아서 이번 일도 맡겼었소. 게다가 스파이스에 관한 지식도 탁월했거든. 하지만 녀석이 살해당했다면 코펭 도난 사건과 관계가 있는 건가?"

"저도 그걸 알고 싶습니다. 관계가 있는 건 확실하다고 생각하지만, 어떤 일인지는 전혀 모릅니다."

"살인이 일어난 시간에 손님과 이야기를 하고 있었다니 운이 좋았군. 그렇지 않았더라면 자네는 제1용의자였겠지." 마블은 덥수룩한 눈썹 밑으로 나를 보았다.

지금은 사건 개요를 자세히 설명하고 있을 때가 아닌 것 같았으므로 그의 말을 별로 정정하지 않았다.

"나는 솔직한 사람이오. 생각한 대로 말하지. 지금도 그러고 있고 말야. 렌쇼를 죽이는 건 불가능했다 해도, 코펭 도난사건에서 나의 용의자 리스트 맨 위에 있는 건 여전히 자네야."

"그렇게 생각하시다니 정말 유감이군요. 제가 말씀드릴 수 있는 건, 제가 사건과는 전혀 관계가 없다는 것입니다."

그러나 그는 자신의 생각을 바꿀 의향이 전혀 없어보였다. 좀 더 열심히 노력해보자.

"신원조회가 필요하시다면 스코틀랜드 야드*에 문의해 보셔도 좋습니다. 수사에 몇 번인가 협력한 적이 있으니 저의 신원을 보증해줄 것입니다."

이것도 깨끗하게 무시당했다. "그런 말 정도에 내 생각은 바뀌지 않소." 으르렁거리는 듯한 목소리였다.

"뿐만 아니라 잠시 뉴욕에 머물면서 조사를 할 예정입니다. 코펭 도난과 살인, 두 사건의 진상을 규명하기 위해서죠." 나는 최선을 다해 나의 결의를 담아 말했다.

하지만 마블에게는 소 귀에 경읽기였다. 여전히 의혹의 시선을 이쪽으로 향한 채였다. 벗겨져 있는 탓에 경계선이 없는 얼굴에서 머리까지 전체가 미동도 없고, 변화도 없었다.

"그런데, 한 가지 가르쳐주셨으면 하는 것이……."

약간 고개를 끄덕인 것처럼 보였지만, 아마도 아닐 것이다. 그러나 신경쓰지 않고 계속 말했다.

"코펭이 도착했다면 어떻게 할 예정이었습니까?"

"물론 탐내는 사람들에게 팔 예정이었소. 식품이나 식품가공물을 중개하는 것이 내 사업이니까."

"특별히 누구에게 팔 예정이었습니까?"

"딱히 정해져 있지 않았소. 설마 고객명단을 내놓으라고 하는

---

* 런던 경시청의 애칭.

건가? 그런 걸 자네에게 보여줄 생각은 눈꼽만큼도 없소. 아니, 아무한테도 안 보여줘."

"하지만 조사의 실마리가 될지도……."

"내가 조사를 의뢰한 것도 아니잖소. 왜 자네에게 협력해야 하는데?"

"코펭을 되찾을 수 있을지도 모른다는 것만으로 충분하지 않습니까? 거기에다 돈 렌쇼를 죽인 범인도 명백해질 수 있을지도 모릅니다."

"자네에 대해서는 손톱만큼도 신뢰하고 있지 않다고 분명히 말했을 텐데. 경찰이 수사를 하고 있고, 만약 필요하다고 판단하면 믿을 수 있는 사립탐정을 고용할 거요. 나는 자네를 의심하고 있으니 나의 협력 따위는 일체 기대하지 마시지."

마블은 점점 전투적인 음색이 되어갔다. 그가 터프 가이라는 것만은 틀림없었다. 조사에 진전이 있다 해도 알렉산더 마블의 협조 덕분일 가능성은 전혀 없을 것 같았다.

나는 언제나 무심코 상대방 입장에서 생각해버리는 것이 단점이었다. 마블처럼 편협한 시각을 가질 수 있다면 좋으련만, 나에게는 무리였다. 어쨌든, 내가 생각해도 내가 가장 수상하기는 하다고 벌써 마블의 입장에서 생각해버리고 있었으니까.

사실, 나 자신을 그토록 잘 알고 있지 않았다면 나부터가 내가 저지른 짓이 아닐까 의심해버릴 지경이었다.

15

　나는 일단 예의바르게 '실례하겠다' 고 말을 하고는 사무실을 나왔다. 마블은 예의를 갖추려는 시늉조차 하지 않았다.

　안내 데스크는 여전히 붐볐다. 통상적인 비즈니스라면 당연히 저 거구의 운전사가 호텔까지 데려다 주겠지만, 내가 코펭을 훔쳤다고 여기고 있는 남자에게 그것까지 기대할 수는 없었다.

　가죽옷을 입고 오토바이 헬멧을 옆구리에 낀 청년이 나를 밀어제치듯이 돌진하더니 안내 데스크의 여성에게 말을 하고 있었다. "이 서류를 연구소까지 갖다 줄 건데." 청년은 얇은 서류 케이스를 들어올렸다. "다른 건 갖고갈 거 없어요?"

　안내 데스크의 여성은 책상 밑을 찾고 있었다. "여기 있을 텐데……. 어딜 갔지? 아, 있다. 하지만 그냥 두고 오면 안돼. 조 말렌코프스키에게 직접 전해줘야 해요. 그리고 지나가는 길이니까 이것도 배달해줘요." 여성은 커다란 봉투 두 개를 건넸다.

　청년은 질렸다는 얼굴로 주소를 보았다. "지나가는 길이라구……." 하고 중얼거렸다.

나는 그가 서류 케이스와 봉투를 들고 나가는 것을 지켜보았다. 벽의 잡지 선반을 보았더니 퍼뜩 한 가지 아이디어가 떠올랐다. 잡지가 가득 꽂혀 있는 선반 옆의 어떤 글자가 눈에 확 들어왔기 때문이다. 마블 코퍼레이션. 나는 컬러 브로슈어를 빼내 거기에 눌러앉아 읽기 시작했다.

마블 코퍼레이션은 주식을 공개하고 있지 않으므로 결산보고서는 공표하고 있지 않다는 사실을 알았다. 브로슈어에 씌어 있는 것은 공표되어 있는 사실이 많았지만, 나는 연구소에 관한 정보를 찾아서 마지막까지 장을 넘겨갔다.

저 청년이 오토바이로 간다는 말은, 연구소가 그리 멀지 않은 곳에 있다는 말일 것이다. 역시 그랬다. 뉴저지 주의 레오니아에 있었다. 지도에 따르면 거기는 맨해튼 북쪽으로 허드슨 강을 건너면 바로였다.

엘리베이터에서 내려서 몇 블록 걷자 잡화점이 보였다. 나는 포장용 상자와 포장지를 사서 우편물을 만들었다. 생일을 잊어버리면 여자친구가 말도 안 할 거라고 했더니 계산대의 소녀가 스카치테이프 몇 장을 거저 주었다. 3달러를 지불하자 소녀는 거스름돈을 건네줄 때 내가 산 것을 보면서 경멸하는 표정을 지었다. '이주의 자린고비 1위는 당신'이라고 얼굴에 씌어 있었다.

금융가를 돌아다니는 택시는 뉴욕의 다른 지역보다 깨끗한 택시가 많은 것 같았다. 이번 운전사는 쾌활한 자메이카인으로, 맨해튼 외곽으로 나가면 할증요금이 붙는다고 설명했다.

조지 워싱턴 다리 위를 지나갈 때는 맨해튼의 멋진 스카이라인이 한눈에 보였다. 그 뒤 나무가 무성한 교외를 통과해 마침내 연구소가 모여 있는 단지로 나왔다. 입주해 있는 회사는 대부분 화학이나 전기 계열이었다. 택시는 수위의 지시에 따라 벽돌과 유리로 만들어진 빌딩 앞에서 나를 내려주었다. 빌딩 한 편에는 비스듬한 잔디밭이 펼쳐져 있고 나무그늘에는 벤치가 놓여 있었다.

"조 말렌코프스키에게 우편물입니다." 나는 초콜릿빛 피부에 커다란 갈색 눈을 가진 젊은 여성 접수원에게 말을 걸었다. 천천히, 최선을 다해 붙임성 있게. 그 정도 연기 실력으로 영화 「워터프론트」의 오디션을 통과할 수 있으리라고는 생각지 않았지만 접수대 여성은 무심히 "받아둘게요." 하며 손을 내밀었다.

역시 오토바이 청년은 아직 도착하지 않았다. 나는 안심하고 편하게 숨쉴 수 있게 되었다. "직접 전해드려야 하는데요."

마침 그때 전화가 울렸으므로 접수대 여성은 이중문을 향해 손을 흔들었다.

"어딘지는 알고 있나요?" 그녀는 물었다.

나는 자신있게 고개를 끄덕이고 문으로 향했다.

"배지는 달았어요?" 그녀가 불렀다.

나는 뒤돌아서서 가슴을 두드려 보이며 다시 한 번 고개를 끄덕였다. 여성은 전화를 받았고 나는 그대로 문을 통과했다.

복도 바로 앞에는 사무실이 있었다. 컴퓨터, 팩스, 복사기, 거기에 뭐가 뭔지 알 수 없는 기계류가 줄줄이 늘어서 있었는데, 그것들의 수는 사람수보다도 많았다. 기계들이 몇 미터씩 말려진 종이를 토해내고 있는가 하면, 또 다른 기계들은 종이를 줄줄이 삼킨 다음, 플라스틱통을 가늘고 길게 절단된 종이조각으로 채우고 있었다. 문에서 남자가 나와서 내 앞에 섰다.

"뭘 찾고 계십니까?"

멋진 체격이었고 붉은 얼굴에 정맥이 두드러진 남자였다. 어쩐지 어디선가 본 것도 같지만 그럴 리는 없었다.

"말렌코프스키씨에게 우편물입니다."

"누구라고요?"

"말렌코프스키씨요." 그 이름을 모른다면 당신은 간첩이라는 투로 다시 한 번 말했다. 덤으로 "이름은 조예요."라고 덧붙여줌으로써 그를 잘 알음을 강조하기까지 했다.

"부서는 어딥니까?"

"연구실요." 어라, 이 빌딩 전체가 연구실인가? 난감하게 됐군. 연구실의 어느 부서인지 물어보면 어떡하지? 괜찮았다. 남자는 말없이 복도 끝을 가리켰다.

나는 연구실을 찾아서 복도를 걸어갔다.

연구실은 곧 찾아냈다. 하얀 옷을 입은 직원들이 컴퓨터 화면을 보거나 유리기구를 만지작거리며 돌아다니거나 기계의 패널

뒤편을 들여다보고 있었다. 자극적인 산 냄새가 코를 찔렀다. 어디선가 자동세척기가 작동하고 있는 듯, 금속 트레이에서 유리가 부딪치는 소리가 들렸다. 나는 연필로 이를 두드리며 서 있는 약간 마르고 복슬복슬한 머리카락의 소녀에게 조가 어디에 있는지를 물었다.

"오늘은 휴가예요. 애가 아프대요. 게다가 차는 변속기가 망가져서 수리공장으로 갔다더군요."

"호오, 그것 참 안됐군요. 함께 일하는 분은 누구죠?"

소녀는 연필로 가리켰다. "안톤에게 물어보세요."

듬성듬성한 머리카락과 조용한 태도의 안톤은 고지식한 우크라이나인이었다. 나는 그의 억양을 화제로 삼았지만, 그는 나의 영국식 억양을 알아차리지도 못했다. 아니, 그렇다기보다는 오뎃사에 있는 정부 연구소에서 일하던 비참한 시대의 이야기와, 그곳을 탈출해서 미국으로 이주할 수 있었던 기쁨에 대해 떠들기 바빠서 그럴 여유가 없었으리라.

"조도 우크라이나 출신인가요?"

조 말렌코프스키 역시 우크라이나인이며 자신이 미국에 온 뒤로 여러 모로 힘이 되어 주었다고 했다. 마침 잘됐다.

"당신도 힘이 되어 준다면 기쁘겠는데요."하고 말을 꺼냈다. "당신들이 검사한 코펭에 대해서 알고 싶거든요."

"코펭?" 안톤은 당혹스러운 얼굴을 했다.

"스파이스죠. FDA*의 허가를 받으려 검사를 했을 겁니다."

안톤은 고개를 저었다. "들은 적이 없는데요. 알아볼까요?"

시간이 꽤 걸리긴 했지만 안톤은 찾아내 주었다. 연구소에서는 AM51이라는 코드번호로 불리고 있다고 한다. 마블이 자신의 이니셜을 사용한 것이겠지. 시험삼아 샌프란시스코의 메클렌버그 식물연구소 이름을 들먹여 보았더니 안톤은 곧바로 그것이 뭔지 알아차린 것 같았다.

"어떤 검사를 했습니까?"

안톤은 파일을 조사했다. "독성이나 발암성이 없는지, 그리고 사람이 섭취해도 문제가 없는지를 확인하고 FDA에 제안서를 제출했군요."

"그 모든 검사를 했는데 아무 문제도 없었다구요?"

안톤은 다시 파일을 읽고 끄덕였다. "통상적인 검사죠."

"그밖에는 어떤 검사를 했죠?"

"안 했군요."

"질량 분석은요? 미세 분자의 패턴 분석은요? 그밖에는 아무 검사도 안 했단 말인가요?"

안톤은 이해할 수 없다는 듯한 얼굴로 눈썹을 찌푸렸다. "아니, 안 했어요. 그런 검사를 할 필요가 있소? 뭘 알고 싶은 겁니까?"

---

* 미국 식품의약국.

"아니, 그냥 좀 이상하다고 생각했을 뿐입니다. 이런 정도의 설비를 갖추고 있다면, 분명히 여러 가지를 사용해보고 싶을 거라고 생각했거든요."

이 한 마디에, 여기와는 하늘과 땅 차이였던 우크라이나의 연구소에 대한 불평이 다시 시작되었다. 안톤에게 고맙다는 인사를 하자 그는 수상쩍다는 얼굴로 나를 보았다.

"본 적이 없는 얼굴이군요. 어느 부서죠?"

"신참입니다. 그래서 다른 부서들을 견학하라고 해서요. 어느 부서의 누가 어떤 일을 하고 있는지 참관하고 오라더군요."

안톤은 기쁜 듯이 미소지었다. 나는 그와 악수를 하고는 허둥지둥 도망쳤다. 어디로 가고 있는지 똑똑히 알고 있다는 듯한 얼굴로 걷고 있었지만 사실은 앞쪽에 뭐가 있는지 전혀 몰랐다. 그래서 내가 자물쇠가 채워진 안전문을 열려 하고 있다는 사실도 깨닫지 못했다.

한 남자가 나타났다. "이봐요, 거기는 통과금지요! 경보장치를 해제해야죠!"

처음에 만났던 멋진 체격의 남자였다. 다시 한 번 나의 얼굴을 보았을 때 남자도 그것을 깨달았다. "또 당신이시오?"

나는 부드럽게 웃어보였다. "미안합니다. 깜빡했습니다. 좀 생각할 게 있어서."

남자는 찌푸린 얼굴을 했으므로 혹시 나의 영국식 억양을 알아차린 건가 하고 생각했다. 하지만 조와 안톤도 여기 직원이니까 여기서는 이상한 억양이 신기한 일은 아닐 것이다. '영국식 억양은 경계하라' 는 따위의 공고가 붙었다면 모르지만.

"아직도 그 뭐라는 녀석을 찾고 있는 거요?"

"그래요. 조를 찾고 있죠."

복도 저편에 안내판이 보였다. 한쪽 끝에는 원엽상체경 실험실인가 뭔가 하는 곳밖에 없는 것 같다. 무슨 뜻인지도 모르겠고, 어떻게 읽어야 하는지조차 자신이 없으므로 반대쪽을 가리키는 안내판을 읽었다.

"아마도, 환경 실험실에 있었던 것 같은데요."

"저쪽에 안내판이 있을 거요."

"예? 어디요?"

남자는 초조한 듯 손으로 가리켰다.

"저기, 바로 저기요!"

"아아, 알겠습니다. 고마워요."

나는 갈수록 허둥지둥 달아나는 것만 능숙해지고 있는 것 같았다. 이번에도 멋지게 해치웠다. 단, 달아나는 속도는 지금까지 달아난 가운데 최고였을 것이다.

나는 뒤돌아보지 말자고 다짐하면서 안내판이 가리키는 방향으로 계속 갔다. 문 손잡이에는 뭔가 안내문이 붙어 있었지만 읽지도 않고 그대로 안으로 들어갔다. 문은 빨아들이는 듯한 쿵, 소리를 내며 닫혔다. 아마도 일종의 밀폐 시스템 같았다. 문소리는 마치 무게가 1톤은 되는 듯했다.

안에는 아무도 없었으므로 어슬렁거리면서 주위를 둘러보았다. 내가 들어온 문 말고는 출입문은 없는 것 같았다. 벽은 새하얗고 방 안에 있는 건 거대한 테이블 두 개뿐이었다. 두 개의 테이블 위에는 플라스틱이나 유리로 된 트레이, 접시, 볼, 상자 따위가 가지런히 놓여 있었다. 모든 것에는 코드 번호가 씌어진 라벨이 붙어 있고, 내용물은 쌀, 곡물, 설탕, 빵부스러기, 알 수 없는 식재료인 것 같았다. 물 같은 액체가 들어 있는 것도 있었다. 뭔가를 검사하고 있는 것 같은데, 여기서 어떤 검사를 하고 있는 걸까?

나는 어슬렁어슬렁 방을 둘러보며 잠시 시간을 보냈다. 나를 불러세웠던 남자가 자기 자리로 돌아가기를 기다리고 있었던 것이었다. 문 이외에는 출구가 없다는 것은 분명했고 그 남자에게 다시 달려가고 싶지는 않았다. 이젠 안전할 것이라고 판단하고 무거운 문을 열려고 했다. 어라, 안 열리잖아!

나는 문 손잡이를 붙들고 씨름했지만 문은 옴짝달싹도 하지 않았다. 누군가가 밖에서 자물쇠를 채운 게 아니라면 자동 잠금장치가 있었던 것이다. 좀더 긴 쪽의 벽에는 허리부터 눈높이까지의 평면 유리창이 있었다. 하지만 아주 두터운 이중유리였다. 탕탕 두들겨 보았지만 아무 소리도 나지 않았다. 남자 두 사람에 이어 여자 한 사람이 지나쳐갔지만 아무도 나의 존재를 눈치채지 못했다. 다시 한 번 문의 손잡이를 돌려보았지만 꿈쩍도 하지 않았다.

목이 말라왔다. 설마, 기분 탓이겠지. 아아, 나는 이제부터 어떻게 되는 걸까? 기침이 나왔다. 그 소리가 약간 기분나쁘게 벽에 부딪쳐 메아리쳤다. 그때, 문 가까이에 있는 벽에 어떤 계량기들이 있는 것을 깨달았다. 무의식중에 이미 그것이 뭔지 깨달았고 계량기 가운데 하나의 바늘이 움직이고 있는 것이 보였다. 계량기에는 '기압'이라고 씌어 있었고 바늘이 점점 내려가고 있었다.

전화를 찾아봤지만 한 대도 없었다. 내가 밀실공포증이라고는 단 한 번도 생각해보지 않았지만, 지금은 갑자기 그렇게 되어 버린 것 같았다. 덫에 걸린 쥐새끼가 된 듯한 느낌이 들었다.

머리가 어지러워지기 시작했다. 그것이 기압이 낮아졌기 때문인지 나의 신경증 때문인지는 알 수 없었다. 환청도 들려오기 시작한 것 같고, 높은 날카로운 부웅, 하는 소리가 들린다. 다시 기침이 난다, 기침이 멈추지 않는다. 숨쉬기가 힘들어진다…….

나는 비틀비틀 창에 매달렸다. 노란 색 원피스를 입은 여자 아이가 걷고 있었다. 손바닥으로 탕탕 두드렸다고 생각했지만, 내 귀에는 그 소리가 들리지 않았다. 여자 아이도 나를 알아차리지 못했다. 두 손을 펴서 창에 갖다대고 얼굴도 창에 찰싹 붙였다.

두 사람의 여성이 걸어왔다. 한 사람이 나를 쳐다보자 기대감에 마음이 설레었다. 하지만, 일행인 여성을 가볍게 쿡쿡 찌르면서 내 쪽을 가리킬 뿐이었다. 두 사람 모두 웃으면서 나에게 손을 흔들고 걸어가 버렸다.

믿을 수가 없었다. 분명히 나를 보았을 텐데 왜 도와주지 않은 걸까……. 그러다가 마침내 깨달았다. 유리창에 코를 눌러붙이고 있으면 이상한 얼굴로 장난치고 있는 것처럼 보일 게 아닌가. 반대쪽에서 보면 말이다.

반대쪽에서 하얀 실험복을 입은 남자가 상자를 손에 들고 걸어왔다. 내 쪽으로 얼굴을 돌렸으므로 두 손으로 목을 조르면서 숨쉬기가 곤란함을 손짓발짓으로 호소했다. 하지만 남자는 상자를 왼쪽 옆구리로 바꿔 끼고는 웃을 뿐이었다. 그리고는 오른손 집게 손가락을 관자놀이에 대고 방아쇠를 당기는 시늉을 하고 웃으면서 사라졌다. 이제 복도에는 아무도 없었다.

정말로 숨쉬기가 힘들어지기 시작했다. 나는 계량기를 보지 않으려고 했지만 도저히 그럴 수가 없었다. 바늘은 상당히 낮은 곳을 가리키고 있고 계속해서 내려가고 있다. 나는 썩은 동아줄이라도 붙잡는 심정으로 다시 유리창에 들러붙었다.

또 다른 남자가 걸어오는 것이 보였다. 마르고 키가 큰 남자로 어디선가 절대로 본 기억이 있었다. 분명히 윌러드 카트라이트였다! 마침내 환각이 보이기 시작한 걸까? 아니, 그렇지 않다. 그 사람은 여기 사원이니까. 나를 본 것 같기도 한데 알아차린 기색도 없이 지나쳐 갔다. 카트라이트가 아니었을지도 모른다. 어쨌든 그는 이미 가버렸다.

눈이 아파왔다. 눈동자가 튀어나올 것 같은 느낌이었다. 이젠 한계에 다다랐다. 여기서 살아서 탈출하고 싶다면 뭔가를, 그것도 아주 빨리 해야 했다.

뭔가 사용할 수 있는 건 없을까 하고 필사적으로 방안을 둘러보았다. 아무 것도 없었다. 이 방에는 이 커다란 테이블과 그 위에 놓인 플라스틱과 유리그릇 말고는 아무 것도 없었다. 커다란 테이블은 도저히 움직일 수 없을 것 같았다. 지금처럼 휘청거리지 않고 힘이 넘칠 때라 하더라도 그건 무리였다.

나는 되도록 천천히 숨을 쉬면서 주머니를 뒤졌다. 찾아낸 것은 볼펜 한 자루뿐이다. 볼펜의 몸체는 금속이었다. 천장을 올려다보았지만 전구는 모두 플라스틱 덮개 속에 숨겨져 있었다. 하지만 출입문 옆에는 전기 스위치가 있었다. 스위치의 플라스틱 덮개에 볼펜 끝을 끼우고 주먹으로 힘껏 때렸다. 안 된다. 꼼짝도 하지 않는다. 테이블에 있는 주둥이가 넓은 병을 집어들어 그것으로 계속해서 여러 번 때렸다. 플라스틱 덮개에 금이 가고 일부가 떨어져나가자 나머지 부분을 비집어 열었다.

나는 서둘러서 액체가 많이 들어 있는 그릇을 집어들어 내용물을 스위치 개폐부에 촤악, 뿌렸다. 섬광이 번뜩이고 치지직, 하는 소리가 났나 했더니 전기가 꺼졌다. 나는 비틀비틀 눈금을 보러 갔다. 이제 거의 0까지 내려갔다. 심지어 여전히 내려가고 있다. 기압을 조절하는 펌프와 전구는 배선이 다른가 보다.

주위에 연기가 자욱해 있었지만 뭔가 움직이는 것이 보였다. 유리창 저편에서 금붕어 어항 안에 있는 듯 얼굴이 큼지막해 보이는 남자가 두 손을 흔들고 있었다. 나는 발을 끌면서 창으로 다가갔다. 남자는 천장을 가리키면서 몸짓으로 뭔가를 전하려 하고 있었다. 머리가 멍해서 처음에는 무슨 말을 하려는지 이해할수 없었지만, 그러는 동안에 왜 어두운 곳에 있느냐고 묻고 있음을 알았다. 나는 필사적으로 문을 가리키며 그것을 여는 동작을 해보였다.

나는 의식을 잃지는 않았지만 도저히 내 힘으로 움직일 수 있는 상태가 아니었으므로 문을 연 남자가 밖으로 끌어내 주었다. 밖으로 나온 뒤 몇 분 동안은 바닥에 벌렁 드러누워서 그저 열심히 숨을 쉬었다.

사람들이 저마다 무슨 일이냐면서 모여들었다. 심장발작이야? 사고가 있었어? 의사는 어디 있지? 영화 촬영하나? 비상벨이 울려댔고 그것이 머릿속에서 반사되고 있었다.

나는 아직 산소결핍증임이 틀림없을 것이다. 군중 속에서 돈 렌쇼가 살해되기 직전에 「스파이스 창고」에서 나와 이야기를 나눈 여성의 얼굴을 본 것 같은 느낌이 들었다.

다행히도 군중 속에 높으신 양반은 없는 듯, 뭐하는 사람이냐는 둥, 여기서 도대체 뭘 하고 있었느냐는 둥의 질문은 받지 않았다. 그럭저럭 몸을 움직일 수 있게 되었지만, 여전히 시야는 흐릿하고 고통스러워서 나도 모르게 신음소리가 새어나왔다. 한 청년이 방안을 들여다보고 있었다. 그의 분노한 얼굴을 보니 아무래도 내가 그의 실험을 엉망진창으로 만들어버린 것 같았다. 각오하고 있던 얼굴, 즉 멋진 체격에 붉은 얼굴의 남자는 보이지 않았다.

마침내 스스로 일어설 수 있게 되었다. 이젠 괜찮다고 주위 사람들에게 말하고 걷기 시작했다. 잠깐 기다리라는 소리와 구급차가 올 때까지 기다리는 게 나을 거라는 충고가 들려왔지만 내 발로 걸어서 병원에 가겠다고 대답했다.

접수대의 젊은 여성이 때마침 다른 손님을 위해 택시를 부르고 있기에 두 대를 불러달라고 부탁했다. 불과 몇 분만에 택시가 현관 앞에 왔으므로 감사히 여기며 밖으로 나가려는데 누군가 소리치는 소리가 들려왔다. "잠깐! 거기, 당신!"

잠시, 그냥 내달려서 택시로 뛰어들까도 생각해봤지만 운전사가 서둘러서 달아나 주리라는 보장은 없었다. 나는 발을 멈추고 뒤돌아보았다.

나 때문에 자신이 하던 실험이 엉망진창이 되었던 청년이 바쁜 걸음으로 쫓아오고 있었다.

"잊으신 물건이 있더군요." 청년은 그렇게 말하며 내 손에 가짜 우편물 상자를 들려주었다.

16

뜨거운 욕조에 몸을 담근 덕분에 그럭저럭 컨디션을 회복했다. 전화벨이 울렸다. 가브리엘라 로시니 경사였다.

"패스포트를 가져오실 예정이었을 텐데요." 갑자기 분노가 치솟았다.

"잊고 있지는 않습니다. 하지만 알렉산더 마블에게 불려갔다가 지금 막 돌아왔어요."

마블 연구소에서 하마터면 목숨을 잃을 뻔했다는 것은 입다물고 있어야겠다고 마음먹고 있었다. 단순한 사고였는지, 아니면 악의가 숨겨져 있었는지 판단할 수 없었기 때문이었다. 좀더 상황이 명쾌해지기 전에는 경찰에게 말해야 할 이유가 없었다.

"사건에 대해서 몇 가지 여쭤보고 싶은 것이 있습니다. 물론, 패스포트도 맡아둬야 하지만요."

그녀의 목소리에 어쩐지 화해하려는 기미가 있었나? 그런 것도 같기도 했다…….

"지금 몇 시인가요?"

"이제 곧 5시인데요."

"사실은 욕조에서 막 나왔어요. 그렇지, 좋은 생각이 났어요. 함께 식사를 하면 어떨까요? 곧 근무시간은 끝나겠죠?"

"하지만……." 경사는 딱 적당한 시간만큼 망설였다. "사실은 옛날 룸메이트가 레스토랑을 시작했는데 가게에 찾아가겠다고 약속했거든요. 저기, 마음으로 응원해 주려고요." 그녀는 마치 지금 막 생각났다는 듯이 말을 이어갔다. "그러고 보니 마침 그런 관계의 일을 하고 계시잖아요. 당신이라면 소소한 조언도 해 줄 수 있을지도 모르죠."

"그럼 꼭 가보고 싶군요." 그것은 진심이었다. 살인 혐의를 받는 것보다는 그 편이 훨씬 나았다.

"하지만 미식가가 갈 만한 가게는 아니에요. 별로 기대하지 않는 게 좋을 거예요. 「포 시즌스」 같은 레스토랑은 아니거든요."

"꼭 가보고 싶군요." 나는 못 들은 척 다시 단언했다.

"재미있을 거예요." 그녀는 말했고, 나는 그게 무슨 뜻일까 궁금했지만 물어보지는 않았다.

우리는 어디서 만날지를 서로 이야기했다. 경사는 브루클린의 프로스펙트 공원 근처에 살고 있고 레스토랑은 그리니치 빌리지 북쪽 변두리에 있다고 해서, 레스토랑에서 만나기로 했다.

17

미국인은 특이하고 기억하기 쉬운 이름이나 슬로건을 아주 좋아한다. 예를 들어 범퍼 스티커를 붙이고 있는 차가 많은데, 그것은 어찌 보면 효과적인 슬로건을 발표하는 방법이다. 또한 레스토랑 사업에 뛰어들려 하는 용감한 사람은, 가게 이름이 세련되었다고, 그리고 되도록이면 독특하다고 여겨지려면 무조건 가게 이름을 눈에 띄게 하는 것이 최고라고 믿고 있다.

택시에서 내리자 「불 무스*」라는 새빨간 네온이 빛나고 있었다. 여기가 그리니치 빌리지 변두리라는 것 말고는 정확하게 어디인지도 알 수 없었다. 뉴욕은 위험하다고 귀에 못이 박히도록 들었지만 여기는 안전한 지역인 것 같았다. 하지만 지금 서 있는 이곳에서 불과 몇 미터 떨어진 곳에서 돈 렌쇼가 살해당한 것도 사실이니 너무 마음을 푹 놓아서는 안 되겠지.

이 가게 이름은 뉴욕의 레스토랑치고는 그리 감탄할 정도는 아

---

* 테오도어 루스벨트가 이끌었던 혁신당의 상징인 수컷 큰사슴의 상.

니었다. 예를 들어「더 퀼티드 지라프(얼룩기린)」는 인기 있는 고급 레스토랑인데 아직 가본 적은 없지만 이름만은 알고 있다. 「몽키 바」,「스미스 & 월렌스키」,「8과 1/2」이라는 이름도 기억에 남아 있다. 「매드61」은 아주 유명한 이탈리안 레스토랑의 이름이자 매디슨가 61번지라는 가게의 번짓수이기도 하다.

「육로라면 하나, 해로라면 둘*」은 약간 기억하기 어렵지만, 틀림없이 애국심에 호소할 것이다. 음식은 미국과 유럽의 요리를 잘 융합시키고 있다고 들었다.

그러나「불 무스」라는 가게 이름은 도시에서 가장 멋지다고 할 수는 없다 해도, 점멸하는 파란 네온으로 씌어진 가게의 설명은 상당히 독창적이었다. '뉴욕 최초의 서스캐처원** 요리 레스토랑' 이라고 씌어 있었으니까.

"진은 이것이 오랜 꿈이었어요." 가브리엘라는 크림빛 블라우스와 파란 미니 스커트 위에 파란 체크 무늬의 세련된 재킷을 걸치고 있었다. 정말 우아하고 매력적이었고 어딜 봐도 경사로는 보이지 않았다. 나는 그녀에게 그렇게 말해주었다.

"경찰의 한길을 달려온 건 아니었으니까요." 그녀는 말했다.

"경찰관이 되기 전에 여러 가지 일을 했다는 말인가요?"

---

* One if by Land, Two if by Sea. 1972년에 문을 연, 뉴욕에서 가장 낭만적인 장소로 손꼽히는 식당들 가운데 하나. 가게 이름은 롱펠로의 시에서 따왔다.
** 캐나다 남서부의 주 이름.

"연극학교를 다녔고 조연이지만 몇 번 무대에 선 적도 있었죠. 오프 브로드웨이에서 두 번을 포함해서요."

나는 놀랐고, 그것도 그대로 말해주었다. "왜 포기했죠?"

"그것이 내 평생직업이라는 생각은 안 들더라구요. 재미는 있었지만 그 세계에서 성공할 정도의 재능은 없다는 것도 깨달았구요. 가끔 소소한 단역을 얻는 것에 목매면서 살아야 하는 불안정한 인생도 싫었죠."

"무대라면 뒤쪽에서 할 수 있는 일도 많이 있잖아요."

"아니요. 연기 이외에는 전혀 흥미가 없었어요. 그런데, 어느 날 장을 보러 갔다가 총을 가진 소년 강도를 만났어요. 가게 주인이 어찌어찌해서 비상벨을 눌러서 한 블록 떨어진 곳에 있던 경찰에게 통보했나봐요. 여자경찰이 와서 범인을 설득하고 결국 총을 빼앗았죠. 눈 앞에서 그걸 보고 엄청 감동했어요. 그래서 그 자리에서 경찰이 되겠다고 결심했죠."

"그리고 초지일관해서 오늘날 경사가 되었단 말인가요?"

가브리엘라는 빨려들 듯한 미소를 띠웠다. 그렇게 미소를 지으면 눈동자도, 얼굴 전체도 더욱 빛나는 것 같다.

"게다가 이런 일하는 걸 아주 좋아하구요. 특히 형사가 되고나서부터는요."

"그렇다면 진은 배우 시절의 친구인가요?"

"그래요, 룸메이트였죠. 진도 역시 배우 지망생이었구요."

"그러던 것이 당신은 경찰이 되고 진은 레스토랑 사업으로 진출했단 말이죠."

"꼭 그런 건 아니에요. 진의 아주머니가 엄청난 유산을 남겨주셨대요. 상속인은 거의 진 한 사람이었던 것 같더군요."

"그렇군요. 이상하다 생각했어요. 런던에서 레스토랑을 여는 데에 돈이 얼마나 드는지 알고 있거든요. 뉴욕이라면 더 들테니까요."

가브리엘라가 이 가게에 오는 것이 '즐거움' 이라고 말한 이유를 알았다. 이곳이 문을 열었을 때 「뉴욕」 지에 실린 레스토랑 평의 복사본이 플라스틱 케이스에 넣어져 벽에 걸려 있는데, 그것이 한 마디로 여기를 설명하고 있다. "극도로 불경스럽고 광란을 즐기는 젊은 감각을 위해 준비된 장소. 그와 동시에 시시껄렁한 것과 저속한 것과 옛 것을 그리워하는 이들의 박물관이다." 그 다음은 굵은 검정 펜으로 지워져 있었다.

갈색 플라스틱으로 만들어진 두 개의 거대한 난로가 있었다. 난로에는 속이 빈 플라스틱 통나무 안에서 전구가 새빨갛게 타오르고 있었다. 천장을 가로지르는 들보는 대담하게도 플라스틱이고, 천장에서 늘어뜨려진 조명은 전기 촛불이 달린 마차의 바퀴였다. 그리고 사방의 벽에는 온갖 잡동사니가 장식되어 있었다. 투우나 옛날영화 포스터, 청동 프라이팬, 아직 흙이 묻어 있는 것 같은 농기구, 사슴 머리, 종이로 만든 산타 클로스, 타조 등지 삼아도 될 것 같은 거대한 뻐꾸기 시계…….

　나는 눈을 동그랗게 뜨고 가게 안을 둘러보다가 나를 보고 있
는 가브리엘라와 눈이 마주쳤다. 가브리엘라는 웃음을 참고 있
는 것 같았지만, 더 이상 참지 못하고 풋– 하고 말았다. 그 웃음
에 이끌려 나도 웃어버렸다.

　"어떻게 생각해요?" 그럭저럭 웃음을 억제하고 가브리엘라가
물었다.

　"대단히 멋진 가게로군요. 진은 이런 예술품들을 손에 넣기 위
해 많은 시간을 들이고, 유산의 대부분을 소더비에 갖다바친 건
아닌가요?"

　"직접 물어보세요." 그녀는 대답했고, 나는 그제서야 진이 여
성이 아니라 남성이라는 것을 알았다. 호리호리한 검은 머리의
무척 잘 생긴 남자였고 몸짓은 발레리노처럼 우아했다. 가브리
엘라와 진은 서로 끌어안았다. 그야말로 옛 친구라는 느낌이지
만, 어쩌면 그 이상의 관계였던 건 아닐까?

　그녀를 나를 소개한 다음, 두 사람은 서로의 외모에 대해 찬사
를 늘어놓고 서로가 아는 친구들의 안부를 묻고는 다시 끌어안
았다.

　그들의 포옹을 끝내게 하기 위해서 무리하게 말을 건네자 진은
장사는 순조롭다고 대답했다. 그는 목소리도 아름다웠으며 틀림
없이 섬세한 연기를 할 수 있는 배우였을 것이다. 그때 방 저편

에서 부르는 소리가 들려와 진은 죄송하다는 듯히 한숨을 쉬었다. "제 파트너예요. 잠시 실례합니다. 뭔가 문제를 일으킨 것 같군요. 바로 웨이터를 오라고 하죠."

탁자에는 빨강과 흰색의 격자무늬 비닐 식탁보가 깔려 있었고, 짝이 맞는 의자는 하나도 없었다. 나무로 만든 것이 있는가 하면, 금속제도 있고, 구세군에서 손에 넣었음직한 것도 있었다. 우리 뒤쪽 벽에는 카우보이 의상을 입고 가슴에 보안관 배지를 달고, 손에는 6연발 권총을 든 로널드 레이건*과 그 위에는 「죽여도 좋고 사로잡아도 좋은 현상수배범」 포스터가 붙여져 있었다. 그 양 옆에는 폴리네시아의 가면과 목제 비행기 프로펠러가 장식되어 있었다. 웨이터가 다가와서 뭔가 탄산 음료잔을 놓았다.

"저희 가게의 인사입니다." 그는 미소를 지으며 말했다. 1리터는 될 듯한 케첩병과 낡은 소금병과 후추병을 옆으로 치우고는 전채 바구니를 놓았다.

"이 레스토랑의 성공을 위해." 나는 가브리엘라와 건배했다.

그녀는 고개를 끄덕이고 "「불 무스」와 당신의 뉴욕 방문과 수사의 성공을 위해서."라고 말했다.

"그리고 우리가 좀더 잘 알게 되기를." 나는 덧붙였다.

"그렇네요."

---

* 영화배우 출신의 전 미국 대통령.

우리는 식전주를 마셨다. 칵테일의 고향 뉴욕답게 역시나 무척 맛있었다. 아마도 보드카, 오렌지 주스, 오렌지 큐라소*, 거기에 탄산수를 약간 넣었으리라. 칵테일 이름은 묻지 않았다.

나는 재킷 주머니에 손을 넣어 패스포트를 건넸다. "이제 전 당신의 죄수로군요."

그녀는 그것을 펴서 사진과 나를 비교했다. "훨씬 심한 얼굴을 본 적도 있어요."

"범인 확인을 위해 한 줄로 나란히 세운 피의자들 중에서 말인가요?"

"아니예요. 그 정도로 심하진 않아요. 그러니까, 패스포트 사진이 잘 나온 건 없잖아요."

가브리엘라는 술을 한 모금 마시고 뭔가를 생각하는 듯한 얼굴로 나를 보았다.

"계속해요." 나는 재촉했다.

가브리엘라는 빙긋 웃었다. "오늘 팩스를 받았어요. 당신에 대해서요. 스코틀랜드 야드로부터요."

"당신이 그걸 제대로 읽어주기만을 바랄 뿐입니다. 참으로 희귀한 도난사건을 만나는가 했더니, 이번에는 살인사건이라니. 용의자로 의심받아도 어쩔 수 없으니까요."

---

* 오렌지 향료가 든 리큐어(알코올에 설탕과 식물성 향료 따위를 섞어서 만든 혼성주).

"스코틀랜드 야드는 상당히 칭찬하던데요." 그녀는 신중하게 말했다.

"두 번쯤 사건 수사에 협력했던 적이 있어요. 스코틀랜드 야드에는 식품특수반이라는 부서가 있거든요. 음식이나 음료, 또는 그런 사업과 관련된 범죄를 모두 담당하고 있죠."

"10대 때는 런던의 스미스필드 시장에서 일했었다죠? 그리고 나서는 수습 요리사가 되었구요. 「케트너즈」였던가요?"

"그래요. 런던의 유명한 레스토랑이죠. 거기서 수련을 혹독하게 받았죠."

그녀는 고개를 끄덕였다. "그 뒤로 세계의 바다를 항해하는 크루즈의 요리사가 되었구요. 오스트레일리아, 남아메리카, 유럽, 아프리카. 그래서 외국 요리에 정통해졌겠군요?"

"스코틀랜드 야드는 정말 수다스럽군요. 그런 것까지 미주알고주알 가르쳐주다니 놀라운데요. 저기, 녀석들은 저밖에 모르는 내밀한 비밀까지 온 세상에 까발리고 있습니까?"

"그런 건 모르는데요. 이를테면, 리우에서 만난 그 여자……."

"뭐라구요!"

가브리엘라의 눈이 빛나는 것을 보면 농담임을 알 수 있었다. 하지만 그녀가 진심으로 나에게 뭔가를 숨기려고 마음먹는다면 그것은 식은 죽 먹기일 것이다.

"그 부분은 파일에 실려 있지 않았어요. 그래서, 그 뒤로 식재료 조달 사업에 관계하게 되었죠. 그것이 현재의 업무로 이어진 거네요. 어떤 일을 하고 있는지 드디어 알았어요."

"식재료 찾기는 아주 재미있고 공부도 되죠. 진귀한 식재료의 원산지를 쫓아다니거나 구할 수 없는 식재료의 대용품을 찾아내거나 해요. 수요에 관해 조언을 하기도 하구요."

"그렇다고 해서 범죄를 저지르지 않았다는 것이 증명된 건 아니죠." 엄격한 얼굴이었다.

"그야 물론이죠."

가브리엘라는 딱딱한 표정을 풀고 웃는 얼굴이 되었다. "하지만 저는 더 이상 당신을 의심하고 있지 않아요."

"고맙군요. 살인범으로 의심받는 건 별로 기분 좋은 일은 아니니까요."

그녀는 이해한다는 듯한 얼굴로 끄덕였다. 웨이터가 메뉴를 갖고 왔다. 신문으로 착각할 정도로 크고 두툼했다.

"하지만 게인즈 반장은 어떤가요? 아직 날 의심하고 있죠?" 나는 물었다.

"헬에 대해서는 그러려니 하고 이해해줘요. 시간은 걸리겠지만요. 하지만 한 가지 좋은 걸 가르쳐줄게요. 뉴욕에서 그 사람 이상가는 형사는 없어요."

"그렇군요. 최고의 형사여서 여전히 나를 의심하고 있는 거로군요."

"우리가 좋은 콤비를 이룰 수 있는 이유 가운데 하나는 핼이 사실과 원인을 중시하고 저는 직감을 중시하기 때문이죠."

"하지만, 내가 무죄라고 납득시킬 수는 없겠죠."

"사실은요, 마침내 핼도 인정했어요……." 거기서 말을 끊고 짓궂은 표정을 지었다.

"뭘요?"

"당신에게 협조를 부탁하는 것을요."

"그것 참 놀랍군요." 나는 진심으로 말했다.

"연락 담당은 저랍니다."

"더욱 기쁘군요."

"그렇게 하는 게 이치에 맞기도 하겠죠. 우리는 분명히 특수범죄과이긴 하지만, 두 사람 다 미식가는 아니거든요."

나는 천천히 의미심장하게 「불 무스」 안을 둘러보았다. "미식가가 아니라니 정말 믿을 수가 없군요."

그녀는 방울이 구르는 듯한 목소리로 웃었고 나는 그녀가 정말로 좋아지기 시작했다.

"하지만 당신의 집은 레스토랑이잖아요?"

"이 사건은 레스토랑의 범위를 훨씬 능가하잖아요. 핼과 저는 사건 해결을 위해서는 임시 방편이 아닌 전문 지식이 필요하다는 데에 의견이 일치해요. 게다가 시간도 별로 없구요."

"왜죠?"

"특수범죄과의 내규에 따르면 수사를 할 수 있는 건 열흘 동안이에요. 열흘이 지나면 수사가 중지되죠."

"그건 너무 심하군요."

"그렇게 들리겠지만, 열흘이 지나면 해결 가능성이 확 떨어지는 것도 사실이죠. 더 이상 수사에 일손을 배치할 수 없어서 포기해야만 해요. 그 후에 해결된다면 엄청난 우연의 축복이거나 누군가 밀고를 했을 경우 정도뿐이죠. 그러니까 수사중인 리스트에서 빼고는 다른 사건으로 대체하는 거죠."

"그렇다면, 열흘 동안 집중적으로 수사하겠군요."

"그래요. 사실은 외부 협조를 언제든지 대환영하고 있는 건, 무엇보다 시간이 없다는 것이 이유예요."

"그렇군요. 저라도 도움이 된다면 기꺼이 협조하겠습니다."

"이것도 말해둘게요." 가브리엘라는 유리잔에 담긴 술을 다 마셔버렸다. "핼 게인즈가 당신의 협조를 얻는 것에 찬성한 데에는 또 한 가지 이유가 있어요."

무슨 이유인지 물어보려다가 아, 하고 깨달았다. "나를 감시하기가 쉬워지기 때문인가요?"

"맞아요."

그녀는 내가 스스로 답을 찾아냈으므로 만족스럽게 웃었다.

"스코틀랜드에서 사건이 하나 들어와 있는데, 데이터를 팩스로 보내줄 수 있을까요?"

"어떤 일인데요?"

나는 송어 밀렵사건이 일어나 재판에서 증언할 예정이었다고 설명했다.

"재미있을 것 같군요."

"이쪽 사건도 그에 못지 않죠." 나는 딱 잘라 말했다. "게다가 사태는 훨씬 심각하구요. 뭔가 알아낸 건 있습니까? 내가 알아두면 좋은 것이 있을까요?"

"렌쇼가 살해당한 것은 7밀리 총탄이고, 발사한 총은 오토매틱. 아마도 러시아제 토카레프이거나 일본제 모조품일 거예요. 사무실에서 채취한 지문에서 수상한 것은 없었어요. 주차장의 목격자도 없구요. 그 밖의 실마리도 없어요."

"잠깐만, 기억이 나요. 아마 벌써 조사했을 것 같기는 하지만요. 샘 롱을 조사해 보았나요? 코펭을 방콕으로 갖고 돌아가 버렸다거나 하지는 않았죠."

"그는 철저하게 조사했어요. 방콕에 도착했을 때에도 짐도 조사했구요. 그쪽에서의 행동도 체크했지만 깨끗하더군요."

"설마 그가 했으리라고는 생각지 않지만, 일단 말해두는 게 좋을 거라고 생각해서요."

"그 말이 맞아요. 슬슬 메뉴를 살펴볼까요?"

메뉴 설명은 익살스러운 스타일로, 이 가게 분위기에 딱 어울렸다. 예를 들면 이런 식이었다.

알래스카산 연어 샐러드

작은 캔과 큰 캔, 어느 쪽으로 하실 건지 말씀해주세요.

허드슨 만의 매

닭고기와 똑같은 맛. 사실은, 맛의 차이를 느낄 수 없도록 토마토,

양파, 버섯을 넣어 요리를 하죠.

뉴 브런즈윅 스튜

저희를 믿고 내용물이 뭔지 묻지 마세요. 당신도 절대로 알고 싶

지 않을 테니까요.

유콘 강의 가자미

찰리 채플린이 「황금광 시대」에서 구두 밑창을 먹던 장면 기억하

세요? 우리 가게의 가자미는 그만큼 부드럽지 않을지는 모르지

만, 그만큼 싸답니다.

어디를 읽어도 재미있어서 둘이서 킥킥거리면서 마지막까지 모조리 읽었다. '퀘벡의 메추리'가 있었는데 그놈은 '미국으로 도망치려 해서 쏘아 떨어뜨렸다'고 했다. '5대호 곰스테이크', '프린스 에드워드섬 감자', '거위를 쫓아서' 등 유머러스한 음식이 쭉 나열되어 있었다.

와인 리스트는 그리 길지 않았다. 세계 각국의 맥주가 실려 있었지만 와인 항목에서는 이렇게 허풍을 치고 있었다. '당신은 운이 좋군요. 베핀 만(灣)의 버건디와 캘거리의 샤르도네가 있답니

다. 그래요, 둘 다 있어요!'

진이 직접 주문을 받으러 왔다. 나는 카리부* 스테이크로 정했다. 메뉴에는 '쇠고기하고 뭐가 다른지 모르실 걸요'라고 씌어 있었다. 가브리엘라는 뉴 브런즈윅 스튜로 하기로 했다. 하지만 주문하기 전에 강도사건 용의자 대하듯이 진을 몰아붙였다.

"전통적인 브런즈윅 스튜에는 다람쥐 고기를 넣죠." 내가 말하자 진은 이렇게 대답했다. "뉴욕에서는 다람쥐 고기는 구할 수가 없어서 고양이 고기를 써야 하죠." 하지만 마침내 진도 항복하고 최고급 쇠고기 등심을 쓰고 있음을 인정했다. 그가 일어나서 가려고 했을 때 가브리엘라가 말을 걸었다. "진, 오늘밤엔 누군가 유명인사는 없어?"

진은 가게 안을 쓱 둘러보았다. "있지, 저쪽에 스프링스틴이 와 있어."

가브리엘라는 절반쯤 자리에서 일어났다.

"어디? 어디?"

진이 손으로 가리키자 가브리엘라는 얼굴을 찌푸렸다.

"팝가수 브루스 스프링스틴이 아니잖아."

"샘 스프링스틴. 우리집 단골이라구. 요 앞의 동전세탁소 주인인데……."

---

* 유라시아 순록.

가브리엘라가 냅킨으로 진을 때렸다. "넌 정말……."

"알았어. 잠깐만. 어, 저쪽에 베티가 와 있어."

"영화배우 로렌 바콜 말이야?" 가브리엘라가 눈을 동그랗게 하고 물었다.

"아니, 베티 바커. 한 블록 앞에 있는 포르노 영화관의 부지배인이야."

"저리 꺼져!"

진의 모습이 보이지 않게 되자 나는 말했다. "그와 함께 살면 굉장히 재미있겠군요. 언제든지 저 유머감각을 발휘해줄 것 같은데요."

"아무리 힘들 때라도 거기서 웃음을 찾아내는 천재죠."

"몇 명이서 함께 살았는데요?"

"나와 진뿐이었어요. 함께 산 건 1년 정도쯤일까요."

"왜 함께 살지 않게 되었는데요?"

"진이 테리를 만났거든요. 두 사람은 함께 이 가게를 시작하기로 했죠. 저쪽에 있는 사람이 그 사람이에요." 가브리엘라가 가리킨 손끝에는 진과 비슷한 나이의 금발에 약간 통통한 남자가 계산대에 서 있었다. "마침 그 무렵에 저도 경사로 승진해서 혼자 살 만한 여유가 생겼어요. 그래서 내가 근처로 이사하고 거기에 테리가 이사해 들어온 거죠."

"그럼, 저 두 사람은 사업도 같이 시작하고 게다가 함께 살고 싫어했다는 말인가요?" 내가 이상하게 여겨 물어보자 가브리엘라가 힐끔 이쪽을 보았다.

"아아, 진이 그렇다는 것 몰랐나요?" 그때 웨이터가 다가왔으므로 가브리엘라는 설명을 중단했다. 캐나다에서 가장 맛있는 베핀 만산 와인병과 음식을 늘어놓고 있다. 웨이터가 사라지자 가브리엘라는 계속했다. "그러니까 룸메이트로서는 이상적인 상대였죠. 나한테는 전혀 흥미가 없었고, 물론, 친구로서는 별개였지만요."

"그랬군요." 나는 말했고, 안심했다. 사실은 쭉 그것이 마음에 걸려서 견딜 수가 없었으니까.

버건디는 캐나다산인 척하고 있지만 사실은 훌륭한 캘리포니아산임을 알았다. 가브리엘라는 자신이 주문한 뉴 브런즈윅 스튜가 아버지가 만든 카초에울라* 만큼 맛있다고 선언했다. 듣건대 그 양반은 돼지발도 넣음으로써 다른 가게와는 다른 맛을 내고 있다고 한다. 메뉴에 썩어 있던 대로, 카리부 스테이크는 쇠고기만큼 맛있었다. 그도 그럴 것이, 이것은 쇠고기, 심지어 부드럽고 육즙이 듬뿍 든 대형 스테이크였으니까.

나는 다 먹고나서 질문을 했다. "그런데, 수사에 협력하는 일

---

* 이탈리아식 돼지고기 스튜. 갈비, 족발, 살가죽, 귀까지 냄비에 넣고 토마토, 양파, 소시지, 셀러리 등과 같이 끓인다. 겨울에 먹으면 그만이다.

말인데, 그건 얼마나 위험한가요?"

"어머나 어머나," 가브리엘라는 얼렁뚱땅 얼버무렸다. "버건디가 너무 독했나 보네요. 그래서 그렇게 이상한 소리를 하는 거 아닌가요?"

"그러기는커녕, 그걸 마신 덕분에 물어볼 용기가 생겼죠."

"무슨 말씀을! 스코틀랜드 야드에 협력해서 그토록 용감하게 활약하신 분이면서."

"정말로 진짜 무서웠다구요." 그렇게 된 이상 명확히 말해줘야겠다. "그게, 전 진짜 탐정도 아니니까요. 일이라곤……."

"그건 알고 있으니 걱정마요. 위험하기 짝이 없는 뉴욕의 뒷골목으로 보낼 때는 반드시 방탄 조끼를 입혀줄게요. 보호를 위해 SWAT(특수기동대) 팀도 붙여주구요."

"제가 할 수 있는 일은 뭐든지 할 생각입니다." 나는 진지하게 말했다. "돈 렌쇼를 살해한 범인을 반드시 찾아내고 싶어요. 대단히 사이가 좋았다고는 할 수 없지만, 이 코펭 감정에서는 파트너였으니까요. 그러니 어디든지 보내주십시오."

나는 내가 큰소리친 대로 용감무쌍하게 행동할 수 있기를 바랐다. 헤어질 때 가브리엘라가 해준 작별의 키스로 고결한 원탁의 기사 갤러해드라도 된 듯한 기분이 되었지만, 갤러해드는 갑옷을 입었다는 이점이 있었지.

18

플래밍엄 호텔은 아침식사 룸서비스가 없고 아래층에만 준비되어 있었다. 다른 시설도 코트니 파크와 상당히 차이가 있지만 요금도 그만큼 차이가 나니 어쩔 수 없었다. 그러나 음식이 별로 먹음직스럽지 않았으므로 좀더 나은 아침식사를 찾아 북쪽으로 향했다. 어쨌든 뉴욕은 세상 어느 곳보다도 레스토랑이 많은 도시니까. 나는 다음 블록에서 「다이너」를 찾아냈다.

1872년에 로드 아일랜드 주의 프로비던스에서 원조 「다이너」를 시작했을 때, 월트 스콧에게는 선구자라는 특별한 자각은 없었다. 가게 시설은 목재 왜건 양쪽에 구멍을 뚫었을 뿐인 초라한 것이었다. 스콧은 그 구멍을 통해 야근하는 노동자들에게 치킨 샌드위치를 건넸다. 프로비던스에는 밤에 여는 레스토랑이 없었으므로, 진취적인 성향이 강했던 스콧은 이 가게를 시작할 생각을 했다. 그로부터 15년 후, 가게 안에서 먹을 수 있는 최초의 「다이너」가 매사추세츠 주 우스터에 생겼다. 손님은 등받이가 없는 의자에 앉아서 샌드위치나 파이, 케이크와 커피를 즐겼다.

「다이너」는 눈깜짝할 사이에 온나라로 퍼졌고 식생활에 빠뜨릴 수 없는 존재가 되었다. 그 후로 몇 십 년 동안이나 사랑받았지만 지금은 박물관 같은 존재가 되어 버렸다. 그래도 극히 드물게 지금도 남아 있는 「다이너」가 있었다.

바로 이 가게처럼 말이다. 단, 이곳에서는 아침이 아니어도 식사는 가능했지만, 하루종일 계속 아침식사용 메뉴만을 제공하고 있다. 달걀, 베이컨, 햄, 소시지, 와플, 토마토, 버섯, 해시 포테이토, 몇 장의 토스트, 그리고 커피는 이 가게의 일반적인 아침식사이고, 배가 고플 때는 열 몇 종류나 되는 다른 요리 중에서 추가로 주문할 수도 있다. 이런 가게의 서비스가 얼마나 빠르고 효율적인지 까맣게 잊어버리고 있었다.

오늘은 먼저 페기를 만나러 「스파이스 창고」에 갈 생각이었다. 햄과 스크램블 에그의 아침식사에 놀랄 만큼 적은 돈을 지불하고는 지하철 역으로 향했다. 지하철을 타는 것은 경제적인 이유만은 아니었다. 왠지 나는 지하철에 애착이 있었고 그것을 타는 것으로써 애정에 변함이 없음을 확인하는 것이 나의 즐거움이었다. 강도와 낙서 때문에 평가가 좋지 않다는 것은 알고 있었지만, 이미 출근시간도 지났고 매스컴의 보도를 그대로 받아들여서 지하철을 포기할 생각도 없었다.

나는 공항에서 사둔 시내 지도를 갖고 있었고, 가장 가까운 역은 미국 자연사 박물관 앞이며 「스파이스 창고」까지 갈아타지 않고 갈 수 있다는 것도 알고 있었다.

지하철 계단을 내려가는 승객 수는 그리 많지 않았다. 나는 표를 사고 가야 할 방향의 플랫폼으로 향했다. 생각보다 조용했다. 낙서가 있고 사탕껍질이 몇 장 팔랑거리고 있었지만, 생각만큼 지독하지는 않았다. 플랫폼의 가장 안쪽에는 제복경관이 서 있는 것이 보였다. 내 주변에는 버그도프 굿맨*의 신발 가격에 대해 이야기하고 있는 여자 두 명, 독서에 열중하고 있는 학생 같은 젊은이, 신문을 읽고 있는 검은 슈트에 검은 모자 차림의 남자, 킥킥거리면서 수다를 떨고 있는 소녀 둘뿐이었다. 모든 것이 극히 안전하고 평범했다.

멀리서 굉음이 들려오는 걸 보니 이제 곧 지하철이 올 것 같았다. 서서히 시간이 지나고, 터널에서 밀려나온 공기가 홈을 휩쓸고 지나가자 승객들이 움직이기 시작했다. 지하철이 다가오는 소리가 점점 커져왔다. 모두들 성급하게 두어 발짝 앞으로 나왔다. 울부짖는 사자처럼 터널에서 지하철이 나타났다.

브레이크의 끼익— 하는 소리에 이어서 금속과 금속이 부딪치는 끼이— 하는 소리가 들린다. 지하철은 아직 상당한 속도로 쑥쑥 다가온다. 이제 곧 눈앞으로 온다— 고 하는 그때, 등 한가운데를 세게 떠밀리는 것을 느꼈다. 두 손을 허우적거렸지만 몸이

---

* 뉴욕 5번가에 있는 최고급 백화점.

홈에서 튀어나갔다. 보이는 것은 지하철의 정면뿐. 그것이 점점 커진다. 이제 눈앞이다.

다음 순간 정신을 차렸을 때에는 나는 홈 앞에 서 있었다. 심장이 쿵쾅거렸다. 슈트도 모자도 검정 일색인 남자가 나를 끌어당겨 준 것이었다. 힘센 손이 아직도 어깨를 틀어잡고 있었다. 남자는 두꺼운 안경을 끼고 턱수염을 기르고 있었다. 여자 두 명인 일행이 호기심어린 눈빛으로 이쪽을 보고 있지만, 젊은이는 여전히 책에 정신이 팔려 있고 소녀들도 여전히 키득거리고 있다. 몇 명인가 내린 다음, 그들은 모두 지하철에 올라탔다.

"고맙습니다." 나는 떨리는 목소리로 인사를 했다.

"뉴욕은 위험한 곳이죠." 남자의 말투에는 사투리가 있었지만, 어디 것인지는 알 수가 없었다. 목이 아픈지 심하게 쉰 목소리였다. "다른 사람에게 친절하게 대할, 말하자면 협조적일 필요가 있지요. 질문을 받으면 대답을 해야죠."

무슨 소리를 하는 건지 알 수가 없었다. 하지만 나는 침착해지는 데에 온통 정신이 팔려서 천천히 생각할 여유가 없었다. 문이 쾅 닫히고 지하철이 덜컹덜컹 움직이기 시작했다. 사탕껍질이 나비처럼 팔랑팔랑 날아다니고 있었다. 홈에는 아무도 없게 되어 조용했다. 경관의 모습은 어디에도 보이지 않았다. 홈에 있는 것은 우리 두 사람뿐이었다. 나는 그제서야 비로소 깨달았다. 내 등을 떠민 것은 나를 살려준 바로 그 손이었음을.

남자의 얼굴을 자세히 보려고 했으나 큰 테의 두꺼운 안경과 턱수염, 거기에 눈 근처까지 쓴 검은 모자 탓에 인상은 알 수 없었다. 남자는 다시 입을 열었다.

　"협조를 부탁받는다면 그것에 응해야만 합니다. 질문을 받으면 대답을 해야 하는 겁니다. 숨어 있지 말고요. 무슨 말을 하고 있는지는 아시리라 믿습니다. 머리가 좋은 분이니까요. 다음에 떠밀리면 구원의 손길이 뻗어오지 않을지도 모릅니다." 남자의 사투리는 도중에 사라지고 있었다. 남자는 휙 등을 돌려 홈의 저쪽으로 걸어갔다. 어느 틈엔지 경관이 있었고, 남자는 그 옆을 똑바로 걸어가고 있다. 문득 큰 소리로 소리를 질러볼까 생각했지만 그렇다고 해서 뾰족한 수가 생기지도 않을 것 같았다.

　다음 지하철을 기다리면서 필사적으로 머리를 굴렸다. 경관이 옆을 지나갈 때에 살피는 듯한 눈으로 나를 바라보았지만, 그것은 단순히 아무도 없는 홈에 나 홀로 남아 있기 때문일 것이다.

　나는 필사적으로 경고의 의미를 생각했다. 그것이 정말로 경고라면, 말이지만.

　친절하게, 우호적으로, 그리고 대답하라고 남자는 말했다. 알고 있는 것을 우호적으로 모두 말하라고. 무죄라고 주장해도 그것은 믿을 수 없다는 마블의 말이 머릿속에서 빙빙 돌았다. 또 다른 사람이 코펭의 행방을 알아내려고 압력을 가해온 것일까, 그렇지 않으면 마블이 그 남자를 고용한 것일까?

그 사투리가 어쩐지 마음에 걸렸다. 왜일까? 들은 적이 있었던가? 주위에 사람이 늘어갔다. 이놈이고 저놈이고 다 수상해 보여서 나는 벽 옆을 골라서 섰다. 다음 지하철이 오자 일본인 관광객 그룹에 섞여서 탔다. 내릴 때에도 역시 다른 일본인 관광객 그룹에 섞여서 내렸다.

「스파이스 창고」는 대성황이었다. 명백하게 구경꾼임을 알아차릴 수 있는 사람도 있었지만, 위로의 말을 건네려고, 그리고 뭔가 힘이 되어 줄 일은 없을까 해서 찾아온 단골이 많았다.

"세상을 다 뒤져봐도 이렇게 남을 배려해주는 사람들은 찾아볼 수 없을 거예요." 페기는 감격해서 입술이 떨리고 있었다. "정말로 좋은 사람들이에요. 몇 번 여기서 본 것뿐, 이름도 모르는 사람도 많답니다. 그런 사람들이 뭔가 도와줄 일이 없느냐고 하지 뭐예요."

페기의 시누이도 와 있었는데, 그녀는 재빨리 일을 배우고 있었다. 계산대에는 사람들이 길게 줄을 지어 있었지만, 뉴요커치고는 드물게 아무도 불평을 하지 않았다.

"가게의 모든 일을 파악하고 있는 중이에요. 큰 문제는 없지만, 돈이 하고 있던 일 중에서 몇 가지 어떻게 해야 할 지 모르는 게 있어요. 당신만 괜찮다면……."

나는 필리핀에서 도착한 채 그대로 팽개쳐져 있던 뱃짐을 정리하는 것을 돕고는, 작지만 무척 매운 고추인 칠리 페퀸스의 산지를 찾아주겠다고 약속했다. 멕시코가 100% 가까운 점유율을 자랑하고 있지만 지난 해 겨울이 전례 없이 추웠던 탓에 수입량이 줄어들었던 것이다. 멕시코만큼 수확량이 많지는 않은 나라라 해도 부족분을 메울 정도는 될 것이다.

페기는 이미 가게 안으로 들어가서 밀린 주문을 척척 처리하고 있었다. 지금은 바쁘게 움직이는 것이 가장 좋다고 생각하면서, 내가 할 수 있는 일이 있다면 언제든지 전화해달라고 했다. 페기는 그러겠다고 고개를 끄덕였다.

"그리고, 혹시 뭔가 실마리가 될 듯한 것이 기억나면, 어떤 일이든지, 전혀 관계없어 보이는 일이라도, 반드시 연락한다고 약속해줄래요?"

"알았어요……." 페기는 뭔가 망설이고 있는 듯했다.

"무슨 일이 있어요? 뭔가 생각이 납니까?" 나는 재촉했다.

"별 일은 아닌데요……." 그녀는 천천히 말했다.

"말해 줄래요?"

"돈이 그러니까, 살해당하기 전날 저녁에 당신이 전화를 했을 때 그의 태도가 이상하다고 했잖아요. 사실 그 사람은 전화를 받고나서 곧바로 도서관에 간다면서 나갔어요."

"그래서요?" 빨리 다음 이야기를 들려줘요! "그런 일은 좀처럼 없었나요?"

"아, 그래요. 특히 그런 시간에는요."

"도서관에 왜 가는지는 말하지는 않았나요?"

"전혀요. 시간이 얼마나 걸릴지 모르겠다는 말밖에 하지 않았어요."

"도서관은 가까운 데 있나요?"

"예, 있어요."

"돈이 거기에 갔다고 생각해요? 아니면 뉴욕 공공 도서관에 갔을까요?"

"분명히 근처 도서관에 갔을 거예요. 더 멀리 갈 정도로 시간이 걸리지는 않았으니까요."

나는 그 도서관의 위치를 가르쳐 달라고 했다.

"뭔가 의미가 있는 걸까요?" 페기는 떨리는 목소리로 물었다.

"그건 모르겠지만, 만약 그렇다면 제가 알아보죠." 나는 단호하게 말했다. "저기, 한 가지만 더 묻고 싶은 게 있어요. 돈은 킹스 밤을 조제한 적이 있나요?"

"예, 있었어요. 그가 만든 걸 애용하던 단골이 여럿 있었구요."

"돈이 뭘 넣었었는지 알고 있습니까?"

"휴미토리*와 용담이에요. 어떤 비율로 하는지는 시행착오를 거듭하고 있었던 것 같은데, 그 두 가지는 절대로 빠뜨릴 수 없다고 했죠."

---

* 서양 현호색 무리의 식물. 담즙 분비를 정상화시켜준다.

"조금만이라도 좋으니 저한테 나눠줄 수 있을까요?"

그 이야기가 끝나자 나는 뭔가 내가 할 수 있는 일이 있다면 언제든지 전화해 달라고 다시 한 번 강조했다. 페기가 고개를 끄덕였을 때, 아무리 동정심 강한 뉴요커라도 슬슬 참지 못할 지경으로 줄이 길어진 계산대에서 도와달라는 소리가 들려왔다. 나는 도서관으로 향했다.

도서관 접수대에는 스코틀랜드 억양이 두드러지는 인상좋은 여성이 앉아 있었다. 먼저 고향은 어디며, 뉴욕에는 얼마나 있었는지, 뭘 하고 있는지, 그리고 런던에 있는 그녀의 지인과 스코틀랜드에 있는 나의 지인 등의 신상정보를 교환한 뒤에 본론으로 들어갔다.

돈의 인상착의를 설명하자 그녀는 곧바로 기억해냈다.

"5년 전의 「뉴욕 타임즈」를 보고 싶다고 했어요."

"「뉴욕 타임즈」? 여기 있습니까?"

"5년 전 거요? 물론 있죠."

"저도 볼 수 있을까요?"

"전부 말인가요?"

"그가 무엇을 찾고 있었는지는 아십니까?"

그러나 30분이 지나도 별다른 진전은 없었다. 한 장 한 장 모든 기사를 읽으면서 마침내 5월 셋째주까지 왔을 때였다. 돈은 5월로 범위를 좁히고 있었던 것 같은데, 대체 뭘 조사하고 있었는지 짐작도 되지 않았다. 나는 끈기 있게 신문을 뒤적였고, 5월 마지막 며칠까지 왔을 때에 마침내 그 노력은 결실을 맺었다. JFK 공항에서 일어난 도난 사건 기사가 있었던 것이다.

그 뒤의 수사 상황을 보도한 기사도 두 꼭지 있었다. 그 다음 정보가 있는지 6월치 신문까지 훑어보았지만 더 이상 관련기사는 없었다. 스코틀랜드 여성에게 복사기가 있는 곳을 묻고 잔돈으로 돈을 바꿔받고는 관련 기사를 모두 복사했다.

그리 큰 사건은 아니었다. 처음에 크게 다뤄졌던 것은 특이한 사건이었기 때문이었다. 비행기가 도착하고 화물은 통관절차를 무사히 마쳤다. 그리고나서 자동차로 뉴욕의 창고로 운반되었는데, 차가 도착해서 보니 화물이 사라져 버렸던 것이다.

그 화물은 제비집이었다.

돈이 이 사건에 왜 흥미를 가졌는지 알 수 있었다. 코펭이 사라졌을 때와 상황이 똑같았던 것이다. 하지만 돈은 어떻게 「뉴욕 타임즈」 옛날 기사를 조사해볼 생각을 했을까? 그 사건을 알고 있었을까? 그럴 가능성이 높다. 그래서 그는 기사를 찾아냈을 것이다. 나는 접수대 여성에게 고맙다고 인사를 하고 복사물을 갖고 지하철 역으로 향했다. 그러나 도중에 생각을 고쳐먹고 혼잡한 교차로에서 택시를 잡아타고 호텔로 돌아왔다.

프런트에는 메시지가 남아 있었다. 리 박사라는 사람한테 전화가 왔다며 맨해튼의 전화번호가 남겨져 있었다. 그러나 방으로 올라간 나는 먼저 내가 호감을 갖고 있는 뉴욕 시경의 경사에게 전화했다. 외출중이라는 말에, 신분을 밝히고 현재 조사중인 사건에 관한 극히 중대한 용건이라고 설명했더니, 몇 분 뒤에 전화가 연결되었다. 전화기 저편은 무척 시끄러웠다.

"지금 JFK 공항에 있어요. 비행기나 트럭 소리 들리죠? 그래서 큰 소리로 이야기하는 거예요. 그렇게 중요한 일인가요?"

"그래요. 오늘 아침 누군가 제 목숨을 노렸습니다."

전화기 저편에서는 놀란 듯한 침묵이 있었다. 그리고나서 '설마!' 하는 소리가 들렸다.

"뭐, 그것에 가까운 것이라고나 할까요."

그녀는 한숨을 쉬었고 제트기가 날아다니는 중에도 화가 난 듯한 그 한숨소리는 또렷하게 들려왔다. "이것 봐요, 설마 그렇지 않겠지만, 이것이 나와 이야기를 하기 위한 농담이라면……."

"아니, 아니에요. 들어줘요. 무슨 일이 있었는지를." 나는 지하철 플랫폼에서 일어난 사건을 되도록 간결하게 설명했다. 그러나 어떤 것도 생략하지는 않고, 대화도 되도록이면 정확하게 그대로 옮겼다.

"흠." 이야기가 끝나자 가브리엘라는 생각에 잠긴 모양이었다. "의심해서 미안해요."

"아니요, 의심하는 건 당연하죠. 거기서 그런 일이 있었다는 것만으로는 사건과는 관계가 없을지도 모르구요."

"그 남자는 사투리가 있었다고 했죠?"

"어디 사투리인지는 몰랐지만, 처음에는 그렇게 생각했죠. 하지만 중간중간 사투리가 엷어지더니 마지막에는 완전히 없어져 버렸어요."

"그렇다면 단순한 연극이로군요." 가브리엘라가 말했다. "사투리를 계속 흉내내기는 뜻밖에 어렵거든요. 제가 이래봬도 여배우 출신이잖아요. 기억하고 있죠?"

"물론 기억도 하고 있고, 무대에 선 당신을 보고 싶다는 생각도 있죠. 그런데 제 목숨을 노렸던 사건 말인데요."

"또 그 이야기?" 바보같다는 듯이 그렇게 말했지만, 그 직후에 웃음을 터뜨렸다. "자, 그 남자의 얼굴은 모르죠?"

"예, 모르겠는데요."

"음, 변장을 하고 있었던 것 같아요. 턱수염에 두꺼운 테의 두꺼운 안경. 눈 근처까지 눌러쓴 검은 모자라고 했죠. 그리고 어디선가 본 적도 없었죠?"

"아니, 전혀요."

"지하철이 오기 직전에 당신 등을 떠밀었을 뿐만 아니라 다시 끌어당겨 주었잖아요. 그는 당신을 겁주려고 한 거예요."

"그렇다면 대성공이었군요." 나는 진심으로 말했다.

"그는 당신이 코펭을 어디다 숨겼는지 들으려 한 거겠죠. 일단 위협을 하면 간단히 자백할 거라고 생각했겠죠."

"난폭한 야생마에게 매어져 능지처참을 당한다 해도 모르는 걸 자백할 수는 없는 걸요."

"유감이지만, 당신이 진실을 말한다 해도 상대를 이해시키기는 힘들 걸요. 사람들은 누구나 때로 거짓말을 하니까요."

"그것이 당신의 충고입니까, 경사님?"

"당신을 보호할 좋은 방법이 없을지 생각해볼게요. 일단은 호텔에서 너무 멀리 나가지는 마세요."

"그리고 참……." 나는 돈 렌쇼가 도서관에서 조사하고 있었던 「뉴욕 타임즈」 기사에 대해서도 이야기했다.

"그렇군요. 5년 전에도 비슷한 도난사건이 있었군요." 그녀는 경사다운 시원시원한 말투로 말했다. "우연의 일치라고 보기엔 유사한 점이 너무나 많군요."

"그렇죠. 5년 전의 사건 파일을 조사해보면 이번 사건과 연관된 실마리를 발견할지도 몰라요."

"그거 좋은 생각이네요. 곧바로 조사해보죠. 그리고 외출할 때에는 잊지 말고 연락을 해줘요."

전화를 끊고는 이번에는 프런트에 남겨져 있던 번호를 눌렀다. 아시아계 여성의 온화한 목소리가 들리더니 곧바로 전화가 돌려졌다.

리 박사는 중국인답게 치찰음을 발음할 때 쉿 소리를 내며 말했지만 목소리가 귀에 거슬렸고 목구멍에서 나오는 쉰 목소리가 났다. 모든 자음을 또렷하게 발음했으므로 극히 알아듣기 쉬웠지만, 그야말로 외국인과 이야기하고 있다는 느낌이 들었다. 박사의 태도는 우호적이고 정중했지만 나는 이 매끄러운 벨벳 아래에 철판이 숨겨져 있다는 느낌을 강하게 받았다.

"가능하시다면 1시간쯤 시간을 내주실 수 있으시겠습니까?"

인사를 나누고, 뉴욕에 잘 오셨다는 환영의 인사말과 친구의 죽음에 대한 애도의 말을 한 다음 박사는 이렇게 물었다.

나에 대해 무척이나 소상히 알고 있군. 나는 박사의 이름도 처음 듣는데 말이다. 좋아, 목적이 뭔지 돌려서 물어볼까.

"저는 므두셀라 재단의 이사를 맡고 있습니다. 당신과 저는 공통된 관심사가 있죠. 그것은 전설의 스파이스, 코펭입니다."

"므두셀라 재단이라구요? 죄송하지만 잘 모르겠는데요."

"그렇겠지요. 우리의 활동은 대부분 미국 내에 한정되어 있으니까요. 그러나 세계의 여러 기관과 협력하고 있습니다. 우리는 비영리단체로서 인생의 전성기를 늘리는 것을 목적으로 연구에 힘쓰고 있습니다. 아시다시피 므두셀라는 969살까지 살았던 성서 속의 인물이죠. 우리는 그를 우리의 엠블럼으로, 우리의 목표로 삼고 있습니다."

나는 이해가 되기 시작했다. "그래서 코펭에 흥미가 있으시군요. 노화방지에 효과가 있다고 생각하신다는 거죠."

"그렇습니다. 찬성하시든지 반대하시든지, 서로 이야기를 나눌 만하다는 생각이 들지 않으십니까?"

이거야말로 호박이 넝쿨째 굴러들어온 것 아닌가. 돈 렌쇼를 죽이고 코펭을 훔친 범인을 찾아낼 실마리가 될지도 모르니까 누구와 이야기를 하든지 대환영이다.

"예, 꼭 이야기를 나누고 싶군요. 언제, 어디서 뵐까요?"

"맨해튼에 있는 본부까지 와주실 수 있으시다면 리무진을 보내겠습니다. 시간은 편한 대로 정하십시오."

"오늘 오후는 어떠십니까?" 이 말에 대한 대답을 통해 얼마나 간절히 나를 만나고 싶어하는지를 알 수 있을 것이다.

"훌륭하십니다." 고양이가 목을 울리는 것 같은 만족스러운 목소리였다. "1시간 안에 리무진이 도착할 겁니다."

호오, 그렇게 나를 만나고 싶었단 말인가. "알겠습니다. 제가 머물고 있는 곳은……."

"플래밍엄 호텔에 계시죠. 만나뵙기를 고대하고 있겠습니다. 참으로 의미 있는 만남이 되리라 생각합니다."

전화를 끊자마자 다시 가브리엘라에게 전화해서 어디에 가는지를 전했다.

"므두셀라 재단?" 가브리엘라는 놀라서 되물었다. "거기라면 안전해요."

"하지만 내가 2시간이 지나도 안 나오거든 완전무장한 헬리콥터로 쳐들어와 줄 거죠?"

"해군과 해병대에게 경계령을 내려둘게요. 이런 상황이라면 연합군이 더 나을까요? 아니면, 그냥 미군만 가더라도 용서해 줄 건가요?"

"저기, 지금 내 목숨이 걸린 문제거든요?" 정말이지, 농담할 때가 아니잖아. "진지하게 이야기할 순 없어요?"

"어머, 나 지금 엄청 진지한데요." 그녀는 그렇게 대답하고 전화를 끊었다.

19

미소를 띤 젊은 아시아계 여성에게 안내되어 그야말로 서재다워 보이는 서재를 통과했다. 벽과 책장, 거기에 테이블과 의자까지 자못 고급스러워 보이는 두꺼운 마호가니로 만든 것이었다. 바닥에는 몇 세기도 더 전의 것임이 틀림없는 푹신푹신한 중국 주단. 늘어서 있는 책도 그 시대의 것이 많은 것 같았다. 모로코 가죽 장정에 금박이 입혀진 제목. 그것과는 대조적으로 곳곳에 컴퓨터와 두 대의 거대한 복사기가 놓여 있었다.

우리는 목재 패널로 마감된 복도를 지나 걸어갔고, 그 젊은 여성은 어느 문을 가볍게 두드렸다. 그리고는 살짝 문을 열고는, 미소를 지으며 나에게 안으로 들어가라고 권했다.

리 박사는 지금까지 만난 사람들 중에서도 가장 인상적인 인물이었다. 2미터는 됨직한 키에 마치 오로라 같은 위엄을 내뿜고 있었다. 얼핏 보면 윗옷 단추가 목덜미까지 이어져 있는 것말고는 아주 평범한 웨스턴 슈트를 입고 있는 것 같았다. 그러나 자세히 보자 인민복 같기도 한 천의 광택은 서양의 것이 아닌 것 같은 느낌이 들었다. 중국 관료를 연상시키는, 동그랗게 생긴 작고 평평한 모자를 쓰고 있었다.

박사는 악수를 하기 위해 책상 건너편에서 나왔다. 피부 빛깔은 틀림없는 황색이었고, 검은 턱수염이 몇 가닥 늘어뜨려져 있었지만, 아마도 공들여 손질한 것일 것이다. 커다란 코에 높은 광대뼈. 그러나 무엇보다 인상적인 것은 그의 눈이었다.

무엇이든 꿰뚫어보는 듯한 그 눈은 비취색이었는데, 거의 최면을 거는 듯했다. 감싸쥔 손은 싸늘했다. 박사는 희미한 미소를 지으며 의자를 권하고 자신은 아시아산 책상의 건너편으로 돌아갔다. 책상 위에는 몇 권의 책, 산더미 같은 서류, 그리고 두 대의 전화가 있었다. 기묘한 장식의 보기 드문 팔각형 램프가 가죽을 씌운 책상 위에 오렌지색 빛을 던지고 있다.

벽에는 파스텔색 꽃무늬 벽지가 발라져 있었고, 청동과 상아 조각품 양쪽에는 실크처럼 부드러운 그늘을 드리운 등롱과 화려한 중국식 두루말이가 걸려 있었다.

"이렇게 빨리 만나뵙게 되다니 대단히 기쁩니다." 전화로 들은 것보다 날카롭고 또렷한 목소리였다. 그래도 쉰 목소리에는 변함이 없었고 발성에 위화감이 있는데도 아주 잘 들린다는 인상은 변함이 없었다.

나는 거기에 어울리게 응대했지만, 아시아계 언어의 정중함과 대조될 때 영어라는 언어가 냉정하고 거칠게 들린다는 것을 알아차렸다.

"사람은 누구나 젊었을 때 죽고 싶어하죠." 박사는 잘라말했다. "그러나, 그것이 가능한 한 늦어지는 것이 좋다고 생각하고 있습니다."

박사는 희미하게 미소지었다. "제가 이 말을 좋아하는 것은, 므두셀라 재단의 존재의의를 단적으로 나타내고 있기 때문입니다. 아시다시피, 노화란 단순히 시간의 경과를 나타내는 것만이 아닙니다. 육체에서 일어나는 여러 가지 변화를 통틀어서 노화라고 부르죠. 병에 대한 저항력이 떨어지고 뺨이 건조해져 주름이 생기고, 이와 머리카락이 빠지고, 시력이 떨어지고, 체력과 지구력, 두뇌의 움직임이 떨어지는, 그런 변화 말입니다."

박사는 두 손의 손바닥을 마주댔다. 그의 손가락은 놀랄 만큼 가늘고 길었다. 손톱도 길어서 마치 갈고리 같았다.

"이런 것들은 우리가 늦추고 싶어하는, 아니 할 수만 있다면 멈추고 싶어하는 노화현상의 측면입니다. 므두셀라 재단이 지향하고 있는 것도 바로 그것입니다."

한 인간이 이 정도로 뭔가에 외곬으로 몰두하고 있다니 대단했다. 나는 박사의 열의를 잘 알 수 있었다.

"훌륭하시군요." 나는 말했다. "정말로 훌륭한 연구입니다. 같은 연구를 하고 있는 단체와도 서로 협력하고 계십니까?"

"비슷한 연구를 하고 있는 단체가 있기는 합니다." 경멸하는 듯한 말투로 보건대, 므두셀라 재단 이외의 단체는 별 볼 일 없다고 생각하고 있는 듯했다. "노화억제협회를 자칭하는 단체가 있습니다. 그곳의 시설에 일 주일 정도 머물면 5천 달러, 상담만 하는 데에도 시간당 5백 달러가 듭니다."

"고대에 코펭이 어떻게 쓰였는지 알고 계십니까?"

내가 갑자기 화제를 바꾸어도 박사는 동요하는 기색도 없이 우아한 태도로 대답했다. "고대 인도의 전통의술인 아유베다에서는 음식에 여러 가지 고유한 육체적, 정신적 치유효과가 있다고 생각했고, 현재는 그 생각도 널리 알려져 있습니다. 모든 고대문명에는 비슷한 전통의술이 있었고, 고대 중국에서도 희귀한 특성을 갖고 있다고 해서 코펭은 유명했죠. 아니, 숭상받고 있었다고 해도 지나친 말이 아닙니다."

"그 특성의 하나가 장수입니까?."

"영원한 적과의 싸움에서 우리는 거대한 진보를 이루었습니다. 의약품, 식이요법, 운동, 영양학 분야에서도 마찬가지입니다. 그러나 그것만으로는 충분하지 않습니다. 도저히 목표에는 도달할 수가 없습니다. 이 상황을 돌파할 수 있는 어떤 것, 말하자면 대약진하기 위한 어떤 것이 반드시 필요합니다. 그리고 그것을 가져올 수 있는 건 화학이나 식물뿐입니다."

박사는 몸을 앞으로 내밀었다. 무엇이든 꿰뚫어보는 듯한 눈이 나를 응시하고 있는데, 어쩐지 묘하게 빛나고 있었다. 아까는 아무 냄새도 나지 않았을 텐데, 지금은 방 안에 어떤 향기가 어렴풋이 떠돌고 있었다. 무슨 향기인지는 모르겠다. 향 비슷한 것도 같지만, 질리지도 않았고, 자극적이지도 않았다.

"화학 분야에서는 지금까지의 연구를 통해 많은 물질을 발견해왔습니다. 그러나 식물 분야에서는 신종의 발견은 불가능합니다." 박사는 거기서 극적으로 말을 멈추었다. "극히 희귀한 예를 제외하고는요. 그리고 우리는 지금, 그 극히 희귀한 예와 조우했습니다."

"코펭 말이군요."

"그렇습니다. 만약 코펭이 정말로 새로운 것이었다면 좀처럼 없는 쾌거가 되었겠죠. 그러나 그것은 새롭지는 않습니다. 코펭은 옛날부터 존재했고, 몇 세기 동안 멸종된 것으로 여겨졌을 뿐입니다. 코펭의 효능을 말해주는 일화는 풍부하게 있고, 오래된 자료도 남아 있습니다. 말하자면 몇 백 세대에 걸친 경험이 축적

되어 있는 것이죠."

방 안의 향기가 강해진 듯한 느낌이 들었지만 리 박사는 전혀 알아차리지 못하는 것 같았다. 적어도 아무 말도 하지 않았다. 뭔가 난초 향기 비슷한 것 같기도 했고, 어떤 꽃의 향기와도 다른 것 같기도 했다.

"현재 사용되고 있는 대부분의 의약품은 노화의 속도를 늦출 뿐이지 수명을 연장시키는 것이 아닙니다. 그러나 우리가 찾아 헤매고 있는 특징을 코펭이 갖추고 있다고 믿을 만한 근거, 아니 심지어 희망이 있습니다. 진정한 장수를 가능케 하는 것은 단 한 가지일 리는 없습니다. 몇몇 요소의 조합만으로는 우리가 원하는 목표에 도달할 수 있으리라고 믿지는 않지만, 코펭이 중요한 요소, 즉 지금까지의 노력이 결실을 맺기 위해 필요한 존재일 가능성은 대단히 높습니다."

"그렇다면 좋겠지만요."

"그렇게 말씀해주시니 기쁩니다. 그럼, 오늘 이렇게 모신 본론으로 들어갈까요? 우리의 숭고한 목적을 실현하기 위해, 어떻게 하면 코펭을 손에 넣을 수 있는지 가르쳐 주시겠습니까?"

나는 마치 보이지 않는 안개 속을 더듬거리며 나아가는 듯, 좀처럼 질문의 뜻을 이해할 수 없었다. 이건, 어쩌면 이 묘한 향기 탓은 아닐까?

"모, 모릅니다……. 저도 어디에 있는지는 모릅니다."

"그러나, 손에 넣으려고 마음먹으면 가능하겠죠."

"그렇지 않습니다……. 그게, 도둑맞았으니까요. 어디에 있는지 물으셔도……."

리 박사의 목소리에는 생각했던 대로 강철 같은 날카로움이 있었다. "우리가 목적을 실현하는 데에 도움을 주시겠다고 말씀하셨죠."

"예, 그렇습니다."

"그렇다면, 어떻게 하면 코펭을 손에 넣을 수 있는지 가르쳐 주십시오!"

나 역시도 박사에게 도움이 되고 싶기는 했다. 무엇보다 인류가 장수할 수 있도록, 보다 행복하게 인생을 충실하게 할 수 있게끔, 자신의 인생을 바쳐온 멋진 인물이다. 그 일의 실현을 위해서라면 무슨 짓이든지 해주고 싶었다.

"그러니까, 모릅니다!" 나는 울부짖었다. "모른다구요. 어디에 있는지 모르니까요."

겨우 몇 초 동안이었지만, 박사가 비취색으로 빛나는 눈으로 바라보자 시선이 닿은 곳이 얼얼해지는 것 같았다. 박사가 나의 마음을 탐색하고 있는 듯한 느낌이 들었다. 내 말이 머릿속에서 빙빙 돌고 있었다. 혹시 몇 번이나 같은 말을 되풀이하고 있었는지도 모르겠다. 상당히 오랜 시간이었던 것 같기도 하지만, 사실은 얼마나 시간이 지났는지는 모르겠다.

그 때, 방 안의 향기가 문득 사라진 것을 깨달았다. 마치 바람에 휘날려간 듯했다. 다시 자세히 보자 박사의 눈은 그리 선명한 비취색이 아니었다. 비취색임에는 틀림없지만 별로 특별한 구석은 아무 것도 없었다. 박사가 다시 이야기를 하기 시작했을 때, 목소리도 평소대로 돌아와 있었다. 왜 아까는 그렇게 느꼈던 것일까?

"눈 앞에 코펭이 있고 실제로 만지기도 한 건 불가사의한 경험이었겠죠."

"불가사의하다, 예, 그야말로 그랬죠."

"철저히 조사하셨겠죠?"

"예. 모든 가능성을 생각했습니다. 코펭과 비슷한 다른 식물일지도 모르고, 단지 희귀한 식물일지도 모르고, 판단이 어려워서 코펭이라고 착각했을지도 모른다구요. 고의든 우연이든 단지 일종의 교배종일 가능성도 상정했죠."

"그리고 모든 검사에 합격했구요?"

"예. 하지만 그것이 코펭이라고 1백 퍼센트의 확신을 갖고 단언하는 일은, 당연히 불가능합니다. 그 점은 저희도 몇 번이나 주의를 기울여야 했습니다. 무엇보다, 코펭을 본 적이 있는 사람이 몇 세기 동안이나 없었고, 감정에 사용되는 과학적인 데이터도 존재하지 않으니까요. 그래도 코펭과 비슷한, 또는 착각할 만한 스파이스류일 가능성을 모두 제거한 결과, 이것은 기존의 것이 아닌 성질을 가진 스파이스라고 확신했죠."

"그 말은, 당신네들은 완전히 만족했다는 말입니까?"

"예. 두 사람 모두요."

왜 아까는 박사가 비겁한 짓을 하고 있을지도 모른다고 의심을 했던 것일까? 나는 나 스스로가 부끄러웠다. 그의 동기는 극히 숭고하지만, 그러나 수익 또한 높다. 그런 나의 생각을 읽은 듯했다.

"이런 기회는 좀처럼 없습니다." 다시 비취색 눈이 빛나기 시작했고, 노란 뺨과 대비되어 더더욱 빛나고 있었다. 절대로 포기하지 않는다는 얼굴이었다. 그렇군. 박사에게 도달할 수 없는 목표 따위는 없는 것이다. "코펭 같은 스파이스는 인류의 구세주라고 말할 수 있습니다. 므두셀라 재단의 오랜 연구도 마침내 결실을 맺을지 모르겠습니다. 그것도……." 박사의 목소리는 점점 커져갔다. 마침내 그도 그것을 알아차린 듯 곧바로 원래 목소리로 돌아왔다.

나한테서 정보를 끌어내려고 연구재단의 이사쯤 되는 사람이 최면술이나 자백 가스를 사용하기도 할까? 그런 바보 같은. 어렸을 적에 푸 만추* 이야기를 너무 많이 읽었어. 아아, 이상한 것을 생각해내지 않아 다행이다. 지금 리 박사의 얼굴을 보니 푸 만추

---

* 영국 작가 색스 로머의 작품에 나오는 중국인 악당.

랑 똑같아 보였다. 설마, 그럴 리가 없지. 푸 만추 따위와는 전혀 닮지 않았잖아.

하지만 박사가 최면술을 사용할 수 있다면, 실제로 그렇게 할까? 뭐, 박사로서는 내가 코펭을 훔쳐서 어딘가에 숨겨두고 있다고밖에 생각할 수 없을지도 모른다. 결국, 누군가가 숨겨두고 있는 것은 사실이니까. 박사가 보기엔, 오랫동안 추구해왔던 장수의 비밀을 풀 열쇠에 손이 닿을지도 모르는 시점에서 걸림돌이 나타난 것이니 화가 날 만한 사건일 것이다. 세상에는 목적을 위해서라면 수단을 가리지 않는 사람이 많으니까.

박사는 물끄러미 나를 바라보고 있었다. "그 가격은 헤아릴 수가 없습니다." 그는 말했다.

"저도 마침 똑같은 생각을 하고 있던 참입니다."

우리는 악수를 나누었고 박사는 앞장서서 배웅해 주었다. 나도 만약 코펭이 발견된다면 곧바로 연락을 하겠다고 약속했다. 박사는 코펭이 재단에게도, 그리고 인류에게도 얼마나 대단한 가치가 있는지를 다시 한 번 말했다. 아주 사무적이고 예의바른 대화였다.

그런데도 나는 왜 그런 이상한 생각을 한 걸까?

20

플래밍엄 호텔의 프런트와는 이미 얼굴을 익힌 사이가 되어 있었다.

"전화가 세 통 왔었습니다." 호텔에 돌아오자 그렇게 말을 걸었다. "모두들 메시지는 남기지 않았지만요."

방에 한 발짝 들어온 순간 전화가 울렸다. "지하철 역에서 목숨을 구해준 것에 대해서는 감사하지 않아도 돼." 하고 우물거리는 듯한 목소리가 들려왔다.

"누가 감사 따위 할 줄 알아." 나는 화가 나서 되돌렸다. "애초에 등을 떠민 것은 네 놈이잖아!"

"그때 충고했듯이, 뉴욕은 위험한 곳이거든."

남자는 여전히 숨기는 것이 서툴렀다. 사투리는 완전히 잊어버리고 있는 것 같았고, 우물거리는 목소리도 분명히 송화구에 종이나 천을 씌운 것일 뿐이리라.

"나의 충고는 잘 들었겠지. 자, 코펭은 어디에 있지?"

"모르는데." 정말이지, 그만 좀 하시지. "훔친 건 내가 아니고,

누가 훔쳤는지도 모르니까."

"솔직히 말해!"

"난 항상 진실만을 말해." 뭐, 이 정도의 허풍은 용서받을 수 있겠지.

"우리는 말이야, 절대로 코펭이 필요하거든." 남자는 노골적으로 으름장을 놓기 시작했다. 웃기는 사투리에도 불구하고 나는 약간 겁이 났다. "손에 넣을 수 있다면 무슨 짓이든 한다."

"하지만 어디에 있는지 모르는걸, 어쩔 수 없지 않나."

"좋아. 두 번째는 그렇게 신사적이지 않을지도 몰라."

"나를 죽이면 깡그리 없어지는데." 이런 놈에게 핑계는 통하지 않을 것 같지만, 일단은 한 번 해보자. "날 죽여버리면 코펭이 어디에 있는지는 영원히 알 수 없게 될 걸." 어, 뭔가 이상하잖아. 나는 잠시 생각하고 이렇게 덧붙였다. "적어도 만약 내가 훔쳤다면 알 수 없게 되겠지. 하지만 난 훔치지 않았어." 왠지 머릿속이 뒤죽박죽이 되었다. 놈도 부디 그렇게 되었기를.

위협은 여전히 거기에 존재했고, 그가 대답을 하면서 오히려 몇 단계 가중된 것 같았다. "죽는 것보다 더 고통스러운 고통이라는 것도 있지. 제발 죽여달라고 부탁하고 싶어질 걸." 그렇게 말하고 전화는 끊겼다.

전형적인 협박이지. 그런 건 무섭지 않아. 나는 남자답게 자신에게 타일렀다. 하지만 사실은 정말로 무서웠다. 그러나 이미 그런 상황에 있다는 것은 분명하므로, 무리하게 벗어나려 하는 것이 훨씬 더 위험할지도 모른다. 나는 모든 가능성을 검토하고 어떻게 할지 생각했다. 가장 마음이 끌린 것은 섹시한 아이샤와 「페니키아」에 대해 좀더 조사해보는 것이었다.

"물론 기억하고 있어요." 전화를 걸자 아이샤는 따뜻하게 말했다. "당신이 전화를 해주길 기다리던 참이었어요. 예, 식사를 하러 와준다면 대환영이죠……. 오늘밤? 보통 때라면 꽤 오래 전에 예약이 가득 차 있겠지만 아마도 취소한 것이 있을 거예요……. 잠깐만요……. 참, 여성을 에스코트하고 올 건가요?"

혼자 가는 것이 무난할 것 같았다. "아니, 혼자요." 나는 유감스러운 듯한 목소리로 말했다.

"그래요, 그렇다면 괜찮아요. 7시 30분에 기다리고 있을게요." 그녀의 목소리는 따뜻하고 열정이 흘러넘쳤다.

「페니키아」로 향하면서 나는 미키 스필레인*의 소설에서 배운 몇 가지 수법을 시험해보았다. 인파에 섞여 몇 블록을 걷고는 횡단보도를 건너 되돌아왔다. 미행을 당하고 있는 것 같지는 않았

---

* 과도한 남성성과 폭력을 추구한 작품으로 베트남전 이후 대중소설계에 한 획을 그은 미국의 추리소설 작가(1918~2006). 하드보일드 탐정의 대명사인 사립탐정 마이크 해머를 등장시킨 시리즈 「내가 심판한다」, 「내 총이 빠르다」, 「복수는 나의 것」 등의 작품이 유명하다.

지만, 길 건너편에서 감시하고 있을 경우에 대비해서 버스 정류장에서 버스를 기다리면서 버스가 와도 타지 않았다. 그리고나서 반대편으로 걸어가서 10번가로 돌아서 모퉁이에서 때마침 승객이 내린 택시를 잡아탔다.

「페니키아」는 그리 멀지 않으므로 걸어서 갈 수도 있었지만 나는 완전히 경계모드였으므로 일단 링컨 센터로 가달라고 한 다음, 거기에서 다시 레스토랑 주소를 알려줬다. 주의에 주의를 거듭해서 같은 블록의 다른 가게 앞에서 택시를 내렸다. 거기는 중화요리점이었고 나는 일단 가게 안으로 들어갔다가 곧장 나와서 이번에는 걸어서 「페니키아」로 향했다.

「페니키아」는 따뜻한 갈색 사암으로 지은 석조 건물로 스핑크스 시대부터 서 있었다고 해도 믿을 정도로 퇴색해 있었다. 그러나 입구의 대부분은 유리로 되어 있었다. 커다란 유리로 된 통로 끝에 묵직한 은 손잡이가 붙은 이중 유리문이 있었다.

문을 밀어서 열자 아이샤가 마중나왔다. 여전히 황홀할 정도로 아름다웠다. 음식 박람회 때보다 딱딱한 복장이었지만, 색깔 배합은 여전히 빨강과 녹색이었다. 둥글고 넉넉하게 부푼 소매의 실크 블라우스에 무릎 위까지 슬릿이 들어간 긴 치마, 굽높은 녹색 하이힐에 비취 귀고리가 멋지게 어우러져 있었다.

실내에도 고대의 조리기구 몇 가지가 놓여 있었다. 고기를 으깨는 돌판과 거대한 청동 냄비. 박람회장에서도 봤지만 장작이 새빨갛게 타오르고 있는 벽감(반침)은 여기 것이 훨씬 거대했다. 고깃덩이가 슈숫거리면서 천천히 돌고, 덜그럭거리는 쇠사슬 끝에도 역시 고깃덩이가, 무쇠로 된 삼각대에는 커다란 야생닭이 매달려 있었다.

그녀는 나를 구석진 테이블로 안내했다. 몇몇 테이블은 이미 손님으로 차 있었고, 나머지에는 예약 명패가 놓여 있었다. 어쩌면 나를 위해 무리하게 테이블을 하나 늘렸을지도 모르겠다.

"여러 가지 요리를 조금씩 가져오게 할게요. 프랑스식 데귀스타시옹*처럼요." 아이샤는 특유의 노래하는 듯한 목소리로 말했다. "메인 요리 하나만 맛보는 것보다는 우리 레스토랑의 특별요리를 이것저것 맛보는게 좋을 것 같으니까요."

웨이터와 웨이트리스가 각각의 테이블에 요리를 나르고 있다. 은퇴한 코샤크 기병 같은 거구의 남자가 가운데가 움푹 패인 얇은 나무 쟁반을 들고 오더니, 뼈로 만든 스푼, 은 손잡이가 달린 나이프, 젓가락 한 짝 같은 막대기를 테이블에 놓았다.

첫 번째 요리는 잘게 다진 삶은 달걀에 향신료를 넣은 것으로 미모사 비슷한 맛이었다. 고대 로마제국에는 이것과 비슷한 요리가 많이 있었으며, 대중적인 전채요리였다. 달걀은 따끈따끈

---

* 와인 글라스를 빙빙 돌리며 의견을 나누고, 다른 사람의 촌평에 찬성하거나 반대하거나 하는 와인 시음의 일반적인 양식.

했고 둥근 나무접시의 우묵하게 패인 곳에 딱 들어가는 둥글고 얇은 돌에 담겨 있었다. 이런 식으로, 돌접시가 데워져서 음식이 따뜻하게 유지되는 것이었다. 나무접시는 보온재의 역할을 다하고 있었다.

와인은 내가 알지 못하는 맛이었다. 긴 목이 구부러진 유리 디캔터에서 와인을 따라준 웨이터에게 이름을 물어보았더니, 카르타고 와인이라고 했다. 하우스 와인치고는 아주 훌륭했다. 게다가 어떤 요리에도 어울린다는 점에서 오늘에 딱 어울리는 와인이었다. 아련하게 과일향이 나는 아주 가벼운 로제 와인으로 향긋하고 맛도 부드러웠다.

다음 요리는 디자인이 다른 돌접시의 패인 곳에 하나씩 놓인 여섯 개의 굴이었다. 진한 소스가 뿌려져 있는데 아마도 소스 재료는 홍합과 버섯 같았다.

빵바구니가 날라져 왔는데, 나는 여러 가지 빵을 한 입씩만 맛보느라 인내심을 발휘해야 했다. 모든 빵은 모양이 제각각이었는데 작고 둥근 것, 평평한 것, 막대 모양, 삼각형 빵까지 있었다. 당연히 맛을 내는 재료도 참깨, 겨자씨, 건포도, 셀러리, 해바라기씨 등으로 각각 달랐다.

다음은 생선 요리로, 가룸에 절인 서대기였다. 끊임없이 모든 테이블에 빈틈없는 눈길을 주고 있던 아이샤가 어느 틈엔가 다가와서 가르쳐 주었다. 가룸이란 바닷물과 으깬 생선으로 만드는 액체로, 로마제국의 요리사에게 있어서는 절대로 빠뜨릴 수 없는 조미료였다. 풍미가 강해서 너무 오래 저장해둔 육류나 생선의 냄새를 없애주었던 것이다. 오늘날에는 앤초비, 와인, 벌꿀, 식초, 그리고 스파이스로 가룸을 만든다. 냉장기술이나 운송수단이 발달한 요즘은 상한 식재료라는 것은 있을 수 없으므로, 제대로 만들어진 가룸으로 맛을 낸 생선은 훌륭한 풍미를 즐길 수 있다.

다음은 붉은 건포도와 와인에 절인 무화과를 다져 만든 소스가 곁들여진 꿩가슴살 조각이 나왔다. 함께 날라져온 밥 위에는 얇게 썬 아몬드와 마늘이 뿌려져 있다. 다음은 고대 페르시아 요리인 코살리(스파이스를 넣은 구운 양고기로 쌀을 감싸서 숯불에 구운 것)였다. 바비큐의 원형이다. 이어서 페포호박과 향신료를 채워서 구운 내장으로 만든 소시지인 만달리야. 그 다음은 고대 로마인이 아주 좋아했다는 돼지고기 요리로 아몬드와 리크*를 곁들였고, 러비지**와 오레가노***로 만든 소스에 절인 호박을 기름에 살짝 튀겨 함께 내놓았다.

---

* 백합과의 한해살이풀 또는 두해살이풀. 양파와 비슷한데 흰 색의 뿌리 부분이 매우 크다. 지중해 연안이 원산지로 유럽에서는 오래 전부터 재배하였다.
** 미나리과의 다년초로 지중해 연안이 원산지인 허브.
*** 요리에 향신료로 쓰이는 꿀풀과의 여러해살이풀. 꽃박하라고도 하며 톡 쏘는 박하 같은 향기가 특징이다.

나는 이제 위장의 한계에 다다랐으므로 웨이터에게 그만 가져오라고 부탁했다. 무엇이 잘못되었나 하고 아이샤가 서둘러 달려왔고, 나는 위의 크기에서는 정말이지 동양의 군주들에게는 당할 수가 없다고 설명했다.

아이샤의 눈동자가 빛났다. "아직 멧돼지고기도, 사슴고기도, 거위고기도 안 먹었는데요. 게다가……." 그녀의 표정은 화를 내고 있는 것 같았다. "게다가 양머리도……."

둘이 동시에 웃음을 터뜨렸다.

"그건 다음 기회에 먹죠." 나는 약속했다.

아이샤는 실망한 듯한 얼굴을 하고 있지만, 아직 모든 것을 포기한 것은 아닌 듯하다.

"코카서스 지방의 스모크 치즈와 팔미라 대추야자를 아주 조금만 드실래요?"

나는 순순히 받아들였다. 그것과 함께 키프로스산 머스캣 포도로 만든 최상품 와인 한 잔, 그리고 마지막으로 달고 진한 터키 커피를 두 잔 마시고 마무리했다.

모든 요리가 최고의 맛이었다고 감상을 말하자 아이샤는 기쁜 듯이 얼굴을 빛냈다.

"고대요리를 이 정도로 충실히 재현할 수 있으리라고는 상상도 못했습니다. 게다가 조리법이나 도구까지 고대의 것을 그대로 쓰다니." 나는 말했다.

"당신의 마음에 들 만한, 훨씬 맛있는 요리를 만들 수 있을 거예요." 아이샤는 의자를 끌어당겨 맞은편에 앉았다.

"만들 수 있다구요?"

"그래요. 코펭이 있다면."

아이샤는 턱을 치켜들고 대담하게 나를 쳐다보았다.

"코펭을 되찾으면 당신이 얻어낼 수 있기를 바래요." 나는 힘없이 말했다. 사실은 손에 넣어 주겠다고 약속해 버릴 참이었지만, 그 약속을 지킬 수 있다는 보장이 전혀 없었으므로 아슬아슬한 순간에 이런 한심한 멘트로 바꾸었던 것이다.

"어디에 있을 것 같아요?"

그렇게 말하고 아이샤는 몸을 내밀었다. 조금만 더 가까이 오면 무릎이 나의 무릎에 부딪힐 것 같았다.

"모르는데요."

"누가 갖고 있을까요?"

"그것도 모르는데요."

"자, 당신은 누가 갖고 있다고 생각해요?"

"모르는데요. 짐작도 가지 않아요."

아이샤는 몸을 거둬들이고 경멸하는 듯한 태도로 나를 보았다.

"계속 거기에 있었잖아요! 짐작은 할 수 있을 텐데요!"

"그게 전혀 없다구요. 유감스럽게도."

환대해 주었던 아이샤를 배신하고 싶지는 않았다. 특히 이토록 멋진 요리를 먹게 해준 다음에는. 하지만 슬슬 반격을 해야 할 시간이었다.

"지난 번에 우리가 음식 박람회에서 만났을 때 코펭을 살 계약을 했는지 물었었죠? 당신은 하지 않았다고 말했지만요."

"그런 말 안 했는데요." 그녀는 아름다운 머리칼을 쓸어올리면서 대답했다.

"말했어요. 당신은……."

"어딘가와 계약했다는 이야기는 들은 적이 없다고 말했죠."

"그게 그 말 아닙니까."

"다르죠."

우리의 아름다운 우호관계는 한낮의 태양 아래에 팽개쳐둔 산양의 젖보다도 빨리 변해가고 있었다.

"아이샤, 말해줘요. 당신은 코펭을 사지 않겠냐는 이야기를 들었지요?"

아이샤의 굳은 표정이 약간 누그러졌다. 그녀는 거만하게 웨이터에게 손짓을 해서 나의 글라스를, 이어서 자신의 것을 가리켰다. 웨이터는 곧장 새 글라스를 들고와서 와인을 따랐다.

"계약 이야기는 없었어요. 2주 전에 알렉산더 마블한테 연락이 와서 혹시 코펭을 수입하면 살 생각이 있느냐고 묻더군요. 당연히 무척 놀랐죠. 그러더니 아마도 수입을 할 수 있을 거고, 약간은 나눠줄 수 있다고 하더군요. 나는 여전히 놀라서 말도 안 나왔지만요. 마블은 어떻게 발견했으며, 어떻게 식품 의약품국의 허가를 얻었는지 가르쳐주었어요. 양은 어느 정도로 할 것인지, 값은 어느 정도로 할 것인지 등에 관해 이야기를 나누었죠. 마블의 이야기로는, 이번에 수입하는 양은 한정되어 있고, 다음은 언제 들어올지 모른다더군요. 물론, 다음이 있을 때 말이지만요."

아이샤는 와인을 홀짝거리지 않았다. 마치 여제 에카테리나 2세가 보드카를 마시듯이 당당한 태도로 와인을 마셨다.

"셀림과 이야기를 했나요?"

"예." 나는 말했다.

"뭔가 새로운 사실을 알았나요?"

"아니, 아무 것도요."

"에이브리햄 케팔릭은?"

"이야기해봤지만 역시 새로운 이야기는 듣지 못했어요. 뉴요커가 그렇게 입이 무거운 줄은 몰랐네요."

"그들한테 뭔가 들었다면, 내용은 아마 내가 한 말과 같을 거예요. 코펭이 도착하면 어느 정도 사 달라는 이야기를 들었겠죠. 계약 따위는 하지 않아요. 매매 계약서도, 구입 주문서도 없죠."

"코펭이 도난 당한 뒤에 어딘가에서 연락은 없었나요?"

아이샤는 갑자기 나를 바라보았다. "아니요. 왜요? 누군가가 그런 말을 들었나요?"

"아무도 그걸 인정하고 있지는 않지만요."

가게 안쪽에서 말다툼을 하는 듯한 소리가 들려왔다. 아이샤는 눈살을 찌푸렸다. 레니 리프킨이 엄청난 기세로 튀어나와서 애타게 가게 안을 두리번거리고 있었다. 아이샤를 발견하고는 테이블 사이로 돌진해왔다. 아이샤는 일어서려고 하다가 문득 완고한 표정을 짓더니 다시 의자에 앉았다. 리프킨이 옆에 왔을 때에는 즐거운 듯이 웃으면서 나를 숭배하듯이 바라보고 있었다.

"당신을 찾고 있었어." 리프킨은 토라진 목소리로 말했다. "주방을 도와줘. 에브라임이 팟슘에 불만이 있는 것 같아. 블라드는 평소와 똑같다고 말하고 있지만. 당신은 대체 어디 있었어?"

"여기 있었지." 아이샤는 무심하게 대답했다. "친구와 이야기를 하고 있었다구. 음식 박람회에서 만났던 친구, 기억하고 있어? 그는……."

"아아, 그래그래." 그는 뚱하게 대답했고, 심지어 이쪽을 쳐다보려고도 하지 않았다.

아이샤는 미소를 띠고 나를 향해 설명하기 시작했다. "팟슘이란 고대의 소스예요. 건조시킨 포도를 으깬 것을 와인에 넣어 만들죠. 완벽하게 고대와 똑같이 재현할 수 있는 소스 가운데 하나예요. 블라드는 우리 레스토랑의 소스 요리사인데, 누구나 그런 날이 있듯이 오늘은 솜씨가 발휘되지 않나 봐요. 하지만 아주 훌륭한 요리사죠. 에브라임은 수석 요리사인데, 그를 만족시키기는 상당히 어려워요. 뭔가 마음에 들지 않으면, 에브라임은 바로 옆에 있는 사람을 탓하곤 하죠."

아이샤는 명랑하게 웃었다. "존 린지가 우리와 함께 식사를 했을 때의 일이 기억나네요. 차파티*가 너무 짰거든요. 그래서 에브라임이 제빵사의 목덜미를 붙잡아서는……."

"아이샤!" 리프킨의 목소리는 소프라노 수준으로 올라가 있었다. "쓸데없는 수다는 그만두고 빨리 주방으로 가줘! 난 진심으로 말하고 있는 거야. 가서 에브라임의 이야기를 듣고……."

"당신이 들어주면 되잖아. 나는 바쁘다구." 그녀는 다시 의자에 기대어 커다랗게 한숨을 내쉬었다.

"뭐라고!" 리프킨이 분노에 불타는 눈으로 아이샤를 노려보았다. 얼굴빛이 올리브나무 그늘보다 더 어두워져 있었다.

"난 바쁘다니까." 아이샤는 손발을 펼쳐서 느긋하게 기대고, 머리까지 의자등에 내던졌다.

리프킨은 폭발하지 않으려고 필사적으로 자신을 억제하고 있었다. 그가 다시 입을 열었을 때는, 마치 총알처럼 한 마디 한 마디 단어를 토해냈다. 아이샤를 설득하는 것을 포기했는지 이번에는 니에게 얼굴을 돌렸다.

"클라이브 벤슨을 모릅니까? 「이브닝 리포터」의 요리평론가였는데."

---

* 효모를 넣지 않고 구운 둥글넙적한 빵.

"유감스럽게도, 만난 적은 없습니다."

"까다로운 남자죠. 혹시 만나게 되더라도 악수는 하지 않는 게 좋을 거요. 손가락이 두 개 부러졌거든요. 그래서 키보드를 치느라 고생하고 있겠죠. 왜냐하면……." 리프킨은 거기서 일부러인 듯, 뭔가 생각난 척했다. "그가 앉아 있던 곳이 바로 이 자리였던가." 하면서 나를 가리켰다. 그리고 아이샤를 쳐다보지 않고 그녀에게 말했다. "그도 당신의 친구였지, 아마. 당신의 친한 친구." 거기서 의미심장하게 말을 잘랐다.

"친구?"

아이샤는 그를 무시하고 와인을 좀더 가져오라고 웨이터에게 신호했다.

"오늘밤은 빨리 마칠 수 있을 것 같아요." 아이샤가 나를 향해 말했다. "클럽에라도 가지 않을래요? 「코파카바나」가 다시 생긴 것 알고 있어요? 하지만 우리에게는 좀 지루할지도 모르겠네요. 내가 가장 좋아하는 곳은 「앨리 캣」이거든요. 거기는 정말……." 이아샤는 생각하는 척, 눈동자를 빙글 굴렸다.

레니 리프킨에게 있어서 이런 장면은 드물지 않은 듯, 화를 내면서 레바논 말로 뭐라고 했다. 뜻은 모르지만 지저분한 말이라는 것만은 알 수 있었다. 리프킨은 빙글 등을 돌려 주방으로 들어가 버렸다.

아이샤는 아무 일도 없었다는 듯이 이야기를 계속했다. "그 끔찍한 사건을 조사하고 있죠?"

"뭐 그렇죠. 진짜 탐정은 아니지만, 경찰수사에 협조하고 있는⋯⋯."

"뭔가 진전은 있나요?"

"몇 가지 희망적인 실마리를 쫓고 있는 중입니다." 스코틀랜드 야드의 프레처 경사가 그렇게 말하는 것을 들은 적이 있었다.

"그럼, 언젠가 코펭을 찾아낼 수 있다는 말인가요?"

"열흘 안에 사건은 결말이 날 겁니다." 뭐, 가브리엘라의 말과 그다지 동떨어져 있는 건 아니겠지.

아이샤는 아름다운 눈을 크게 뜨고 소녀처럼 두 손을 꼭 쥐었다. "대단해요! 자, 열흘 뒤에는 손에 들어오는 거네요!"

나는 신중하게 침묵을 지켰다.

아이샤는 여전히 열정에 사로잡혀 열심히 메뉴를 구상하고 있었다.

"어떤 요리에 맨 먼저 쓸지 고민되요. 물론 코펭에 어울리는 요리가 아니면 안 되죠. 불구르*나 무사카**, 파스닙*** 따위에 쓰

---

* 밀을 약간 삶아서 말렸다가 빻은 것.
** 야채와 고기를 올리브유에 볶은 후 화이트 소스를 얹어서 오븐에 구운 그리스 전통요리.
*** 설탕당근이라고도 하며, 로마시대부터 식용하거나 약으로 사용한 것으로 보인다. 채소로는 16세기에 보급되었다고 한다.

고 싶지는 않거든요. 하지만, 거위 요리라면 잘 어울릴 것 같은데, 그건 좀처럼 주문이 없고. 으음, 그보다는……."

나는 그녀가 지껄이게 내버려 두면서 열심히 듣고 있다는 듯이 가끔 고개를 끄덕여주었다. 그녀는 로마와 그리스, 페르시아, 인도, 그리고 중국 음식에 대한 정보의 보물창고여서, 나는 그녀가 어느 면에서 더 탁월한지 판단할 수가 없었다. 음식 역사가로서인지, 요리사로서인지, 아니면 아름다운 여인으로서인지.

"하지만, 결정했어요." 아이샤가 딱 잘라 말했다. "코펭이 손에 들어오는 대로 결정할 거예요. 하지만 지금은 주방에 가봐야겠어요. 참, 오늘밤의 식사는 제 인사로 해두죠."

나는 그럴 수 없다고 만류하려 했지만 아이샤는 거만한 자세로 나를 막았다.

"안 돼요, 안 돼. 나를 위해 코펭을 찾아줄 사람에게 그 정도 인사는 하게 해줘요."

그렇다면야 호의로 받아들일 수밖에 없다. 마음으로부터 감사 인사를 하고 요리와 연출의 훌륭함을 다시 한 번 칭찬했다.

"자, 그럼 이만." 하고 말하려다가 생각을 바꿔서 이렇게 물었다. "클럽엔 몇 시에 갈까요? 「앨리 캣」이었던가요?"

"주방에 일이 쌓여 있어서요. 다음 기회에……." 그녀는 매혹적인 미소를 띠고 나를 배웅하기 위해 일어섰다. 이 정도면 충분하다고 생각하고 있는 게 뻔히 보였다.

걸어가다가 아이샤는 출입구 가까이의 탁자에 앉은 손님을 알아봤다. "어머, 베이질! 너무 오랜만이네요."

나는 레스토랑을 나왔지만, 아이샤는 이야기에 열중해서 그것을 알아차리지도 못했다.

21

바람이 강하고 쌀쌀했지만 기분좋은 밤이었다. 택시도 많이 다니고 있어서 오래 기다리지 않고 탈 수 있을 것 같았다. 이 구역에는 레스토랑이 몇 군데 있어 손님이 꽤 드나들고 있었다.

생각했던 대로 곧바로 택시를 잡아타서 플래밍엄 호텔 앞에서 내렸다. 그리 늦은 시간이 아니어서 길에는 아직 커플이나 그룹이 삼삼오오 걷고 있다. 호텔에 들어가려 했을 때, 가냘픈 비명 소리가 들려왔다. 순간적으로 강도일 것이라는 생각이 들었지만, 그런 모습은 보이지 않았다. 아무런 소란을 못 느꼈다는 듯이 한 쌍의 커플이 걸어가고 있었다. 그대로 호텔에 들어가려 하는데 다시 소리가 들려왔다. 이번에는 목소리의 주인공을 알아보았다.

보도에 서 있는 상당히 나이 많은 노인이 주위의 땅바닥을 하얀 지팡이로 더듬고 있었다. 아무도 관심을 갖는 사람이 없었으므로 나는 다가가서 도와드릴 일이 있는지 물어보았다.

"횡단보도는 어디에 있지?" 노인은 우물우물 말했다.

그는 하얀 턱수염을 기르고 거무스름한 낡은 망토를 푹 뒤집어쓰고 있었으며, 지팡이로 도로를 두드리며 비척비척 걸었다.

"바로 이 앞입니다. 안내해드리죠."

30야드쯤 앞에 횡단보도가 있는 암스테르담 애비뉴 방향으로 안내하기로 했다. 발걸음이 불안했으므로 팔을 부축해서 걸어갔다. 모퉁이까지 왔을 때 도로 이쪽에는 사람이라곤 우리 둘뿐이었다. 노인이 도로에서 발을 헛디뎠으므로 넘어지지 않도록 나는 살짝 손을 뻗었다. 그 바람에 망토가 벌어지고, 나는 숨이 멎을 정도로 놀랐다. 그 밑에서 무시무시한 나이프가 튀어나왔기 때문이었다. 그러니까, 그 노인이 바로 강도였던 것이다.

그는 쓰윽 나이프를 움직여 칼 끝이 나의 위장에서 1인치쯤 되는 곳에 멈추었다.

"경고를 무시했겠다."

그의 목소리는 더 이상 연약하지 않았다. 생각보다 훨씬 젊은 것 같고 어디선가 들은 기억이 있었다. 나는 여전히 강도라고 믿고 있었으므로, 강도에 대해 누가 경고를 한 적이 있던가 생각하고 있는데, 그가 위협하듯이 나이프를 움직였다.

"한 번만 더 기회를 주겠다. 물건이 어디 있는지 물으면 곧바로 대답하는 게 좋을 걸."

"물건이라고?" 나는 바보처럼 되풀이했다. 하지만 그것은 단지 시간벌기였고, 그가 무슨 말을 하고 있는지는 알고 있었다.

"스파이스 말야." 그는 내뱉듯이 말했다. "스파이스!"

남자의 얼굴을 자세히 보려고 했지만, 하얗고 덥수룩한 턱수염 때문에 얼굴생김을 잘 알 수 없었다. 특징있는 손을 가진 사람도 있고, 손을 보기만 해도 어떤 사람인지 알 수 있는 사람도 있다던데 나는 남자의 손을 봐도 아무 것도 알 수가 없었다. 더욱이 그가 한 손에 무서운 나이프를 쥐고 있으니 이미 머릿속은 새하얗다. 아무 생각도 나지 않았다.

"돈도 받을 수 있다구. 언제, 어떻게 건네줄 것인지를 말하기만 하면 말야. 어이, 돈을 받을 수 있다니까. 단, 거짓말이나 얼버무리기는 없기야." 윽, 다시 나이프가 움직였다. "당신 파트너가 어떤 꼴을 당했는지 잘 기억하라구."

길 건너편에서 누군가 비명을 지르더니, 줄지어 도로를 건너오는 사람들 속에서 젊은 여성이 쏜살같이 달려왔다. 남자가 그쪽으로 얼굴을 돌렸다. 나이프를 빼앗을 기회였다! 하지만 나는 움직일 수가 없었다. 나는 폭력을 싫어했고 나이프도 싫어했다. 게다가 어떻게 싸워야 좋을지도 몰랐다. 그리고 무엇보다도 나는 겁쟁이였다.

가까이 다가온 여성은 나이프가 눈에 들어온 것 같았다. 달리면서 나이프를 가리키면서 큰소리를 질렀다. 남자는 나를 냅다 밀쳐서 도로에 굴리고는 긴 다리로 허둥지둥 달아났다. 여자가 무서운 표정을 지으면서 내 쪽으로 다가왔다.

"다쳤나요?" 그녀는 아까 남자가 나를 밀쳤을 때 나이프에 찔렸을 것이라고 생각하고 있는 것 같았다.

나는 공포로 숨쉬기가 힘들었지만, 겨우 보도까지 기어가서 거기에 웅크리고 앉아 천천히 숨을 쉬었다. 여자는 꽉 끼는 청바지에 가슴에 빛나는 문자로 '시라큐스 대학'이라고 씌어진 몸에 달라붙는 까만 스웨터를 입고 있었다. 머리에는 까만 베레모를 쓰고 있고, 까만 머리카락이 흐트러져 늘어져 있었다.

여자는 옆에 앉아 걱정스러운 듯이 나를 보고 있었다.

"괜찮습니다." 나는 힘없는 목소리로 대답했다. 어라, 잠깐…….

"가브리엘라!" 믿을 수가 없었다.

가브리엘라는 도로 앞쪽을 보고 있었다. "더 이상 쫓는 건 무리겠네요. 그는 분명히……, 아무튼 자리를 옮길까요?" 그리고는 내가 일어나는 것을 도왔다. 길을 건넌 사람들이 마침내 우리들 가까이로 왔다. 무슨 일인가 하고 이쪽을 보는 사람도 있었지만 대부분은 무심하게 종종걸음으로 지나쳐갔다.

"저기, 밤에는 가디언 엔젤 자원봉사라도 하고 있는 건가요?

그렇지 않으면 우연히 내가 묵고 있는 호텔 옆을 지나치던 것뿐 인가요?"

가브리엘라는 상처가 없는지를 확인하고는 만족스러운 듯이 끄덕였다.

"지하철 역에서 있었던 일을 듣고나서 쭉 감시하고 있었다구요. 햄이 다시 한 번 습격을 당한다면 분명히 24시간 이내일 것이라고 말했거든요. 오늘은 「페니키아」까지는 같은 팀의 랠프가 미행했고, 거기서 나와 바톤 터치했죠."

"미행하는 것 힘들지 않았어요?" 나름대로 미행을 피해보려 그렇게 고생했는데.

"뭐 별로. 그렇게 쉬운 미행은 없었죠."

"커피라도 마실까요? 둘 다 카페인이 필요할 것 같군요."

어슬렁거리며 플래밍엄 호텔로 돌아왔다. 그 동안에도 나는 불안해서 참을 수가 없어 몇 번이나 주위를 힐끔힐끔 둘러보았다. 구급차의 사이렌 소리가 급히 울리기 시작했을 때에는 심장마비를 일으킬 것 같았지만, 커피숍의 구석진 칸막이 자리에 앉으니 약간 기분이 좋아졌다.

가브리엘라가 베레모를 벗고 머리를 흔들자 윤기나는 검은 머리가 사뿐히 흘러내렸다.

"베레모를 쓰면 완전히 딴 사람으로 보이는 걸 알고 있어요?"

"물론이죠. 그래서 쓰고 있는 걸요."

"스웨터와 청바지 탓도 있겠지만, 하지만 그건 당신을 별로 잘 감춰주진 않는군요."

가브리엘라는 예의 매력적인 미소를 띠웠다. "그럭저럭 기운을 회복한 것 같네요."

그렇게 말하고 잠시 말없이 나의 얼굴을 바라보고 있었다. "하지만 당신이 찔렸다고 착각하지만 않았어도 그 남자를 뒤쫓았을 거예요."

"미안해요. 내가 움직이지 못했던 탓이죠."

"괜찮아요." 그녀는 대수롭지 않은 듯 대답했다. "그랬다면 서류를 잔뜩 써야 했겠죠. 서류업무는 정말 싫은데 말예요."

둘이서 얼굴을 맞대고 웃고는 커피를 마셨다.

"그 남자를 본 기억은 있나요?"

"음. 틀림없이, 지하철 플랫폼에서 나를 밀어서 떨어뜨리려 했던 남자인 것 같아요."

"하지만 처음엔 같은 남자인 줄 몰랐죠?"

"처음엔 그랬죠. 분명히 몰랐어요."

"목소리로 알았나요?"

"딩동댕. 하지만 목소리만으로 안 건 아니고, 아마도 움직이는 방식이라고 생각해요. 노인 변장을 벗어던진 뒤였지만요."

"뭐라고 하던가요?"

나는 남자의 말을 그대로 전했다.

"흐음. 그 사람은 당신과 렌쇼가 짜고 코펭을 훔쳤다고 생각하는군요."

"그런 것 같더군요. 하지만 게인즈 반장도 완전히 그 대답을 포기한 건 아니잖아요."

가브리엘라는 입술을 오므렸다. "언젠가 알게 되겠죠."

"게인즈 반장 말인데요, 한 가지 부탁이 있어요." 나는 「스파이스 창고」에서 파는 킹스 밤 꾸러미를 건네주었다. "이것을 뜨거운 물에 두 숟가락 풀어서 하루 두 번씩 먹으라고 해줄래요?"

가브리엘라는 놀란 얼굴이 되었다. "당신은 약장사까지 하고 있나요? 손수레는 어디 있죠?"

"허브의 효능에 대해서는 어느 정도 알고 있는데, 이건 대단한 효과가 있을 걸요."

"왜 그렇게 걱정을 해주나요?" 그녀가 물었다.

"음식을 즐기지 못하는 사람을 보는 것이 싫거든요. 이제 소화불량은 좋아질 겁니다."

"왜 직접 건네주지 않는데요?"

"내가 주면 안 먹을 것 같아서요. 당신이 주면 순순히 먹을지 모르지만."

가브리엘라는 쓴웃음을 지었다. "알았어요."

"그럼 아까 이야기로 돌아가서, 나는 아직 그의 용의자 리스트에 올라 있는 건가요?"

"상당히 아래쪽으로 내려갔죠."

"어떻게 하면 리스트에서 지워줄려나? 살해당하기 전에는 안 될까요?"

"걱정 말아요. 거의 꼴찌니까요."

"아무튼 나는 여러 사람의 용의자 리스트에 올라 있나봐요."

가브리엘라는 뭔가를 생각하고 있는 듯한 얼굴이 되어 짙은 색 눈동자로 물끄러미 나의 얼굴을 보았다.

"예를 들면?"

"알렉산더 마블."

"그 밖에도 있나요?"

"지금까지 이야기한 대부분의 오너 셰프들도 그렇게 생각하고 있지 않을까요."

가브리엘라의 얼굴에 다시 쓴웃음이 떠올랐다. "당신은 상당히 의심스러운 사람인가 보네요."

"사실은 그렇지 않지만요. 좀더 좋은 일이 있는 날 만날 수 있다면 좋을텐데요."

가브리엘라는 커피를 다 마셨다. "그럴 지도 모르죠."

"무슨 뜻이죠?"

"언젠가 좋은 일이 있을지도 모른다구요."

"좀더 자세히 가르쳐줘요." 뭐지? 무슨 이야기지?

"정보가 있었어요."

"코펭에 대해서요?" 가슴이 두근거려왔다.

"그래요."

"누구한테서요?"

"우리 경찰은 수많은 정보원을 고용하고 있죠. 요즘 시경이 지갑 끈을 느슨하게 풀어줘서 '정보 획득'에 사용할 수 있는 예산이 늘었거든요. 그래서 녀석들에게 찾아보게 했어요."

가브리엘라는 우아하게 고개를 끄덕였다. "어쨌든 추적해볼 가치는 있다고 생각해요. 필요한 건 코펭을 감별할 수 있는 사람이죠." 그녀가 의미심장한 눈길로 쳐다보았다. "그럴 만한 사람 아시나요?"

"한 사람 알고는 있는데요. 상당히 다루기 힘든 녀석이죠."

"그런 건 어떻게든 되겠죠." 그녀는 속삭였다.

"게다가 영국인이구요."

그녀는 어깨를 으쓱했다. "세상에 완벽한 사람은 없잖아요."

"이탈리아인이 함께라면 좋을지도 모르겠군요. 되도록이면 여성이."

가브리엘라는 로시니 경사의 얼굴로 되돌아가 시무적인 말투로 말했다. "자세한 것이 결정되는 대로 연락할게요."

"그건, 그러니까, 위험한가요?" 이런, 무심코 본심이 튀어나왔다. 당황해서 덧붙였다. "뭐, 위험해도 전혀 상관없지만요. 마음의 준비를 해두면 되니까요."

"당신은 물론 갖고 다니겠죠?"

"뭘요? 설마 총? 물론, 그런 건 안 갖고 다니는데요."

가브리엘라의 입주변에 잠깐 웃음 비슷한 것이 떠올랐다.

"뭐야, 농담인가요." 아아, 다행이다. "어떻게 그런 것을 갖고 입국할 수 있습니까? 금속탐지기나 X선 검사가 있는데요."

"탐정이라면 허가증을 받을 수 있으니까……."

"그러니까 진짜 탐정이 아니라니까요. 나의 일은……."

"알고 있어요." 이젠 참을 수 없다는 듯이 노골적으로 웃고 있었다. "이미 들었으니까요."

"말해두겠는데, 총을 갖고 다닌 적은 한 번도 없어요."

"런던의 경관이 총을 갖고 다니지 않는 것은 알고 있지만, 특별한 경우는 예외로 해도 좋지 않을까요."

"나에게 있어 특별한 경우란, 고르곤졸라* 치즈에 나 있는 녹색 줄무늬가 구리선에서 묻어나온 것인지 아닌지를 판단해야 하는 경우죠."

"설마!" 그녀는 깜짝 놀라고 있다. "그럴 리가 없어요!"

"분명히 그런 짓을 하고 있답니다."

"이탈리아인은 절대로 그런 짓을 하지 않아요! 정말이지, 믿을 수가 없어!"

---

* 이탈리아의 고급 치즈.

216

나에게 장단을 맞추고 있는 것 같다는 느낌도 들지만, 아름다운 얼굴이 생생하고 빛나고 있으므로 그녀가 계속하도록 그냥 두기로 마음먹었다…….

22

"굶어죽었으면 죽었지, 거기에 있는 먹거리에는 손을 대고 싶지 않더군!" 하고 말한 것은 월터 월렌브로엑 교수였다.

어제, 내일 아침 9시 30분에 찾아오고 싶다는 메시지가 남아 있었다. 상황이 좋지 않으면 연락을 해달라고 했지만 이런 유명인에게 그런 말을 들으면 거절할 수 없다.

지금의 말은 플래밍엄 호텔 커피숍에 대한 교수의 논평이었다. 그런 까닭에 우리는 로비에 있는 진품인지 아닌지 미심쩍은 나무 옆의, 역시 진짜 가죽은 아닌 듯한 의자에 앉아 있었다.

물론 그의 이름은 알고 있었다. 먹거리에 관심이 있는 사람들에게는 KFC의 커널 샌더스, 초콜릿을 세계에 퍼뜨린 밀튼 S. 허쉬, 케이크 믹스의 상표지만 실존인물로 여겨지고 있는 베티 크로커와 어깨를 나란히 할 정도로 유명한 인물이니까.

빳빳하고 가벼운 리넨 슈트는 그를 엄청난 부자로 만들어준 빵처럼 하얗다. 넥타이는 그가 만든 아침식사용 시리얼처럼 연한 갈색이고, 구두는 또다른 아침식사용 시리얼 같은 짙은 갈색이었다. 다람쥐 같은 밝고 활기찬 눈으로 항상 어딘가로 시선을 움직이고 있었다. 나는 처음에는 집중하고 있지 않은 것일까 생각했지만, 주목하고 있지 않은 것도 아님을 이내 알아차렸다. 잘 손질된 백발의 염소 수염 같은 턱수염을 도전적으로 쑥 내밀고 있었다. 이미 80대 후반일 터이지만, 팽팽하고 매끈한 뺨과 전반적인 태도 덕분에 30살은 젊어보인다.

그의 매혹적인 성공담은 대충 알고 있었지만 가까운 도서관에 가서 좀더 자세한 것을 조사했다. 모든 것은 위스콘신 주의 한 젊은이가 베이필드 요양소의 잡역부로 일하기 시작하면서 시작되었다. 그때 그는 열네 살이었고, 스물 한 살에는 그곳의 지배인이 되었다.

그 요양소의 철학은 햇빛, 맑은 공기, 영양가 있는 식사였다. 위스콘신 주 북부에 있는 베이필드는 햇빛은 충분하지 않았지만, 맑은 공기는 풍부했고, 영양가 있는 식사에 관해서라면 환자들이 원하는 것을 모두 섭취할 수 있도록 최선을 다하는 월터 윌렌브로엑 같은 종업원이 있었다.

식사에 관해서는 그에게 모든 재량권이 있었는데, 그것은 50년 후에 그가 다른 사업으로 진출하는 계기가 되었을 수도 있었다. 요양소 이사회에게 위임받은 재량권 덕분에 월터는 하루 14시간의 일이 끝난 뒤 여가시간에는 곡물을 보다 맛있고, 건강하게 먹는 방법은 없을까 하고 실험을 계속했다.

강철 같은 의지를 갖고 잠자는 시간까지 아끼면서 노력하고, 다른 사람만큼의 행운이 뒤따른 덕분에 그는 염원하던 아침식사용 시리얼을 개발하는 데에 성공했다. 그것은 환자들에게 대대적인 인기를 얻었으며 그들은 심지어 퇴원한 뒤에도 시리얼을 달라고 요청했고 친구나 친척들에게도 선전을 했다. 이것을 계기로 윌렌브로엑은 시리얼 회사를 세웠다. 회사는 급성장했고 유사상품을 생산하는 회사도 차례로 등장했다.

여기서 월터 윌렌브로엑은 발명가로서 재능이 있을뿐만 아니라 사업가로도 유능함을 증명했다. 경쟁상대가 생긴 것을 환영하고 사업이 성공하도록 도왔던 것이다. 그 뒤, 그가 최고의 실적을 자랑하던 경쟁사를 매수하자 그밖의 회사들은 어느 틈에 자취를 감추었다.

이것은 아직 전주곡이었고, 다음으로 그는 샌드위치나 햄버거용 번*과 핫도그용 빵을 공급하는 베이커리를 개업했다. 미국에서 피자가 대유행했을 때는 가장 먼저 피자용 빵을 팔기 시작했다. 또한 그는 역경을 기회로 바꾸는 법도 알고 있었으므로 복막

---

* 건포도가 들어 있거나 햄버거용으로 쓰이는 둥근 빵.

염으로 생사의 경지를 헤매고 난 뒤로는 건강식품의 제국을 쌓아올리는 데에 심혈을 기울였다. 지금은 몸에 좋은 것이라면 무엇이든 취급하고 있어서, 비타민제에서 올림픽 선수의 에너지 보충 드링크까지 갖추고 있었다.

이전부터의 지식에다 도서관에서 긁어모은 정보만으로 이 모든 사실을 알게 된 건 아니었다. 월터 월렌브로엑은 기꺼이 자신의 인생을 이야기했고, 나는 그가 한 모든 말을 흡수하여 정보의 빈 틈을 메워갔다. 월렌브로엑은 빵을 만드는 데 쓰는 정제하지 않은, 즉 체로 치지 않은 통밀가루 추진운동에 대해서도 열정적으로 이야기했다.

"흰 빵에 싸움을 거는 데에는 용기가 필요했지." 세련된 챙넓은 모자와 그 밑의 백발, 그리고 단호하게 등을 곧추세운 모습은 로비를 지나가는 모든 이들의 눈길을 끌었다. 뉴욕 시민 중에서 수없이 TV에 나오는 그의 모습을 본 적이 없는 사람은 드물 것이다. 트레이드 마크가 된 똑같은 옷차림을 하고, 지치지도 않고 자사 제품을 선전하는 그의 모습을 말이다.

"왜냐하면 흰 빵은 서양문명의 상징이거든. 그것을 비판하는 건 모성을 비난하는 거나 조지 워싱턴을 배신자라고 하는 것과 다를 바 없는 행위지." 이어서 어떻게 최초의 호밀 크래커를 만들어냈는지를, 그리고 각종 곡물 크래커 시장을 몇 백만 달러짜리 산업으로 키워냈는지를 들려주었다.

"나는 돈을 벌기 위해서만 노력해온 건 아니야." 로비를 지나가는 사람들이 발을 멈추고 귀를 기울이며, 이 나라 대통령에 버금가는 유명인의 이름을 소근대고 있었다. "언제나 사람들의 건강을 염두에 두고 있지. 시간과 돈을 들이고 뼈를 깎는 노력을 해온 것은, 사람들에게 몸에 좋은 것을 먹게 하고픈 욕망 때문이었다네." 그는 거기서 뭔가를 생각해내고는 킥킥거렸다. "한 입 먹을 때마다 반드시 서른 두 번 씹는 것과 마찬가지야. 이것은 아주 중요한 일이니까 언제나 사람들에게 그렇게 하라고 말하고 있거든. 어떤 사람들은 말도 안 된다고 하기도 하지만 말야. 나는 그런 사람들에게 이렇게 말한다네, '이가 있는 사람이 당연히 해야 할 보완책으로 모든 이를 한 번씩은 사용해서 씹어주는 것, 그게 내가 제안하는 방법이오.' 라고 말이야. 이렇게 말하기도 하지. '이를 사용함으로써 자신의 무덤을 파는 것을 멈출 수 있다'고 말야. 언제나 그렇게 말해주고 있지." 그렇게 말하고 다시 킥킥거렸다.

호텔 부지배인이 입구를 가로막고 있는 사람의 장벽을 이동시키려 하고 있었다. 나와 눈이 마주지사 웃이보였다. 숙박객이 드나들 수는 없게 되었지만 호텔이 홍보되고 있는 상황을 즐기고 있는 것이다. 부지배인은 분명히 이 유명인사를 알아보았을 것이다.

나는 아까 도서관에서 읽은 전기의 한 구절을 생각하고 있었다. 월터 윌렌브로엑은 미국인을 '세계에서 가장 건강을 염려하는 민족'으로 만든 장본인이라고 씌어 있었다. 다른 많은 위인들처럼, 윌렌브로엑도 언제나 옳지는 않았다. 편협하다는 비난도 많이 받았고, 언제적 이야기인지는 잊어버렸지만 우유, 달걀, 돼지고기, 조개류, 그리고 소금에 반대의견을 주창했던 적도 있었다. 그러나 대개는 그가 시대를 앞서가고 있었을 뿐, 틀렸던 것보다 옳았음이 증명된 것이 많았다. 그가 어떤 식품의 반대 캠페인을 하고나서 10년도 지나지 않아 그 예언적 주장이 옳았음을 증명하는 과학적 증거가 입증된 적도 있었다.

그의 반대자, 지지자, 친구, 적, 유명한 인물, 악명높은 인물들과의 일화나 추억담은 한없이 이어졌고, 이대로 두면 하루종일이라도 이야기를 계속할 것 같았다. 교수는 건망증과는 인연이 먼 것 같았다. 영원히 추억담을 계속할 듯한 분위기였지만, 원래의 목적을 잊어버린 것은 아닌 것 같았으니까.

그는 마치 스스로에게 주의를 환기시키듯이 지팡이로 바닥을 두 번 두드렸다.

"그런데, 코펭 말인데……."

그 이야기는 다른 사람들 앞에서 하고 싶지 않았다. 나는 지배인에게 손짓을 하며 무리를 이룬 구경꾼들을 향해 곤란한 얼굴을 지어보였다. 지배인은 곧바로 이해해 주었다. 벨보이가 커다란 접이식 칸막이를 펼치자 구경꾼들이 사라졌다.

일단 사람들 눈을 신경쓰지 않고 이야기할 수 있는 환경이 되었으므로 나는 입을 열었다. "역시 그러셨군요, 윌렌브로엑 교수님. 그 이야기가 아닐까 생각하고 있었습니다."

"검사를 하고 맛을 본 건 자네였지?"

"그렇습니다."

"그리고 진짜라고 판단했고."

"그렇죠."

"그 직후에 사라져 버렸고." 그는 비난하듯이 나를 보았다.

"압니다. 저도 교수님만큼이나 하늘이 무너지는 것 같았습니다. 믿을 수가 없었죠. 아무리 생각해봐도 이해할 수가 없었습니다. 지금도 그렇구요."

"코펭의 역사는 알고 있겠지?"

"약간은 알고 있습니다."

"경탄해 마땅할 스파이스지."

"예, 고대의 스파이스에는 그런 것들이 있었죠."

"그러나 그런 스파이스는 더 이상 존재하지 않아. 하지만 코펭만은 존재하지. 아니, 존재했다고 말해야 힐까."

그 말 뒤에 "멍청한 자네가 잃어버렸을 때까지 말이지." 하고 덧붙일지도 모른다고 생각했지만, 그는 그 말은 하지 않았다. 나는 그것이 진심으로 고마웠다. 단지 '잃어버린' 것일 뿐, 나는 관계가 없다고 생각하고 있는 건가. 그렇지 않으면 내가 관련되어 있다고 생각해서 이렇게 만나러 온 걸까.

요컨대, 내가 훔쳤다고 의심하고 있는 걸까?

나는 무죄라고 주장하는 것도 이젠 지겹지만, 그는 그렇게 생각하는 것도 모를 것이다. 저지른 기억도 없는 죄로 고발된 제임스 스튜어트 같은 얼굴을 하고 있노라니, 물끄러미 내 얼굴을 바라보던 그가 말했다. "자네는 정직한 남자인 것 같군. 사람을 보는 눈이 없었다면 나는 지금의 자리에 없었을 거야. 렌쇼도 분명히 자네를 신뢰하고 있었을 거야. 자네를 뉴욕으로 부른 건 렌쇼 겠지?"

"예, 바로 그렇기 때문에 귀국하지 않고 남아 있는 것입니다. 진실을 찾아낼 때까지는 돌아갈 수 없으므로 경찰에 협조하고 있습니다."

"흠." 그는 뭔가 생각하고 있었다. 맨 처음에 악수를 하고나서부터 최초의 침묵이었다. 마침내 그가 입을 열었다. "사실은, 코펭을 사지 않겠냐는 말을 들었네."

뭣? 너무 놀라 말도 나오지 않았다. 마침내 할 말을 찾았다.

"그렇습니까?"

그야말로 한심한 대답이었지만, 이 놀라서 펄쩍 뛸 만한 일을 듣고 내가 할 수 있는 말은 이것이 고작이었다.

그리고 중요한 질문을 던졌다. "누가 그런 말을 했습니까?"

"그게 묘한데, 이름을 밝히지 않더라고. 뭐, 지금 생각해보면 그렇게 묘하지도 않을지 모르지만, 자신의 정체는 밝히고 싶지 않았기 때문이겠지."

"연락이 있었던 것은 언제였습니까?"

"2주일쯤 전이었네. 그때는 그냥 장난전화라고 생각했지. 마블이 수입하려 한다는 사실을 몰랐으니까. 그 녀석은 최후의 순간까지 비밀로 했지. 마블한테서 사지 않겠냐는 연락이 있을 거라고 생각하고 있었는데, 없더군. 그래서, 도난당했다는 말을 듣고 대체 어찌된 일인가 생각했다네."

"교수님께 연락을 취했던 인물이 코펭을 훔칠 계획을 세우고 있었던 거로군요." 나는 천천히 말했다. "도난사건 뒤에는 잠재적 바이어에게 접근해봤자 절대로 믿어주지 않을 테니까요. 화제의 사건에서는 자신이 했다고 말하는 이상한 놈들이 있으니까요. 하지만 사건이 일어나기 전이라면……."

"나도 같은 생각일세." 윌렌브로엑 교수는 힘차게 끄덕였다.

"다시 연락이 있을 경우, 사실 겁니까?"

"그럴 생각은 없지." 그는 지팡이로 바닥을 세게 두드렸다. "도둑놈의 막대 한쪽 끝을 잡는 짓을 할 수는 없지. 게다가 살인범일지도 모른다면 더더욱 그렇지." 교수는 나를 보았다. "자네 친구 렌쇼는 코펭을 훔친 범인에게 살해당한 거겠지?"

"그런 것 같습니다."

"그렇다고 마음이 끌리지 않는 건 아닐세." 교수는 깊이 생각하는 얼굴로 말했다.

"귀사의 건강식품에도 코펭은 이용가치가 있습니까?"

"그건 틀림없겠지. 자네도 알고 있을지 모르겠지만, 몇 천 년 전에 스파이스는 요리에 쓰는 것이 아니었어. 주된 이용법은 연고, 강장제, 여러 가지 병의 치료 등 대개 의약품이었지. 병을 치료하고 사람이 보다 행복하게 살 수 있게 해주는 것이었다구."

"교수님이 건강식품을 통해 실행하고 계시는 것과 같군요."

"바로 그렇지." 교수는 고개를 끄덕였다. "나는 새로운 것에 도전하는 것을 싫어하는, 머리가 굳은 고집쟁이는 아닐세. 코펭 이야기를 들은 순간, 이렇게 생각했지. 이것을 손에 넣어야만 한다고. 사실은 예전 명성의 십분의 일 정도의 가치 밖에 없는 스파이스라 해도 시험해볼 가치는 있어."

그가 말한, 코펭을 '손에 넣어야만 한다' 는 말이 함축하는 부분이 마음에 들지 않았지만 그냥 표현상의 기교로 받아들이기로 했다.

"바빌론에서도 코펭은 쓰이고 있었어. 그건 알고 있나?"

"예."

"그것만이 아니지. 중국에서도, 이집트에서도, 당연히 로마제국에서도 쓰이고 있었지."

"예, 모든 기원전의 문명에서 사용되고 있었습니다. 알렉산더 대왕은 정기적으로 코펭을 섭취했고, 휘하의 장군들에게도 먹게 했었다고 합니다. 샤를마뉴 대제도 코펭의 신봉자였고, 11세기 무렵에 노르만인을 이끌고 시칠리아에 침공했던 루젤로 왕도 그랬다고 합니다."

"그래, 상당히 열심히 공부했군." 그는 인정한다는 듯이 고개를 끄덕였다.

"어떤 상품에 코펭을 사용하실 예정이셨습니까?"

"무엇에 쓰는 것이 좋은지는 아직 모르네. 예를 들면 아침식사용 시리얼을 보게나." 그는 분노하고 있는 듯한 말투였다. "상자에 영양성분이 씌어 있지. 비타민이나 미네랄이 얼마만큼 들어 있다고 말이야! 뭐, 웃기는 얘기지! 코펭이라면, 그 1백만분의 1의 양만으로도 훨씬 더 많은 효과가 있다 해도 놀랍지 않아."

나는 미소지었다.

"교수님은 진정으로 코펭의 신봉자이시군요."

"믿음! 믿음은 멋진 거야. 나는 언제나 믿고 있지!"

"그렇지만 코펭의 성분이 아직 과학적으로 분석되지 않은 상태인데요." 나는 그에게 환기시켰다.

"그건 그래. 하지만 난 고내인들이 영양소에 대해 전혀 무지했다고는 생각지 않네. 어떤 지식을 갖고 있었을 거야. 피라미드를 건설할 때에도, 한 개 대대마다 영양학 전문가가 딸려 있었다는 건 알고 있었나?"

"몰랐습니다. 그러나 놀랍지는 않군요."

"고대인들은 몸에 좋은 허브를 많이 쓰고 있었지. 인삼, 요힘베*, 은행잎 엑기스. 그런 예는 얼마든지 있어. 은행잎 엑기스는 5천년 전부터 있었지. 당시부터 몸에 좋은 걸 알고 있었다구. 그것을 과학적으로 분석한 결과, 인류에게 알려진 가장 강력한 강장제인 헤테로사이트가 포함되어 있다고 판명되었을 뿐이지."

"코펭에는 인류에게 축복이 될 만한 영양소가 포함되어 있음이 입증되는 것은, 일단 틀림없다고 생각합니다. 하지만 일단 무엇보다도 우선되어야 할 것은, 범인이 누구든 그 손에서 코펭을 되찾는 것입니다."

"자네는 탐정이잖나." 이 말에 더 확신을 실어주었더라면 좋았을 텐데.

"정확히 말하면, 아닙니다." 나는 일의 내용을 설명했다.

이야기를 듣는 동안에 교수의 얼굴은 점점 더 실망하는 표정이 되어갔다. 나는 흐름을 뒤집어보려 노력했다. "현재, 경찰과 협력해서 사건을 조사하고 있습니다. 경찰에서는 이 사건, 아니, 두 가지 사건을 모두 해결하기 위해서는 먹거리 지식이 꼭 필요하다는 의견이거든요. 특수범죄과에서 가장 우수한 형사 두 명이 수사를 맡고 있으니, 저희는 해결할 수 있으리라 확신하고 있습니다."

---

* 아프리카에서 자라는 관목의 껍질로 최음제의 일종.

"흐음." 재미없다. 압도적인 지지를 보내는 모습은 아니므로, 나는 더 열기가 식기 전에 확인해야 할 사항을 서둘렀다.

"다시 코펭을 사지 않겠느냐는 연락이 있으면 곧바로 알려주시겠습니까?"

"아아, 연락하지."

"또한, 사건해결에 도움이 될 것 같은 상황이 발생할 경우에도요."

"알겠네, 그럼, 자네도 코펭이 발견되면 바로 연락주겠지?"

"예, 거래 성립입니다."

악수를 하고 호텔 밖까지 함께 걸어갔다. 번쩍번쩍 빛나는 회색 롤스로이스가 나타나 눈 앞에 천천히 멈춰섰다. 나는 그를 배웅했다.

23

호텔방으로 돌아와서, 나는 JFK 공항에 전화를 걸었다. 알려주는 대로 여기저기에 전화를 해서 마침내 칼 에버하드와 연결되었다. 코펭 건이 그 뒤에 어떻게 되었는지 그는 묻지 않았다.

경비라는 업무상 정보가 들어오는 것이겠지. 돈 렌쇼의 죽음에 대해 그는 유감이라고 말했다.

"5년 전에도 그곳 공항의 경비를 하고 있었습니까?" 나는 물었다.

"아아, 그랬죠."

"5년 전 5월에 도난사건이 있었던 걸 기억하고 있습니까?"

"아뇨, 기억이 잘 안 나는데요."

"중국에서 보낸 제비집이 세관을 통과한 후에 사라져버린 사건입니다."

잠시 뜸을 들였다가 마침내 말했다. "아, 생각나는군요."

"당시에도 공항에 있었단 말이죠."

"그래요."

"그 사건과 코펭 도난사건이 비슷하다는 생각 안 드나요?"

그는 다시 뜸을 들였다. "그러고보니 분명히 비슷하군요."

나는 자세한 설명을 기다렸다.

"당시에는 아직 보안 경비원이었죠. 그래서 그 사건에는 전혀 관련되어 있지 않았어요. 사건에 대해서 들은 기억은 있고 파일도 본 적이 있는 것 같지만, 그것 뿐이죠. 지난 5년 동안 상당히 승진했거든요." 그는 득의양양하게 떠들어댔다.

그럴싸한 이야기였다. 내가 어떻게 5년 전의 사건을 알고 있는지 물어보지 않을까 생각했지만, 그가 아무 말도 하지 않았으므로 구태여 설명하지 않았다.

"다시 한 번 파일을 조사해주지 않겠습니까? 어떤 공통점을 찾을 수 있다면, 이번 사건의 실마리가 될지도 모르니까요."

"알겠습니다. 조사해보죠." 그가 약속했다.

이 전화를 돌려달라고 할까 생각했지만, 그것도 뻔뻔스러운 것 같았고, 무엇보다 다음에 누구와 이야기를 할 것인지 에버하드에게 알려줄 필요도 없다. 그래서 일단 전화를 끊고 다시 한 번 공항에 전화를 했다. 이번에는 그리 번거롭지 않게 마이클 심슨에게 연결되었다.

"아직 여기에 있습니까?" 하고 놀란 목소리가 돌아왔다. "아아, 경찰에게 발이 묶여 있는 거로군요……. 그 코펭은 아직 행방불명이라고요? 렌쇼도 그렇게 되다니 참 안됐어요. 두세 번 만났을 뿐, 그렇게 잘 알지는 못하지만요. 뭔가 내가 할 수 있는 일이 있다면 말해주십시오."

나는 신중하게 말을 골랐다. "5년쯤 전에 JFK 공항에서 도난 사건이 있었다고 들었는데, 그때도 JFK 공항에서 일했습니까?"

"아아, 벌써 12년이나 있거든요." 그는 잠시 우물거렸다. "뭐가 도난당했었죠? 그게 좀 기억이 안 나는데요."

에버하드도 기억하고 있지 않았다. 분명히 시끄러운 엔진소리가 사람들의 기억력에 영향을 미치고 있을 것이다.

"제비집입니다."

"제비집?" 놀란 듯한 목소리다.

"중국에서 도착한 화물이었죠. 그것이 도난당했어요. 공항이
나, 목적지까지의 도중 어느 쪽에선가요. 참, 그러고보니." 나는
지금 막 생각난 척하며 덧붙였다. "마치 사라져버린 것 같은 것
이 코펭의 경우와 아주 비슷하군요."

긴 침묵이 있었다.

"그래요." 그는 느릿느릿 대답했다. "이제 생각납니다……. 제
비집 말이죠. 통관수속을 담당하고 있지는 않았지만요." 그는 그
렇게 말하고는 당황해서 덧붙였다.

"하지만 파일을 보면 자세한 것을 기억해낼 수 있을 겁니다. 경
찰이 조사하러 왔던 것도 기억하고 있구요." 거기서 다시 망설임
이 있었다. "많이 비슷하다구요?"

"많은 공통점이 있죠. 그 사건에 대해서 그 후에 뭔가 듣지 못
했습니까? 제비집은 찾아냈던가요?"

"들은 기억이 없는데요."

나는 단호한 목소리를 냈다. "파일을 좀 조사해주면 진심으로
감사하겠는데요."

"하지만……."

"지금 알고 있는 것 이상으로 코펭 사건과 공통점이 있을지도
모른다구요." 나는 설득력을 실어 말했다. "게다가 당신도 알다
시피 이젠 살인 사건이구요."

"나는, 그러니까, 뭔가 도움이 된다면 물론 기꺼이 협력하죠. 조사해서 나중에 전화할게요."

나는 에버하드가 다시 전화를 해줄 것인지에 대해서는 많은 희망을 품고 있지 않았다. 혹시 조사해준다 해도 뭔가 새로운 것이 발견될 것 같지도 않았다. 그러나 심슨이 조사해주었으면 하는 것이 있었다.

"기다리겠습니다." 나는 딱 잘라 말했다.

"시간이 걸릴 텐데요."

"계속 전화 옆에서 얼쩡거리고 있을 수도 없으니까 이대로 기다리죠."

그는 별로 기꺼워하는 목소리는 아니었으나 아무튼 양해해 주었다. 몇 분 지나지 않아 전화기로 돌아왔다. "파일을 가져왔습니다."

"먼저 통관에 필요한 코드번호를 가르쳐주십시오."

그는 번호를 읽었다.

"품목은 뭐라고 씌어 있죠?"

그는 중국식 이름을 한 자 한 자 읽었다.

"그것을 영어로 번역하면……."

"하얀 제비의 둥지."

"고마워요." 나는 말했다. 바로 그것을 알고 싶었거든!

전화를 끊자마자 곧장 다시 울렸다. 나는 호텔 교환원의 태도가 훨씬 정중해졌음을 깨달았다. 텔레비전 광고에 나오는 유명한 교수가 찾아온 덕분에 나에 대한 평가가 급상승한 것이리라.

낮은 남자 목소리가 내 이름을 확인한 다음 말했다. "잠시만 기다려주십시오. 저희는 파라마운트 제약입니다. 신제품 연구개발 부문 담당인 부사장님이 이야기를 나누고 싶어하십니다."

나는 기다렸다. 풍부하고 달콤하며 가슴이 두근거릴 만큼 허스키한 여성의 목소리가 들려왔다.

"글로리아 브랜슨이라고 합니다. 파라마운트 제약의 부사장으로, 신제품 연구개발 부문을 맡고 있습니다."

"무슨 용건이신지요?" 나는 물었다.

대충은 예상하고 있었다. 윌렌브로엑 교수가 찾아온 뒤로는, 제약회사의 신제품을 담당하는 여성한테서 전화가 걸려온 것이 별로 놀랍지도 않았다.

"저희들은 공통된 점이 많다고 생각해 연락을 드렸습니다."

참으로 관능적인 목소리였고, 지금 당장 유혹이라도 할 듯한 분위기였다. 그런 분위기를 내는 건 누구나 가능할지 모르지만, 그것을 자연스럽고 진실되게 보이는 것은 상당히 힘들다. 이 여성은 그것을 해내고 있었다. 나는 그녀를 직접 만나서 이 기적 같은 목소리를 들으면서 한 잔 하고 싶어졌다.

나는 자신이 프로이며 아무리 멋진 목소리라도 여성의 목소리 같은 하찮은 일에 흐느적거리면 안 된다며 마음을 다잡았다.

"가능하시다면 점심을 함께 할 수 없으실까 해서요. 오늘은 어떠신지요?"

"좋지요." 나는 즉시 답했다.

"밀회는 좋아하시는지요?"

"엇, 갑자기 그런 걸 물으면……."

"「비엔나의 밀회」 말이에요. 2번가 근처인 52번가에 있답니다." 그녀는 초조해하는 듯한 목소리로 설명했다. 그러더니 갑자기 친밀한 말투가 되었다. "어머, 죄송해요. 뉴요커가 아니시죠. 새로 생긴 레스토랑인데 상당히 평이 좋답니다. 분명히 마음에 드실 거예요. 잘츠부르크의 골데너 프페르드 호텔에 있던 에른스트 에리히 포겔러가 셰프로 스카우트되어 와서 불과 두 달만에 기적을 일으켰죠."

"몇 시로 할까요?" 나는 너무 안달하는 목소리가 되지 않도록 조심했다.

"12시 어때요? 예약을 해둘게요. 하지 않아도 괜찮지만요. 잘 알고 있는 가게거든요."

전화를 끊기 전부터 용건을 묻지 않은 것을 깨닫고 있었다. 게다가 우리에게 공통된 것이라는 것도 구체적으로는 아무 말도 하고 있지 않았다. 뭐, 공통점이라면 얼마든지 있겠지만…….

나는 방을 둘러보았다. 별로 크다고는 말할 수 없는 방이었다. 지배인의 눈에 나의 지위가 상승된 것으로 비쳤다면 좀더 큰 방으로 옮겨줄 수 없을까. 교섭해볼 가치는 있을 것이다. 짬이 생기자 가브리엘라에게 전화를 걸었다.

"파라마운트 제약에 대해서 알고 있어요?" 나는 물었다.

"이름 정도밖에 모르는데요. 무슨 일이 있나요?"

"큰 회사인가요?"

"거대기업이죠. 뭔가 관련이 있는 건가요?"

"어쩌면 그럴지도 모르겠군요. 신제품 담당자인 부사장한테서 아까 점심 초대를 받았거든요."

"그래서, 그는 어떤 용건이라고 하던가요?"

그녀, 라고 정정할 이유가 없었다. 결국 무엇보다 중요한 건 결과니까.

"아뇨, 안 물어봤어요. 하지만 코펭과 관계 없을 가능성은 없다고 생각해요."

"그건 그렇죠. 점심은 어디서 하나요?"

"「비엔나의 밀회」에서요."

낮은 휘파람 소리가 들렸다.

"아는 가게예요?"

"내 월급으로는 못 가지만요." 가브리엘라는 즉시 대답했다. "하지만 듣기론, 최고급 레스토랑이라고 하더군요. 뭐, 거기라면 안심할 수 있을 것 같네요. 다짐해두는데, 위험해보이는 인물에게는 접근하지 말아요."

"물론이죠. 그러고보니 엄청난 걸 들었는데……." 나는 월렌브로엑 교수의 일을 이야기했다. "직접 이야기를 듣는 게 나을지도 모르겠군요. 그의 기억력은 놀라웠지만 나와 이야기할 때에는 잊어버리고 있던 것을 뭔가 기억해낼지도 모르니까요."

가브리엘라도 같은 의견이었다. "조사에 진전은 있었나요?"

"노력은 하고 있지만 그것에 걸맞는 성과는 별로 없네요. 아시아 은행 전체와 뉴욕 지점을 조사해봤지만 모두 깨끗해요. 그리고 당신들이 지나간 루트도 체크했죠. 공항에서 은행에 이르는 모든 길을요. 그 루트에 있었던 경관들한테도 이야기를 들었지만, 아무도 수상한 것을 못 봤대요. 공항도 조사했죠. 아서 애플턴과 마이클 심슨도 철저히 캐보았지만, 전과는 없어요. 경비인 칼 에버하드까지 조사했다구요. 얼룩 한 점 없이 깨끗하더군요."

"에버하드가 얼룩 한 점 없다구요." 나는 약간 흥미를 느껴 물었다.

"그래요. 명백하지 않은 것은 샘 롱뿐이에요."

"왜 명백하지 않은 건가요?"

"방콕으로부터의 회신을 기다리는 중이죠. 하지만 시차가 있으니까 늦어지고 있는 것뿐, 특별한 이유는 없어요. 화물 구역의 직원 전원한테도 이야기를 들었지만 아무 성과없음."

"이해할 수가 없군요. 이런 말하긴 우습지만요. 어떻게 해서 코펭이 그렇게 사라질 수 있을까요? 설사 후디니라고 해도 그건 무리라구요."

"후디니?"

"있잖아요, 마술사인……."

"후디니는 알아요. 잠깐……. 생각나는 게 있어요."

"뭔데요?"

"아무 것도 아니예요. 그냥 생각난 게……. 나중에 말할게요."

"알았어요. 그런데, 지난 번에 말한 작전은 언제 시작되죠?"

"뭐 기계가 열을 받기를 기다리고 있는 중이죠. 내일이 될지도 몰라요. 계속 연락하자구요."

"그리고 한 가지……."

"뭔데요?"

"좀 생각을 해봤는데, 범인이 코펭을 해외로 보냈거나 반출할 가능성도 있어요."

"헬도 그 생각을 했어요. 그래서 공항이나 항구에는 엄중경계가 펼쳐져 있고, 우편국에도 경계를 요청했어요."

"그런 건, 빠져나가는 건 간단하잖아요."

"그건 그렇죠. 하지만 헬의 의견은 달라요. 미국이 가장 큰 시장일 테니까, 스파이스는 아직 미국 내에 있을 거라더군요."

"분명히 그렇죠. 그럼, 또 하나. 돈 렌쇼가 5년 전의 「뉴욕 타임즈」를 조사하고 있었던 건 기억하고 있어요?"

"예, 헬에게도 이야기했죠. 컴퓨터로 분석해보게 했는데 정황이 비슷하다는 것 말고는 아직 모르겠어요."

"그래요. 그 주변을 조사해보려구요. 수입 업자도 알아냈고."

"뭔가 짚이는 점이라도 있나요?"

"어쩌면, 두 개의 사건에는 정황 이외에도 공통점이 있을지도 몰라요. 그래서 처음 사건에 대해 자세한 것을 알게 되면, 뭔가 참고가 될까 해서요."

"분명히, 당신과 같은 음식 전문가라면 뭔가 알아낼지도 모르겠군요."

"제비집을 훔쳤다는 것이 마음에 걸려요."

"하지만 별로 기대는 할 수 없을 것 같아요. 자신이 훔쳤다고 인정할 가게 주인은 없을 걸요."

"그건 그렇지만, 뭔가 알고 있다든지, 누가 수상하다든지 하는 건 가르쳐줄지도 모르죠."

"중국인 사회의 결속은 단단해요."

"이탈리아인처럼요?"

"그 비유는 별로 적절치 않군요." 그녀는 고지식한 여선생 같은 목소리로 말했다. "그건 그렇고, 뉴욕에 중화요리점이 몇 개나 있는지 알고 있나요?"

"몰라요. 몇 개나 있을려나?"

"나도 잘 모르지만, 레스토랑이라면 전부 해서 1만 7천여 곳가 있다고 알고 있죠. 그 중에서 중화요리점은 상당한 퍼센트를 차지하고 있을 거구요. 그것을 조사하려면 몇 주일이 걸리겠죠."

"가브리엘라, 제비집에 대해서 좋을 걸 가르쳐줄게요. 가장 먼저, 가짜를 사용하고 있는 가게가 많다."

"그 말은, 모두 가짜란 말인가요?" 충격을 받은 듯했다.

"그렇죠. 두 번째, 그렇지 않은 가게라도 대부분 검은 새집을 사용하고 있다."

"블랙 버드*의 집을 쓴다는 말이에요?" 이제 그녀는 혼란스러워하고 있었다.

"아니, 아니에요. 검다는 건 집이지, 새가 아니에요. 새의 종류가 다르거든요. 이쪽이 싸고 품질도 떨어지죠. 비싸고 훨씬 수가 적은 하얀 제비집을 사용하고 있는 건 극히 일부 최고급 가게뿐이에요. 뭐, 최고급 가게만이 아니라, 진짜 식재료만을 사용하는 것이 자부심인 가게도 있겠지만요."

"그렇군요." 흥미를 느끼기 시작한 듯한 목소리였다.

"그것뿐만이 아니에요. 더욱 대상을 좁힐 수가 있죠." 설명을 하는 동안에 나도 갑자기 의욕이 솟구쳤다. "제비집 스프는 서양 사람들에게는 별로 인기가 없어요. 극동에서는 인기가 있지만 미국에서는 그렇지 않죠. 여러 번 먹다보면 좋아하게 되는 사람도 있지만요. 서양 사람들은 쓰다고 느끼는 경우가 많죠. 하지만 이

---

* 지빠귀 무리.

곳 뉴욕에는 중국이나 인도차이나 반도 사람이 많이 있고, 그들은 혹시 비싸더라도 맛있는 스프를 먹을 수 있는 가게에 가죠."

"분명히 조사해볼 가치는 있을 것 같군요." 마침내 가브리엘라도 인정했다. "하지만 중국인이 배타적이라는 걸 잊지 말아요. 서양인에게는 좀처럼 마음을 열지 않으니까. 특히 당신 같은 외국인한테는요."

나는 의욕을 꺾는 그런 정보는 한 귀로 흘려듣기로 했다. "알았어요. 하지만, 그 제비집을 탐내고 있는 가게가 몇 군데 있다고 해보자구요. 그것을 한 군데서 독점하려 한다면 어떻게 될까요? 다른 가게들이 상당히 자극받지 않겠어요?"

"여기선 열받는다고 말해요."

"지금은 대서양 건너편에서도 그렇게 말해요. 아무튼, 아직도 집요하게 한을 품고 있는 가게가 있다면 이때다 하고 뭔가 흘려줄지도 모르죠."

"그건 그럴 수 있겠네요." 그녀는 인정했다.

"무엇보다, 하얀 제비집은 1온스당 150달러나 하니까요."

"믿도 안 돼! 믿을 수 없어요."

"캐비어보다 비싸죠. 그 대부분은 제비의 침으로 만들어져 있다는 건 알고 있었나요?"

기침을 하는 듯한 목소리가 들렸다. 마침내 뭐라고 하는지를 알았다. "그거 이름이 뭐였죠?"

"새의 이름은 살랑갠이고 자바섬에 있는 몇 개의 작은 섬에만 서식하고 있어요. 작은 새인데, 그래요, 벌새보다도 작죠. 대부분은 그야말로 깎아지른 절벽 위에 있는, 바다에 면한 동굴벽에 집을 지어요. 접착성이 있는 점액을 이용해서 작은 둥지를 짓지요. 그 지역 사람들은 위험을 무릅쓰고 절벽을 기어올라가 둥지를 따죠. 원래 둥지 수도 적고, 새의 숫자도 적고……."

"그래서 그렇게 심하게 비싼 건가요?" 가브리엘라는 물었다.

"그래요. 게다가 그 다음에는 시간이 걸리는 번거로운 수작업이 기다리고 있다는 것도 값이 비싼 원인이죠. 흙덩이, 깃털, 쓰레기 따위를 발라내야만 하니까요……."

"그렇게 자세히 설명하지 않아도 돼요. 뭘 말하고 싶은지는 알았으니까요. 두 번 다시 제비집 스프를 먹지 말라 이거죠? 이탈리아 요리는 깨끗한 식재료뿐이라 정말 다행이에요."

"그렇게 생각해요? 하지만……."

"그만둬요, 지금은 듣고 싶지 않아요. 아무튼, 조사범위가 좁아진 것은 좋은 일이죠. 열심히 해봐요."

"오늘도 미행해줄 건가요?."

"무슨 일이든 도전이에요. 아, 그렇지, 몸조심하구요."

걱정해주는 건 기쁘지만 그 말을 듣자 다시 무서워졌다. 괜찮아, 괜찮아. 길이나 지하철 역에서 위협해온 녀석들은 나를 죽일 생각은 없을 것이다. 단지 겁주려는 것뿐이야. 게다가 녀석들이 코펭을 훔친 게 아닌 것도 확실하다. 왜냐하면, 범인이라면 내가 코펭을 갖고 있지 않으리라는 걸 알고 있을 테니까.

그러므로 사실은 그리 위험하지는 않을 것이다. 코펭이 있는 곳을 알고 싶다면 나를 살려둘 필요가 있을 테니까. 하지만, 뒤집어 생각하면? 정보를 듣기만 하면 사용완료라는 말이다. 아니, 아니지. 원래 나는 모르니까, 그렇게 될 리도 없잖아.

하지만 무엇보다 두려운 것은 코펭을 훔친 범인, 또는 이 사건에 관계되어 있는 집단이 돈 렌쇼를 죽였다는 생각이었다. 돈이 범인과 연결될 만한 단서를 잡고 있었다는 것이 가장 가능성이 높을 것 같았다. 그리고 지금 나는 단서를 찾아 혈혈단신으로 차이나타운에 잠입하려 하고 있었다…….

24

뉴욕의 몇몇 레스토랑이 그렇듯이 「비엔나의 밀회」는 지하에 있었다. 밖에서 보아서는 어떤 가게인지 전혀 알 수가 없었다. 은으로 테를 두른 까만 차양과 까만 통판으로 된 이중문은 평범해 보였지만, 문을 여는 순간 손님은 거울로 된 로비를 지나 자동 엘리베이터에 이르게 된다. 엘리베이터는 흔들리지도 않고 내려가서 멈춘 것도 알아차리지 못할 정도였다. 미끄러지듯 문이 열리고 완벽한 차림의 수석 웨이터가 미소로 맞아주었다.

가게 내부는 검정과 보라색을 주조로 하고 있었고 어두컴컴하기는 했지만 전혀 음침하지는 않았다. 레스토랑은 각각 네 개의 부스로 이루어진 몇 군데의 구역으로 나뉘어 있어 프라이버시가 완벽하게 지켜지고 있었다. 까만 패널 벽과 그 그늘에서 발산되는 은색의 빛은 그야말로 레스토랑 이름이 풍기는 분위기 그대로였다.

브랜슨양이라는 이름을 대자 수석 웨이터는 속삭이는 듯한 목소리로 테이블로 안내해주었다. 그녀는 아직 오지 않았지만 곧바로 소믈리에가 모습을 나타냈고 오리지널 칵테일을 권했으므로 그것을 마시기로 했다.

메뉴에 가게의 컨셉트가 씌어 있었다. 옛날 비엔나에는 사람들 눈을 피해 밀회를 즐기고 싶은 귀족 남녀를 위한 가게가 여러 곳이 있었는데, 그것을 재현했다는 것이다. 비엔나 특유의 메뉴도 있었지만 유럽 각국의 요리도 나란히 있었다.

그녀는 20분쯤 늦게 나타났지만 그것에 대해 사과할 필요는 느끼지 않는 듯했다. 아무튼, 그녀를 본 순간 나의 머릿속은 아무것도 생각할 수 없게 되어 버렸다. 금빛으로 빛나는 부드러운 머리칼은 미디엄 쇼트의 찰랑거리는 스트레이트였다. 조각처럼 음영이 짙은 고전적인 미녀였고 성숙한 매력이 아름다움을 더욱 돋보이게 하고 있었다. 온화한 내면을 내비치듯 차분한 분위기였으므로, 나는 무한경쟁의 투기장인 뉴욕, 그것도 경쟁이 치열한 제약회사에서 어떻게 저토록 온화할 수가 있는지 궁금하기 짝이 없었다. 키는 평균을 약간 웃도는 정도였지만 호리호리한 몸매와 우아한 몸짓 덕분에 훨씬 키가 커보였다. 몸의 곡선을 고스란히 드러내는 진녹색 맞춤 슈트를 입고 있었다.

"제가 좋아하는 레스토랑이에요." 직접 들어도 역시 매혹적인 목소리였지만 전화 너머로 들었을 때보다 가벼운 느낌이었다.

"비엔나는 밀회의 무대장치로 사용될 만한 좋은 모델이죠. 여기에다 주위에 늘어뜨려진 커튼만 있으면 완벽하겠군요."

글로리아는 희미하게 미소지었다. 아니, 처음에는 그렇게 보였다. 그러더니, 표정은 변하지 않았음에도 어쩐지 짓궂은 장난기가 들어 있는 듯한 느낌도 들었다.

"뒤를 보세요." 그녀는 말했다.

뒤쪽 벽은 검정에 약간의 보라색이 들어간 드레이프로 덮여 있다고 생각했는데, 자세히 보니 보라색 뭔가는 줄이 달린 진짜 커튼이었다.

"디테일에만 공을 들인 게 아니라 리얼리티도 중시하고 있군요." 나는 한 마디했다.

그녀도 역시 하우스 칵테일을 주문했다. 그건 샴페인에 어떤 과일 주스, 아마도 구아바와 망고를 섞은 것이리라.

두 사람 모두 칵테일을 한 모금 마셨다. 자, 과연 무슨 이야기 일까. 나는 그녀가 입을 열기를 기다렸다.

그녀는 침묵했다. 그녀의 침착함은 놀랄 만했다.

둘 다 입을 다물고 있는 것도 어쩐지 분위기가 차분해지지는 않았다. "영화 「제3의 사나이」 테마를 치터*로 연주해서 분위기 를 돋구려 하지 않는 건 기쁘군요."

"에른스트 에리히는 스위스와 오스트리아의 혼혈이에요. 그런 짓을 하기엔 너무 섬세한 감각을 갖고 있죠."

다시 짧은 침묵이 뒤따랐다. 나는, 이것이 나를 안절부절 못하 게 만들기 위한 테크닉임이 틀림없다고 생각했다. 그러나, 그렇 게 생각한 순간 그녀가 말을 시작했고 내가 틀렸음을 알았다. 그 녀는 뭔가 할 말이 있으면 입을 열지만 침묵을 메우기 위해 쓸데 없이 지껄이지는 않는 사람이었다.

"먼저 파라마운트 제약에 대해서 설명해 드릴게요. 구미에서 는 7위 규모의 제약회사로 작년 총매출은 230억 달러. 영업이익 은 전년대비 800퍼센트, 순이익은 5억 달러……." 그녀는 거기 서 말을 자르고 죄송하다는 듯이 미소지었다. "숫자만 늘어놓아 서 지루하시죠. 억 단위의 숫자를 말해봤자 실감도 안 날 거구요.

---

* 티롤 지방의 현악기 이름. 하프 종류.

잠깐만 참아줘요. 세계에 퍼져 있는 자회사는 104개, 주식 한 주당 장기 수익은 19퍼센트까지 증가하고 있어요. 작년엔 모든 면에서 기록을 갱신했죠. 이것으로 5년 연속이에요."

그녀는 지금까지의 설명이 나에게 어떻게 받아들여졌는지를 확인하기 위해 말을 잘랐다.

"대단한 성과로군요. 특히 이런 불황 속에서."

"저는 신제품을 담당하고 있어요. 신제품을 개발하는 일은 정말로 어려워요. 진정한 의미에서 신제품이라고 말할 수 있는 것은 몇 가지 화학제품뿐이고, 나머지는 원래 있는 것을 그저 개량한 것일 뿐이거든요. 극히 이따금씩 자연 제품의 합성에 성공하기도 하지만, 그런 연구는 예산을 잡아먹고 그것을 상품화하는 데에는 더더욱 돈이 들죠. 그래서 전혀 새로운 자연 제품 이야기를 들었을 때 저희가 얼마나 기뻤했을지 아실까요."

역시 그 이야기였군. 나는 고개를 끄덕이고 다음 이야기를 기다렸다.

"저는 몇 달 전에 새로운 팀을 꾸리기로 결정했어요. 완전히 새로운 종류의 의약품, 지금까지 한 번도 판매되지 않았던 신상품의 개발, 판매를 위한 팀이죠."

나는 얼굴을 찌푸렸다.

그녀는 빙긋 웃었다. 입가에 사람을 애태우게 하는 주름이 잡힌 그녀의 붉은 입술은 나무랄 데 없이 완벽한 모양이었다. "놀라셨나요?"

"그렇습니다. 아직 개발되어 있지 않은 신상품이란 거의 없을 텐데요."

"그 말대로예요." 그녀는 동의했다. "사실은 성욕촉진제를 개발할 예정이에요."

이것에는 정말로 흥미가 생겼다.

그 말과 더불어 테이블이 침묵에 감싸였으므로, 그것을 알아차린 웨이터가 메뉴를 들이댈 기회라고 생각한 듯했다. 곧바로 수석 웨이터도 나타났다. 브랜슨양은 언제나 수석 웨이터가 담당하고 있는 듯하다.

글로리아는 나를 런던에서 온 손님이라고 소개했다.

"이 분은 유명한 미식가예요." 글로리아가 수석 웨이터에게 말했다. "최고의 추천을 하는 게 좋을 거예요."

"기대하고 있습니다." 나는 말했다. "비엔나 요리는 여러 문화로부터 끌어온 상당히 독특한 유래를 갖고 있으니까요."

수석 웨이터는 동의의 표시로 가볍게 고개를 숙였다.

"황제 프란츠 요제프 1세 시대에 비엔나에서는 실제로 16개의 언어를 사용했고, 그 이상의 수의 민족 요리를 먹었습니다." 그는 말했다. 매끄러운 말투였지만 희미하게 오스트리아 사투리가 있었다. "그렇게 되는 데에는 수많은 사람들이 공헌했죠. 헝가리 평원의 목동, 체코의 소작농, 세르비아의 산악족, 알프스 산맥의 산악 가이드, 터키의 파샤(고관대작), 폴란드의 귀족, 이탈리아의 선원, 레반트의 무역상. 비엔나 사람들은 그 중에서 최고의 요리만을 골라냈습니다. 그리고 각각의 조리법을 조금씩 섞어 전혀 새로운 요리로 진화시켰죠."

"비엔나 시민들은 모두 황제보다 맛있는 것을 먹고 있었다고 내게 말했었죠?" 글로리아가 물었다.

수석 웨이터는 미소지었다. "예, 그랬습니다. 황제는 매일 삶은 쇠고기만 드셨는데 말이죠."

"타펠슈피츠*로군요." 한 마디했다. "저도 좋아하죠. 메뉴에 있다면 즐겨 먹구요. 하지만 일년에 한두 번이면 충분하죠."

"그렇다면 20세기의 자본주의자에게는 뭘 권해줄 건가요?"

"합스부르크풍 스프가 어떠실지요."

우리는 그 말을 듣고 빙긋 웃었다.

"좋아요." 하는 글로리아. "하지만 너무 부드러워요."

"덤플링**도 전형적인 비엔나 요리라고 할 수 있지만요……."

"몇 번 먹어본 적이 있어요." 그녀는 말했다. "제가 덤플링 같은 몸매가 되어가고 있죠."

---

* 소 허벅지살을 장시간 부드러울 정도로 적당히 삶아 기름과 버터로 볶은 감자와 파 종류인 슈닛틀러 소스, 서양 무와 사과를 갈아 섞은 소스를 곁들여 먹는 요리. 오스트리아 전통 음식으로 프란츠 요세프 황제가 즐겨먹었다고 한다.
** 서양식 만두.

나와 수석 웨이터는 동시에 강력하게 반응했으며, 그런 걱정은 전혀 할 필요가 없다고 입을 모아 말했다. 글로리아는 러시아풍 달걀요리로, 나는 보리 스프로 정했다. 그리고 다음 요리를 어떻게 할 것인지를 서로 이야기해서 글로리아는 아주 좋아하는 뜨거운 굴로, 나는 장어 딜 소스로 했다. 주요리는 글로리아는 스위트브레드 피낭시에르*(이것이야말로 비엔나 요리의 진수라고 수석 웨이터는 보증했다), 나는 고민 끝에 거위 프리카세**로 정했다. 유감스럽게도 요즘은 거위를 입에 댈 기회가 부쩍 줄었기 때문이다.

소믈리에가 와서 셀러에 오스트리아 와인이 몇 병 있다고 알려 주었다.

"오스트리아 와인은 드라이하고 미국에서 일반적으로 마시는 독일 와인보다 알코올 도수가 높습니다." 그는 덧붙였다. 우리는 그의 추천을 받아들여 풀 바디***지만 드라이 리슬링이라는 클로스터켈러 슈타이겐도르프로 정했다.

소믈리에가 가버리자 글로리아는 아까의 화제로 돌아갔다.

---

* 송아지의 췌장 또는 흉선으로 만든 요리.
** 닭고기, 송아지, 양고기 등을 잘게 썰어 버터에 살짝 구운 다음, 채소와 같이 끓이고 화이트 소스와 함께 먹는 요리.
*** 와인을 마셨을 때 입안에서 느껴지는 와인의 무게감. 와인이 입 안에 꽉 차는 느낌일 때 풀 바디라고 한다.

"고대 로마제국의 아피키우스가 남긴 요리책에는 성욕을 촉진시키는 레시피가 남아 있어요. 호메로스, 오비디우스, 플리니우스도 그들의 작품에서 성적흥분제에 대해 언급하고 있죠."

"마늘과 양파도 성적흥분제로 여겨지고 있지 않았던가요?"

"그건 지금도 마찬가지죠. 사실 인도에서는 너무 자극적이라는 이유로 금지되었던 시대도 있었구요. 유럽의 수도원에서도 마찬가지였죠. 몇 세기 동안이나 두 가지 모두 금지되어 있었으니까요. 네로 황제는 리크*를 엄청나게 먹었다고 하죠. 리크는 두말할 것도 없이 양파나 마늘과 같은 과의 식물이죠."

"이집트의 피라미드를 건설한 일꾼들도 마늘 지급이 줄어들자 파업을 했었다고 읽은 적이 있어요."

글로리아는 고개를 끄덕였다. "하지만 미약 연구가 가장 왕성했던 때는 중세예요. 마법사, 요술쟁이, 연금술사가 모두 모여서 보다 새롭고 강력한 미약을 조합했으니까요. 억압적인 위정자와 무지한 대중이라는 이상적인 환경 덕분에 기묘한 조합이 가능했던 것이죠. 하지만 우리가 연구해본 결과, 그 중 몇 가지에는 효과적인 성분이 포함되어 있었어요."

"닥치는 대로 집어넣었던 것이 가끔은 들어맞았던 거겠죠."

"시행착오 덕도 있었다고 생각해요. 과학적인 지식은 전혀 없

---

* 서양 파의 한 품종.

더라도 몇 세기 동안 시행착오를 되풀이하다보면 어느 정도 알게 된 것도 있었을 거구요."

첫 번째 요리가 도착했다. 나의 보리 스프는 그야말로 보리 스프의 참맛이었고 아스파라거스 줄기끝이 떠 있다.

"아스파라거스도 강한 최음성이 있는 식재료죠." 내가 스프의 감상을 말하자 글로리아는 이렇게 대답했다.

그녀는 러시아풍 달걀요리를 살펴보고 있었는데 만족스러운 듯했다. 그대로 이야기를 계속했다.

"남성 성기를 닮은 모양의 채소는 대개 그렇게 생각되고 있죠. 심지어 당근이나 파스닙(설탕당근)도 그렇구요."

글로리아가 달걀요리를 입으로 가져가기를 기다려서 나는 감상을 물었다. 달걀 위에는 검은 캐비어가 듬뿍 얹혀 있었고 글로리아는 맛을 칭찬했다.

"캐비어에도 최음성이 있다고 하더군요." 나는 지적했다.

"그건 잘못된 믿음이에요." 그녀는 말했다. 나는 이내 그녀가 자신의 의견을 꺾지 않는 여성임을 알았다. "비싸고 희소가치가 있기 때문에 그렇게 여겨지고 있겠죠. 하지만 둘 다 최음성이 있다는 이유는 되지 않아요."

"그리고 굴을 신봉했다는 카사노바도 있었죠. 그것도 비싸고 좀처럼 손에 넣을 수 없는 시대였기 때문이었겠지만요."

나는 글로리아가 다음 요리로 굴을 부탁한 것을 기억하고 그렇게 말해보았다.

"카사노바는 하루에 50개씩을 먹었다죠." 그녀는 깔끔하게 인정했다. "그 뒤에 굴에는 아연이 많이 함유되어 있다고 판명이 되었고, 그래서 아연이 풍부한 식재료를 찾기 시작했구요."

"그리고 지금은 성욕촉진 효과가 있는 식재료를 찾고 있는 건가요."

글로리아는 고개를 끄덕였다. "꽃도 똑같은 목적으로 언제나 인기가 있었죠. 헨리 8세는 식사 때 앵초와 제비꽃을 즐겨 먹었고, 한편으로 재스민, 수련, 톱야자, 푸크시아(수령초), 버베나도 그런 효과가 있다고들 믿어왔죠."

"현대에 들어와서 식용꽃이 한물간 것은 놀랍지 않습니까?" 나는 물었다.

"예, 정말로 놀라워요. 우리는 식용꽃의 인기도 부활시킬 예정이에요. PP에서는……." 내가 영문을 모르겠다는 얼굴을 했으므로, 그녀는 고쳐말했다. "파라마운트 제약에서는 검사와 분석을 거듭해서 최음성이 있는 화학성분을 포함하는 식용꽃을 알아내려 하고 있어요."

그때 다음 요리가 날라져왔다. 글로리아의 굴 소스는 우유와 버터뿐이었다. 셰프는 굴의 맛을 그대로 즐기길 원했으리라. 나는 글로리아가 최음성을 저해할 뿐인 스파이스를 사용하지 않는 것을 더 좋아하는지 물어볼까 했지만, 그 질문은 포기하고 나의 장어에 정신을 집중했다. 딜 소스의 신 맛이 너무 강해서 장어의 맛을 어느 정도 훼손시키고 있지만, 용서할 수 있는 범위 안이었다. 모든 맛을 만족시키는 셰프는 세상에 없다는 것은 경험을 통해 알고 있었다.

벽의 드레이프는 방음효과가 있는 듯, 가게 안은 아주 조용했다. 가게명을 밀회라고 한 만큼, 다른 사람 눈을 피하고 싶은 이들의 대화가 옆자리에 들릴 염려는 없었다. 우리의 대화도 귀를 쫑긋하게 할 만한 내용이었으므로 이것은 좋은 조건이었다.

글로리아는 이야기를 계속했다. "호르몬이 발견되자 다시 상황이 바뀌었죠. 남성 호르몬은 테스토스테론, 여성 호르몬은 에스트로겐이라는 것이 판명되었구요. 우리 회사에서는 호르몬 자체나 그것의 분비를 촉진하는 성분을 함유한 식재료를 연구하느라 이미 몇 백만 달러를 쏟아부었답니다."

소믈리에가 나타나 마지막 리슬링을 따랐다. 오늘의 나처럼 식초를 사용한 요리를 주문하면 어려운 문제가 발생한다. 식초가 와인의 맛에 영향을 미치기 때문이다. 와인 애호가의 관점에서 보면 그런 의미에서는 샐러드도 똑같이 어렵다. 대부분의 드레싱은 신 맛이 있기 때문이다. 메인에 어울릴 만한 추천 와인은 없는지 소믈리에에게 묻자, 와인 셀러에는 권할 만한 오스트리아 와인이 없다고 한탄하더니 독일의 슈패트부르군더를 권했다. 최고의 산지로 여겨지는 아스만하우젠에서 도착한 것이 와인 셀러에 한 상자 있다고 했다. 우리는 그것을 반 병 주문했다.

글로리아에 대해 마음에 든 점이 하나 있었다. 뭐, 마음에 드는 점은 많지만 그 중에서도 가장 좋은 점은 요리가 날라져오면 그것에만 신경을 집중하는 것이었다. 주요리가 왔을 때도 역시 마찬가지였다. 훌륭하다.

그녀의 스위트브레드 피낭시에르는 보기만 해도 군침이 돌았고 글로리아는 한 입 맛보고 만족스러운 듯이 고개를 끄덕였다. 거위를 먹는 것은 상당히 오랜만이었는데 글로리아한테 들은 잘츠부르크에서의 평판에 어긋나지 않는 맛이었다. 음식을 거의 다 먹어가자 글로리아는 이야기를 다시 시작했다.

"성욕촉진제를 연구개발하는 새로운 팀을 꾸리자는 것은 내 생각이었어요. 그래서 이 일의 성공 여부에 목이 걸려 있는 셈이죠. 만약 새로운 팀이 이익을 올리지 못한다면 새 일자리를 알아봐야 해요."

"당신이라면 금방 찾아낼 것 같은데요."

"그런 문제가 아니에요." 글로리아는 포크를 놓고 이야기에 집중했다. "이것은 내가 세안한, 나의 기획이리구요. 이 기획이 잘되지 않으면 그것은 내가 실패했다는 말이죠. 다른 무엇보다 그것이 문제라구요."

"무슨 말인지 알겠군요. 하지만 그렇게 걱정할 필요는 없지 않을까요. 시장의 니즈를 생각하면, 절대로 실패할 것 같지 않은 기획 같은데요. 성욕촉진제는 틀림없이 '날개돋힌 듯이' 팔릴 거예요. '날개돋힌 듯이'라는 말은 별로 적절한 비유는 아니지만……"

글로리아는 그 말을 듣고 미소짓고는 기운차게 와인을 쭉 들이켰다. "컨셉트는 틀림없어요. 그것에 대해서는 자신이 있죠. 혹시 마케팅 예상의 결과가 필요한 이익보다 50퍼센트 적다 하더라도 그 이상의 수익을 올리면 되니까요."

"그건 그렇지만, 아무도 상품화할 생각을 못했다니 좀 이상한 느낌이 드네요."

"발매되고 있는 제품은 많아요. 하지만 식품의약국이 성욕촉진제라는 이름을 못 쓰게 하고 있죠. 우리 회사도 허가를 못 받았죠. 요힘빈, 귀리, 적설초(고투 콜라)는 어느 정도 최음성이 있는 허브예요. 인삼도 그런 효과가 있다고 하고 은행잎 엑기스가 그렇다고 단언하는 사람도 있구요. 그리고 브로모크립틴*이나 아세틸콜린 같은 화학적 최음물질도 있구요."

글로리아가 먹고마시는 것을 멈췄으므로 나는 그녀가 중요한 이야기를 할 것임을 알았다. "하지만 코펭은 달라요. 왜냐하면 최초로 성욕촉진제라고 당당하게 표기해서 팔 수가 있거든요."

"어떻게 그걸 알죠?"

---

* 맥각(麥角) 알칼로이드의 유도체.

"1911년에 출판된 로버트 베이커의 『스파이스의 역사』나, 그 이전의 존 아서 에반즈가 쓴 『미약』, 에리카 파버의 『비너스의 유전자』는 성욕촉진제를 들고 있는데, 코펭도 여러 번 등장해요. 아라비아어로 씌어진 라브드 알 마나흐의 책에도 최음성이 있는 자연물질에 대해서 길게 언급되어 있는데, 거기서도 코펭이 가장 효과가 있다고 씌어 있어요. 제가 이 프로젝트를 시작한 뒤로 우리 회사의 도서관에는 그쪽 관련 서적이 산더미처럼 쌓여 있는데 거기에는 빈번하게 코펭이 등장하죠."

우리는 식사를 마쳤지만 다시 와인을 한 잔씩 마셨다.

"식품의약국이 그런 옛날 책 따위를 인정할까요?"

"물론, 우리 회사의 독자적인 연구결과가 필요해요." 그렇게 말을 골라 대답한 글로리아는 온화하지만 유혹하는 듯 보이는 아름다운 눈동자를 나에게 딱 고정시켰다.

"쥐나 모르모트나 초파리를 이용해서요?"

"이런 일은 얼마나 연구소에서 실험을 거듭했든지 간에, 결국은 임상실험이 필수죠."

"그런 걸 전담하는 직원이 있는 건가요? 아니면……."

"자원봉사자에게 부탁할 수도 있어요."

"이런 중요한 일은 당신도 참가하는 것이 좋을 것 같은 생각이 드는데요."

"물론이죠." 글로리아는 천연덕스러운 얼굴로 대답하고 슈패

트부르군더를 한 모금 마셨다. 그리고 진홍색 물방울이 묻은 입술을 살짝 냅킨으로 닦았다. "자신이 무서워서 못하는 실험을 아랫사람들에게 시키거나 하지는 않아요."

"윗사람에게는 나름의 책임이 있겠죠." 나는 동의했다.

"어떤 사람이 코펭을 되찾고 싶다고 생각하고 있는지, 알려주실 수 있나요?" 글로리아는 온화하게 물었다.

갑자기 화제가 바뀌었으므로 곧바로 대답하지 못했다. 코펭의 임상실험에 글로리아가 참가한다는 생각이 머릿속에 가득차 있었던 것이다. 과연 어떤 일이 일어날까를 상상하면……

"물론, 잠재적인 바이어는 있죠." 어디까지 알고 있는지에 대해서는 시치미를 떼기로 했다.

"경쟁회사인가요?"

"아니, 당신의 경쟁 상대는 아니예요. 전혀 다른 분야죠. 하지만 당신처럼 그, 훨씬 민감한 분야와 씨름하고 있다는 이야기는 못 들었어요."

그것이 사실인지에 대해 절대적으로 확신할 수는 없었다. 내가 모르고 있을 뿐, 경쟁하는 부분이 있을지도 모른다. 하지만 아무리 참신하다 해도, 아침식사용 시리얼에 성욕촉진제를 넣을 가능성은 없으리라.

"조사는 진척이 있었나요?" 그녀는 초조하게 물었다.

"몇 가지 유망한 실마리가 있죠. 그것을 쫓고 있는 참입니다."

"언제쯤 되찾을 수 있을지 알 수 있나요?"

"열흘 안에 해결한다는 전제 아래 움직이고 있죠." 나는 출처는 밝히지 않고 게인즈 반장의 말을 인용했다.

"앞으로 일주일도 안 남았군요." 글로리아는 걱정스러운 얼굴을 하고 있다. 나는 모호한 표정을 지어보였다. 그런 것은 나의 특기였다.

"당신에게도 꼭 협력을 부탁하고 싶은데요."

글로리아는 흥미가 있는 것 같지만, 한편으로 조심하고 있는 듯한 얼굴로 나를 보았다.

"코펭을 사지 않겠느냐는 연락이 오면 알려줬으면 해요."

"연락을 받을 가능성이 있다는 말인가요?"

"어쩌면요."

가게를 나올 때, 글로리아는 수석 웨이터를 향해 고개를 끄덕였을 뿐이었다. 멋진 지불방법이로군. 매출이 230억이라니, 확실히 경비가 엄청나게 지불되고 있겠지.

그런 즐거운 점심 다음에는 천천히 이래저래 생각하고 싶었다. 탐정 생활은 쉽지 않았고, 미식가 탐정도 예외가 아니었다. 탐정의 의무를 다하려고 플래밍엄 호텔로 돌아갔지만, 역시 가까운 센트럴 파크로 산책을 가기로 했다. 신선한 공기를 마시면 두뇌회로가 자극을 받을지도 모른다. 산들바람이 부는 기분좋은 오후겠다, 인파 속에 있으면 안전하기도 할 것이다.

어쩐지 기인괴짜들이 우르르 외출한 것 같았다. 프로펠러를 단 모자를 쓴 젊은이가 스케이트 보드를 타고 있는데, 그 스케이트 보드는 개썰매를 끄는 시베리안 허스키처럼 매어져 있는 고양이 여덟 마리가 끌고 있었다.

노란 색 로브를 입은 수도사 한 무리가 벨을 울리면서 성가를 부르고 있었다. 전원이 기부를 모으는 그릇을 손에 들고 있고, 한 사람이 들고 있는 함에는 기부금은 스터튼 섬의 성당건설에 쓰인다고 적혀 있었다. 자전거를 탄 배달부들은 공원길을 지름길 삼고 있는 듯, 서류를 10분 빨리 배달하기 위해 주변 사람들의 팔다리나 생명을 위험에 빠뜨리고 있었다.

두 명의 여성이 이야기를 하면서 내 옆을 지나쳐갔다. "동물원의 동물들은 왜 철창 안쪽에 넣어져 있는지 알아?" "동물의 안전을 위해서지." 상대방이 그것도 모르냐는 투로 대답했을 때, 내용물이 흘러넘쳐 악취를 풍기는 쓰레기통 옆을 지났다. "쓰레기도 세금처럼 열심히 거둬들여주면 좋을텐데."

돌아오는 길에 잭 다니엘 한 병과 진저 에일, 그리고 라임을 몇 개 샀다. 그런 것을 섞다니, 하고 버번 애호가라면 기절할지 모르지만 나는 꽤 좋아한다. 칵테일로 이름을 붙여주고 싶을 정도로 맛있으니까. 74번가에 있는 「페어웨이 마켓」에 들르자 오늘의 특판품이 칠판에 씌어 있었다. 여기서도 몇 가지를 샀다.

일단 한 잔을 만들어서 그것을 마시면서 텔레비전을 켰다. 여전히 어처구니 없는 프로그램 뿐이었다.

어떤 채널의 드라마에서는 자기중심적이고 화를 잘 내고 말만 번지르르한 뉴스 캐스터를 백인 남성이 연기하고 있는데, 그 가공의 뉴스 캐스터는 태도는 퉁명스러워도 본성은 착한 놈이지만, 유능한 백인 여성 어시스턴트를 키워줄 용기가 없었다. 다음 채널의 드라마에서는 퉁명스러운 토크쇼 프로듀서가, 화를 잘 내고 말만 잘할 뿐 능력 없는 백인 남성 친구가 해고되지 않게 하려고 동분서주하지만, 백인 여성 어시스턴트의 재능은 인정하지 못하고 있었다. 다음 채널도 똑같은 성격의 등장인물뿐이었는데 이번에는 무대가 신문사였다. 그 다음 채널도 등장인물의 성격은 모두 같았지만 이번에는 모두가 흑인이었다.

점심을 배불리 먹었지만 텔레비전에서 먹거리 광고만 나오고 있었던 탓도 있어, 8시가 되자 살짝 배가 고파왔다. 나는 커다란 감자의 껍질을 벗기고 얇게 썰어서 내열접시 위에 늘어놓고, 소금과 후추를 뿌려서 오븐에 넣었다. 10분이 지나서 미리 사둔 스테이크용 등심을 꺼내 그것을 얇아질 때까지 두드렸다. 프라이팬을 쨍쨍하게 달구고는 거기에 버터를 약간 발랐다. 버터가 녹을 때 고기를 넣고, 살짝 셰리주를 둘러서 뿌리고, 두 큰술 정도의 브랜디를 넣고 불을 붙여서 알코올을 증발시켰다. 감자가 갈색이 되게 하기 위해 오븐의 온도를 올리고 프라이팬에 다시 버터 한 조각과 골파를 넣었다. 이 간단하고 편리한 버전의 스테이크 다이언은 힘들게 요리를 하고 싶지 않을 때 즐겨 만드는, 내가 좋아하는 요리 가운데 하나였다.

나는 요리를 하면서 두 잔째의 버번을 마셨다. 알코올에 자극받아 사건의 선명한 추리가 떠오른다면 좋겠지만, 전혀 그렇지 못했다. 「형사 콜롬보」, 「제시카의 추리극장」, 「변호사 페리 메이슨」, 「록포드의 사건메모」를 봐도 아무 것도 떠오르지 않았다. 그들은 어떻게 해서 그렇게도 간단히 추리를 해내는 것일까? 또 한 잔의 버번을 마시고 일찌감치 침대에 들어가기로 했다. 물론 내일이 애타게 기다려지는 건 아니었지만.

25

주 법원 단지의 안쪽에 있는 천장이 높고 싸늘한 방에서 열린 검시심문은 그저 우울했다. 사람들의 말소리가 음침하게 울리고 연녹색 벽은 갑갑했으며 법정 속기사가 자판 두드리는 소리가 무정하게 퍼지고 끊임없이 경찰 사이렌 소리가 들려왔다.

나와 페기도 증인석에 섰다. 게인즈 반장이 경찰의 수사 상황을 보고하고 검시관이 사인은 한 발의 총탄이었으며 즉사였다고 증언했다. 미리 짜기라도 한 듯 순식간에 심문은 끝났다.

판결은 미지의 인물 또는 인물들에 의한 모살이었지만, 누구나 예상했던 대로의 결과였다. 페기는 창백했지만 자제하고 있었고 시누이는 사무적으로 능숙하게 일을 처리하고 있었다. 그녀의 남편인 돈의 형님은 실용적인 영국 북부 타입으로, 이미 주식중개인에서 조기은퇴할 생각을 하고 있었다. 그들과 잠시 이야기를 하고, 나는 곧 살인범을 찾아낼 것이라고 낙관적인 견해를 입에 담았다. 페기는 장례식은 가족들끼리 코네티컷에서 치르기로 했다며 사과했다. 나는 이해한다고 말했지만, 내가 뉴욕 밖으로 나갈 수 없다는 말은 덧붙이지 않았다.

나는 말했다. "한 가지 물어보고 싶은 게 있는데요. 이럴 때 묻기는 미안하지만 수사에 관계가 있을지도 몰라서요."

"뭐든 물어봐요." 하고 페기는 대답했다. "내가 알고 있는 것이라면 뭐든지 말할게요."

까맣게 잊고 있었다. 아무 관계 없을지도 모르지만, 혹시……

나는 돈이 살해당하기 직진에 「스파이스 창고」에서 만난 여성을 설명했다. 생강에 대해 이야기를 했는데, 돈과 만날 약속이 있다고 말했었다. 그 여성이 사라진 다음, 몰라보게 변해버린 모습의 돈을 발견했던 것이다.

페기는 놀라고 있었다. "설마, 그 여자가 죽였다고 생각하는 건 아니겠죠?"

"아니, 나도 그렇게 생각하지는 않아요. 이야기를 좀 나누었을 뿐이지만 살인범이라는 느낌은 전혀 없었구요. 하지만 만났다고 해도 겨우 몇 분이었고 첫인상 같은 건 별로 도움이 안 되니까요. 혹시 그 여성을 알고 있지 않을까 해서요."

"모르는 사람 같은데요. 어떤 사람이었는지 다시 한 번 말해줄 래요?"

"30대 전반이고 밝은 갈색 머리칼, 밤색 눈, 하얀 블라우스에 파란 슈트를 입고 있었어요."

"단골이라고 하던가요?"

"아니요, 아마도 가게에는 몇 번 정도밖에 오지 않았다고 생각해요. 나도 정확한 건 모르지만."

"만난 적은 없는 것 같네요. 하지만, 좋은 생각이 있어요. 가게에 돌아가면 메이지에게 물어볼게요. 메이지는 대개 계산대에 서 있고 엄청 수다쟁이니까요. 가게의 전반적인 일도 도와주고 있지만 손님들과 이야기하는 걸 아주 좋아하니까, 혹시 그 여자를 아는 사람이 있다면 그건 메이지일 거예요."

플래밍엄 호텔에 돌아와 얼마 지나지 않아 전화가 울렸다.

"지금 메이지랑 함께예요." 페기였다. "그 여성을 봤대요."

"대단해요! 이름은 알고 있던가요?"

"물어봤는데 모른다네요."

"그녀가 뭔가 산 적이 있나요?"

말을 하는 소리가 들려왔고, 페기가 전화로 돌아왔다. "예, 얼마 전에 타라곤*을 샀대요."

"메이지는 그 여성이 어떻게 지불했는지 기억하고 있나요?"

다시 이야기를 하고 있다.

"기억 못 한대요." 전화로 돌아온 페기가 말했다.

"타라곤은 그리 비싸지도 않으니까요." 나는 실망해서 말했다. "아마도 현금으로 지불했겠군요."

"그게 왜요? 아아, 알았어요. 신용카드를 사용했다면 파일에 영수증이 남아 있겠군요."

"맞았어요."

"하지만 그 여자를 찾아내는 건 어려울 것 같네요." 페기는 기운없는 목소리로 말했다.

"뭔가 생각나는 게 있으면 전화해줄래요?"

"예에." 뭔가 이야기하고 싶은 듯했다.

"뭔가 있어요?"

"으응, 대단힌 일은 이닌데, 정말로요, 아무 것도 아닌……."

"뭔데요?" 나는 독촉했다.

"그게, 그날 아침, 돈과 함께 가게에 왔을 때, 돈이 손가락을 울

---

* 국화과의 여러해살이풀. 잎은 향이 있어서 들새나 들짐승 요리에 냄새 제거용으로 쓴다.

265

리면서 '가장 있을 만한 곳은…….' 이라고 말했어요."

"그래서, 그 다음은?" 뭐야, 뭐야.

"그것뿐이었어요. 나도 그 다음이 있을 거라고 생각했지만, 돈은 그 이상은 아무 말도 하지 않았죠."

"이야기해줘서 고마워요."

"그것만으로는 아무 쓸모도 없겠죠." 침울한 목소리다.

"그건 아직 몰라요. 뭔가 생각나면 곧바로 전화해줄 거죠? 무슨 일이든지 좋으니까요."

그렇게 약속하게 하고는 전화를 끊었다.

다음은 가브리엘라에게 전화를 걸었다.

"스파이스 특수계입니다."

"무사했나요?"

"음. 왜요?" 나쁜 예감이 들었다.

"최근 당신은 주목받는 과녁인 것 같아서 일단 확인해본 것뿐이에요."

아아, 다행이다. "뭔가 새로운 정보라도 들어왔나 해서요."

"사실은요, 들어왔어요."

"뭔데요?"

"나중에요. 그 전에 부사장은 어땠는지 들려줘요."

"아아, 그렇지, 부사장 말이죠……. 파라마운트 제약은 특이한 분야의 연구를 시작했더군요. 코펭을 손에 넣고 싶어 필사적이라는 느낌이었어요."

"어느 정도 필사적이었나요?"

"뭐라고 할 순 없지만. 하지만 부사장의 목이 걸려 있는 것 같더군요. 새로운 연구가 훌륭한 성과를 올리지 못하면 일자리를 잃을 거라고."

"부사장은 어떤 사람이었나요?"

"그건……. 그렇지, 인상적인 사람이던데요."

"피도 눈물도 없다는 느낌?"

"으음, 그런 결단이 필요하다면 그럴 수 있는 사람 같더군요."

"그와 계속 연락을 하는 건 당신에게 위험할 것 같은가요?"

"약간 위험할지도 모르겠는데요. 만약 코펭이 발견되면 파라마운트 제약은 임상실험을 할 예정인 것 같던데 나도 부탁받을지도 몰라요."

"협력할 생각인가요?"

"기꺼이 협력할 생각이죠." 나는 대담하게 말했다.

"일단은 코펭을 되찾아야겠군요. 참, 그 건 말인데, 새로운 정보가 있어요. 고용하고 있는 정보원 중 한 명이 준 정보인데요. 전혀 거짓인 경우도 상당히 있지만 때로는 쓸 만할 때도 있죠."

"어떤 정보인데요?"

"코펭이 시장에 나왔대요."

"뭐라구요?" 얼떨결에 큰 목소리가 튀어나왔다.

"지금은 그것밖에 몰라요."

"자세한 걸 알게 되면 가르쳐줄래요?"

"물론이죠. 당신도 거기에 있었으면 하구요."

"감정을 위해서요?"

"그래요. 다시 연락할게요. 마음의 준비를 해둬요."

"언제든 괜찮아요. 24시간 언제든지."

"알았어요. 계속 연락하자구요. 몸조심하구요."

되도록이면 그 말은 듣고 싶지 않았지만 나를 걱정해주는 건 기뻤다. 그건 그렇고, 균형을 잡고 있다고나 할까. 몸조심하라고 덧붙이면서 위험한 곳에 나를 밀어넣으려고, 또는 데려가려고 하다니. 하지만 아무리 그래도 경찰도, 코펭을 감정할 수 있는 소중한 인재를 잃고 싶지는 않겠지, 하며 나 자신을 달랬다.

26

모두들 그렇게 말하겠지만, 뉴욕은 정말 우호적인 거리다. 모두들 나를 만나고 싶어한다고 생각할 수밖에 없다. 뭐, 나도 물론 만나는 데에 이견은 없지만 말이다. 뭔가 새로운 정보를 들을 수 있을지도 모르니, 분명히 나로서는 이견은 없었다. 하지만 이 이상 방문객이 늘어난다면 플래밍엄 호텔로부터 추가 서비스 요금을 청구당할 우려가 있었다.

지금도 눈 앞에는 새로운 방문객이 있었다. 호텔에 전화를 걸어와서 이 시간에 나를 방문하려는데 혹시 시간이 안 되면 연락해달라고 전화번호를 남겼을 뿐, 아직 이름도 모른다. 물론, 그를 만나는 것을 거절하거나 하지는 않았다. 그것이 누구든 거절하지는 않는다. 혹시 이번 방문객으로부터 돈을 살해한 범인을 붙잡고 코펭을 되찾을 실마리가 될 수 있는 정보를 얻을 수 있을지도 모르니까.

그는 시간에 딱 맞춰 나타났다. 우리는 커피숍으로 들어갔는데, 거의 텅텅 비어 있었다. 아마도 그 커피숍에 관한 윌렌브로엑 교수의 의견에 동의하는 사람이 많기 때문이리라. 구석의 테이블에 앉아 커피를 주문하고 서로가 서로를 관찰했다.

그는 180센티미터 정도의 키에 탄탄하고 다부진 몸이었다. 일주일에 몇 번은 체육관에서 운동을 하고 있는 것 같았다. 아마추어 폴로 선수같기도 했다. 이딘기 거만 일보 직전익 우월감 비슷한 것이 느껴지지만, 어쩌면 나의 지나친 생각일 수도 있다. 쇠심줄처럼 뻣뻣한 회색 머리카락은 2센티미터 정도로 짧게 잘려 있고, 뉴욕보다는 플로리다에 어울릴 듯한 깔끔하게 볕에 태운 피부였다. 하지만 인공선탠이라는 것도 있으니까. 각진 커다란 얼굴에 어울리는 강인한 턱에 아주 연한 회색 눈을 갖고 있었다. 잠수함 영화에 캐스팅된다면 지휘관 역할이 어울릴 듯한, 아니, 그보다는 함장이 정신이상을 일으켜 모든 병기에 불을 지르려 할 때에 전권을 위임받을 부함장 역할에 딱이었다.

그가 명함을 내밀었다. 거기에는 보센도르프, 자카로프, 리보비츠 & 슈렌부르크 사라고 씌어 있고 주소는 파인 스트리트였다. 나는 그곳이 월 스트리트 근처라는 사실을 기억해냈다.

"보센도르프씨이신가요?" 나는 어림짐작으로 말해보았다.

그의 음성은 시원시원했고 상대에 맞추어 자신을 변화시키려 하는 느낌이 들었다. 내기를 해도 좋지만, 어떤 자리에서든 건배를 처음 외치는 건 이 사람임에 틀림없다.

"보센도르프씨는 1917년에 솜*에서 전사하셨습니다."

"그럼, 자카로프씨이십니까?"

"자카로프씨는 1927년에 돌아가셨습니다. 그보다 몇 년 전에 사업에서 은퇴하셨습니다."

"자, 그럼 리보비츠씨이신가요?" 에잇, 이쯤 되면 못 먹는 감 찔러나 보기다.

"리보비츠씨는 1930년에 폐렴으로 돌아가셨습니다. 수고를 덜어드리기 위해 덧붙이자면, 고(故) 슈렌부르크씨도 그로부터 3

---

* 제1차 세계대전 때 영·프 연합군과 독일군이 두 번에 걸쳐서 격전을 벌인 프랑스의 도시.

년 후에 노인 요양소에서 돌아가셨습니다."

"무척 역사가 긴 회사로군요." 나는 이렇게 한 마디했다. 애도의 뜻을 표하기에는 너무 옛날 이야기였다.

그의 밝은 회색 눈동자는 전혀 움직이지 않고, 나를 물끄러미 바라보고 있었다. 어쩌면 그의 얼굴은 화강암으로 되어 있는지도 모르겠다. 움직이는 건 그의 입술뿐이었다.

"예, 무척 오래된 회사입니다. 사실은 제가 이런 식으로 소개하기를 좋아합니다. 저희는 전통과 성실을 자랑하는 회사로서 신뢰받고 있습니다."

그는 다시 한 장의 명함을 내밀었다. 여기에는 뉴욕 신용은행이라고 씌어 있었다. "에크라고 합니다." 분명히 명함 한귀퉁이에 톰 에크라고 씌어 있다.

"이전 회사가 유명하고 존경도 받고 있었습니다. 그러나, 이미 그런 우아한 비즈니스의 시대는 아니죠. 유감스럽게도 전통이나 성실함 등은 이미 무의미합니다."

"그래서 이젠 은행인 건가요?"

"저희들은 언제나 은행이있습니다. 1세기 전에는 은행이라는 명칭을 쓰지 않는 회사가 많았지만 업무는 은행과 같았죠."

그렇군. 아마도 1세기 전에 보센도르프 일당은 대부업을 하고 있었을 것이다. 그래서 은행이라는 명칭을 사용하지 않았던 것이다. 물론 제대로 조사해보기 전에는 아직 알 수 없지만. 하지만 나더러 계좌를 트라거나 골드 신용카드를 권유하러 왔다면 그야말로 시간낭비일텐데.

"오늘 이렇게 찾아뵌 이유를 말씀드리죠." 그는 깨끗하고 시원 시원한 음색으로 설명을 시작했다. "저희들의 주된 업무는 사업을 확장하거나 새로운 사업을 하시는 분들께 자금을 제공하는 일입니다." 역시. 나의 감은 옳았다. 지금도 그들의 업무는 변하지 않았을 것이다. "그리고 주고객은 음식산업 분야입니다. 언제든지 융통해드리긴 하지만 모두 그 분야에 한정되어 있습니다. 그런 까닭에 스파이스 같은 물건도 주력 분야입니다."

아하, 그랬었군. 사실 그 정도는 예상했어야 했다. 물론 엘리자베스 여왕 폐하가 안녕하신지 여쭈러 왔으리라고는 생각지 않았지만 말이다. 스파이스라는 한 마디를 들은 순간, 나는 이야기에 집중하기로 했다.

나는 모호하게 미소지었다. 상대방은 이것에 용기를 얻어 다음 이야기를 할 것이다. 그 효과가 바로 나온 것 같았다. 아니, 어쩌면 처음부터 이야기할 예정이었나.

"알렉산더 마블이 코펭을 수입할 준비를 했을 때, 그는 잠재적인 바이어들에게 연락을 했습니다. 물론 살 사람을 찾는 건 간단합니다. 코펭에 흥미가 없는 오너 셰프는 없으니까요. 그리고 살 사람 중에서 몇 명은 저희에게 상담을 요청해왔습니다. 물론 개별적이었지만 융자를 요청한다고 했죠."

그는 거기서 말을 잘랐다. 나는 묵묵히 다음 말을 기다리고 있었다. 이야기는 점점 재미있어지고 있었다. 뭔가 그럴 듯한 정보가 들어올지도 모른다.

"저의 곤란한 상황을 이해하시리라 생각합니다." 그런 말을 들어도 무슨 소린지 하나도 모르겠기에, 적당히 턱을 쓰다듬으면서 "흠." 하고 대답했다.

"저는 상당한 액수의 융자계약을 맺었는데, 이 자금으로 구입했어야 할 물건이 사라져 버린 것입니다."

그렇군. 나는 마침내 그의 곤란한 상황이라는 게 뭔지 알 수 있었다.

요즘 은행의 신용은 폭락했다. BICC와 S&L의 자멸, 바티칸 은행의 거물급 인사가 런던 임뱅크멘트에서 목을 맨 시체로 발견된 스캔들, 몇 십 억이라는 손실을 내고 은행계에서 자취를 감춘 베어링 일가, 그리고 그 뒤로도 신문의 제1면을 장식해온 금융계의 붕괴. 그러나 사람은 그런 나쁜 소식은 빨리 잊어버리고 싶어하는 존재이며, 손실은 보험회사가 보전해줄 것이라며 깊이 생각지도 않는다. 유감이지만 보험업계도 한 통속으로 여겨지고 있으며, 런던의 로이즈*조차도 예외는 아니다. 은행의 이미지가 훼손된 것은 유감이지만, 그게 나와 무슨 관계가 있어야 하는지

* 런던에 있는 개인 보험업자 단체.

273

는 전혀 모르겠다. 하지만 일부러 시간을 내서 나를 만나러 왔으니 – 내가 그를 찾아간 건 아니지만 – 묵묵히 이야기를 듣고 있으면 뭔가 설명을 해줄 것이다.

"어려운 상황이로군요." 나는 이야기에 장단을 맞추었다.

"이해해 주셔서 감사합니다." 그는 진심인 것 같았다. "요즘은 모두가 은행에 대해 그렇게 생각하지 않거든요."

"글쎄 말입니다." 나는 그가 빨리 본론에 들어가기를 바라며 모호하게 대답했다.

에크는 의자에 깊숙이 앉으며, 마치 영화 「핵잠수함 스타피쉬」에서 함장이 신뢰하는 부함장을 대하듯이 나를 보았다.

"솔직하게 말씀드리죠." 나는 열심히 그의 기대에 걸맞는 표정을 지었다. "당신을 만나면 어떻게 접근해야 할지 확신할 수 없었습니다. 사실은, 당신이 코펭 도난사건과 관련되어 있을 가능성도 전혀 없지는 않기 때문입니다."

"압니다. 저는 감정을 위해서만 불려온 외국인이죠. 미국인이라도 감정을 할 수 있고, 어쩌면 훨씬 더 유능한 사람이 있을 것이라고 생각하는 사람도 있을 거고, 게다가 공교롭게도 두 사건 모두 현장에 있었구요. 수단과 동기, 기회가 있었으니 저는 제1용의자겠죠."

"그것이 공정한 견해겠죠." 그는 동의했다. "그러나 이렇게 만나뵙고 보니, 그냥 제 육감입니다만, 어느 쪽 범죄와도 관계가 없다고밖에 생각되지 않는군요."

"고맙군요. 다행히도 당신의 육감은 맞습니다. 저는 어느 쪽과도 관계가 없지만, 그렇게 믿어주지 않는 사람도 있거든요."

"그 중에 한 명은 알렉산더 마블이겠죠……. 예, 알고 있습니다." 그 중에 한 명이라니, 그럼 그 밖에도 있다는 말인가 하고 놀랐으나, 그 사람들의 리스트를 듣고 싶지는 않았다.

"이제 문제는, 당신이 코펭을 갖고 있지 않다면 도대체 누구 손에 있을까 하는 것입니다."

"문제는 그겁니다." 그래, 모두들 그것이 알고 싶을 것이다. "저도 최선을 다해 경찰 수사에 협력하고 있습니다."

에크는 생각에 잠겨서 먼 곳을 응시했다.

마침내 에크가 입을 열었다. "몇 명 정도의 오너 셰프와 이야기를 나누셨습니까?"

"겨우 몇 명입니다. 아이샤와 레니 리프킨, 에이브러햄 케팔릭, 셀림 오스만. 아직 그 정도죠."

"하지만 레스토랑 수는 훨씬 많습니다."

"예, 알고 있습니다. 되도록이면 많은 사람의 이야기를 듣고 싶습니다. 레스토랑 주인들 말고도 다른 음식 비즈니스 관계자들 이야기도요."

에크는 레스토랑 이외의 관계자에게는 그리 흥미가 없는 듯한 얼굴을 했지만, 예의상 물었다. "예를 들면 누구인가요?"

나는 몇 사람의 이름을 대려다 문득 마음이 바뀌어 이렇게 대답했다. "글쎄요, 제빵업계, 캔디회사, 비타민 제조회사……. 하지만, 지금 열거한 것은 그리 중요하지 않습니다. 인간의 위장 속으로 들어가는 음식과 의약품은 어느 것이든 가능성이 있겠죠. 코펭이 약간이라도 평판대로의 특성을 갖고 있다면, 어떤 먹거리에 사용해도 유익한 결과를 얻을 수 있을 테니까요."

에크는 천천히 고개를 끄덕였다. "예예, 그렇겠지요."

의자에서 몸을 꼼지락거리고 있었다. 아마도 다음 질문을 할 것인가를 고민하고 있는 것이겠지.

"조사의 진척상황을 알려주실 수 있으십니까?"

도대체 지금까지 몇 번이나 똑같은 질문을 받았던가. 하지만 어찌된 일인지, 나는 반사적으로 모호한 대답을 되돌리고 있었다. "몇 가지 실마리는 있지만 아직 구체적인 것은 아무 것도 없습니다."

"어떤 것이든지 좋으니, 알려주실 수 있으십니까?" 에크는 몸을 내밀었다. "코펭이 시장에 나왔다든가, 그러니까, 실제로 연락을 받은 경우는 있습니까?"

"아니오, 제가 알고 있는 한은 없습니다." 나는 그의 질문을 '도난사건 이후에' 라는 의미로 판단하고 그렇게 대답했다.

"연락을 받는다 해도, 위험을 무릅쓰고 사려고 할까요?"

"그러길 바랍니다." 나는 열정적으로 말했다.

"아, 그러면 당신이 범인을 잡을 수 있겠군요?"

나는 고개를 끄덕였다. 그렇게 간단한 일일지는 모르겠지만 적어도 나는 그럴 작정이었다.

"당신은 내가 범인을 잡을 수 있다고 경찰과 이야기를 이미 하셨습니까?" 하고 물어보았다.

"예, 특수범죄과의 게인즈 반장에게 말했죠. 그러나 호의적이기는커녕, 무례할 정도로 진지하게 들어주지도 않더군요. 내가 자기 시간을 낭비하고 있다는 듯한 태도로요. 적어도 저는 그런 인상을 받았습니다."

"그 태도에 속으면 안 됩니다." 나는 잘 안다는 듯이 가르쳐주었다. "헬 게인즈는 뉴욕 시경에서도 손꼽히는 형사랍니다."

톰 에크는 불만스러운 듯한 목소리를 냈다. "정말이지 그렇게는 안 보이던데요. 그는 자신이 공복이라는 것을 똑똑히 자각하는 것이 좋을 겁니다. 그렇게 한다면 좀더 시민의 협조를 얻을 수 있을지 모르죠."

"그에 대해서는 잘 이해하는 게 좋을 겁니다."

"전혀 이해하고 싶지 않습니다." 에크는 드물게 감정을 드러냈다. 이번에는 경멸의 감정이었다.

에크는 좀 침착하지 못한 태도였다. 알고 싶은 것은 모두 물었으므로 이젠 돌아가고 싶은 것이리라. 나는 일어섰다.

"만나뵈서 반가웠습니다. 금융상의 문제도 해결이 잘 되면 좋겠군요. 염려되실 테니까요."

"금융업은 근심의 씨앗이죠. 음식업계에 융자를 하는 경우에는 특히 더 그렇구요. 그런데다가 이런 사건에 휘말려서야, 정말로 수지가 맞지 않죠. 관련되지 않고 지냈으면 좋겠지만요. 그래도……" 톰 에크도 일어섰다.

우리는 악수를 나누고 로비까지 함께 걸어갔다. 서로 연락을 주고받자고 약속하고 헤어졌다. 나는 우리 둘 중에 누가 더 많은 것을 숨기고 있었는지 궁금했다.

27

방으로 돌아와서는 「뉴욕 타임즈」에 전화해서 요리 담당 기자를 연결해 달라고 했다.

"뉴욕에서 최고의 제비집 스프를 먹어보고 싶은데요, 어떤 가게를 추천하시겠습니까?" 하고 물어보았다.

아무리 바빠도 자신의 전문 분야에 대해 묻는 이야기는 별개인 사람이 많다. 이 요리담당 기자도 신나게 이야기를 시작하더니 '가장 맛있는 곳', '가격에 비해 최고인 곳', '가장 진품으로 여겨지는 곳' 등등 다양하게 설명해주었다. 그러나 다른 가게와 비교할 수 없는 최고의 가게가 한 군데 있다면서, 한 치의 망설임도 없이 이름을 꼽았다. 그것이 「상하이 궁전」이었다.

밖은 거센 바람과 함께 갑작스런 소나기가 쏟아지고 있었다. 거리를 지나가던 사람들은 당황해서 우산을 쓰거나 신문을 뒤집어쓰거나 필사적으로 택시를 향해 손을 흔들고 있었다.

나는 호텔 입구에 서서 기다렸다. 폭우 속에 밖으로 나갈 생각도 없지만, 그렇다고 여기서 기다리고 있어도 뾰족한 수가 있지도 않았다. 비는 내릴 때만큼이나 갑작스레 그쳤고, 나는 몇 분 뒤 어렵지 않게 택시를 잡아탔다.

「상하이 궁전」은 멀버리 거리 남쪽 끝, 뉴욕의 차이나타운 입구에 있었다. 구불구불한 도로와 좁은 길에는 사람이 넘쳐났다. 택시 운전사 말에 따르면, 매일 2만 명 이상이 홍콩에서 온다고 한다. 모처럼 느껴지는 동양의 이국적인 분위기는 나와 비슷한 옷을 입고 있는 사람들과 뉴욕의 다른 구역과 차이가 없는 가게들 덕분에 흐려지고 말았다. 물론, 1천년 전의 달걀을 팔고 있다고 씌어 있는 가게가 눈에 띄긴 했지만.

레스토랑이 마침내 눈에 띄었다. 서너 집에 한 집은 레스토랑이었다. 용을 모티브로 한 가게 수는 샴페인이 쏟아내는 거품보다도 많았고 색깔이란 색깔은 모조리 사용하고 있었다. 그건 그렇지만, 도대체 이 치열한 경쟁 속에서 「상하이 궁전」은 어떻게 버텨내고 있는지 궁금해하고 있자니 택시가 멈춰섰다.

가게 정면은 검소했지만 인상적이었다. 산뜻한 녹색 창틀에 기다란 까만 창들과 멋진 중국풍 외관으로 꾸미려는 노력이 엿보이지 않는 위쪽에 블록체로 씌어 있는 간판이 보였다. 안으로 들어가자 세련된 느낌의 작은 방이 쭉 늘어서 있는데, 마치 세상의 끝까지 이어지고 있는 것 같았다. 입구와 바 구역에는 광택이 있는 검은 래커를 칠한 타일이 발라져 있었다. 바의 스툴은 검은 무명 벨벳이었고, 내부 장식에 강조점을 찍고 있는 하얀 원숭이 조각이 신비로운 분위기를 더하고 있었다. 식사를 하는 홀은 중앙의 넓은 플로어를 칸막이 부스가 빙 둘러싸고 있고, 등높은 긴 의자가 가리개 역할을 하고 있었다. 대나무 가구, 삼으로 엮은 벽, 그리고 빨강과 녹색 주단이 깔린 바닥은 칸막이 대용인 관엽식물과 멋지게 조화를 이루고 있었다. 식탁에는 분홍색 식탁보가 깔려 있고 까만 식기류가 놓여 있었다.

"홍콩이나 대만에서 온 엄청난 수의 새로운 주민들은 광둥 요리에 익숙하죠." 오너 셰프인 T. R. 쿠가 설명했다. "그래서 뉴욕의 중화요리점은 대부분 광둥식 요리를 제공합니다. 광둥식은 맛도 있고 건강에도 좋지만 맛이 강하지는 않아요. 우리 가게도 광둥식 요리를 내고 있지만, 저는 향이 그윽하면서도 얼얼할 정도로 매운 소스를 사용한 쓰촨식이나 후난식 요리를 더 좋아합니다. 생강, 마늘, 칠리고추를 넣어 매우 인상적이지요."

미스터 쿠는 웨이터, 수석 웨이터, 지배인을 차례로 만난 뒤에야 비로소 만날 수 있었다. 그는 나를 예의바르게 맞아들였으며 테이블로 안내하고 차를 가져오라고 아랫사람에게 말했다. 나는 시간을 내준 것에 대해 인사를 하고는, 폐가 되지 않도록 식사 때를 피했지만 그 때문에 그의 요리를 맛볼 수 없게 된 것은 무척 유감이라고 전했다. 그렇게 말하면서 어느 새 내가 아시아식 인사에 상당히 익숙해져 있는 데에 놀라긴 했지만, 그것은 진심에서 나온 말이었다.

미스터 쿠가 주방에서 나오기를 기다리는 동안 나는 메뉴에 지그시 눈길을 주었다. 요리는 모두 맛있을 것 같았다. 차가운 전채에는, 다진 닭고기에 진한 참깨 소스를 뿌린 것 – 쓰촨이 자랑하는 요리 – 과 박하와 코리앤더*와 고춧가루를 뿌린 새우가 있다. 유럽에서는 좀처럼 보기 힘든 해파리냉채나 매운 누룽지탕도 있었다.

당연히 메인에는 맵고 강렬한 맛의 요리가 줄줄이 씌어 있다. 호수가 가까이에 있는 후난은 새우나 담수어 요리가 유명하다. 두부와 함께 제공되는 요리도 있고, 생강과 마늘과 봄양파 소스

---

* 고수의 씨를 이용해 만든 스파이스. 고수는 한해살이풀로 지중해 연안 여러 나라에서 자생한다. 엷은 갈색의 둥근 씨를 향신료로 사용하는데, 세로로 줄무늬 홈이 있는 것이 특징이다. 잘 익은 씨는 레몬 비슷한 상큼한 향이 난다. 맛은 엷은 단맛이 느껴지는 감귤류와 비슷하다.

와 함께 제공되는 것도 있었다. 연잎에 싸서 찐 닭고기와 육포는 해산물과는 또다른 다양하고 재미있는 변주를 제공했다. 그리고, 당연한 일이지만, 메뉴를 읽기만 해도 배가 고파질 듯한 오리요리도 몇 가지 열거되어 있다.

내가 메뉴에 대한 감상을 전하자 미스터 쿠는 감사하다는 표시로 고개를 끄덕였다. 그도 역시 중국인 특유의 특권이라 할 수 있는, 나이를 종잡을 수 없는 용모의 사람이었다. 아마도, 마흔 살부터 일흔 살 사이쯤일까. 체형은 호리호리하고 오랜 기간 중화냄비와 씨름해온 탓인지 고양이처럼 등이 굽어 있었다. 작은 목소리로 이야기를 하는데, 어쩐지 그의 말에는 귀를 기울여야만 한다는 생각이 들었다. 내가 찾아온 목적을 설명하자, 그는 성실하게 들어주었다.

택시를 타고 오면서 나는 단체 관광객 만찬을 열고 싶어하는 여행사 직원이라는, 완벽하게 설득력 있는 이야기를 준비했다. 그리고 첫 번째 코스요리로는 최고급 제비집 스프를 준비해야 한다고……. 거기부터는 임기응변으로 이야기를 해나갈 생각이었다. 그러나 미스터 쿠와 이야기를 하는 동안 거짓말을 하지 말자고 생각을 고쳐먹었다. 그의 예의바른 태도 밑에는 나의 거짓말 따위는 단숨에 꿰뚫어버릴 만한 통찰력이 숨겨져 있는 것 같았기 때문이다. 그래서 이 일을 시작할 때 들었던 현명한 충고에 따르기로 했다. 의심스러울 때에는 진실하라, 라는.

"아아, 그때 일은 잘 기억하고 있습니다." 미스터 쿠는 온화한 목소리로 대답했다.

"태평양에서 태풍이 심해서 하얀 제비의 집을 채취하지 못하게 되었죠. 가격도 눈깜짝할 사이에 급등했지만 아무리 비싸도 그 가격에 타협할 수밖에 없었죠. 그럴 때에 배달된 제비집이 도난당했구요. 그야말로 엎친 데 덮친 격이었습니다."

"누가 훔쳤는지, 뭔가 실마리는 없었습니까?"

"아니요. 경찰도 아무 것도 몰랐다고 생각합니다."

"그 제비집은 어떻게 되었을 것 같습니까?"

그가 한순간 내 시선을 피한 것 같았는데, 그냥 기분 탓일까?

"뉴욕에 제비집 스프를 제공하는 가게는 많이 있습니다. 그 중에 누군가가 샀겠죠."

"물건이 품귀일 때 어떤 레스토랑에 재고가 있다면 상당히 눈에 띄지 않을까요?"

미스터 쿠는 천천히 손사레를 쳤다. "아, 그렇지는 않습니다. 훨씬 값이 싼 검은 제비의 집을 최고급품이라고 꾸미고 양심의 가책도 느끼지 않는 셰프도 있으니까요. 그러기는커녕, 제비집도 아닌 것을 사용하는 녀석까지 있죠." 그는 동료 셰프들이 사기에 가까운 짓을 하고 있는 것을 생각하고 슬픈 듯이 웃었다.

"그 차이를 아는 손님은 얼마나 있습니까?"

미스터 쿠는 미소지었다. "관광객들은 중화요리의 재료의 차이 따위는 모른다고 생각하시죠?"

정곡을 찔렸다. 생각대로였으므로 나는 고개를 끄덕였다.

"물론 차이를 모르는 손님도 많습니다. 그들도 우리의 중요한 고객이라는 점에서는 다를 바가 없습니다. 하지만 우리에겐 훨씬 중요한 고객이 있습니다. 아시아 여러 나라의 외교관입니다. 그 분들은 자주 식사를 하러 와주시고 대사관 파티나 리셉션을 열기도 합니다."

그는 그렇게 말하고 가게 안쪽을 향해 손을 흔들었다. "우리 가게는 몇 백 명의 손님을 맞을 수 있는 시설을 갖추고 있습니다."

그 말을 듣고 놀랐지만, 의심스럽지는 않았다. 뉴욕의 레스토랑 중에는 믿을 수 없을 정도로 넓거나, 지상 몇 층씩이나 되거나, 지하 몇 층씩이나 되기도 하며 – 뭐, 지하 몇 층은 별로 없겠지만 – 아무튼 지하에 좌석이 있는 가게는 분명히 있다.

"그럼, 도난당한 물건을 어느 레스토랑이 입수했는지는 전혀 짐작도 가지 않으십니까?"

미스터 쿠는 무겁게 손을 저었다. "저는 모릅니다." 그는 말했고, 나는 그것이 나의 질문에 대한 정확한 답이 아님을 깨달았다.

"가정입니다만, 뉴욕이라면 최고의 제비집 스프를 먹을 수 있을 것이라고 기대하고 있었는데, 그것을 먹을 수 없게 되었다면 참으로 유감이겠죠. 그럴 때, 그 사람들은 어떤 레스토랑으로 갈 것 같습니까?"

미스터 쿠는 전혀 표정을 무너뜨리지 않으면서 온화하게 이렇게 대답했다. "혹시 그런 사태가 일어난다면 「자금성」에 가지 않을까요?"

"그런데, 그 손실에 대해서는 보험이 걸려 있었겠죠?"

"예. 그러나 평판에 흠집이 나는 것에 비하면 새발의 피죠. 생각해 보십시오. 「상하이 궁전」 같은 레스토랑이 고객에게 제비집 스프를 제공하지 못하게 되다니!"

나는 상당히 견디기 힘들었을 그의 상황에 동정심을 느꼈다.

"보험회사가 어디인지를 가르쳐주시겠습니까?"

"그런 건 비밀도 아니죠. 뉴 잉글랜드 보험입니다."

나는 미스터 쿠에게 감사인사를 했다. 생각했던 것보다 정보가 모였다. 아마도 진실은 묵인되어 온 것일 뿐이리라.

"코펭이 발견되기를 진심으로 바랍니다." 마지막 남은 차를 따르면서 그가 말했다.

"그걸 물어보지 않으셔서 이상하게 여기던 참입니다. 코펭을 사용해보고 싶다는 생각은 안해 보셨습니까?"

"몇 세기나 멸종되었다고 여겨졌던 스파이스를 시험해본다는 것은 분명히 매력적입니다. 하지만 나이가 들어서인지 야심이 없군요. 누군가 권한다면 하겠지만 새로운 일에 도전해 보고싶은 생각이 들지 않습니다."

막간을 이용해서 식사를 하려는 손님이 줄줄이 들어왔다. 뉴욕은 쉼없이 일하는 곳이니 뱃속도 시간에 구애받지 않는 것이리라. 밖으로 나가자 다시 비가 내리기 시작했다. 택시잡기는 힘들었지만 그럭저럭 한 대 잡아탈 수 있었다.

「자금성」은 그리 멀지 않았다. 가게 외부는 기품 있는 디자인이었지만 화려한 금박으로 장식되어 있었고, 안에는 거대한 황금색 단지가 여기저기 놓여 있고 야자잎까지 금색으로 칠해져 있었다. 높다란 천장도 금색, 신화에 등장하는 동물들의 머리도 금색이었다. 금빛 샹들리에가 은은한 황금빛을 던지는 아래에 시원스러운 하얀 테이블이 늘어서 있었다. 몇몇 테이블에 손님이 있었으므로 미스터 싱양은 나를 회계사가 사용하는 작은 사무실로 안내했다.

빼빼한 미스터 쿠가 어딘지 서먹했던 것과 비교하면, 미스터 싱양은 뚱뚱하게 살이 쪘고 명랑하다고 해도 좋을 정도로 대조적이었다. 아까는 그것으로 성공했으므로, 이번에도 정직한 작전을 취할 생각이었다. 그러나 몇 분도 채 지나지 않아 진실은 번개와 같은 것임을 깨달았다. 번개가 똑같은 자리에 두 번 치지 않듯이, 똑같은 작전이 두 번 들어맞는 일은 없었던 것이다.

미스터 싱양은 정중했지만 발뺌하는 듯한 느낌을 주지 않으면서도 나의 질문에는 한 가지도 성실하게 답하지 않았다.

"품질 좋은 제비집은 언제나 물량이 부족하고 값도 아주 비싸죠."

286

"5년 전에는 더욱 비쌌겠죠."

"5년 전이라……." 그는 생각에 잠겼다.

"그래요, JFK 공항에 도착한 제비집이 도난당했을 때입니다. 잊지는 않으셨을 텐데요."

"아아, 잘 기억하고 있고 말고요."

"게다가 코펭 도난사건도 들으셨겠죠?"

"정말 슬픕니다." 그는 중얼거렸다. "참으로 유감입니다."

"두 가지 사건이 비슷하다는 것은 알아차리셨습니까?"

"예, 정말 그렇더군요."

"미스터 싱양, 저는 5년 전의 사건과는 아무 관계도 없고 제비집이 어떻게 되었는지도 관심 없습니다. 제가 뉴욕에 온 것은 코펭을 감정하기 위해서입니다. 그러나 그것이 원인이 되어 친구가 살해당했고, 아마도 다음은 저일 겁니다."

어느 정도 흥미를 돋운 것 같았지만, 입을 열었을 때에는 동양의 예를 갖추며 부디 그렇게 되지 않기를 기원한다고 말했을 뿐이었다. 어쩌면 진심일지도 모르지만, 이렇게 되면 서양의 무례를 발휘하는 수밖에 없었다.

"누가 제비집을 훔쳤든지, 그 사람이 코펭도 훔쳤을 겁니다. 범인을 잡을 실마리가 될 만한 것을 알고 계십니까?"

미스터 싱양은 정중하고 호의적인 태도를 유지했지만 도움이 될 만한 이야기는 하나도 들려주지 않았다. 그는 옆집에 물어봐

주기도 했는데 '별 수 없지, 벌써 5년이나 지났는데……' 하는 말만 들었을 뿐이었다. 코펭 이야기도 약간 했지만 수확은 하나도 없었다. 나는 시간을 내준 데에 감사인사를 하고 가게를 나왔다. 가게를 나올 때까지 쭉 나의 뒷모습을 지켜보는 시선이 느껴졌다.

호텔에 돌아오자 메시지가 나를 기다리고 있었다. "가브리엘라"라는 사인이 되어 있고, 내일 아침 9시 30분에 마중오겠다고 씌어 있다. 다음 줄을 읽고 나는 심장이 두근거렸다. 거기에는 딱 한 마디, "사러 갈 거예요."라고 씌어 있었다.

28

오래된 격언 중에 '다양성이 인생에 풍미를 더할 수 있다'라는 말이 있지만, 다양성은 또한 음식에도 풍미를 더할 수 있는 법이다. 그래서 나는 브로드웨이를 네 블록 남쪽으로 걸어서 「클라치」라는 가게로 향하고 있었다. 커피 마니아들이 모닝 커피를 마시기에 완벽한 장소라고 입을 모아 추천하는 가게였다.

온통 크롬과 유리로 되어 있고 검은 유리처럼 보이는 바닥과 거울로 된 천장이라는 밝고 그럴 듯한 실내장식은 지난 밤 흥청거렸던 많은 사람들의 이마에서 구슬땀이 흐르게 할 새로운 하루로 이끄는 데에 부족함이 없었다. 그건 그렇고, 아직 머리가 멍한 이른 아침부터 이렇게 선택을 강요하는 곳은 여기밖에 없을 것이다. 눈부실 정도로 번쩍거리는 간판에는 세상의 모든 종류의 커피 이름이 씌어져 있었는데, 우유부단한 사람은 점심 때가 되도록 뭘 주문해야 할지 결정을 못할 것이다.

레귤러, 에스프레소, 라테, 카푸치노, 카페인 없는 커피 — 스몰, 미디엄, 라지, 그란데 — 이 정도는 아직 시작에 불과했다. 커피콩의 크기나 모양, 게다가 볶는 방식까지, 몇 종류나 있는 것 중에서 골라야 한다. 매니아들은 자신들이 좋아하는 한 잔의 커피를 빨리 마시기 위해 카운터에 몰려들고 있었으며 아라비카, 자메이카, 콜롬비아, 브라질, 베네수엘라, 하와이, 케냐 등등을 말하는 소리가 들려왔다. 커피를 볶는 시간이나 추출하는 시간을 지정하는 손님까지 있었다. 가게 안은 커피 향기와 사람들이 외치는 소리로 가득했다.

육두구(너트메그), 계피, 카르다몸, 그리고 메이스*가 가장 인기 있는 토핑인 것 같았다. 위에 뿌리는 사람이 있는가 하면 섞

---

* 육두구의 바깥쪽 속껍질로 좀더 고급스러운 향기가 난다.

는 사람도 있었다. 가게 안의 진한 향기 때문에 현기증이 날 지경이었다. 많은 손님들이 비틀거리는 발걸음으로 드나드는 것은 신선한 바깥 공기를 마시기 위해서일 것이다. 그래도 뒤를 이어 줄줄이 새로운 마니아들이 들어왔다.

하지만 이 정도에서 힘든 선택이 끝나지는 않았다. 더한 시련이 기다리고 있었다. 진열된 베이글 역시 다양한 선택을 강요했다. 굵게 쪼갠 보리, 호밀, 건포도, 초콜릿, 산딸기, 코코넛, 망고, 양파, 바질, 마늘, 토마토, 겨자씨, 파파야, 다진 아몬드, 파인애플, 강판에 간 사과⋯⋯. 나는 뉴욕에는 틀림없이 '선택과잉' 증후군 환자를 전문으로 하는 정신과 의사가 많을 것이라고 추측하면서 호텔까지 걸어서 돌아왔다.

로비에 놓여 있는 「뉴욕 타임즈」를 두 장 넘겼을 때 밖에서 '빵빵!' 하는 자동차 경적소리가 들려왔다. 입구까지 나가서 밖을 보자 펜더 부분이 움푹 들어간, 출고된 뒤로 단 한 번도 세차를 하지 않은 듯한 황갈색 포드가 서 있었다.

신문으로 눈길을 돌리려 하는데 다시 경적이 울렸으므로, 돌아서서 다시 한 번 자세히 보았다. 그러자 창에서 화려한 금발머리가 튀어나오더니 귀에 익은 목소리가 '타세요!' 하고 소리쳤다. 1미터 정도밖에 떨어지지 않았는데 가브리엘라인 줄 몰랐다. 옆자리에 앉아도 여전히 알아볼 수가 없었다.

"낯선 블론드 미인한테 유혹당하면 언제나 차에 타나요? 조심하라고 말했을 텐데요."

"믿을 수가 없군요!" 나는 입을 딱 벌리고 말했다. "오늘은 어떤 무대의 오디션인가요?「웨스트 사이드 스토리」? 아니면「그리스」?"

가브리엘라는 브레이크를 풀고 차도로 차를 빼냈다. 어쩐지 불길한 예감이 드는 엔진 소리에다 그릉그릉하는 소리도 들렸다. 외관뿐만 아니라 차의 내부 역시 초라했다.

"대단한 차지만 좀 참아줘요. 이것도 변장의 일부니까."

"그래, 그렇게 된 거로군요. 나도 완전히 속았네요. 차뿐만이 아니라 당신에게도. 정말로 무대로 돌아갈 생각은 없어요?"

"지금도 연기를 할 기회는 많아요. 오늘처럼요."

"머리는 염색한 건가요?" 나는 호기심에 물어보았다.

"물론 아니죠. 가발이에요."

"진짜 머리는 어떻게 되었는데요?"

"요즘은 딱 달라붙는 라텍스 모자가 있어요. 그 위에 가발을 쓰는 거죠."

"아, 대단하군요. 하지만 눈두 뭔가 느낌이 다른데요."

"화장을 평소와 다르게 했을 뿐이에요." 가브리엘라는 깔끔하게 대답했다.

확실히 전반적으로 느낌이 달랐지만, 어떻게 다른지는 잘 모르겠다. 극적으로 달라진 부분은 없는데 전체적인 인상은 완전히 다른 사람이었다.

하지만 한 가지, 극적으로 변한 것이 있었다…….

딱 달라붙는 밝은 색 블라우스는 아슬아슬하게 비쳐 보였다. 그 위에는, 다크 블루의 천에 검은 레이스가 달린 조끼 같은 것을 겹쳐 입고 있을 뿐이다. 광택 있는 검은 스커트는 너무 짧고 딱 달라붙어서 운전을 하고 있는 지금은 허벅지까지 올라가 멋진 다리가 거의 훤히 드러나 있었다.

"여기서 10센티미터만 더 길면 미니스커트라고 할 수 있겠군요……." 나는 우유부단하게 말했다.

"오늘의 목적에 어울리는 차림이죠." 그녀는 태연했다.

"오늘의 의상에 대해 한 가지 물어보고 싶은 것이 있는데요."

"뭔데요?"

"아무리 봐도, 그 차림은 총을 소지하지 못할 것 같은데요."

가브리엘라는 고개를 저었다. "그렇지 않아요. 베레타 신모델은 아주 얇고 가볍거든요."

나는 머리끝부터 발끝까지 찬찬히 관찰했다. 그것도 몇 번이나. 그러나 역시 모르겠다.

"포기하죠." 내 말에 가브리엘라는 웃었지만, 어디에 숨기고 있는지 가르쳐주지는 않았다.

"변장이란 되도록이면 눈에 띄지 않도록, 주변에 녹아들 듯이 하는 것이라고 생각했는데요."

"예전에는 그렇다고들 했지만, 요즘의 경찰 심리학자 말에 따르면 눈에 띄는 편이 낫대요. 한 번 누군가의 기억에 입력되면, 그 다음엔 거기에 있어도 되는 존재라고 자동 인식되어 버린다고 하더군요. 요컨대, 주의를 끌 위험이 없어지는 것이죠."

"이런 일이 익숙한 것 같네요."

"함정수사 말인가요?"

나는 다시 한 번 가브리엘라의 온몸을 체크했다. 모르겠다. 다시 한 번 자세히 보았다.

"정확하게 함정수사라는 말은 아니었지만, 예, 맞아요."

"그렇지도 않아요. 어쩔 수 없이 필요할 때뿐이죠."

"알았어요. 다음 질문. 나는 뭘 입으면 되죠?"

"지금 차림도 괜찮아요."

나의 가벼운 소재의 바지와 회색 플란넬 재킷을 내려다보았다.

"이거요? 이건 변장이 아닌데요."

"당신은 변장하지 않아도 되요. 평상시 그대로 가는 거죠. 되도록이면 많은 사람들이 당신을 알아보는 게 좋거든요."

"하지만 그건 좀, 그러니까, 위험하지 않을까요?"

"그렇지도 않아요." 그녀는 금빛 머리칼을 쓸어올리면서 딱 잘라 그렇게 대답했다.

"내 역할을 똑똑히 알고 싶은데요. 나는 크고 못된 늑대를 유인하기 위한 미끼용 산양인 셈가요?"

가브리엘라는 심술궂게 미소지었다. "아뇨, 어느 쪽이냐 하면 오히려 꿀단지인 셈이죠. 그리고 우리는 엄청난 파리떼가 당신에게 달라붙기를 기다리는 거예요."

"그리고 당신은 파리채를 손에 든 소녀구요?"

"베레타를 든 소녀죠."

"그런 차림을 하고 있는 당신이 오히려 꿀단지 같은데요. 엄청난 남자들이 떼거지로 몰려들 걸요."

가브리엘라는 오토바이를 아슬아슬하게 피하고 속도를 높여서 신호가 노란 불일 때 교차로를 통과했다.

"말도 안 돼요. 일하는 중인 걸요."

"하지만 내가 당신의 보호가 필요할 바로 그때 당신은 그 많은 남자들에게 쫓기고 있을지도 모르겠군요."

"혹시 그런 일이 생긴다면 어떻게든 되겠죠." 그녀는 자신만만하게 말했다.

"일이라고 하니 생각이 났는데, 오늘은 어떤 작전인가요?"

그녀는 차량의 흐름에 매끄럽게 끼어들고 있었다. 우리는 북쪽을 향하고 있었고, 세인트 존 대성당의 거대한 석조건물을 지나쳐가는 참이었다.

"우리는 브롱크스로 가고 있어요. 상황은 이래요. 몇 년 전부터 몇몇 상인들이 모여서 일 년에 한 번씩 공동 창고세일을 하고 있었어요. 어떤 가게든지 팔다 남은 것을 떠안고 있으니까, 창고

세일 자체는 뉴욕에서는 드문 일도 아니죠. 하지만 이 합동 세일은 그야말로 헐값이라는 점과 결국은 모든 상품이 팔린다는 점이 특징이었죠."

엔진이 연거푸 푸득푸득 좋지 않은 소리를 냈다. 가브리엘라가 익숙한 손놀림으로 초크를 조작하자 낡아빠진 엔진 나름의 규칙적인 소리로 돌아왔다.

"그런데 더욱 욕심을 부린 상인들이 있었던 거예요. 재고를 몽땅 처분해 버릴 수 있었으니까, 선을 넘어서 팔아서는 안 될 것까지 팔기 시작했죠."

"어떻게요?" 나는 물었다.

"잠재적 위험성이 있다고 발표된 전기제품, 인화성이 높은 의류, 유해한 장난감이나 게임기 같은 것을 팔기 시작했던 거죠."

"참 착한 사람들이로군요. 그리고 그들은 유명한 상인이거나 대기업이겠죠?"

"바로 그렇죠. 하지만 중간에 몇 개의 조직을 끼고 있어서 배후까지 도달하지 못하는 거예요."

"그럼, 어디가 배후인지도 모르나요?"

"한두 회사쯤 의심스러운 곳은 있지만 증거가 없어요. 그리고 대부분은 전혀 실마리도 잡히지 않구요."

나는 우리가 어디를 달리고 있는지를 알았다. 지금은 할렘을 통과하고 있었고, 지금부터 어떤 다리를 건너서 브롱크스로 향할 것이다. 다만, 그것은 무의식 중에 생각한 것이었고, 나의 주요한 관심사는 가브리엘라가 들려준 이야기였다.

"그래서 오늘 우리는 그 창고세일에 가는 건가요?"

"그 사람들은 점점 더 진화하고 있어요. 얼마 전에 스태튼 섬에서 소녀가 감전사했는데, 창고세일에서 정가의 90%를 할인해서 산 비디오 데크가 원인이었죠."

"그런데도 경찰은 아무 것도 못하나요?"

"어떻게요? 그런 세일은 광고도 하지 않고 입소문뿐이거든요. 기간도 단 하루뿐이고, 장소도 그때그때 달라지구요. 경기장, 사용하지 않는 극장, 교회의 홀…… 아, 상당히 오래 전이긴 하지만, 한 번 철저히 조사한 적이 있죠. 하지만 그때 배후까지는 도달하지 못했어요."

"웬만해선 꼬리를 잡을 수 없겠군요. 그래서 오늘은……."

"이런 형태의 세일은 처음 듣지만 소문은 얼마 전부터 있었어요. 그쪽의 프로들에게만 정보가 퍼지는 거죠. 오늘의 세일은……." 그녀는 거기서 극적인 효과를 노리듯이 말을 잘랐다. "식재료 한정 세일이에요."

"알겠어요. 수상한 식재료가 산더미처럼 나올 테니까 그 중에 코펭도 있을지 모르겠군요."

"가능성은 낮지만, 오늘의 세일 정보를 들었을 때 핼이 확인해 봐야겠다고 했거든요."

"나를 데리고요?"

"코펭이 판매용으로 나온다면 당신이 협조해줄 거라고요."

우리는 거무스름한 물이 천천히 흐르는 할렘 강을 건넜다. 브롱크스는 맨해튼과는 완전히 대조적이어서, 도로의 커다랗게 움푹 팬 곳에 부딪혀 포드의 완충장치를 끝까지 잡아당겨야 했다.

"그럼, 그렇게 위험하진 않겠죠." 나는 말했다. "내 말은, 백화점이나 체인점 경영자가 배후라면 그 사람들은 마피아가 아니니까 사람을 죽이거나 할 리는 없다는 거죠."

"물론이죠." 가브리엘라는 과다적재한 자갈을 여기저기 흩뿌리며 달리고 있는 트럭을 살짝 추월하면서 말했다. "사실 위험하지는 않아요." 뭐야, 그런 건 빨리 말해줘야지!

"그러면, 왜 총을 갖고 왔죠?" 나는 물었다.

"언제나 그러니까요."

"하지만, 오늘도 갖고 있다니 믿을 수가 없어요."

가브리엘라는 빙긋 웃고는 도로로 진입하려는 쓰레기 수집차량에게 경적을 울렸다.

몇 분 뒤 우리는 목적지에 도착했다. 밍한 가게의 빈 쇼윈도나 지저분한 창이 늘어서 있는 황폐한 지역이었다. 술집은 문을 열고 있었고, 약간 지저분한 남자가 커다란 갈색 종이봉투를 들고 가게에서 나왔다. 길 건너편에서는 과일과 채소를 파는 포장마차가 얼마 안 되는 물건을 놓고 장사를 하고 있었다. 우리가 차에서 내리자 소화전 근처를 어슬렁거리던 젊은 남자 두 명이 얼굴을 돌려 가브리엘라의 다리를 물끄러미 바라보았다.

"봐요, 꿀단지라고 내가 말했죠?" 나는 투덜거렸다.

"무시하면 되요. 이쪽이에요."

우리는 빠른 걸음으로 퇴락한 도로를 걸었다. 멀리서 사이렌소리가 들려왔다. 주위의 공기는 먼지투성이에다 악취가 났다.

교차점 가까이에 차를 세우고, 모퉁이를 돌아서 성인용 비디오 가게를 지나쳐 거대한 건물 앞에 섰다. 이렇게 후진 건물을 보는 건 몇 년 만인지 모르겠다. 콘크리트 블록 같은 낡은 돌과 벽돌이 아무렇게나 섞여 있는 걸 보면 개축이나 수리를 여러 번 한 것 같았다. 가까이 가자 예전에는 교회였음을 알 수 있었지만, 그것은 꽤 옛날 이야기일 것이다. 창의 유리는 한 장도 남아 있지 않았다. 원래 창이었던 곳에는 널빤지가 대어져 있거나 가시 철조망이 둘러쳐져 있었다. 잡초도 멋대로 자라서 벽을 덮고 있었다. 산더미 같은 쓰레기는 사람 키보다 높았다.

"아무도 없군요. 여기인 건 확실한가요?"

"틀림없이 여기예요. 입구를 찾아봐요."

그것은 말처럼 쉽지 않았다. 무너져가는 돌계단 위에 옛날 정면 입구가 있긴 했지만 두터운 널빤지로 막혀 있었다. 다른 출입구는 없을까 주위를 돌아보았지만 옆문도 꽉 막혀 있었다.

"저 널빤지는 꽤 오랫동안 움직인 흔적이 없네요." 가브리엘라가 진지한 얼굴을 했다.

"조금만 더 주위를 조사해보죠."

주위를 살펴봤지만 다른 출입구 같은 것은 보이지 않았다. 한참을 찾아보고 있는데 가브리엘라가 소리를 질렀다. "저길 봐요!"

벽 근처의 바닥에 커다란 철판이 있었다. 처음에 그것을 놓친 것은 철판 위에 흙과 풀이 덮여 있었기 때문이었다. 가브리엘라가 쭉 뻗은 다리를 뻗더니 7센티미터 하이힐 주변의 흙을 문질렀다. 그녀가 철판을 두드리자 텅 빈 소리가 났다.

"저기도 있네요." 나는 덧붙였다. 분명히 바로 옆에 또 한 장의 철판이 있었다.

"그리고 저기도요." 자세히 보자 철판이 나란히 줄지어 있었다. 가브리엘라의 손가락은 황폐한 지면을 40발짝쯤 걸어간 곳의 폐허 같은 건물까지 철판의 행렬을 따라갔다. 예전에는 교회의 홀이었겠지만, 지금은 일부밖에 남아 있지 않는 듯하다.

우리는 철판의 행렬을 따라갔다. 폐허는 얼핏 보기에는 무너진 두 면의 벽으로밖에 보이지 않았지만, 지세히 보자 그럭저럭 방하나 정도 크기의 조잡한 목재 구조물이었다. 갈색 페인트가 벗겨진 문이 있었으므로 노크를 해보았더니 활짝 열렸다. 우리는 안으로 들어갔다.

29

정면에 책상이 있고 한 남자가 담배를 피우면서 신문을 보고 있었다. 안쪽 벽도 바깥과 마찬가지로 조잡한 목재였고, 천장에는 전선에 대롱대롱 매달린 알전구가 달려 있었다. 밑으로 내려가는 폭이 넓은 나무계단이 있었지만, 그 끝은 보이지 않았다.

흑발이 무성한 남자는 며칠째 면도를 하지 않은 듯 수염이 덥수룩했다. 그는 보고 있던 신문 너머로 우리를 힐끔 바라보았다.

"뭐야?" 그는 담배를 입에 문 채로 물었다.

"휘슬러가 보냈어요." 가브리엘라가 대답했다.

남자는 그녀의 머리끝에서 발끝까지 힐끔힐끔 보았다. 다시 한 번, 이번에는 찬찬히 온몸을 훑어보고 있었다. 내가 있다는 것을 알고 있으면서 내쪽은 쳐다보지도 않았다. 남자는 처음 듣는 이름이라는 얼굴로, 가브리엘라에게 "휘슬러?" 하고 물었다.

가브리엘라는 침착한 얼굴로 끄덕였다. "휘슬러요."

남자는 묵묵히 오랫동안 가브리엘라를 응시했다. 그러더니 계단을 향해 턱을 내밀었다. "들어가보슈."

우리는 계단을 내려갔다. 바닥까지 내려가자 그 앞에는 긴 터널이 우리를 기다리고 있었다. 높이는 겨우 등을 펴고 걸을 수 있을 정도에 폭은 두 사람이 나란히 걸을 수 있을 정도였으며 천장은 철판으로 덮여 있었다. 이것이 아마도 밖에서 본 철판일 것이다. 멀리서 비치는 어슴푸레한 빛 덕분에 발 끝의 단단한 지면이 겨우 보였다.

터널 끝에 다다르자 거기에는 철문이 있었다. 그러나 문의 이쪽에는 손잡이가 없었고, 열쇠도 보이지 않았다. 내가 주먹으로 문을 쿵쿵 두드리자 그 소리가 터널 안에서 울려퍼졌다.

10대 후반의 소년이 문을 열었다. 실제보다 나이들어 보이는 느낌이었는데, 야윈 얼굴에 머리는 포니테일 스타일로 뒤쪽에서 하나로 묶고 있었다. 소년은 문을 살짝 열고는 수상쩍다는 얼굴로 우리를 보았다.

"휘슬러가 보냈단다."

그런 이름은 들어본 적이 없다는 얼굴로 소년이 가브리엘라를 보았다. "누구요?"

"휘슬러." 그녀는 얼음처럼 차갑게 말했다.

소년은 가브리엘라를 한참동안 응시하고, 나는 백분의 1초 동안 힐끗 쳐다보고는 문을 활짝 열었다. 이번 계단은 올라가는 것이었고, 도중에 구부러져 있었다. 끝까지 올라가자, 거기는 교회의 내부였다.

천장이 높은 광대한 공간으로, 마치 이탈리아의 철도역 같았다. 대충 늘어뜨려져 있는 알전구의 어둑한 빛은 천장까지는 비춰주지 못했다. 벽은 아직 튼튼했고, 높이 솟은 원기둥의 끝은 머리 위의 암흑 속으로 사라져 있었다. 콘트리트 바닥은 무늬처럼 갈라져 있지만 걷는 데에는 별 문제 없었다.

그리고 엄청난 인파가 있었다.

그것이 가장 놀라웠다. 인기척 없는 황량한 장소와 어둑한 터널 끝에 이렇게 많은 사람이 있을 줄은 생각도 못했다. 그러나 최초의 놀람이 가라앉자 그곳은 마치 크리스마스 시즌의 메이시 백화점*처럼 보였다.

그렇다, 바로 그런 느낌이었다. 카운터와 테이블이 놓여 있고, 벽에는 이쪽 끝에서 저쪽 끝까지 목재 선반이 늘어서 있었다. 아니, 아이들을 여름 캠프에 보낼 돈을 모으기 위해 서둘러 마련한 동네의 자선 세일이라고 하는 편이 가까울지도 모르겠다. 종이 상자나 나무상자가 곳곳에 좁고 높게 쌓아올려져 있고, 깡통이나 소포상자가 여기저기 널부러져 있었다. 모든 것이 엉망진창이지만 사람들이 정신 없이 쇼핑을 하고 있는 것을 보면 장사는 잘 되고 있는 듯했다.

우리는 그 광경을 바라보며 한참을 멍하게 서 있었다. 이윽고

---

* 미국의 유명한 백화점 체인.

가브리엘라가 정신을 차리고 말했다. "주최측이나 보스 같아 보이는 사람이 있나요?"

나는 찾지 못했다. 바쁜 듯이 서서 일하고 있는 판매원들은 참으로 다양한 집합체였다. 대부분은 젊은이들로, 10대인 듯한 아이들도 있지만 나이 지긋한 사람도 상당히 많았다. 아마도 연금수령자로, 위법일지도 모르지만 용돈벌이 삼아 나온 것이겠지. 남녀비율은 반반이었고 인종과 민족도 다양했다. 저마다 물건의 질이 좋고 완전히 헐값이라고 큰소리로 외치고 있었다. 거기에는 모든 종류의 사투리가 섞여 있었다. 그러나 그 속에 주최측인 듯한 사람은 보이지 않았다.

매끈하게 빛나는 검은 머리에 말끔하게 손질한 콧수염을 기른 히스패닉계 젊은이가 산더미처럼 쌓인 캔의 뒤쪽에 서 있었다. 우리는 그쪽으로 다가갔다. 그것은 2킬로그램들이 햄통조림이었다. 견본으로 캔 두 개가 따져 있는데 보기에는 별 문제가 없어 보였다. 시식용으로 작게 잘라서 이쑤시개를 꽂은 햄 접시가 놓이자 눈깜짝할 사이에 없어져 버렸다. 젊은이는 주문을 갈겨쓰느라 무척 바빴다. 매번 손님에게 뭔가 종잇조각을 건네고 돈을 받는다. 가브리엘라가 캔 하나를 집어들고는 비판적으로 조사하기 시작했다. 나도 따라했다.

"문제는 없는 것 같네요." 나는 작은 목소리로 속삭였다.

"그런 것 같아요."

"하지만, 그렇다면 어떻게 이런 가격에 이익이 날까요? 아무리 많이 판다고 해도 이래서는 분명 적자일 거예요."

"낱개로는 안 파는 것 같아요. 아까부터 보고 있는데 상자 단위로밖에 안 팔아요."

"아무리 그래도 별로 이익이 날 것 같지 않은데요……."

가브리엘라가 머리를 움직여 신호를 했으므로 우리는 인파를 벗어났다. 주변에 들리지 않는 거리까지 오자 가브리엘라는 말했다. "이익률은 엄청날 거예요. 전액이 이익이 될 테니까요."

"그럴 리가 없, 아아, 알겠군요……. 훔친 물건?"

"그래요. 커다란 가게가 세일을 하는 건 재고를 없애기 위해서잖아요. 하지만 이런 불법 세일에서 물건을 파는 건 위험을 무릅쓰는 모험일 테니, 당연히 도난품에 손대고 있을 거예요."

우리는 이동했다. 아직도 사람들은 계속 불어나고 있어서 장내의 소음도 점점 커졌다. 원래 가격이 싼 것은 팔고 있지 않았다. 가루비누, 시리얼, 설탕, 밀가루 등은 보이지 않는다. 물론, 달걀이나 빵, 버터, 과일 같은 상하기 쉬운 것도 없었다.

이번에는 병에 든 잼, 젤리, 처트니*, 마멀레이드와 통조림을 팔고 있었는데, 여기 물건도 역시 문제는 없어 보였다. 우리는 천천히 상품들을 조사했다. 처음에 손에 든 것은 바닷가재 통조림

---

* 카레 따위에 치는 달콤하고 시큼한 인도의 조미료.

이었는데, 문제가 있다면 라벨에 붉은 얼룩이 묻어 있다는 것 정도였다. 다른 캔들을 살펴보니 역시 똑같은 얼룩이 묻어 있다. 가브리엘라가 조사하고 있는 캔도 마찬가지였다.

가브리엘라는 자신의 손에 든 캔과 내가 갖고 있는 것을 비교하고 있었다. "이상하네요. 똑같은 얼룩이 묻어 있어요."

"여기에 있는 캔은 모두 그런 것 같은데요. 얼룩이 묻어 있는 곳을 알아차렸어요?"

"무슨?"

"유통기한이 적혀 있는 곳이죠."

다음 가게에서는 통통한 말린 청어 같은 것이 놓인 커다란 수레가 몇 개 늘어서 있었다. 가게를 보고 있는 쭈글쭈글하고 왜소한 남자는 이가 몇 개 없는 것 같았지만 큰 소리를 내는 데에는 지장이 없는 듯했다. 그는 풍채좋은 잿빛 머리칼의 남자와 교섭 중이었다.

"저건 뭘까요?"

우리는 물건을 보면서 이야기를 엿들었다.

"조금씩 목표에 접근해왔군요." 나는 속삭였다.

"그래서, 저건 뭐예요?" 가브리엘라는 알고 싶어 했다.

"복어예요."

잠시 생각하더니 그녀는 이렇게 물었다. "독이 있는 생선 아닌가요? 작년엔가 샌프란시스코에서 사람이 죽지 않았나요?"

"복어에는 20종류 정도가 있는데, 딱 한 가지를 빼고 모두 맹독이 있죠. 그 딱 한 가지도 먹을 수 있는 건 10월부터 3월까지뿐이고 부위도 정해져 있어요. 난소, 간, 장, 껍질에는 테트로도톡신이라는 독이 있어요. 일본인은 복어를 '일촉즉발'이라는 말로 표현하죠? 한 번 잘못 손댔다간 죽음이니까요."

가브리엘라가 몸을 떨었다. "그렇게 맛있나요? 목숨을 걸고서라도 먹고싶을 정도일까요?"

"그렇게 생각하는 사람이 많은 것 같더군요. 또는 러시안 룰렛처럼 스릴을 즐기고 있는 건지도 모르죠. 일본에서는 조리하기 전에 유독한 부위를 도려내는 데에는 면허가 필요하고, 면허를 발행할 수 있는 곳은 구청뿐이라죠. 그 시험은 다섯 명 중에 한 명밖에 합격하지 못한대요. 일본에서는 해마다 복어독으로 몇 명씩 사망하는데 실제로는 훨씬 많을 거라고들 하죠."

다음 가게에서는 훨씬 더 기묘한 형태의 먹거리가 팔리고 있는데, 아무리 설명해도 가브리엘라는 좀처럼 믿지 않았다. 그것은 길이 5센티미터에서 8센티미터 정도로, 핑크색을 띤 갈색의 길고 가느다란 고기였는데, 사실은 오리혀였다.

"먹는 건가요?" 그녀는 코에 주름을 잡았다.

"이탈리아인도 엽낭게를 먹죠?"

그녀는 어깨를 으쓱했다. "뭐, 베네치아에서는, 그렇죠."

"산양고기나 순무의 싹도 먹구요."

"하지만 그건 맛있고……."

"게다가 한치나 잉어, 참오징어도 먹죠."

"맛있잖아요. 전혀 달라요. 그쪽은 진짜 먹거리예요."

"누구나 그렇게 생각하지는 않아요. 오리혀는 중화요리에서는 인기 있는 식재료예요. 홍콩에는 세계에서 수입되고 있죠."

"보기만 해도 섬뜩해요."

"잠두콩과 양파와 함께 생강과 화이트 와인으로 맛을 낸 요리 라면 분명히 마음에 들 걸요."

"정체를 모른다면요." 그녀는 단호하게 말했다.

나는 이 이상은 무리하지 않는 게 낫겠다고 생각해 화제를 바 꿨다. "어찌됐든, 마음에 들지 않을 것 같군요. 오리혀는 가짜를 만들기 쉬우니까, 저것도 가짜일지 몰라요."

앞으로 나아가자 바가 있고, 머리는 오렌지색으로 염색하고 무 척 진한 화장을 한 아주머니가 손짓을 하고 있었다. 연한 에메랄 드 그린빛 액체가 바닥에 약간 들어 있는 브랜디 잔을 들고 있다.

"5달러밖에 안 해요." 하고 강제로 끌어당겼다. 아아, 아주머 니, 그렇게 웃어대시면 화장에 금갈 것 같은데요.

"이건 뭡니까?" 내가 물었다.

아주머니는 무거워보이는 반지와 뱅글*을 잔뜩 끼어 거의 맨

---

* 금속제의 장식이 있는 팔찌.

살이 보이지 않는 손을 흔들며, 뒤쪽 바에 두 줄로 늘어선 병을 가리켰다. 라벨은 노랑과 갈색 꽃이 엮여져 있는 그림을 배경으로 한 완만한 심홍색 바둑판 무늬가 들어 있다. 심홍색 바둑판 무늬를 따라서 커다란 하얀 글자로 '압생트'라고 씌어 있었다.

"이런 시간에, 저한테는 너무 빠른데요." 가브리엘라는 그렇게 속삭이고 아주머니를 향해 허물없는 말투로 이렇게 말했다. "아직도 이런 걸 마시는 사람이 있다니, 몰랐는데요."

"구할 수만 있다면 마시지." 아주머니가 의미심장하게 말했다.

"뭐가 들어 있죠?"

"맛을 봐봐요." 하고 권하고 있다.

가브리엘라는 마실 용기가 없다는 몸짓을 계속하고 있다. "하지만, 위험하다고 들은 적이 있어요."

"이것이 위험하다고? 뭐가 위험한데? 남자친구라면 잘 알고 있을 텐데?" 하고 나를 곁눈질로 보았다.

"도덕적으로 방종해지는 경향이 있다고 여겨지고 있어서, 금지되어 있죠. 어네스트 헤밍웨이는 좋아해서 많이 마셨고, 뭐, 그것도 같은 이유에서겠지만요."

"프랑스군에도 보급되었다고 그녀에게 가르쳐주지?" 아주머니가 부추겼다. "만약에 정말로 위험하다면 군대가 보급하거나 하진 않겠지."

"뭐가 들어 있는데요?" 가브리엘라가 나에게 물었다.

"원래 제조법에는 쓴 쑥이 들어 있어요. 이것은 신경계에 영향을 미쳐서 뇌세포를 파괴하죠."

"고흐도 언제나 마셨죠. 고흐뿐만 아니라 프랑스의 많은 화가들이 마셨구요." 그녀는 포기하지 않고 집요하게 말했다.

"압생트라는 단어를 들으니까, 툴루즈 로트렉이 손에 글라스를 들고 몽마르트를 배회하는 모습이 떠오르는데요." 가브리엘라는 진지하게 말했다.

"그것 봐요!" 아주머니는 의기양양하게 말했다. "그의 훌륭한 작품을 보라구요! 그렇게 절름발이였으면서 말예요! 그밖에도 잔뜩 있어요. 그걸 생각해보라구요. 봐요, 앤서니 퀸이랑 똑닮은, 타히티로 간 화가도 그렇고!"

"옛날에는 140도까지 갔죠." 나는 설명했다. "버번이나 스카치의 배 이상의 도수였죠."

"그래요. 맛있고 독하죠. 맛봐도 될까요? 한 병 사갈까요?"

"얼마예요?"

"1백달러. 특별가격이에요."

"난 샨티*를 배신할 수 없어요." 하고 말하는 가브리엘라. 유감스러운 듯이 머리를 흔들고 자리를 떠나자, 뒤에서 점점 값을 낮춰부르는 아주머니의 목소리가 우리를 쫓아왔다.

---

* 이탈리아산 레드 와인.

"진짜라면 정말 운이 좋은 건데요."

"지금은 진짜는 좀처럼 구하기 힘들다는 말이 진짜예요?"

"그래요. 가끔 몰래 숨겨둔 것들이 한두 병 옥션에 나오는 정도니까요. 바로 얼마 전에도 5천 달러에 낙찰되었을 거예요. 스위스에서 열렸던, 프랑스의 미테랑 대통령이 주빈이었던 공식 만찬회에서는 진짜 압생트를 사용한 수플레*가 나왔죠."

"아마도 모조품이 많이 돌아다니고 있는 것 같은데요?"

"그래요, 많죠. 펜넬, 아니스, 히숍** 등 진짜 압생트에 쓰이던 허브는 지금의 모조품에도 쓰이고 있어요. 사탕무로 만든 공예용 알코올을 사용한 것도 있는 것 같은데요."

우리는 다음 가게로 향했다. 가브리엘라가 중얼거렸다. "찾는 물건과 비슷한 부류의 물건들은 있지만 어쩐지 여기엔 코펭이 없을 것같은 느낌이 들기 시작했어요."

"음, 나도 그런 느낌이 들어요. 여기엔 없을 것 같은……."

탁, 누군가 어깨를 쳤다.

굵은 목소리가 들린다. "코펭을 찾고 있습니까?"

나는 뒤돌아보았다. 내 생애 지금까지 본 사람 중 가장 크고, 가장 새까만 남자가 눈 앞에 서 있었다.

---

* 달걀 흰자, 우유, 밀가루를 섞어 거품을 낸 것에 치즈, 과일 등을 넣고 구운 것.
** 중앙아시아와 남유럽이 원산지인 허브의 한 종류. 식물 전체에서 박하 향기가 난다. 육류나 생선요리의 향신료로도 쓰이며 약초, 향수, 화장품에도 쓰인다.

30

그 남자는 가느다란 붉은 실로 수놓은 조끼와 크림색 셔츠를 연회색 정장에 받쳐 입고 있었다. 붉고 하얀 빛깔의 넥타이가 제법 미끈했다.

차림새 구석구석을 또렷이 볼 수 있었던 것은 내 눈높이가 고작 그의 가슴팍을 넘어서지 못했기 때문이었다. 그만큼 거구이니 옷도 필시 맞춤일텐데, 어찌나 빵빵하게 몸에 꽉 끼는지 진주빛 단추가 금방이라도 튕겨 나올 듯했다.

그의 몸집은 어느 모로 보나 그야말로 엄청났다. 언뜻 뚱뚱하다 싶기도 했지만 활력이 넘치는 걸 보면 근육질일 가능성도 다분했다. 어쨌든 지방이건 뭐건 실로 막대하게 들러붙은 친구인 것은 분명하다. 다리는 숫제 나무통이었고, 그 길고 억센 팔에 걸렸다간 물소라도 목이 졸릴 수밖에 없을 것이다.

대형 지구본같은 커다란 머리를 언덕만 한 어깨에 얹고 있는 그는 살결이 유난히 까만, 그야말로 칠흑같이 새까만 사람이었다. 그런 피부색은 흑인계 중에서도 가장 까맣다는 실론 섬 주민들, 즉 지금의 스리랑카 사람들 사이에서나 겨우 찾아볼 수 있지 않을까. 그가 스리랑카 태생인지는 모르겠지만, 실제로 거기 갖다놔도 누구 못지않게 검으리라는 것만은 장담할 수 있다.

남자는 상대방이 눈을 둥그렇게 뜨고 쳐다보는 일에는 익숙해져 있는 듯했다. 아마도 어디를 가도 반응은 똑같을 것이다. 눈의 흰자위는 티 없이 맑아서 제법 지성이 느껴졌다. 이 체격에 지성까지 더해졌다면 위험한 남자일지도 모른다. 적의는 느껴지지 않았지만, 이 정도 체격이라면 그런 분위기를 내려고 구태여 애쓸 필요가 없으리라.

가브리엘라도 눈을 둥그렇게 뜨고 있었다. 남자는 같은 질문을 되풀이했다.

"당신들은 코펭을 찾고 있습니까?"

나는 마침내 소리를 낼 수 있게 되었다. "무척 흥미가 있죠. 파실 건가요?"

남자는 웃기 시작했다. 그의 너털웃음은 마치 무슨 커다란 통의 밑바닥에서 솟구치는 울림 같았다. 휘돌 듯 솟아오른 그 웅웅거림은 이윽고 알전구 위의 아무 것도 보이지 않는 암흑 속으로 빨려들어간다.

"뭣 때문에 필요하십니까?" 남자는 우리 두 사람의 얼굴을 번갈아 보았다.

가브리엘라는 냉정한 표정으로 남자를 응시했다. "이곳의 주최자이신가요?"

남자의 얼굴생김은 흑인답지 않고, 입은 크지만 입술은 두툼하지 않았다. 남자가 빙긋 웃자 더더욱 입이 커보였지만, 그 안에서 새하얗게 빛나는 커다란 이가 엿보였다.

"주최자? 여기의?" 남자는 손가락만 해도 바나나만한 손을 휘저으며 말을 이었다. "잘못 보셨습니다. 저도 그냥, 괜찮은 물건이 없나 살피러 온 구경꾼일 뿐입니다."

남자의 눈이 날카롭게 빛나며 우리를 품평하는 듯했다. 결론을 내린 듯, 남자는 손을 내밀었다. "이름은 야루바 다. 콩고 출신입니다."

가브리엘라는 조심스레 악수에 응했고 나도 그대로 따랐다. 우리 둘 다 '왼손잡이'라는 별명을 가진 인물을 맞닥뜨린 건 아닐까 걱정스러웠다. 사내 역시 우리의 그런 걱정을 알아차린 듯, 맞잡은 손은 힘차면서도 부드러웠다.

우리도 자기소개를 하자, 야루바 다는 고개를 끄덕였다. 나는 그의 억양을 파악해보려고 애썼지만 쉽지 않았다. 분명히 영국인다운 말투가 느껴지는 걸로 보면 영국에 있는 학교에 다녔는지도 모르겠다. 제대로 교육을 받은 사람의 어법이지만 잘난 척하는 낌새는 없었다.

가브리엘라가 곧장 선수를 쳤다.

"당신도 코펠을 찾고 있는 건가요? 뭣 때문에요?"

야루바 다는 그것을 듣고 킥킥 웃었다. 화산이 터지기 직전의 조짐이 이런 것일까. 부디 그렇게 되지 않기를 바랄 뿐이었다.

"요리에 써보고 싶어서요. 다른 사람들처럼."

"어디서 그 요리를 하시는데요?" 상당히 엄한 말투였다. 뭐, 원래 겁 따위를 집어먹을 여자도 아니었다.

야루바 다는 조끼 주머니에 손을 넣더니 명함을 꺼내 우리에게 한 장씩 내밀었다.

「아프리카의 꿈」이라고 씌어 있고 주소는 맨해튼이었다.

"어머, 레스토랑을 하고 계시는군요……." 가브리엘라의 태도가 어느 정도 부드러워졌다.

명함에는 '정통 아프리카 요리'라는 문구가 또렷했다.

"참신하고 좋은 아이디어로군요." 나는 말했다. "아프리카에는 서양에는 별로 알려져 있지 않지만 맛있는 요리가 많죠."

다시 품평하는 듯한 눈초리로 나를 보았다. "아프리카에 대해 잘 아십니까?"

"아니, 별로요. 요리에는 좀 관심이 있지만요."

가브리엘라는 그리 간단히 그를 놓아줄 생각이 없는 것 같았다. "그럼, 여기에 온 것은 코펭을 찾기 위해서인가요?"

"여기서 찾을 수 있을 거라고 진심으로 기대하지는 않았지만, 이런 데라면 떠도는 소문 정도는 주워들을 수 있지 않을까 해서요. 어디서 손에 넣을 수 있는지 알고 있는 사람과 만나거나요."

"우리도 어디서 구할 수 있는지는 몰라요." 가브리엘라는 정직하게 대답했다. "여기에 온 것은 당신과 같은 이유죠."

"흠, 두 분은 레스토랑을 경영하십니까?"

"아뇨." 가브리엘라는 정면으로 야루바 다의 눈을 노려보았다. 더 자세한 설명을 기다리고 있는 모양이었지만 가브리엘라는 눈을 돌렸을 뿐, 침묵하고 있었다.

"당신은 영국 사람 같은데요." 그가 말을 돌렸고 나는 고개를 끄덕였다.

"맞습니다."

"나도 학교는 영국, 케임브리지를 다녔습니다. 처음에는 파리의 소르본에 다녔지만요. 콩고의 공용어는 프랑스어거든요. 그 뒤에 하버드로 갔죠."

"뭘 전공하셨는데요?" 하는 가브리엘라. 아아, 다행이다. 그 뒤에 요리요? 따위 덧붙였다간 완전 망신일 테니.

"처음엔 역사, 그 뒤엔 철학을 전공했죠. 하지만 둘 중 어느 것도 평생을 연구하고 싶지는 않더군요. 그만큼 매력을 느끼지 못했거든요. 그 뒤에 요리에 흥미가 생겨시 요리와 먹거리의 역사를 약간 공부했죠. 처음엔 카이로에서 레스토랑을 시작했고, 그 뒤에 뉴욕에 와서 이제 막 「아프리카의 꿈」을 열었습니다."

가브리엘라도 이젠 태도를 누그러뜨리고 있었다. 지금 한 이야기는 뒷조사를 해보면 금방 알게 될 것이고, 문득 깨닫고 보니 그리 무서워 보이지도 않았다. 그 몸집의 경악스러움은 변함이 없었지만.

"이 세일은 어떻게 알았죠?" 태도를 누그러뜨려도 역시 어쩔 수 없는 경찰이었다.

"두 분과 같을 걸요." 야루바 다는 다시 빙긋 웃었다.

아무리 그래도 경찰 정보원한테 들었을 리는 없겠지. 하지만 저런 태도라면 더 캐물어봐야 헛수고일 것 같았다.

"아프리카 요리에도 코펭을 쓸 수 있을 것 같은가요?" 나는 자못 궁금한 투로 물었다.

"확실히는 모르지만, 어떤 요리에나 쓸 수 있는 스파이스라고 들었습니다." 진지한 얼굴이었다.

"만약 소문대로의 스파이스라면 꼭 사용해보고 싶어요." 야루바 다는 우리 두 사람의 얼굴을 물끄러미 바라보고 있다가 갑자기 나에게 말을 걸었다.

"영국인이라고 하셨죠?"

나는 끄덕였다.

"코펭이 도난당한 직후에 살해당한 남자가 감정 파트너로 영국인을 불렀다고 하던데요."

"그렇다고 하더군요."

"설마 당신은 아니겠죠……." 야루바 다는 이래저래 생각하고 있는 얼굴이었다. "아니, 그 파트너가 당신인가요?"

자칫 한 마디라도 잘못 꺼냈다간 내 정체를 스스로 폭로해버리는 꼴이 된다. 가브리엘라가 대화를 채가기를 바랄 수밖에.

"아뇨, 완전히 다른 사람이에요." 역시나 그녀의 대답은 단호했다.

야루바 다는 지그시 가브리엘라를 응시했다. "당신도 음식업계 사람인가요?" 이 친구도 꽤나 집요한 구석이 있었다.

가브리엘라가 계속 침묵했으므로 야루바 다는 두 손을 펼쳤다. 역시 거대했다.

"아무래도 장소가 장소인 만큼, 상대가 뭘 하는 사람인지 정도는 알고 싶은 것이 당연하지 않을까요?"

"분명히 그렇긴 하겠죠."

야루바 다는 포기한 듯이 웃고는 나를 쳐다보았다. "스파이스는 찾을 수 있을 것 같습니까?"

"다가가고 있죠." 자신만만한 척 대답했다.

야루바 다는 반 발짝쯤 우리 쪽으로 다가왔다. "우리끼리 얘긴데, 사실 제게는 뭔가 새로운 결정타가 절실합니다. 그래요, 그것이 코펭이죠. 어디든지 레스토랑 경영은 어렵지만, 여기 뉴욕의 사정은 새삼 설명할 필요도 없겠죠. 살아남으려면 코펭 같은, 그야말로 진짜배기 향신료가 있어야 한다는 얘기예요."

나는 이해한다는 의미로 고개를 끄덕였다. 가브리엘라도 안됐다는 표정을 짓고 있다.

"참, 꼭 우리 가게에 식사하러 와주시죠. 아프리카 요리가 어떤 것인지 보여드리고 싶군요."

내가 다시 끄덕이자 그의 얼굴이 환해진다. "고맙습니다. 언제든 전화만 주세요."

우리는 악수를 나누고 헤어졌다. 야루바 다의 걸음은 저쪽의 압생트 계산대를 향하고 있었다.

"저렇게 큰 사람은 난생 처음이에요. 이 세일의 주최자가 아니라서 정말로 다행이에요."

"하지만, 누가 주최자인지는 아직 전혀 모르죠. 코펭에 대해서 정보도 아무 것도 없고. 좀더 둘러볼까요?"

다음 가게를 찾아내는 건 간단했다. 앞 가게에서는 상당히 떨어져 있었지만, 가까이 가자 단번에 이유를 알 수 있었다.

"우욱!" 가브리엘라가 얼굴을 찌푸렸다. "대단한 냄새네요!"

사슴 시체가 몇 개씩이나 갈고리에 걸려 있었다. 높은 광대뼈와 뺨의 빛깔로 보건대 전형적인 네이티브 아메리칸임을 한눈에 알 수 있는 남자가 좀처럼 구하기 힘든 최상품 고기라고 소리치고 있었다. 그건 아무리 봐도 너무 오래된 것이었다.

"저런 것이 팔리나요?"

"아마도 팔긴 하겠죠. 냄새는 좋지 않지만, 잘 익혀서 레드 커런트 같은 개성이 강한 소스를 치면 충분히 먹을 수 있죠."

"언제까지 먹을 수 있나요?"

"오늘 안에 팔아치우는 것이 현명할 걸요."

옆 가게에서 사람이 떼를 지어 줄줄이 빠져나왔다. 한순간, 그 안에서 본 적이 있는 얼굴이 보인 듯했다. 하지만 여기에 아는 사람 따위는 없으므로, 단지 기분 탓일 것이다. 엇, 저 사람은! 불과 몇 초뿐이었지만 확실히 보였다. 돈 렌쇼가 살해당하기 직전에 「스파이스 창고」에서 본 수수께끼의 여성이었다!

31

"무슨 일이 있나요?" 하는 가브리엘라.

수수께끼의 여성은 다시 인파 속으로 섞이고 말았다. 필사적으로 둘러보았지만 보이지 않았다.

"아는 사람을 본 것 같은데……. 착각이겠죠."

말은 그렇게 했지만 절대로 착각이 아니었다. 하지만 아무리 찾아도 옷자락도 보이지 않았다. 그 무리가 눈 앞을 지나쳐 삼삼오오 다른 가게로 흩어지고 있었다.

가브리엘라는 묘한 얼굴로 이쪽을 보고 있었지만 아무 말도 하지 않았다.

거대한 교회의 한쪽 귀퉁이는 드넓은 와인매장이었다. 내 눈이 의심스러운 파격적인 값이 붙여져 있다.

"저걸 봐요!" 놀란 나머지 큰소리가 나오고 말았다. 보르도 레드 와인이 한 케이스에 150달러에 팔리고 있는 것이 아닌가.

"그렇게 놀랄 가격 같지는 않은데요?"

"포므롤 1990년산 세르텡 드 메이에요. 이런 건 보통 1천 달러 밑으로는 구할 수도 없어요."

또 다른 포므롤 와인인 1989년산 페트뤼는 케이스 당 1,100달러가 붙어 있다. 정말이지 입이 딱 벌어질 일이다. "이것도 일반 시장에서 사려면 열 배 가까이 줘야 해요."

저쪽에는 부드럽고 풍부한 재질감이 일품인, 그 귀하다는 소테른 샤토 드 쉬뒤로도 있었다. 한 케이스에 보통 2천 달러쯤 하는 물건이지만 여기서는 겨우 250달러에 팔고 있다. 시가 250달러짜리 캘리포니아 와인인 1993년산 산타마리아 샤르도네는 아예 50달러라는 헐값에 날개돋힌 듯이 팔려나간다.

이런 가격 비교를 늘어놓자 가브리엘라는 눈을 동그랗게 뜨고 고개를 흔들었다. "전부 도난품이군요."

"가만, 그런데 이건 아니에요."

내 말에 가브리엘라가 레이블을 살펴본다. "오스트리아 와인? 1984년산? 이게 뭐 어떻다는 얘기예요?"?

"미국 사람들은 모를 수도 있겠지만, 유럽에서는 한때 떠들썩

했어요. 오스트리아의 어느 양조장이 디에틸렌글리콜에 대한 부가세 환급을 꽤 많이 요청했었는데, 눈치 빠른 세무서 조사관이 바로 냄새를 맡아버린 거예요. 디에틸렌글리콜은 원래 살균제나 자동차 부동액으로 쓰이는 약품이거든요. 조사관은 와인 만드는 곳에서 그렇게 많은 양을 쓸 이유가 없다고 판단했고, 결국 실사가 진행됐죠. 문제의 와인을 수거해서 분석해본 결과는 경악 그 자체였죠. 치사량의 세 배가 넘는 부동액이 검출됐거든요. 그 정도면 숫제 극약이죠."

"그 친구, 제대로 한 건 했네요?" 가브리엘라가 끼어들었다.

"그래요. 하지만 부동액을 섞어 만든 와인이 시중에 벌써 5백만 리터 이상이나 유통된 상태였다는 것을 알게 되었어요. 타격을 입은 브랜드 수만 200개에다 보건당국의 블랙리스트에 올라간 업체도 50개사는 족히 됐구요."

가브리엘라가 새삼스러운 눈빛으로 와인병을 바라보았다.

"그럼, 여기 있는 이것도 그런 물건이라는 말인가요?"

"조사가 시작될 무렵에는 대부분 이미 독일에 수출된 상태였어요. 독일은 오스트리아 와인의 최대 수입국이거든요. 그리고 추적된 물량은 극히 일부뿐이었구요."

"그럼 수입업자들은 그걸 고스란히 숨겨두고서 사태가 잠잠해지기를 기다렸을 수도 있겠네요?"

"당연하죠. 가끔 꼬리가 잡힌다 해도 겨우 몇 병뿐이었으니까.

수백 병을 강에 폐기한 업자도 있긴 했죠. 이미지 관리한답시고요." 말을 멈추자 가브리엘라가 재촉하듯 바라본다.

"그래서 어떻게 됐는데요? 왠지 뒷일이 더 재미있을 것 같은데요?"

"강의 물고기가 떼죽음을 당하고 식수 처리장도 먹통이 됐죠."

"아니 그런데, 새 와인이 들어올 때마다 으레 시음하는 전문가 양반들은 뭘 했는데요? 아무 낌새도 못 챘어요?"

"그 사람들 말로는, 부드럽게 착 감기고 진했다나요."

"대단한 전문가 양반들이네요." 가브리엘라가 혀를 차면서 다시 물었다. "10년 된 오스트리아 와인도 그런 걸까요?"

"틀림없어요. 게다가 항간에는 오스트리아산 부동액 와인이 무려 1천만 리터 가까이 풀렸을 거라는 얘기도 있어요. 몇 년 동안이나 그렇게 만들었을 테니까."

"전부 극약이잖아요!"

"전부 위험하다는 편이 맞겠죠. 와인은 양조통째로 부동액과 섞이기 때문에 실제로 병에 담았을 때의 농도는 각각 다를 수 있거든요. 극약도 있겠고 거의 무해한 것도 있게 마련이죠. 궁금하면 한 번 마셔볼래요?"

가브리엘라는 어깨를 으쓱했다. "아뇨, 사양하겠어요. 그 말투를 보니 오스트리아에서 와인에 뭔가를 섞었던 건 처음이 아니로군요?"

"스위트 와인*이 얼마나 비싼지 알아요? 하지만 아까 말했던 디에틸렌글리콜을 섞으면 싸구려 화이트 와인도 간단히 스위트 와인으로 둔갑할 수 있죠. 더구나 그쪽 친구들은 인공 와인도 제법 만들었어요."

"인공……, 와인이라구요?"

"연구실에서 모두 화학적인 원료로 만들죠. 게다가 당신이 좋아할 만한 이야기도 있어요. 1985년에 어떤 오스트리아 업자가 체포되었죠. 와인에 화약을 넣은 혐의로요."

"화약? 왜 그런 걸 넣는데요?"

"거품이 나게 하려구요."

"그리고 샴페인으로 판다구요?" 믿을 수 없다는 얼굴이다.

"정답."

"맙소사, 유럽 와인업계는 범죄를 주렁주렁 달고 사는군요."

"거기에는 이유가 있어요. 독일 와인협회 회장도 와인에 불법으로 액당을 첨가했다가 기소되기도 했을 정도니까요. 정쟁이 얽혀 있기도 하구요."

"그건 이 나라도 마찬가지예요." 가브리엘라는 무표정했다.

"그런 것 같군요."

---

* 1리터당 포도당 함량이 18그램 이상으로, 당 함량이 2% 이상이며 마셨을 때 달다고 느껴지는 와인. 후식용 와인으로 주로 이용된다.

인형 같은 얼굴을 한 일본 소녀가 일본술을 열심히 권하는 것을 뿌리치고 나아가자, 다음은 금색 귀고리를 한 갈색 피부의 젊은이가 본 적이 없는 모양의 병에 든 진귀한 술을 팔고 있었다. 아름다운 라벨을 살펴보니 독특한 아시아산 과일로 만든 술 같았다. 가브리엘라는 라벨을 보면서 재료를 알아맞추려 하고 있다. 주위를 둘러보는데 멀찍이 떨어진 가게에 있는 얼굴이 어쩐지 마음에 걸렸다.

다시 한 번 자세히 보았다. 짧게 자른 회색 머리, 그을린 피부, 스포츠맨다운 시원시원한 몸짓. 착각이 아니었다. 톰 에크였다.

여기서 뭘 하고 있지? 아무래도 이 세일은 생각보다 폭넓은 고객층에게 인기가 있나보다. 만약 뉴욕에 아는 사람이 많았다면 이렇게 깜짝깜짝 놀라는 일도 지금보다 훨씬 잦았으리라.

그는 지금 얘기를 나누는 중이었다. 하지만 그쪽 가게가 유독 사람이 바글거려 상대방의 모습은 보이지 않았고, 군중 속에 합류하는 사람들과 또 다른 가게를 향해 비집고 나가려는 사람들이 뒤섞여 끊임없이 시야를 방해하고 있었다. 그런데 순간, 밀고 당기는 군중의 틈에서 톰의 대화 상대가 얼굴을 드러냈다.

앗, 「스파이스 창고」에서 본 수수께끼의 여성 아닌가. 가브리엘라는 아직도 특이한 과일 이름과 씨름하고 있었다. 나는 가브리엘라의 팔을 붙잡았다.

"저쪽으로 가봐요."

"어디로요?"

그렇게 말하면서, 곧장 병을 놓고 일어섰다.

"무슨 일이 있는데요?"

"모르죠. 하지만, 분명히 대단한 일일 거예요. 저들을 봐요."

하지만 가까이 갈수록 발디딜 틈도 없었다. 원래 널찍했을 가게 사이의 길은 이미 사람으로 꽉 차서 걸어가는 방향을 지키기조차 쉽지 않았고, 그 속에서 각양각색의 인종과 국적을 망라한 수많은 남녀가 저마다 길을 열기 위해 서로 밀치락달치락했다. 누구는 와인을, 누구는 식료품을 사려는 행보이리라.

밀리고 부딪치는 것에 투덜거리면서 우리도 밀고 밀리면서 마침내 목적지에 도착했다. 하지만 에크도 수수께끼의 여성도 이미 없었다. "도대체 여기에 뭐가 있다는 말이에요? 괜히 나를 멍투성이로 만든 거면 각오해요." 가브리엘라의 목소리에는 이미 짜증이 가득했다.

"만약 이탈리아라면 들치기 때문에 멍이 더 많이 들 걸요."

막상 와서 보니, 여기 있는 물건은 상품이라기보다는 박물관 자료로나 어울릴 것 같았다. 얼음에 갇히고 드라이 아이스까지 겹겹이 두르고 있는 고깃덩이에 식욕을 느낄 사람이 과연 몇 명이나 될까? 앞에서는 나이깨나 먹은 노인이 그 물건에 얽힌 비밀을 장황하게 늘어놓고 있었다. 골초 특유의 기침이 이따금씩 발작하듯 터져 나오고 음성에는 쇳소리가 섞여 있었지만 그럭저럭 설명은 해낸다. 듣자 하니, 어느 극지 원정대가 식량이 떨어져 굶어죽기 직전이었는데, 정말 너무나 운좋게도 얼음에 묻힌 매머드 시체를 찾아낸 모양이다. 원정대는 당장 얼음을 깨서 살점을 잘라내 허기를 채웠고, 다음 날에는 아예 모닥불까지 피워놓고 신석기 시대 스타일의 만찬을 즐겼다고 한다. 그런데 믿거나 말거나, 그것이 놀랄 만큼 맛있었다는 것이다.

"이제 저녁파티 좀 색다르게 해보자고. 그 지겨운 쇠고기 스테이크 도대체 언제까지 썰어댈 거냐는 말이지. 이왕 손님을 부를 거면 오래오래 기억에 남는 식사를 대접해야 하지 않겠소? 매머드 고기쯤은 돼야 두고두고 좋은 소리 듣지, 암!" 거 참, 이 노친네, 기침에 절어 가쁜 숨을 몰아쉬면서도 할 말은 다 했다.

"어떤 것 같아요?" 내가 묻자 가브리엘라는 얼음 속의 커다란 고깃덩이를 쳐다보며 도무지 못 미덥다는 표정을 지었다.

"맛있을 것 같지는 않은데요."

"그게 아니라, 진짜인 것 같아요?"

"어차피 이런 데서 들은 얘긴데 알게 뭐예요?"

바로 그때 누군가의 화난 듯한 음성이 우리를 향해 날아왔다. "이런 데가 뭐가 어떻다는 겁니까?"

까만 셔츠에 어두운 색 정장을 걸친 남자가 의심 가득한 눈초리로 우리를 주시하고 있었다. 그의 표정은 말투만큼이나 딱딱하게 굳어 있었는데 어쩌면 얇은 입술과 차가운 눈빛 때문에 더 그리 보였는지도 모르겠다.

그런데 저 사내는 이처럼 사람 많은 곳에서 어떻게 우리 대화를 엿들을 수 있었을까? 가브리엘라의 어조가 주변의 웅성거림에 비해 다소 높았던 탓일 수도 있겠지만, 아무리 그래도 보통 사람에게는 어림없는 일이었다.

하지만 가브리엘라도 어디 보통내기인가. 눈썹 하나 까딱하지 않는 얼굴은 북극에서 왔다는 저 얼음덩이처럼 차가웠다.

"그럼, 이렇게 사람에 치여서 걷기도 힘든데 좋은 말이 나올 수 있겠어요?" 역시나, 가는 말이 고와야 오는 말이 고운 법이다. 고개를 끄덕이면서 우리 두 사람을 번갈아 살피던 그가 다시 입을 열었다.

"여기 단골이십니까?"

"아니, 처음 왔는데요. 그보다, 당신이 여기 책임자인가요?"

"누가 보냈소?" 가브리엘라의 질문 따위에는 아예 관심도 없다는 투였다.

"휘슬러"

"누구?"

"휘슬러라니까요." 가브리엘라는 같은 대답을 반복했다. 아무래도 휘슬러라는 인물을 입에 담으려면 으레 두 번 이상 말할 준비부터 해야 하나보다.

"그 친구가? 헛소리 마시죠." 대뜸 일축해버리는 그의 목소리가 어쩐지 스산했다. 하지만 가브리엘라는 믿기 싫으면 관두라는 듯이 어깨를 으쓱했을 뿐이었다.

"휘슬러는 아직 감옥에 있는데요."

"그래서요? 언제는 그가 입닥치고 죽어지내던 때가 있었나요?" 가브리엘라는 숫제 한심하기 짝이 없다는 표정으로 상대를 노려보며 쏘아붙였다. 사내의 입이 다시 열리기까지는 약간의 시간이 필요했다.

"그래, 마음에 드는 것은 좀 있었습니까?"

"뭐 그럭저럭, 하지만 값이 너무 비싸서요."

"하지만 뉴욕 최고의 상품들입니다."

"정작 우리가 찾는 게 없으니까 문제죠. 코펭을 구하러 왔거든요." 도대체 뭘 믿고 이토록 막 나가는지 나로서는 신기할 따름이었다. 사내가 잠시 가브리엘라를 흘깃거리더니 돌연 태도를 바꾸었다.

"도난당했다는 스파이스 말이군요."

가브리엘라는 고개를 끄덕인다.

"여기에 있는 물건을 비싸다고 말씀하시면서, 그것을 사려는 겁니까?"

"있는지 없는지나 대답하시죠."

사내가 고개를 젓자, 가브리엘라는 다음 질문으로 방향을 돌렸다. "그럼, 어딜 가야 구할 수 있죠?" 하지만 남자는 이번에도 그저 툴툴거릴 뿐이었다. 돈을 넉넉히 주겠다는 말에도 통 넘어올 기미가 없었다.

"듣자하니, 영국인이 훔쳤다고 하던데요."

"총에 맞아 죽었어요."

"또 한 명의 영국인이 있잖아요."

"아아, 그렇군요." 가브리엘라는 유들유들하게 대답했다. "그럼, 그 녀석은 어디에 있는지 알고 있나요?"

남자는 나에게 눈을 향하고 있었지만, 특별히 의미는 없겠지. 부디, 그렇기를.

"찾아내는 건 별로 어렵지 않겠죠."

남자는 다시 나를 보았지만, 고개를 끄덕였을 뿐 사라져갔다.

이번에야말로 절대로 남자에게는 물론 주변의 손님들에게도 들리지 않는 곳으로 와서 나는 입을 열었다.

"저 남자 말은 한 마디도 믿지 않는 게 좋을 걸요." 설마 믿는 건 아니겠지, 가브리엘라.

"뭔가 알고 있을지도 모르겠는데요."

"저 남자는 착각하고 있어요."

가브리엘라는 모호하게 웃었다. 아까 그거나 물어보자.

"휘슬러는 지금도 감옥에 있나요?"

"누구?"

"제발, 당신까지 모르는 척 할 건 없잖아요!"

"하지만 정말로 모르는 걸요."

"모른다구요!"

말도 안 돼!

"모른다니, 이건 우리의 목숨이 걸렸다구요!"

"수사엔 위험이 따르는 법이죠." 아주 당신이 경찰이라고 광고를 하시지, 광고를. "저쪽 가게는 뭘 팔고 있을려나?"

붐비기가 신석기 정육점 저리 가라인 다음 번 가게에서는 큼지막한 식당용 캔에 굴을 팔고 있었다. 거북하게 차려입고 했던 말 또 하는 판매원의 모습이, 가브리엘라의 눈에는 매음굴에서 부업나온 아가씨처럼 비쳤나 보다. 매물로 쌓인 캔이 너무 많아 "20톤 트럭 한 대는 필요했겠네요."라고도 덧붙였다.

그때, 다시 알고 있는 얼굴을 발견했다. 가브리엘라도 나의 표정을 알아차린 듯하다.

"아는 사람인가요?"

"음, 이름은 레니 리프킨, 「페니키아」라는 레스토랑을 하고 있죠. 그 가게는 조리법도 요리도 고대 그대로예요. 그리스, 로마, 이집트 등의 것을요. 그도 코펭을 탐내고 있었죠."

리프킨은 똑바로 이쪽으로 향하고 있었지만, 나를 알아차리고는 멈춰섰다. 가브리엘라를 힐끔힐끔 쳐다보나 싶더니 노골적으로 핥듯이 온몸을 바라보고 있다. 즐거운 시간을 마침내 포기하고는 나를 향해 마지못해 고개를 끄덕였다.

"당신이 올 지도 모른다고 생각했어야 했는데."

"당신이야말로, 이런 세일에 자주 오십니까?"

"그냥 구경삼아 온 것뿐이죠." 리프킨은 즉시 덧붙였다.

다시 가브리엘라를 상찬하는 눈초리로 바라보았다. 내가 소개시켜 주기를 바라고 있겠지만, 모르는 척하자 언짢은 목소리로 말했다. "어차피 여기서도 코펭을 못 찾은 모양이군요?"

"지금으로서는요."

"있을 것 같습니까?"

"찾아낼 때까지는, 쭉 계속해서 찾아야죠."

글쎄, 하는 얼굴로 코웃음치고 리프킨은 제 갈길을 갔다.

"그리 친한 사이는 아닌 것 같네요."

"아군도 아니죠." 하고 솔직히 인정했다. "그러기는커녕, 나를 의심하고 있는 부류의 사람이에요."

"의심받고 있다면." 가브리엘라의 말투가 바뀌었다. "봐요, 저쪽에도 또 한 명 있는 것 같네요."

아까의 냉혹해 보이는 남자였다.

"게다가 이번엔 부하를 거느리고 오는데요?"

두 명의 남자는 똑바로 이쪽을 향하고 있었다. 뒤에 선 남자는 훨씬 커다란 몸집이었다. 매사를 말보다 주먹으로 해결하는 타입인 것 같았다. 아까의 남자가 우리가 달아나지 못하도록 한 손으로 막아세웠다.

"소개하죠. 이 사람도 휘슬러 친구입니다." 남자가 소개했다.

가브리엘라는 그 남자에게 가볍게 인사했다.

"만나서 기쁩니다." 나도 끼어들었다. "휘슬러의 친구라면, 우리에게도 친구죠."

가브리엘라가 끼어들지 말라고 못박듯이 힐끔 눈치를 주었다. 하지만 대책 없는 누구 때문에 이런 상황에 휘말린 나도 짜증나기는 마찬가지였다.

남자의 얼굴은 분노로 더욱 굳어져 있었다.

"자, 언제 녀석과 이야기를 했는지, 가르쳐주실까?" 골치아프게 됐다. 되도록이면 이런 말은 듣고 싶지 않았다.

가브리엘라가 뭔가 멋진 한 마디로 되받아치려 할 때였다. 실로 거대한, 정말이지 너무나 거대해서 앞의 두 남자를 합쳐도 가뿐히 깔아뭉갤 수 있을 법한 진짜 거인이 갑자기 나타났다. 콩고에서 왔다는 야루바 다, 바로 그였다!

야루바 다는 남자들의 등 뒤에서 다가와서 삽 같은 손을 녀석들의 어깨 한쪽씩에 턱, 올려놓았다. 그러고는 뭐 유쾌한 일이라도 있는 양 너스레부터 떨기 시작한다.

"어, 벌써 내 친구와 알게 되었나! 그거 잘됐군. 모두 사이좋게 지내는 건 기쁜 일이지. 친구들이 이젠 돌아가야 한다는 건 유감스럽지만. 하지만 자네 두 사람은 내 말동무가 되어 주겠지? 별 건 아니고, 여기 올리브 오일 말이야. 사실 저 정도면 가격도 꽤 괜찮은 것 같고, 훌륭해. 그런데 말야, 원산지 표기가 좀 뭐랄까, 뭐 딱히 의심하는 건 아니니 오해는 말라구. 하지만 저 정도 값이라면 글쎄……."

야루바 다는 엄청난 팔로 두 사람을 꽉 끌어당겨 돌려세웠다.

"어서 달아나죠." 가브리엘라에게 속삭였다. 우리는 물건을 보느라 정신이 없는 쇼핑객들 틈으로 후다닥 숨어들어 곧장 출입구로 향했다. 철문 옆에 서 있는 머리를 묶은 소년은 힐끗 우리, 아니 가브리엘라만을 쳐다보고는 문을 열어주었다.

터널을 달려서 빠져나와 끝에 서 있는 남자에게 가볍게 고개를 끄덕여보이고 햇빛 속으로 튀어나왔다. 그대로 서둘러 차에 올라탔다. 포드 엔진이 기세좋게 작별인사를 하며 출발했다.

아아, 무서웠다. 이제야 비로소 한숨 돌릴 수 있었다.

32

맨해튼으로 돌아왔을 때는 오후 2시가 되어 있었다.

"점심이라도 함께 어때요?" 나는 제안했다.

"사실은 서로 돌아가야 하지만……." 가브리엘라는 말했지만,

나는 사람들이 '사실은 ~해야 하지만'이라고 말할 때는 대부분
설득 가능하다고 굳게 믿는 사람이다.

"아무리 열심히 일하는 경찰도 점심은 먹겠죠. 게다가 이것도
일의 일부잖아요. 어제의 조사 결과를 이야기하고 싶거든요. 어
디 추천할 만한 가게는 있어요?"

"미식가한테요? 그런 용기는 없답니다."

"언제나 대단한 요리만을 먹고 있지는 않아요."

"그런가요? 자, 「불 무스」는 어땠나요? 내가 알고 있는 맛있는
레스토랑은 그 정도에요."

"분명히 그건 잊을 수 없는 식사였죠." 나는 조심스럽게 말했
다. "그 점에서는 의견이 일치하고 있지 않나요?"

가브리엘라는 웃었다. "알았어요. 별로 느긋하게 있을 순 없지
만, 가까이에 좋은 가게가 있어요. 마침 가는 도중에 있구요. 그
런데, 미식가 탐정은 칠리 같은 것도 먹나요?"

"물론, 아주 좋아하죠. 직접 만드는 일도 많구요. 그만큼 다양
하게 변경시킬 수 있는 요리도 드물죠."

"잘 됐네요. 직접 만든다는 말은……, 그러니까 부인도 칠리를
좋아하나요?"

"결혼은 안 했어요. 혼자 삽니다."

가브리엘라는 아무 대답도 하지 않았다. 10분 정도 차를 달린
그녀는 옥외 주차장에 포드를 세웠다. 위쪽에 철조망이 쳐진 녹

슨 철제 울타리가 쳐져 있을 뿐인 주차장 바닥은 모래와 진흙이었다. 비가 오면 분명히 엉망진창이 되겠지. 작은 목재 오두막에서 흑인 남자가 주차비를 받으러 왔는데, 심지어 그조차도 경멸하는 태도로 포드를 바라보고 있었다.

"우리 차를 보면 혹시 주차비를 절반으로 깎아주지 않을까 생각했어요." 걸어서 레스토랑으로 향하면서 나는 말했다.

"다음에는 캐딜락을 몰고 오도록 하죠."

"아니, 그런 뜻은 아니에요. 분명히 이 차는 좋은 카무플라주(위장)였어요."

레스토랑 이름은 「칠리 투데이」였다. 거대한 헛간 같은 건물로, 가브리엘라의 이야기로는 경찰명령으로 폐업한 댄스홀을 개조했다고 한다. 나무 벤치에 널빤지를 깐 바닥이 독일의 비어홀을 연상시켰다. 벽에는 여러 가지 깃발이 장식되어 있었다. 나는 가게 이름의 유래를 물었다.

"왜 '오늘'일까요?"

"페기 리의 노래가 있어요. 오늘은 칠리일지 모르지만, 내일은 매운 타말레*야, 라는."

설명이 많은 메뉴를 읽으면서 벽에 걸린 깃발의 의미를 알았다. 모두 가장 맛있는 칠리가 있다고 주장하고 있는 지역의 깃발

---

* 옥수수 가루, 다진 고기, 고추로 만드는 멕시코 요리의 일종.

이었다. 텍사스 주, 애리조나 주, 뉴멕시코 주, 캘리포니아 주, 콜로라도 주, 그 밖에도 다양한 지역이 있고 당연히 뉴욕 주의 이름도 있었다.

일단 멕시코 맥주인 카르타 블랑카를 주문했다. "뭐, 코펭은 못 찾았지만 재미있는 하루였어요. 아프리카식 바비큐에도 초대받았구요." 하는 가브리엘라.

나는 고개를 끄덕였다. "그 세일을 하고 있는 녀석들이 코펭을 갖고 있는지 어떤지는 미심쩍지만, 누가 훔쳤는지 정도는 들었을지도 모르죠. 분명히 좁은 바닥일 테니까요."

"서로 돌아가면 좀 조사해볼게요. 저 리프킨이라는 남자는 어때요? 좀 어두운 느낌이었는데요."

"아아, 녀석은 제대로 조사해보는 게 좋을 걸요. 코펭을 손에 넣고 싶어서 안달을 하고 있으니까요. 어쩌면, 그 때문이라면 수단을 가리지 않을지도 모르죠."

맥주가 날라져왔다. "멕시코 맥주는 어때요?"

"아, 런던에서도 마실 수 있어요. 별로 귀하지 않죠. 영국 맥주와 비교하면 깊은 맛은 부족하지만 일반적인 미국 맥주보다는 맛이 좋죠."

우리는 메뉴에 쭉 늘어선 칠리와 그에 따른 재미있는 설명을 읽으면서 이것저것 의견을 주고받았다.

지역마다 각각 특색이 있었는데, 꽤 대담하게 변주되어 있는 것이 많았다. 칠면조 칠리가 있는가 하면, 사슴고기 칠리도 있었다. 메뉴의 설명에 따르면, 원조 칠리 애호가는 진짜 칠리는 다진 쇠고기가 아니라 깍둑썰기한 쇠고기를 사용해야 하며, 게다가 콩은 절대로 넣지 않는다고 주장한다. 텍사스주에서는 그 두 가지 규칙을 지키고 있지 않았다. 뉴멕시코 주 변종은 칠리 콘 카르네 베르데라는 이름인데, '베르데' 란 안에 들어 있는 작은 녹색 고추였다.

"이게 뭐야!" 무심코 큰소리를 내고 말았으므로, 가브리엘라가 얼굴을 들었다.

"무슨 일이에요?"

"이탈리아풍 칠리가 있다니, 알고 있었어요?"

"설마, 믿을 수가 없는데요."

"그런데 바로 여기 4쪽에 나와 있어요. 파스타에 사용하는 것과 같은 토마토 소스에, 토마토와 버섯을 듬뿍, 거기에 얇게 썬 페파로니라고."

"엄마한테 말해볼까나. 하지만 그런 메뉴를 냈다간 단골들이 가만 있지 않을 걸요."

신시내티풍 칠리의 설명에 스파게티에 뿌려서 제공한다고 씌어 있기에 가브리엘라에게 알려주었다. 이거라면 그녀의 어머니도 마음에 들어하실지도 모르니까. 평소에 익숙한 칠리에도 모두 3급 위험경보 칠리, 최저 레벨 칠리, 텍사스 레드 등의 유쾌한 이름이 붙어 있었다. 거기에 붙어 있는 주석에 따르면 고추는 길고 가늘수록 조리했을 때 더 맵다고 한다.

"진짜 스릴을 맛보고 싶다면 지난 해 여름의 칠리를 요청해 주세요."라고도 씌어 있었다.

이 가게의 오리지널 칠리는 매운 순서대로 늘어서 있었다. 초급은 "수지 아주머니의 토요일밤 스페셜"로 "부드럽지만 톡 쏘는 매운 맛. 공격적이지 않지만 독단적임."이라고 주방의 시인은 평하고 있었다. 다음은 "마이 웨이"로, 칠리의 맛이 어떠해야 하는가를 주방장이 직접 천명해 놓았다. "적당히 자극적"이라는 코멘트가 있었다.

"얌전한 불꽃"에서는 매운 맛의 강도가 급상승하고 있었고, 구급차가 도착하려면 시간이 걸리므로 천천히 먹으라고 충고하고 있었다. 시카고 대화재의 원인이 되었다는 설이 있는 여성의 이름을 붙인 "올리어리 부인의 복수"는 몹시 매운 고추인 할라피뇨를 구운 것이 듬뿍 들어 있어 혀에서 연기가 나는 듯한 느낌을 맛볼 수 있을 것 같았다.

"세기말까지 계속 이어질 것 같은데요." 가브리엘라가 평했다.

도전할 만한 매운 맛을 찾는 사람에게 어울리는 것으로는 "둠스데이 특급"이 있었다. 메뉴에는 "물통으로 무장한 손님을 위해 개발된 레시피"라고 씌어 있었다.

"우리 두 사람 다 물이 필요할 것 같은데요." 가브리엘라가 빼빼 마르고 뾰족한 머리를 한 웨이터에게 말했다.

"물은 부탁하지 않아도 갖다주는 거라고 생각했는데요."

"옛날 이야기예요. 지금은 달라고 하지 않으면 안 줘요. 그 한 마디로, 얼마나 오랜만에 뉴욕에 왔는지 알겠군요."

"손님은 시외에서 오셨습니까?" 웨이터가 물었다.

"아뇨." 하는 가브리엘라.

"그래요." 하는 나.

"그렇다면 저희의 모듬 요리를 맛보시는 게 어떨까요? 여러 가지 칠리를 조금씩 맛볼 수 있고 저희가 제공하는 종이에 감상을 적을 수도 있거든요."

둘 다 그것을 주문하자 눈깜짝할 사이에 나왔다. 미국의 레스토랑 서비스가 빠른 데에는 정말로 놀랐다. 우리는 콘 브레드, 코울슬로, 감자 샐러드, 밥도 함께 주문했다. 칠리의 매운 맛을 달래줄 수 있는 것을 같이 주문하는 것이 낫겠다는 가브리엘라의 아이디어였다. 그녀는 동시에 차가운 물 한 잔을 더 달라고 부탁했다.

웨이터는 빙긋 웃었다. "마음껏 드십시오. 밖에 빙하의 얼음덩어리를 몇 개 준비해 두었으니까요. 매일 배달되죠."

"저기, '둠스데이 스페셜'을 어떻게 생각해요?" 나는 가브리엘라에게 물었다.

"이름을 '타워링 인페르노'로 바꾸는 게 좋을 것 같은데요."

가브리엘라는 부르르 몸을 떨었다. "하지만 이 정도 매운 것은 그럭저럭 먹을 수 있을 것 같네요."

두 사람 다 정말로 매웠던 칠리 이외에는 깨끗하게 먹어치운 다음, 가브리엘라가 걱정스러운 얼굴로 나를 보았다. "난 맛있었지만……. 어땠어요?"

"최고네요. 서부가 승리한 이유를 잘 알 것 같아요."

"당신에게는 프랑스 요리가 더 낫지 않았겠어요?"

"설마, 전혀요." 나는 주장했다.

"가끔은 이런 식사도 즐겁다는 느낌?"

"정말 그래요. 음식과 요리는 너무 떠받들어진 탓에 거드름만 피운다는 평판을 얻게 되었죠."

"그 말은 좀더 많은 사람들이 자유롭게 즐길 수 있는 것이 좋다는 말인가요? 예를 들어 진의 가게처럼."

"그래요. 무엇보다 맛있는 요리는 여러 가지 있으니까. 예를 들면 이 칠리 같은 요리의 좋은 점은 모양보다 맛이 중시되고 있다는 점이죠. 최근에는 모양을 중시하는 셰프가 너무 많아요. 요리가 아니라 장식품이 되고 말았죠."

"프랑스 요리 탓이에요." 가브리엘라가 말했다.

"이탈리아인이라면 그렇게 말하겠죠. 아니, 아니……." 나는 그녀의 저항을 손을 내저어 막았다. "단지 예전부터의 라이벌 의식이라는 말은 아니예요. 맛보다 모양을 중시하는 흐름을 만든 데에는 분명히 누벨 퀴진*의 책임이 크죠."

"다행히도 오래가진 못했죠."

"그건 요리가 아니라 예술이었어요." 완고하게 들리지 않게 애쓰며 나는 말했다. "요리잡지 카메라맨은 두 손 들고 환영했겠지만요. 하지만 누벨 퀴진 덕분에 조리 스타일이 바뀐 것도 사실이에요. 가볍고 몸에 좋은 요리라는 흐름을 만든 공적은 인정해야죠. 엄청나게 쓰이던 버터와 크림을 줄여줬으니까요."

"튀김이 몸에 좋지 않다는 말이 나온 것도 그 때문이죠."

"그래요. 그 결과 볶는 조리법이 각광받았죠. 지금은 드물지 않지만 예전에는 서양에서 거의 사용되지 않던 조리법이었죠."

"다시 한 번 동양의 지혜를 끌어온 거죠."

"미셸 게라르는 실제로 배웠어요. 누벨 퀴진이 등장했을 무렵, 아마도 세상에서 가장 유명한 셰프였던 그는 17세기부터 18세기에 걸쳐서 중국과 일본의 요리책을 샅샅이 뒤져서는 그 음식이나 조리법을 적용했죠."

우리는 참을 수가 없어 맥주를 한 잔 더 주문했다. 불타는 혀를

---

* '새로운 음식'이라는 뜻으로, 1970년대에 프랑스 고전요리에 반발하여 등장한 요리법. 화려하고 농후하며 무거운 전통적인 프랑스 요리와 달리 식재료의 자연스러운 맛과 질감, 색조 등을 강조한 것이 특징이다. 이때부터 음식에 지방, 설탕, 전분, 소금 등을 많이 사용하는 것이 건강에 해롭다는 인식이 높아지면서 이런 재료들을 최대한 배제하여 음식을 조리하기 시작하였다. 시각적인 면을 중시하여 음식의 색과 모양에 신경을 쓰고 제공되는 음식의 양도 매우 적어졌다.

달래기에는 물만으로는 도저히 역부족이었다. 맥주가 도착했을 때 가브리엘라가 화제를 바꿨다. "중국이라고 하니 말인데, 차이나타운에서의 모험을 들려줄래요? 킬러에게 습격받지 않고 무사히 탈출한 것 같긴 하지만요."

"온몸의 털이 곤두서는 경험이었죠. 살아서 그 거리를 나올 거라곤 생각지도 못했어요. 그 아름다운 중국 소녀가 없었다면 지금쯤 나는……. 한 송이 연꽃 같은 여성이었는데, 이름은……."

"이봐요, 사실만 간결하게 말하세요."

나는 「상하이 궁전」의 우호적인 미스터 쿠와의 대화와 「자금성」의 미스터 싱양으로부터 정보를 얻으려다 실패로 돌아간 일을 간략하게 들려주었다.

"잘해냈군요. 원래 중국인은 그렇게 이야기를 좋아하지 않아요. 게다가 비밀주의로 유명하니까요."

"「자금성」에 대해서는 경찰에 맡기는 게 좋을 것 같아요. 중국인 경찰을 보낼 수도 있구요."

"어떤 경찰을 지명해 보내더라도, 그 이상의 이야기는 못 들을 거라고 생각해요."

"느낌이 좋았던 미스터 쿠라면 협력해줄지도 모르죠."

"결국, 무슨 일이었던 거죠?"

"음. 원래 제비집이 품귀일 때 도난당했으니까, 상당히 사태는 심각했던 것 같아요. 미스터 쿠는 미스터 싱양을 의심하고 있는 것 같지만, 그쪽에 가봤더니 만리장성에 부딪친 것 같았다고나 할까요."

"도난당한 제비집을 차지한 건 결국 싱양이라고 생각해요?"

"그래요."

"그럼, 그는 누가 훔쳤는지도 알고 있겠군요."

"알고 있을지도 모르지만, 이방인에게 알려 주지는 않겠죠."

"또는, 누구한테 샀는지는 모를지도 모르구요……." 가브리엘라는 생각에 잠겼다. "그러고 보니, 그 제비집에 걸려 있던 보험은 어느 회사인지 물었나요?"

"예, 뉴 잉글랜드 보험이라고 하더군요."

가브리엘라의 표정이 변했다. "또? 좀 마음에 걸리네요."

"뭐가요?"

"코펭도 같은 보험회사였거든요."

"우연의 일치일지도……."

"그럴지도 모르죠. 대기업이고, 여러 가지 보험을 취급하고 있으니까요. 좀 조사해볼게요. 우연이 일치가 아닌 것을 알면 행운이구요."

"또 한 가지……. 가짜 코펭이 나돌고 있다는 소문을 퍼뜨려볼까 해요."

가브리엘라는 밤색 눈동자로 나를 응시했다. "그러면……."

"잘되면, 도난품이라는 것을 알고도 사고 싶어하는 녀석들이 나를 무시할 수 없게 될 거라고 생각했죠. 돈 렌쇼가 없는 지금, 코펭을 감정할 수 있는 사람은 나뿐이니까요."

"잘 될까요?"

"적어도 범인이 도난품을 처리하기는 힘들어질 거라고 생각해요. 그동안에 녀석을 체포하면 되는 거죠. 가치 없는 한 꾸러미의 잡초에 거금을 지불할 바보도 없을 거구요."

"당신의 경호를 강화해야겠군요." 가브리엘라는 맥주를 다 비웠다.

"바로 둠스데이 스페셜을 주문하는 셈이죠. 화염방사기보다는 낫겠지만요."

가브리엘라는 그 아이디어에 대해서 그 이상 왈가왈부하지 않았다. 다만, 시험해볼 가치는 있다고 인정하고 부디 신중하게 하라고만 덧붙였다.

"또 한 명의 영국인까지 없어지면 사건을 해결할 가망이 없어져버리니까요."

칠리가 할퀴고간 자리를 달래기 위해서는 또 한 잔의 맥주가 필요했지만, 오늘은 이쯤 해두자는 데에 서로의 의견이 일치했다. 디저트로 초콜릿 치즈 케이크를 안 먹어도 되겠냐고 물었더니, 말도 안 된다는 얼굴로 눈을 동그랗게 떴다. 가브리엘라가 강력하게 주장했으므로 계산은 각자 부담했는데 놀랄 만큼 싼 값이었다.

주차장의 남자는 포드가 나가주는 것이 기쁘다는 듯한 표정을 짓고 있었다. 그래, 자기 구역의 품위가 떨어진단 말이지. 호텔에서 나를 내려주고 가브리엘라는 의기양양하게 손을 흔들고 떠나갔다.

33

이런 상태로 플래밍엄 호텔에 묵었다간 언젠가 비서 서비스 요금도 청구당하고 말 것 같았다. 이번에는 월린브로엑 교수한테 전화가 왔다고 해서 남겨져 있던 번호로 전화를 걸었다.

"그래, 전화를 한 건 날세." 교수는 기분좋은 목소리로 대답했다. "좀 물어보고 싶은 것이 있어서 말야."

"뭡니까, 교수님?" 나는 그것이 명예로운 호칭일뿐, 진짜 교수는 아니라는 것을 알고 있었다. 아마도 스스로 그렇게 부르기 시작했을 뿐이겠지만, 어쩐지 그렇게 부르는 것이 기분이 좋은 것 같기도 했다.

"간단한 일을 부탁할 수 있을까 해서."

"어떤 일입니까?"

"이전에도 했던 일인데." 그는 말했고, 나는 대답을 하는데 목이 막혀서 말이 잘 나오지 않았다.

"어, 어떤 일입니까?"

"코펭을 감정해줬으면 싶네."

똑똑히 들었어도 의외로 대단한 충격은 없었다. 교수는 "간단한 일"이라는 말을 특히 강조하지는 않았지만 어쩐지 그런 느낌이 들었다.

"구하신 겁니까?" 나는 담담한 어조로 물었다.

"아니, 아니야. 하지만 손에 넣을 예정이지."

"놀랐습니다." 나는 신중하게 말을 골랐다. "경찰은 아직 도난품이라고 보고 있다고 생각했는데요."

"아, 도난품 따위를 사지는 않지." 교수는 재빨리 대답했다. "하지만, 언젠가 발견되리라는 건 확실하지. 그때에 대비해 두자고 생각한 거라네."

"발견된다면, 기꺼이 감정을 하겠습니다."

"내 말은, 자네는 이전에도 감정을 했잖아? 그러니까 자네는 스파이스의 특징을 아는 유일한 사람이잖아. 그래서, 부탁을 한다면 자네한테 해야겠다고 생각했지."

"현명한 판단이십니다. 가짜 코펭이 나돌고 있다는 말도 있으니까요."

"그런가?" 뭔가 품고 있는 듯한 목소리. 아무튼, 교수에게 의

혹의 씨앗을 심어주는 데 성공한 건 확실했다.

"그렇다면 더더욱 자네에게 부탁하고 싶네. 우리 연구소와 협력은 하게 되겠지만, 그건 물론 형식적일 뿐이야…… . 그럼, 나중에 연락하겠네."

전화를 끊고 한참을 — 이번이 처음도 아니지만 — 나는 왜 이렇게 사람보는 눈이 없을까, 곰곰이 생각했다. 교활한 범인은 코펭을 사지 않겠냐고 연락을 했음이 틀림없다. 이미 시장에 나온 것이다. 어떻게든 손에 넣고 싶은 교수는 도난품인 줄 알면서도 사려 한다. 하기야, 2, 3천년 전에도 세계에서 가장 귀중한 스파이스였고 현대에도 그 가치는 여전할 테니까. 하지만 어떻게 교수한테만 연락이 갔지? 아니, 그럴 리가 없다…… .

나는 므두셀라 재단의 전화번호를 알아내서 리 박사에게 전화를 걸었다. 전화는 곧바로 박사에게 돌려졌다. 역시 박사의 목소리는 치찰음이 두드러졌다. 내가 이름을 대자 전화를 받은 기쁨과 나의 건강을 염려하는 말이 돌아왔다. 나는 감사인사를 하고 재빨리 본론으로 들어갔다.

"리 박사님, 코펭을 사지 않겠냐는 연락이 있었을 텐데요."

분명히 놀람의 망설임이 있었지만 나는 평생 단 한 번도 놀란 표정을 지어본 적이 없을 것 같은 노련한 인물을 상대하고 있다는 것을 되새겼다. 역시 그랬다. 박사는 온화한 어조로 즉시 대답했다.

"잘 알고 계시군요. 그러나 그 정보는 별로 정확하지 않은 것 같습니다. 명확히 연락을 받은 것도 아니고, 언젠가 시장에 나올지도 모른다는 이야기를 들었을 뿐입니다. 혹시 나온다면 살 생각이 있는지를 묻더군요. 물론 합법적인 시장이죠."

웃기시네, 나는 생각했다.

"사실은 저도 전화를 드리려던 참이었습니다."

그렇겠죠. 그때, 좋지 않은 일에 생각이 미쳤다. 박사가 잘 알고 있다고 한 것은, 내가 민완 탐정이라고 칭찬한 것이 아니라, 나를 범인의 일원으로 생각하고 있기 때문이리라. 무엇보다 전에 만났을 때는 최면술 비슷한 것을 써서 코펭의 행방을 자백하라고 비난받았으니까. 나를 유죄라고 생각한다는 점에서는 알렉산더 마블과 다르지 않을지 모른다.

"한 가지 부탁이 있는데……. 코펭이 시장에 나온다면 감정을 해주시겠습니까?"

"글쎄요." 나는 모호하게 말했다. "가능하다면, 예, 좋죠."

"당신은 훌륭한 전문지식을 갖고 계시니까, 거기에 상응하는 보수를 지불하겠습니다."

"그것 참 현명하십니다. 역시 박사님은 가짜일 가능성도 고려하고 계시는군요." 나는 밝은 목소리로 계속했다. "가짜 코펭을 팔아치우려고 하는 사람이 있다고 합니다. 그건 향기도 제대로 나고, 보기에는 진짜와 똑같다고 하더군요."

"그럴 가능성도 있다고 생각했을 뿐입니다." 박사는 매끄럽게 대답했다.

그는 가까운 시일 안에 연락이 올 것이라고 말했다. 그건 그렇고, 윌린브로엑 교수나 리 박사는 코펭의 합법과 불법의 작은 틈새를 어떻게 메울 생각일까? 아마도 대부분 "이것은 놓치기에는 너무나 유감스러운 물건입니다. 전인류에게 은혜를 베풀 놀라운 스파이스니까요……." 따위의 말이 따라붙었을 것이다.

나는 사실을 말해준 것에 감사인사를 했다. 비아냥으로 들렸을지도 모르지만 박사는 아무 말도 하지 않았다.

다음은 파라마운트 제약의 글로리아 브랜슨에게 전화해서 단도직입적으로 말을 꺼냈다.

"글로리아, 극히 최근에 코펭을 사지 않겠냐는 연락이 있었을 텐데 뭐라고 대답을 하셨죠?"

갑자기 당한 질문에 대처하는 데에 글로리아는 리 박사만큼 선수는 아니었지만, 그래도 놀라웠다. 그녀가 망설인 순간은, 내가 주의깊게 반응을 탐색하지 않았다면 아마도 알아차리지 못했을 것이다.

"예, 사실은 그런 연락이 있긴 했어요. 그 일로 전화하려던 참이었어요. 그런데 어떻게 그걸 알았죠?"

그 목소리에는 내가 범인의 일원이라고 의심하고 있는 듯한 염려는 전혀 없었다. 그렇지 않으면 숨기는 것이 특기이거나.

"아니, 가짜 코펭이 시장에 나왔다는 소문을 들어서요."

"뭐라구욧!" 놀라서 숨을 삼키는 것이 똑똑히 들렸다.

"벌써 알고 있을 거라 생각했는데요." 나는 밝은 목소리로 말했다. 그녀는 그것을 알려준 데에 감사인사를 했지만, 머릿속이 덜컹덜컹 움직이는 소리가 전화선을 통해 들려오는 듯했다.

어차피 똑같은 일의 반복이므로 나는 또 한 통의 전화를 걸었다. 이번에는 에이브러햄 케팔릭이었다.

그의 대답은 아니오, 였다. 코펭을 사지 않겠냐는 연락은 없었다고 한다. 그렇게 대답하고는 갑자기 입이 무거워졌다. 사실은 이미 손에 넣은 건가? 아무튼, 같은 충고를 전했다. 연락이 있을 경우에 대비하라고.

다음으로 아이샤에게 전화를 했다. 한창 부부싸움 중인 듯, 나한테까지 불똥이 튀어왔다. 코펭 따위 누구한테도 연락이 없었다고 언짢은 듯한 대답이 돌아왔던 것이다. 진짜라고 확신을 갖지 않는 이상 사는 건 사양하는 편이 좋을 거라고 말해주고는 재빨리 전화를 끊었다.

셀림 오스만은 「토프카프 궁전」의 주방에 있었는데, 곧바로 전화를 받았다. 훌륭한 요리를 막 생각해냈는지 무척 호의적이었다. 그도 코펭이 나왔다는 건 알지 못했지만, 혹시 제안이 오면 무조건 사겠다고 도장이라도 찍듯이 선언했다.

"가짜 코펭이 돌고 있다더군요. 그것을 알려드리는 게 좋을 것 같아서요." 그 말을 듣고도 오스만은 동요하는 기색도 없이 침착하게 인사를 했다.

마지막으로 나는 가브리엘라에게 전화를 걸었다. 아직 서에 있는 듯 곧바로 전화가 연결되었다. 코펭이 드디어 시장에 나왔다는 말과 함께, 살 사람이 없어지도록 노력한 나의 피땀어린 노고를 전했다.

"코펭을 사지 않겠냐고 제안을 받은 사람들은 도난품을 입수하는 데 따르는 처벌을 감수하고 있겠죠." 가브리엘라는 딱딱하고 공식적인 투로 말했다.

"나는 뉴욕 시경의 권위에는 최대한의 경의를 보내지만 모두가 그렇다고는 생각지 않는데요." 나는 대답해주었다.

"그렇겠죠. 또 무슨 일이 있으면 연락줘요."

이번에는 런던에 국제전화를 걸어 송어재판에 출석하지 못하더라도 내가 처한 상황을 팩스로 보내서 설명하면 괜찮다는 것을 확인했다. 그런 다음 전화응답 대행, 접수 등, 각종 비서 업무를 부탁하고 있는 나의 사무실 위층에 오피스를 갖고 있는 시어러 부인에게 전화했다. 내가 아직 뉴욕에 있다는 말에 그녀는 놀라워했지만 경찰에게 패스포트를 빼앗겨 움직이지 못한다는 말은 차마 할 수 없었다. 물론 살인사건에 휘말렸다는 말도……. 알리지 않는 편이 나을 때도 있는 법이니까.

낯선 도시에서 살아남기 위한 잡무를 마쳤을 때는 어느 새 저녁이 되어 있었다. 어디서 저녁을 먹을까 하는, 중요한 문제가 걱정되기 시작했다. 세상 어디를 찾아봐도, 뉴욕 이상으로 여러 나라의 요리를 즐길 수 있는 곳은 없지만, 일단은 조사가 우선이었다. 「아프리카의 꿈」에 전화해서 야루바 다에게 빈 테이블이 있는지를 물었다. 전화를 받고 기뻐하며, 최대한의 서비스를 하겠다는 답이 돌아왔다.

34

여러 가지 모양의 방이 아무렇게나 연결되어 있는 참으로 이상한 가게였지만, 그것이 면밀히 계산된 설계라는 건 금방 알 수 있었다. 그리고 모든 방의 기본적인 디자인은 통일되어 있었다. 아찔할 정도로 높은 천장은 길고 가는 유리판을 댄 피라미드였다. 관목, 관엽식물, 꽃, 아무튼 식물이 많이 심어져 있어서 가게 안은 마치 정글같았다. 폭포에서 떨어지는 물이 시냇물이 되어 가게 안을 흐르고, 군데군데 작은 나무다리가 걸려 있다. 야자잎으로 엮은 지붕의 소박한 오두막은 웨이터 대기실도 겸하고 있는 듯했다.

직원들은 모두 흑인이었지만, 역시 그 중에서도 오늘 나의 호스트인 야루바 다가 가장 까맸다. 까맣고 매끄러운 피부에 눈부실 정도로 하얀 이, 게다가 그 엄청난 몸집. 아무튼 인상적이었다.

야루바 다는 작은 강 옆의 테이블로 안내해 주었다. 등 뒤에는 반얀 나무와 노란 열매를 빽빽이 달고 있는 바나나 나무가 있었다. 가끔 그야말로 정글같은 소리가 들려왔다. 먼 곳의 코끼리 울음소리, 원숭이 무리의 날카로운 소리, 사자의 포효. 그러나 시끄러울 정도는 아니었다. 동물들 소리 대신에 리드미컬한 큰 북소리가 규칙적으로 부드러운 소리를 만들어냈다.

"내부 장식이 정말 놀랍군요. 정글을 이렇게 실감나게 표현하면서도 세련된 분위기를 내기는 정말 힘들죠." 나는 칭찬했다.

야루바 다는 기쁜 듯이 특대 사이즈의 손을 펼쳤다.

"고마워요. 하지만 그렇게 인정받으려고 여전히 노력하는 중입니다. 보시다시피요."

그는 그렇게 말하고는 절반 정도밖에 메워져 있지 않는 방을 손으로 가리켰다. 분명히 붐비는 저녁식사 시간치고는 별로 좋은 징후라고는 밀할 수 없었다. 니는 그를 위로하기 위해, 1년 이상 고생한 덕분에 마침내 대박이 난 런던의 어느 레스토랑 사람 이야기를 들려주었다.

새하얀 로브에 금색 레이스의 띠, 발에는 굽높은 샌들을 신은 갈색 피부의 아름다운 웨이트리스가 모잠비크라는 이름의 칵테일을 내 앞에 놓았다.

"사하라 남쪽의 국가에서 인기가 있는, 신선한 생강을 사용한 음료죠. 단, 대부분 알코올을 뺀 것이지만요. 아프리카의 태양과 알코올은 궁합이 잘 맞지 않거든요. 술을 금하고 있는 이슬람 교도가 많기 때문이기도 하지만요. 그래서 이건, 라임과 파인애플 과즙을 섞은 것에 알코올을 약간 떨어뜨린 겁니다."

"아프리카판 모스크바 뮬*이로군요." 나는 한 마디했다.

야루바 다는 고개를 끄덕였다. "알코올은 훨씬 적지만요."

아까의 웨이트리스가 돌아와서 수줍게 미소지으면서 은테가 둘러진 화려한 접시에 놓인 전채요리를 테이블에 놓았다. 야루바 다가 요리를 하나하나 가르쳐주었다.

"이건 달지 않은 바나나 칩스, 이쪽은 사모사 – 여러 나라에서 먹어본 적이 있으리라 생각하지만 – 이건 스파이스를 친 감자와 콩을 채워넣은 거예요. 이것은 멜론씨 구운 것, 이것은 쿨리쿨리, 나이지리아 요리로 파삭파삭한 땅콩볼이죠. 이건 튀니지아의 메슈위아라는 딥. 얇게 썬 완숙 토마토에 마늘, 커민, 피망, 검은 올리브, 완숙 달걀을 섞은 것이구요. 이건 새우 피리피리**, 이것도 세계적인 요리죠."

---

* 보드카를 베이스로 사용한 약간 달콤한 맛의 칵테일.
** 고추로 만든 매운 소스.

"제가 알기로는 필리핀에서도 인기 있는 요리죠."

"그래요. 모잠비크에서도 아주 대중적이에요. 사실 모잠비크 사람들에게 피리피리는 인도의 카레 같은 요리죠. 고추씨와 마늘은 절대로 빼놓을 수 없어요."

나는 전채요리 모듬을 맛보았다. 모두 훌륭한 맛이었다.

"이 사모사는 최고군요. 사모사는 기름에 절어 있는 경우가 많은데, 이것은 말라 있지도 않고 아주 바삭해서 최곱니다."

야루바 다는 머리를 숙여서 인사했다.

"잠깐 실례해야 할 일이 있는데, 그 동안에 메뉴를 보고 뭘 먹을 건지 생각해둬요. 모잠비크 칵테일을 더 마시고 싶다면 언제든지 베난드라에게 말해요."

"이 칵테일도 무척 맛있긴 하지만, 다음엔 다른 걸 마시고 싶은데요. 혹시 있다면, 와인이 좋겠는데요."

"물론 있고 말고요. 유럽 와인도, 캘리포니아 와인도 갖춰져 있지만, 좀 희귀한 것이 있죠— 사실은요, 쌀로 만든 와인이 몇 병 있어요. 이게 참 맛있거든요."

나는 권유에 따라 쌀 와인을 글리스로 받았다. 야루바 다는 테이블이 흩어져 있는 정글 속을 어슬렁거리고 있다. 나는 메뉴를 펼쳤다. 아프리카의 다양한 요리가 쭉 씌어 있었다. 자세히 설명되어 있는 재료나 조리법을 보았더니, 잘 연구해서 순수한 아프리카 요리지만 서양인 입맛에도 맞게 변형되어 있었다.

내가 알고 있는 요리도 몇 가지 있었다. 제지 블 콰스보는 코리앤더를 넣은 닭고기 요리인데, 원래는 알제리 요리였지만 북아프리카 전역에서 인기가 있다. 병아리콩과 콩을 곁들인 닭고기 타진*은 모로코 요리. 바미아는 많은 지역에서 사랑받고 있는, 새끼양과 오크라** 를 넣은 스튜다. 에구시 스프***는 한 번 먹어본 적이 있다. 록 랍스터라고도 불리는 아프리카 바닷가재가 들어 있는, 나이지리아의 전통요리였다.

웨이트리스가 쌀 와인을 날라왔다. 놀랄 만큼 리슬링과 비슷한 맛이었다. 그때 야루바 다가 돌아왔으므로, 이렇게 다양한 요리를 메뉴에 올리고 있다니 놀랍다고 전했다.

"너무 버라이어티한 건 아닌가 하는 생각도 드는데요."

"처음엔 그래도 괜찮아요. 인기가 있고 없는 건 언젠가 알게 될 테니까, 그렇게 되면 인기가 없는 요리를 빼면 되거든요. 거기에 이야깃거리가 될 만한 희귀한 요리를 먹고 싶어하는 손님이 만족할 요리를 추가하고 있는 거죠."

그 말을 듣고 야루바 다는 커다란 얼굴에 함박웃음을 지었다.

"예를 들면, 누**** 말인가요?"

---

* 뚝배기에 담아 뭉근하게 끓인 스튜.
** 아욱과의 한해살이풀. 꼬투리는 스프 등에 이용한다.
*** 고기와 고추로 만든 매운 스튜.
**** 남아프리카산의 암소 비슷한 영양.

"그래. 그리고 모로코의 비둘기고기 파이인 브스틸라도요. 하지만 낙타요리는 좀 지나친 것 같은데요."

그가 킥킥거리며 웃었다. "화제가 된다면 행운이라고 생각했을 뿐이죠. 하지만, 사하라 사막 주변 국가들에서는 많이 먹어요. 쿠스쿠스*에 산양고기 대신 낙타고기를 넣거든요."

"하지만 생선요리가 적군요."

"뭐, 이상하다고 생각하는 것도 무리는 아니에요. 3만 킬로 이상의 해안선이 있다면 생선을 많이 먹을 것이라고 생각하겠죠. 하지만 아프리카의 그 살인적인 더위에다 냉동설비가 갖춰져 있지 않은 지역도 많아서 생선은 금방 상하잖아요. 그래서 생선요리라면 오래 보관할 수 있는 절임 요리가 일반적이죠."

결국 나는 야루바 다의 추천에 따라 소금에 절인 생선요리를 먼저 맛보기로 했다. 이어서 에티오피아의 유명한 닭고기 스튜인 도로 와트. 거기에 토르티야와 비슷한 에티오피아의 납작한 빵인 인제라가 곁들여져 있었다. 다음은 소말리아의 대표요리라는, 향신료가 듬뿍 배어든 양고기와 쌀요리인 스쿠다카리스. 그것과 함께 스파이스로 맛을 낸 팥을 코코넛 밀크에 담근 요리인 마하라그웨와 가나의 삶은 참마 요리인 푸푸가 나왔다.

---

* 모로코의 대표적인 음식으로, 밀가루를 반죽해 과립형 분말로 만든 것. 여기에 채소와 고기수프를 얹어 먹는다.

아프리카 요리는 대부분 맛있고 독특했으며 나는 야루바 다가 다시 나타나자 내 생각을 그대로 말해주었다.

"당신이 즐겼다니 정말 기쁜 걸요. 그런데 똑같은 이야기를 되풀이해서 미안한데, 코펭은 뭔가 진척이 있었나요?."

"그 전에 저번에 도와준 것에 대해 인사를 해야겠군요."

"난 아무 것도 안 했는데요."

"하지만, 덕분에 살았어요."

"이 거대한 몸집 때문에 심한 꼴도 많이 당하지만요." 야루바 다는 빙긋 웃었다.

"그게 때때로 도움이 될 때도 있죠. 뭐, 도움이 되었다니 다행이군요."

그렇게 말하고 야루바 다는 물끄러미 나를 응시했다. "그런 세일에 관한 소문은 전부터 듣고 있어서 흥미가 있었어요. 분명히 흥미로운 경험이었죠. 누가 주최하는지는 모르겠지만 상당히 파렴치한 짓을 하고 있다는 느낌이 들더군요. 확신컨대, 거기 있던 물건은 대부분 도난품일 겁니다."

"예, 저도 그렇다고 생각합니다."

"그런 세일이니까, 코펭이 나올지도 모른다고 생각했겠죠?"

"하지만, 실제로 가보고 거기엔 아무 것도 없다고 포기했어요. 코펭이라면 당연히 비쌀 것이고, 아무리 생각해도 훔친 햄통조림 옆에서 팔 만한 물건이 아니었으니까요. 하지만, 일단 찾아보기는 해야 한다고 생각했죠."

"하지만 그 세일을 주최하고 있는 인간이 코펭을 훔쳤다고 해도 난 놀라지 않을 겁니다."

야루바 다는 진지한 얼굴로 말했다.

"그럴 가능성은 있죠." 나는 고개를 끄덕이고 덧붙였다. "그런데, 코펭을 사지 않겠냐는 연락을 받은 적은 없나요?"

"도난 당하기 전에요. 어떤 남자랑 이야기를 했는데, 나에게 약간의 코펭을 구해줄 수도 있을지 모르겠다고 하더라구요. 하지만 세일에서 만났을 때 물어봤더니, 사태가 이렇게 된 이상, 그건 무리라는 말을 들었죠."

"그 남자를 세일에서 만났다고요?"

"그래요."

승산은 없었지만, 물어본다고 손해볼 것도 없었다. "그 남자란, 톰 에크였어요?"

야루바 다는 고개를 끄덕였다. "아는 사람인가요?"

"그냥 얼굴을 아는 정도죠." 뭐, 억지는 아니다. 도난사건 전이었다면, 브로커 노릇도 하고 있던 에크라면 코펭을 손에 넣을 수 있었을지도 모른다. 그러나 도난당하고 만 지금은 더 이상 손에 넣을 수 없다는 말이겠지.

"혹시 발견된다면 어떻게든 손에 넣고 싶군요." 필사적인 어조였다. "코펭이 있으면 우리 가게도 틀림없이 번창할 거예요. 보시다시피 어떤 돌파구가 필요하니까요."

"당신을 도울 수 있게 된다면 열심히 노력해보죠. 그래, 그리고 또 한 가지 충고가……."

야루바 다는 몸을 내밀었다. "뭔데요?"

"코펭이 시장에 나왔다는 소문을 듣거나 직접 연락을 받더라도 조심하는 게 좋을 겁니다. 가짜가 나돌고 있다고 하니까요. 사기에 말려들지 않게 조심해요."

"하지만 진짜인지 아닌지 어떻게 알죠?" 진지한 얼굴이었다. "당신에게 감정을 부탁할 수 있을까요?"

"기꺼이."

그는 질경이로 만든 리베리아의 생강빵을 먹어보라고 반 강제로 권했는데 먹어보니 아주 훌륭한 맛이었다. 내가 먹는 것을 지켜보던 야루바 다는 뭔가 고민하는 듯한 얼굴이었는데, 마침내 결심이 선 듯 고개를 들었다. 그는 커다랗고 새까만 얼굴을 똑바로 나에게 향했다.

"당신이 협력한다고 말해줘서 정말 기뻤습니다." 깊고 울림이 좋은 두터운 목소리였다. "감사의 징표로 좋은 걸 가르쳐드리죠. 앞으로는 습격받을 염려는 하지 않아도 되요."

엇, 무슨 소리지? 습격을 받다니? 나는 놀라서 야루바 다의 얼굴을 쳐다보았다.

"당신이 연루되어 있었나요?"

"아니, 물론 아니죠." 야루바 다는 힘차게 머리를 흔들었다. "하지만 당신이 습격받았다는 건 알고 있었어요."

"범인은 누군데요?" 나는 화가 나서 물었다.

"더 이상 걱정 말아요. 두 번 다시 습격당할 일은 없을 테니까. 당신 신상에 위험이 미칠 일은 절대로 없을 거라구요." 그리고 당황한 모습으로 덧붙였다. "애당초 당신에게 정말로 상처를 입힐 생각은 없었죠. 그냥 겁을 주려고 했을 뿐이죠. 당신이 코펭의 도난에 관련되어 있다고 믿고 있는 녀석들이 있어서 자기들한테 코펭을 팔게 하려고 그런 겁니다."

"참 멋진 친구를 뒀군요." 나는 씁쓸하게 말했다.

"친구가 아닙니다. 사업상 아는 사람일 뿐이죠." 그는 가슴을 짓누르고 있던 비밀을 털어놓아 안도한 듯한 얼굴이었다. 그렇다면 좀더 밀어붙여볼까.

"당신 말은, 레스토랑 오너들이라는 뜻인가요?"

야루바 다는 어깨를 으쓱했다. 인정한다고 보기에 충분했다. 그래, 그랬군. 아마도 레니 리프킨에게 사주를 받은 성질 급한 레스토랑 오너들이 나를 협박한 거겠지. 누군가를 고용해서, 아니면 자신들이 직접? 어쩌면 리프킨이었을지도⋯⋯. 그 가짜 사투리, 검은 옷에 턱수염이라는 묘한 모습. 생각할수록 리프킨 같다는 생각이 들었다. 아무튼 나를 싫어하고 있는 것은 확실했으니 나를 위협하는 역할을 즐겼을 것이다.

야루바 다가 박하차를 갖고 오게 했다.

"아프리카에서는 식후에 반드시 박하차를 마시죠."

"두 번 다시 습격당하지 않는다는 건 어떻게 알았습니까?"

"제가 그런 방법은 좋지 않다고 비난했거든요. 물론, 나뿐만은
아니었지만요. 아프리카인이라고 해서 모두가 야만인인 건 아닙
니다."

그때 박하차가 나왔고, 우리는 차를 마심으로써 묵묵히 화해를
했다. 큰 북소리가 그치고, 일순 침묵이 있은 뒤에 소름끼칠 듯
한 재칼의 아련한 울부짖음이 정글에 울려퍼졌다. 나는 다시 레
니 리프킨을 떠올리고 말았다.

35

아침을 먹고 있는데 가브리엘라가 전화를 걸어서 나를 데리러
오겠다고 했다. 이번 차는 진한 감색의 이스즈 포 도어 세단이었
다. 어제의 고물차에 비하면 급격히 랭크가 올라가 있었다. 가브
리엘라는 크림색 장식용 단추가 달린 밝은 갈색 슈트를 입고 있
어 아주 명랑해 보였다. 내가 새로운 변장을 칭찬하자 가브리엘

라는 저항하기 힘든 매력적인 미소를 지어보였다.

"천의 얼굴을 가진 여성이로군요."

"오늘 일은 위험하지 않아요."

"그 말은, 오늘은 안 차고 있다는 말인가요?"

"요즘은 '휴대한다'고 해요. 그건 그렇지만, 설마 그럴 리가. 당연히 몸을 지킬 수단은 있죠."

"교회에 갔을 때도 그랬지만, 숨기는 게 능숙하군요."

"오늘은요, 여기 있어요." 그렇게 말하더니 조수석과의 사이에 놓인 라피아 백을 툭툭 쳤다.

"요전날에는 그런 건 안 갖고 있었잖아요. 백 말예요."

"그 주변에는 소매치기도 많잖아요. 당신도 소매치기를 만나는 건 싫죠?"

"그럼 오늘 소매치기의 위험도 없다는 말인가요? 아아, 다행이다. 어딜 가는 거죠?"

"아버지의 옛 친구를 만나러 가요."

"이탈리아인?"

"그래요."

"그 사람이 뭔가 알고 있는 건가요?"

"많은 걸 알고 있는데……. 놀라운 정보를 가르쳐줄 거예요."

"그게 뭔지 말해줄 생각은 없나요?"

가브리엘라는 큰 소리로 웃었다.

"이제 조금만 더 기다려요. 몇 분이면 도착할 테니까요."

아침의 러시 아워는 끝났지만, 그래도 도로는 여전히 심한 정체였다. 맨해튼은 언제나 러시 아워인 것 같았다. 차는 콜럼버스 애비뉴를 남쪽으로 내려갔다. 이 길은 도중에 9번가로 바뀐다. 바, 레스토랑, 부티크가 줄줄이 서 있는 곳을 지나쳐 43번가를 서쪽으로 꺾었다. 소방서, 중고차 매장을 지나 가브리엘라는 어느 극장의 거의 정면에 있는 주차구역에 차를 세웠다.

"마티네*를 보기엔 너무 이르지 않아요?" 하고 물어도 가브리엘라는 수수께끼에 찬 미소를 지을 뿐이었다.

정면에는 커다란 글자로 「매직 뮤직홀」이라고 씌어 있고, 입구양 옆에는 포스터가 붙여져 있었다. 한쪽 포스터에는 심홍색의 화려한 중국식 로브를 입고 변발을 한 남자가 찍혀 있다. 남자의 등 뒤에는 연기 같은 것에 감싸인 공 같은 구체가 있고, 은빛 스포트라이트가 남자를 비추고 있었다. 다른 한쪽 포스터에는 관객의 머리 위에 늘어뜨려진 유리 새장 안에 긴장한 소녀가 들어 있다. 턱시도와 실크햇으로 우아하게 차려입은 남자가 그 새장을 피스톨로 쏘는 것을, 관객 일동이 놀란 눈으로 바라보고 있었다. 겸손함이란 눈씻고 찾아봐도 없는 이 포스터에는 '세계의 깜짝쇼' 라고 씌어 있었다.

---

* 연극 음악회 등의 낮 공연.

"제대로 찾아온 건가요?"

"그럼요." 가브리엘라는 정면 입구를 지나 옆문으로 통하는 길로 향했다. 벨을 울리자 온통 쭈글쭈글한 얼굴의 노인이 얼굴을 내밀었다.

"몬티와 약속을 했는데요."

노인이 끄덕이고 문을 열었고, 우리는 안으로 들어갔다.

좁은 복도는 얼마 전에 페인트를 다시 칠한 듯했지만, 바닥은 낡은 리놀륨이어서 걸을 때마다 삐걱삐걱 소리가 났다. 노인은 나이치고는 기민한 발놀림으로 앞으로 나아간다. 복도 끝에는 로비가 있는데, 여기도 최근 개조한 듯했다. 양쪽으로 여는 스윙 도어와 두터운 커튼을 젖히자, 거기는 객석이었다.

텔레비전과 영화의 등장으로 라이브 무대가 사라진 것은 참으로 유감스러운 일이다. 눈 앞에서 살아 움직이는 인간이 연기를 하는 것보다 더 멋진 감동은 없는데 말이다. 이 극장도 50년도 더 전에는 아마 유명한 극장이었을 것이다. 지금은 막이 내려져 있는 어두운 무대를 당시에는 어떤 명배우들이 누볐을까.

"비비안 리가 「욕망이라는 이름의 전차」를 연기했지." 쉰 목소리가 났다. "올센과 존슨은 1년 가까이 「헬자포핑」을 연기했고, 헬렌 헤이즈는 「스코틀랜드의 메리」를 연기했어. 오슨 웰스, 캐서린 코널, 폴 롭슨, 앨프리드 런트, 린 폰탠 등등, 그들 모두가 여기 무대에 섰지."

그 목소리를 듣고 돌아보았더니 몸집이 작고 땅딸막한 남자가 서 있었다. 가브리엘라는 크게 팔을 벌려 끌어안았고, 남자도 기쁜 듯이 웃으면서 마주안았다. 푸딩처럼 둥그런 얼굴에는 주름이 두드러지고, 퇴색한 회색 눈동자는 지금까지 헤아릴 수 없을 정도의 비극을 보아왔음을 말해주었다. 그러나 행복한 얼굴인 것을 보면, 세파에 시달리면서도 어느 정도 인생을 즐겼음에 틀림없다.

"몬티예요." 나를 소개하고는 가브리엘라가 말했다. "진짜 이름은 베르나르도 몬테팔코네지만, 어머니 이외에는 모두 몬티라고 부르고 있죠."

"당신은 극장을 좋아하지? 무대를 보고 있는 얼굴을 보고 알았지." 몬티는 심한 이탈리아 억양으로 말했다.

"예, 아주 좋아합니다. 런던에 살고 있어서 좋은 연극을 볼 기회가 많았거든요."

"런던이라고!" 몬티는 얼굴을 빛냈다. "어이, 나도 5년 동안 살았지. 그때 우리가 연기했던 건……."

그는 연달아 기관총처럼 말을 쏟아냈다. 아마도 세계의 극장 관계자들은 모두 알고 있는 것 같다. 추억담을 막아보려는 가브리엘라의 시도는 실패로 끝났다. 무대 뒤편에서 커다란 소리가 들려왔을 때야 마침내 몬티는 입을 다물었다. "그런데 말이지." 몬티는 우리를 향해 말했다. "나는 지금부터 한 장면을 점검해야 하거든. 그것이 끝나면 이야기를 하자고. 자, 앉아, 앉아." 몬티는 앞장서서 중앙 통로로 걸어가서, 앞에서 두 번째 줄 좌석에 우리를 앉히고는 가까운 출구로 나갔다. 무대 앞의 풋라이트가 들어오고 커튼이 스르르 열렸다. 극장에 와서 가장 가슴설레는 순간이었다.

음악이 객석을 채웠다. 드럼의 비트가 두드러진 곡으로 귀에 익은 느낌이었다. 따그닥따그닥하는 말발굽 소리가 들리는가 했더니 말을 탄 남자가 의기양양하게 무대에 나타났다. 정통 인디언 추장 복장에다 깃털 장식이 달린 용맹한 전투모를 쓰고 등에는 화살통을 메고 손에는 활을 들고 있었다. 뒤쪽의 검은 벨벳이 늘어뜨려진 막에는 참으로 화려하고 용맹한 모습으로 비쳤다. 음악이 귀에 익은 이유도 알았다. 서부극에서 헤아릴 수 없을 정도로 사용되었던 음악이었다.

말은 은빛 갈기를 휘날리는 아름다운 팔로미노*였다. 안장은 은으로 장식되어 있고, 발목에도 은색 띠가 감겨 있었다. 말은 다리를 머리보다도 높게 들어올리고 있었다. 우리는 무대의 바로 앞에 있었으므로 말의 하얀 눈까지 뚜렷이 보였다.

무대 중앙에 양 옆을 버팀목으로 받친 2미터 정도 높이의 수평대가 있고, 바로 앞에 수평대까지 이어지는 경사로가 놓여 있었

---

* 갈기와 꼬리는 희고 몸통은 담황색인 말.

다. 추장은 그 경사로를 기세좋게 뛰어올라가 수평대 위에 말을 세웠다. 도구 담당이 달려와서 경사로를 갖고 사라졌다.

추장과 말은 수평대 위에 서 있었고 음악의 템포가 바뀌었다. 이번엔 좀더 신비로운 멜로디였지만, 가슴을 두근거리게 하는 비트는 여전했다.

위쪽에서 양 끝이 사슬로 묶인 커튼 막대가 스르르 내려왔다. 막대는 추장과 말의 정면 바로 위에서 멈추었다. 추장이 손을 뻗어 막대에 말려 있던 선명한 파란 커튼을 잡아서 끌어내리자, 추장과 말은 커튼 뒤로 숨어 보이지 않게 되었다. 인디언이 내지르는 전투의 함성이 들려왔다. 음악이 사그라들더니 느리게 드럼의 연타가 시작되었다. 그리고는 파란 그림자와 함께 커튼 막대가 스르르 올라갔다. 가브리엘라가 놀라서 헉, 하는 소리가 들렸다. 없다! 말과 추장이 사라져버렸다. 수평대 위에는 아무 것도 없었다.

무대의 커튼이 닫혔다. 가브리엘라와 나는 아이들처럼 신이 나서 박수를 치고 있었다.

"말도 안 돼!" 가브리엘라가 중얼거렸다.

"그 수평대에서 내려올 수가 없었을 텐데요." 나도 동의했다. "그러니까, 그 수평대를 받치고 있던 건 버팀목뿐이었으니까, 어떤 쪽으로도 내려올 수가 없었을 텐데……. 저 정도 높이에서 뛰어내릴 수도 없을 거고. 도대체 어디로 가 버린 거죠?"

"절대로 불가능하지." 뒤에서 몬티의 목소리가 들려왔다. 킥킥 웃고 있다.

"몬티." 가브리엘라가 달라붙었다. "어떻게 했는지 당장 가르쳐줘요."

"환상이지." 그는 여전히 만족스러운 듯이 빙긋 웃고 있었다. "대성공이로군. 1주일 동안 이것만 연습했지. 좀더 빨리 하고 싶긴 하지만, 뭐, 됐어."

"안 돼요, 몬티, 제발 가르쳐줘요. 우린 알아야겠어요." 가브리엘라는 부탁작전으로 나왔다.

몬티는 우리 뒷자리에 앉았다. "안 돼 안 돼, 가르쳐줄 수 없어. 자, 이제 자네들의 이야기를 들어볼까. 전화로는 대강의 이야기밖에 못 들었으니까."

"몬티, 안 가르쳐주면 두 번 다시 말 안 할 거예요."

"왜 여길 찾아왔는지 이젠 알겠군요." 나는 말했다.

"몰랐나?" 몬티는 웃었다. "어이, 개비. 넌 여기에 온 이유도 설명하지 않았으면서 나한테는 「사라지는 인디언」의 비밀을 말하라는 거냐!" 그렇게 말하고 다시 큰소리로 웃었다.

"개비라고 부르지 말아요! 내가 그렇게 불리는 걸 싫어하는 걸 알면서." 가브리엘라는 나를 보았다. "당신이 후디니의 이름을 꺼낸 적이 있었잖아요. 그래서 생각해냈죠. 몬티라면 후디니 못지 않게 마술에 대해 잘 아니까."

"보여주는 방식은 내가 훨씬 후지지만." 하는 몬티.

"게다가 몬티는 다른 마술사를 위해서 새로운 마술을 만들어 내고 있어요. 그것도 유명한 사람들을 위해서요. 재스퍼 머스켈린*, 해리 블랙스턴**, 플립 할레마***, 데이비드 카퍼필드, 모두들 대단한 사람들이죠."

"블랙스턴." 몬티가 말했다. "자네의 의문을 생각하는 데에는 그의 마술을 참고하면 좋을 거야. 「사라지는 차」나 「사라지는 말」, 이건 지금 보았지만." 몬티는 다시 생각났다는 듯이 웃었다. "게다가 「사라지는 낙타」가 레퍼토리에 있거든. 다만 「사라지는 낙타」는 지금은 불가능한 마술이 되었지만. 낙타가 협력해주지 않게 되어서 말이야. 쇼 비즈니스가 싫어졌다나. 매번 무대가 있을 때마다 참 힘들었지. 결국 낙타는 죽어버렸어. 막은 이미 올라가 있었는데 말이야!"

"그래서, 몬티라면 어떻게 할 건지 가르쳐주시지 않을까 생각했죠. 범인도 똑같은 수법을 사용했을지 몰라요. 똑같지 않더라도 비슷한 수법을요."

---

* 제2차 대전 당시의 유명한 영국 마술사. 나치 독일군의 침공을 마술로 막아낸 에피소드로 유명하다. 특히, 알렉산드리아를 야간 폭격으로부터 보호하기 위해 밤에만 사라지게 했다. 그가 쓴 방법은 아직도 영국의 군사기밀이라고 한다.
** 미국의 마술사. 1977년에 선보인 '떠다니는 전구 마술' 은 현대의 미스터리로 꼽힐 만큼 충격을 준 마술로 꼽힌다.
*** 독일 마술사.

"그럴 수 있지." 하는 몬티.

"하지만 그 전에." 가브리엘라는 완고했다. "지금 본 마술의 트릭을 가르쳐줘요. 어떻게 한 거예요?"

"누구한테도 가르쳐주지 않겠다고 약속할 거니?" 둥그런 얼굴은 즐거워보였다. 그는 인생으로부터도, 주변 사람들로부터도 많은 기쁨을 얻은 사람이었다.

"약속해요." 가브리엘라는 즉시 대답했다.

"조명이야. 무대에는 휘황찬란하게 라이트가 비치고 있는 것처럼 보이지만, 사실은 정면에서 비치는 조명과 풋라이트뿐이었지. 천장의 조명은 켜져 있지 않았던 거지. 거기에 무대 전체에 검은 벨벳 막이 내려져 있었던 건 알아차렸겠지? 사실은 파란 커튼을 묶은 사슬 사이에도 검은 벨벳 커튼이 붙여져 있었지. 그러나 이것은 관객에게는 보이지 않아. 뒤쪽의 벨벳 막과 구별이 안되니까. 그래서, 파란 커튼으로 무대 위가 가려진 순간 장치를 내려서 말과 사람을 끌어올린 거지."

가브리엘라는 분한 듯이 코웃음쳤다. "너무 간단하군요."

"무대에서 연기하는 마술은 간단할수록 좋지. 지크프리드와 로이는 알고 있겠지?"

가브리엘라는 알고 있었으나 나는 처음 듣는 이름이었다. "독일인 마술사인데 미국에서 유명해졌지. 주로 라스베이거스에서 활동하고 있어. MGM 그랜드 호텔에서는 3백 킬로그램 이상이나 되는 벵갈 호랑이를 사라지게 했었지."

"호랑이뿐만 아니라 사자나 흑표범도 사라지게 하는 거 아니에요?" 가브리엘라가 물었다.

"그들이라면 하겠지. 치타를 사라지게 한 적도 있어. 모나코의 그레이스 왕비와 레니에 공이 왔을 때는 치타를 사라지게 했다가 관객들 사이에서 어슬렁거리면서 나타나게 했다지."

"하지만 우리가 직면하고 있는 환상에는 동물이 등장하지 않아요. 사람뿐이에요."

"그럼, 본론으로 들어갈까." 몬티는 앞장서서 무대 뒤로 걸어가서 아무도 없는 의상실로 들어가 의자를 끌어당겼다.

"자, 자세히 이야기해보렴."

나는 JFK 공항에 도착했을 때부터 기억나는 모든 일을 되도록이면 자세히 설명했다. 때때로 몬티로부터의 질문에 대답하면서 마지막까지 이야기를 마치자, 가브리엘라가 수사상황을 간추려서 보고했다.

몬티는 의자에 기댔다. "멋진 트릭이군. 실패하지 않고 해낸 걸 보면. 그리고 누군가가 성공한 거로군."

몬티는 다시 몇 가지 질문을 하고는 가브리엘라에게 말했다. "현장을 내 눈으로 볼 필요가 있겠는데, 아가씨."

36

　가브리엘라의 능숙한 운전 덕분에 한 시간도 걸리지 않아 JFK 공항에 도착했다.

　칼 에버하드는 오늘 비번이었지만, 코펭 상자를 열었던 격납고를 보는 것뿐이니 문제는 없다고 가브리엘라가 설명했다. 에버하드의 대리 경비원이 열쇠를 주고 격납고까지 안내했다. 가브리엘라가 이스즈를 운전해서 미로같은 건물 사이를 지나 BLS 12라고 쓰인 격납고로 갔다.

　지금의 공항은 어디든지 그렇지만, 제트 연료가 타는 냄새가 진하게 떠돌고 있었다. 끊임없이 비행기가 이착륙하고 있지만, 이 격납고 가까이에는 인기척도 없었다. 가브리엘라가 옆문을 열쇠로 열었고 우리는 안으로 들어갔다.

　격납고 안은 텅 비어 있었다. 음침하고 싸늘한 분위기였다. 몬티는 묵묵히 격납고 내부 모양을 천천히 관찰하고 있었다. 마침내 나를 바라보았다.

　"좋아, 처음부터 시작하지. 자네가 격납고에 들어왔을 때부터,

무슨 일이 일어났는지를 정확하게 알려주게."

나는 하나하나 기억해내면서 설명해갔다. 그 일이 끝나자 몬티가 부스를 손가락으로 가리켰다.

"자네들은 어느 부스였지?"

"여깁니다." 나는 그 부스로 몬티를 데려갔다. 몬티는 끊임없이 시선을 움직이면서 부스 안을 샅샅이 둘러보고 있었다. 가브리엘라는 한 마디도 끼어들지 않았다.

"왼쪽에서 두 번째 부스에 있었단 말이지. 그 밖의 부스는?"

"이쪽 첫 번째 부스는 스시모토 전기가 사용하고 있었습니다. 그리고 반대쪽 옆의 부스는 아무도 없었습니다. 커다란 검은 색 리무진이 서 있었죠."

"함께 도착한 그밖의 화물은?"

가브리엘라가 수첩을 팔랑팔랑 넘겼다.

"시카고 동양미술관, 이네요?"

"그래요. 그들은 네 번째 부스를 사용하고 있었죠."

"이 부스 바로 바깥에 밴을 세워두었었나?" 하는 몬티.

"그렇습니다."

"정확하게는 어디쯤이었지?"

나는 손가락으로 가리켰다.

"그러니까……. 약 1미터 정도였습니다."

"세 번째 부스에 아무도 없었던 것은 확실한가?"

"예."

"알겠군." 몬티는 어깨를 으쓱했다. "여기 테이블은 모두 검사 장비가 차지하고 있었군."

"그렇습니다."

"여기에 있었던 멤버는 누가 어디에 서 있었지?" 나는 시간을 들여 생각하고, 위치를 설명했다.

"그 검사 장비는 어디에서 가져온 거지?"

"그 날만 빌려온 것이었죠." 가브리엘라가 끼어들었다.

"어디서?"

"렌쇼가 필요한 것을 정리했고, 카트라이트가 수배했죠."

"사용한 순서는?" 나는 기억나는 한 우리가 했던 순서대로 검사를 설명했다.

"캔버스지 꾸러미는 어디에 놓여 있었지?"

"쭉 여기에 있었습니다." 나는 가리켰다.

"검사가 끝난 뒤에는?"

"카트라이트가 꾸러미 주둥이를 묶어 밴까지 가져가서는 운송 상자에 꾸러미를 넣은 다음 상자를 차에 실었습니다. 그 상자도 차도 확실하게 자물쇠가 채워져 있었습니다."

몬티가 가브리엘라에게 물었다. "당연히 상자는 조사했지?"

"무슨 생각을 하시는지는 알겠지만, 분명히 똑같은 상자였어요. 바꿔친 흔적은 없었죠."

"그렇군." 몬티는 나에게 돌아섰다. "여기에 있는 동안에 옆의 부스에서 온 사람이 있었나?"

"저쪽의 세관 담당자가 여기 담당자에게 질문을 하러 왔었습니다. 대답을 듣고 곧바로 나갔지만요."

"미술관 사람들과는 이야기를 하거나 하지는 않았나?"

"예, 전혀요."

몬티는 고개를 끄덕였다. 빙빙 돌아다니고 이것저것 살펴보면서 생각에 잠겨 있었다. 그런 다음에 몇 가지 질문을 하고 우리가 대답했다. 마침내 몬티가 손가락을 딱 울렸다.

"알았나요?" 가브리엘라가 놀란 듯이 물었다.

"거의. 난 슬슬 극장으로 돌아가서 물이 가득찬 수조에서 탈출하는 걸 봐야겠다. 지금 여기서 알아낸 건 가르쳐주지. 두말할 필요도 없이, 이건 단지 하나의 의견으로 알려주는 것뿐이니까, 믿고 안 믿고는 자네들 마음대로야. 한 가지 확실히 해두고 싶은 건, 이것은 마술사의 입장에서 본 의견이라는 것이야. 그 다음은 자네들에게 맡기지."

"말씀해 주세요." 하는 가브리엘라.

"뭐 아마도, 세 사람 중에 누군가가 했겠지." 가브리엘라를 향해 설명하면서 몬티는 나에게 얼굴을 향하고 있었다. "자네이거나, 그 렌쇼라는 남자이거나 카트라이트라는 남자."

"자, 잠깐만요." 나는 열받기 시작했다.

"조용히 들어봐요." 가브리엘라가 말했다. 그녀는 맘만 먹으면 얼마든지 고압적인 경관으로 변신할 수 있었다. "일단 끝까지 이 야기를 들어보자구요."

"들어봤자 소용없어요!" 나는 화가 나서 말했다. "그가 말한 건 세 명의 용의자예요. 그 중에 한 사람은 이미 죽었잖아요! 게다가 그 세 명 중에 내가 들어 있다니, 어쩌자는 건데요!"

"끝까지 들으라니깐요!" 가브리엘라가 노래하듯이 말했다. "다음을 들려주세요, 몬티."

"자네가 한 말로 미루어보면 아마도 범인은 카트라이트일 걸 세." 몬티는 마치 침착하라고 말하듯이 미소를 지었다. "게다가 공범도 있고."

"카트라이트?" 나는 놀라서 앵무새처럼 되뇌었다. "하지만 자기 물건을 자기가 훔치다니."

"어이, 말했잖아." 몬티는 빙긋 웃었다. "내가 할 수 있는 건 환상의 비밀을 푸는 것뿐이고, 그 다음은 여기 있는 개비 아가씨의 업무지."

가브리엘라는 어떤 상대라도 주눅들게 할 만한 눈길로 몬티를 보았지만, 이렇게 말했을 뿐이었다. "계속해요, 몬티."

"아아, 나의 의견은 이래. 검사와 수속이 모두 무사히 끝난 다음 카트라이트는 꾸러미를 묶어서 트롤리에 싣고는 밴의 뒤쪽까지 날랐어. 그리고 단단히 자물쇠를 채웠지. 그런 다음, 누구에게도 보이지 않게 조심스럽게 어딘가 부스 바깥쪽 정해둔 장소에 열쇠를 숨겨둔 거야. 밴에서 몇 미터 밖에 떨어지지 않은 차 안에 숨어 있었던 공범은 그 열쇠를 이용해서 꾸러미를 꺼내고, 열쇠를 원래 있던 곳에 갖다두었지. 그리고나서 다시 차 안에 숨었어."

몬티는 거기서 말을 자르고, 우리의 얼굴을 보았다.

"누구에게도 들키지 않고 그런 일이 가능할까요?" 가브리엘라가 물었다.

"당연히, 뭔가 장치가 필요하지."

"그 타이머가 울린 것……."

"정답. 또한 공범에게 행동을 개시하라는 신호였겠지."

가브리엘라가 나를 바라보았다. "그 뒤, 서류의 숫자가 잘못 적혀 있었죠, 당신 말에 따르면요. 그때 모두 모였나요?"

"그러고보니, 그랬어요. 심슨이 '이건 잘못됐어!' 라고 말했을 때, 모두들 그 주위로 몰려들었죠. 그 틈에 차에 숨어 있던 공범이 코펭을 자신의 차로 운반하고 열쇠를 원래대로 갖다놓고 다시 차에 숨었군요."

"옆 부스에 있던 차를 조사해볼게요." 가브리엘라가 천천히 말했다. "리무진은 한동안 서 있었죠. 그 차가 조용히 달려나가도 아무도 몰랐을 거예요."

"커다랗고 까만 리무진이라는 것밖에 몰라요." 면목없다. "제대로 주의를 기울여서 보지도 않았구요."

"당신들의 밴이 나가자마자 그 차가 여기를 빠져나갔다는 데에 1달러를 걸어도 좋아." 하는 몬티.

가브리엘라는 작업대에 있던 전화를 집어들었다.

"경비실인가요?" 가브리엘라는 자기소개를 하고 말을 이었다. "코펭이 도착한 날 BLS 12 격납고에 차가 서 있었죠." 가브리엘라는 몇 분 동안 대답을 기다리고 있었다.

"그래요? 고맙습니다."

전화를 끊고는 시간을 읽었다. "차이는 20분. 당신네들 차가 나가고 20분 후에 리무진이 나갔군요."

가브리엘라는 다시 전화기를 집어들었다. "DMV(자동차 등록 사업소)인가요? 좀 조사해 주셨으면 하는 게……." 다시 자기소개를 하고 대답을 기다리고 있었다. 한참 뒤, 초조한 듯이 한숨을 쉬면서 전화를 끊었다. "면허는 가짜였어요."

"누가 이 모든 장치를 했을지 궁금하군요." 나는 부스 안을 손으로 가리켰다. 가브리엘라가 다시 한 번 전화를 걸어 확인했다. "카트라이트네요. 그 전에 두 번 왔었다고 해요. 모든 것들을 확인하고 열쇠를 숨겨둘 장소도 정해뒀겠구요."

"바닥에 분필로 표시를 했겠지. 여기 있는 사람들에게 밴과 리무진 사이가 보이지 않도록 밴을 세웠어야 했을 테니까." 하는 몬티. "또 하나. 숫자가 틀린 서류를 준비한 것은 누구지?"

"접수하는 쪽의 서류라면 분명히 카트라이트였겠죠. 게다가 두 번이나 왔다면 심슨을 만날 기회도 있었을 거예요. 그래서 심슨이 소소한 부분에도 까다롭게 구는 걸 알고 있었구요. 숫자가 틀린 것을 바로 알아채리라는 걸 알고 있었던 거죠."

"당신 덕분이에요. 고마워요, 몬티." 가브리엘라가 말했다.

"간단한 일이야." 몬티는 빙긋 웃었다.

우리는 뉴욕의 엄청난 정체 속으로 뛰어들어 몬티를 극장에 데려다 주었다. 이미 정오를 넘기고 있었다.

"배가 고픈 얼굴을 하고 있군요." 하는 가브리엘라.

"뭔가 가벼운 것이 좋겠군요."

"그리고 시간이 걸리지 않는 거요."

"어디 좋은데 있어요?"

우리는 최근 뉴욕에서 대인기라고 가브리엘라가 말한 타파스 바로 갔다. 타파스란 에스파냐에서 예전부터 있는, 가볍게 먹을 수 있는 소량의 접시요리를 말한다. 이것이 뉴욕에서 유행하는 건, 식사에 시간을 들일 수 없는 소비자의 니즈와 맞아떨어졌기 때문일 것이다. 향신료에 절인 버섯, 홍합 통조림, 채소 크로켓을 먹었다. 둘이서 한 접시씩 주문했는데, 배가 너무 부르지도 않고 만족스러웠다. 비록 빌바오*의 타파스 바에는 반드시 있는 커

---

* 에스파냐 바스크 지방의 도시.

다란 삼단 샌드위치나 지용의 새우튀김, 갈리시아의 짭짤한 초리조 소시지 파이는 어쩔 수 없이 다음 기회로 미뤄야만 했지만. 와인 리스트에서 에스파냐산 화이트 와인은 페네데스의 비나 솔뿐이었다. 그리고는 캘리포니아 와인뿐이었다. 그러나 쓰고 신맛의 비나 솔이라면 오늘의 메뉴에 어울리므로 그것을 한 잔 마셨다.

"아까는 소란을 피워서 미안해요." 나는 솔직히 사과했다.

가브리엘라는 빙긋 웃었다. "그런 말을 듣고서 묵묵히 듣고 있다면 그게 오히려 수상한 거죠. 그것보다 몬티의 의견이 옳다면 마침내 훔친 방법을 알아낸거군요."

"그 말은 카트라이트만이 해낼 수 있다는 말이죠. 자백하자면, 카트라이트는 코펭의 소유주니까 그가 훔쳤을 리는 없다고 생각했었어요. 하지만 잘 생각해보면 그는 소유주가 아니에요. 진짜 소유주는 마블이니까요."

"그렇게 생각하면 셀림 오스만의 이야기와도 일치해요."

"알았어요. 마블은 레스토랑 업계에 코펭을 팔 생각이었지만 가브리엘라는 그보다 비싸게 사줄 사람이 있다는 것을 알아차린 거죠. 연구자들이라면 예산도 훨씬 풍부하니까요. 장수나 건강," 거기서 나는 글로리아 브랜슨을 떠올렸다. "그밖의 다른 장점을 연구하고 있는 사람들보다도요."

"그래서 아직 코펭이 시장에 나오지 않는 거로군요. 연구자들

381

은 쉽게 도난품에 손을 내밀진 않을테니까요. 연구자라면 양심적이어서가 아니라 누가 갖고 있는지를 알고 싶어할 것이고, 그것이 진품이라는 인증서도 요구할 거라고 생각한 거겠죠."

"공범은 누구일까요?"

"그건 곧 밝혀낼 수 있을 거라고 봐요. 그게 누구든지요."

"그건 그렇지만, 범인이 카트라이트라면 취조도 가능하겠죠."

거기까지 말하고 나는 당황해서 입을 다물었다. 이렇게 된 이상, 마블연구소에서 죽을 뻔했던 것도 카트라이트의 짓임이 틀림없다고 말하려다가, 가브리엘라에게 그 사건을 이야기하지 않은 것이 생각났기 때문이었다. 나는 서둘러서 이렇게 덧붙였다. "그렇게 되면 조사도 상당히 쉬워지겠죠."

"그건 틀림없어요."

"돈 렌쇼가 살해당한 것도 그 제비집 사건과 카트라이트의 연관을 생각해냈기 때문이겠죠."

가브리엘라는 고개를 끄덕였다. "그 점도 확실히 하려구요. 아무튼 이제 나아갈 방향이 명확해졌어요."

"참, 코펭을 손에 넣고 싶어하는 녀석들 이야기인데요. 전화로 말한 대로, 가짜 코펭이 시중에 나돌고 있는 것 같다고 퍼뜨려 놓았어요. 진짜를 손에 넣었다면 나에게 감정을 의뢰할 수밖에 없을 걸요."

"흐음." 가브리엘라는 하나 남은 홍합을 포크로 찌르면서 말했다. "그걸 생각하고 있었는데요. 그건 스스로를 위험에 빠뜨리게 되지는 않을까요?"

"할 수 있는 일을 하려는 것뿐이죠." 하고 겸손을 떨었다.

가브리엘라는 뭔가 먹을 것이 없나 테이블을 둘러보았지만, 아무 것도 없었다. "세 번째 시체를 제공하지는 말아줘요."

이건 뉴욕 스타일의 유머라고 나 자신에게 말했다. 그녀는 사실은 나를 걱정해주고 있음에 틀림없다.

37

가브리엘라는 나를 호텔까지 데려다 주었다. 오늘은 드물게도 어떤 메시지도 없었다. 앞으로 어떻게 할까 생각하고 있는데 전화가 울렸다. 페기였다. 무척 흥분한 듯한 날카로운 목소리에 빠른 말투였다.

"그 여자, 여기서 만났다는 그, 당신이 설명해준 사람 말예요. 그 사람이 지금 와 있어요! 메이지 말이, 그 여자가 틀림없대요. 어떡하죠?"

"뭔가 말을 걸어서 거기 붙잡아두고 있어요." 나도 말이 빨라졌다. "바로 갈게요."

"그래도 돌아가려고 하면 어떻게 하죠?" 페기는 울 듯한 목소리였다. "어떻게 붙들어두죠?"

"문을 걸어 잠그고 열쇠를 잃어버렸다고 해요. 긴급사태라고 하든지. 아무튼 어떤 수를 써서든지 붙들어줘요!"

프런트의 한 직원이 이 블록의 모퉁이에는 개업의들의 진료실이 많아서 그 앞이라면 대개 빈 택시가 줄지어 있다고 알려주었다. 택시를 잡기에는 거기가 가장 좋다는데, 그 말대로였다. 나는 기다리지 않고 택시를 잡았다. 더욱 운이 좋았던 것은 운전사가 드물게도 미국인, 심지어 뉴요커였다는 점이었다. 뉴요커 운전사를 만난 건 처음이라고 인사를 하고는「스파이스 창고」까지 빨리 가주면 팁을 20달러 얹어주겠다고 했다.

적어도 세 번은 차를 긁을 뻔하고, 욕설을 퍼붓는 소리, 급브레이크 소리, 놀라서 걸음을 멈추는 보행자들을 뒤로 하고 운전사는 20달러를 벌었고 나는「스파이스 창고」로 날아왔다. 문은 잠겨 있지 않았다. 가게에는 몇 명의 손님이 있었지만 싸움이나 동요의 흔적은 없었다. 메이지가 종종걸음으로 다가왔다.

"그녀는 페기와 함께 사무실에 있어요."

"잘했어요." 나는 칭찬했다. "의자에 묶어둬야 했나요?"

"어머, 아니에요. 꽤 느낌이 좋은 분이었어요."

"느낌이 좋다구요? 좋아, 어떻게 느낌이 좋은지 보죠."

나는 폭풍 같은 기세로 사무실로 향했다. 페기와 그 여성은 차를 마시고 있었다. 찻잔에서 캐모마일 향기가 떠돌고 있었다. 작은 사무실은 아직 그 날의 불쾌한 기억을 품고 있었지만, 페기가 침착해져 있는 것을 보고 나도 안심했다.

"허브티 마실래요?" 페기가 말을 걸었다.

"음, 나중에 마시죠. 먼저 이 분에게 묻고 싶은 게 있어요."

나는 여성을 노려보았다. 깔끔한 감색 비즈니스 슈트를 입고 있는 그녀는 멋지고 매력적이었다.

"마지막으로 이야기를 했을 때의 일을 기억하고 있습니까?" 하고 말을 꺼냈다. "며칠 전에 이 가게에서 있었던 일인데, 생강 이야기를 했죠."

여성은 우호적으로 고개를 끄덕였다. "물론 기억하고 있죠."

"확실하게 설명을 해줄 수 있겠죠." 미소짓고 있을 때가 아니실 텐데.

"이제 됐어요." 페기가 끼어들었다. "확실하게 이미 설명을 했어요."

나는 그 여성을 보았다. 밤색 눈동자, 의지가 강해보이는 턱, 곧게 뻗은 코. 기억하고 있던 대로 아름다웠다. 안 돼, 얼굴에 넘어가지 말고 확실하게 심문을 해야지. 나는 자신을 타일렀다.

"이 가게에서 만났을 때……. 그 날……." 페기 앞에서 '돈이 살해당한 날'이라고는 차마 말할 수 없었다.

"예, 그 뒤에 곧바로 실례했죠. 잊어버리셨나요."

"제 눈 앞에서는 사라졌지만, 가게를 나갔는지는 모르죠."

"모든 이야기를 들었어요." 하는 페기.

"부탁이에요, 페기. 나한테 맡겨줘요."

페기는 허브차를 한 모금 마시고는 묵묵히 고개를 끄덕였다. 이런 상황인데도 페기는 참으로 침착한 듯하다. 아마도 허브차 덕분이겠지. 여성이 나에게 얼굴을 향했다.

"그 뒤 곧장 가게를 나왔어요. 그때 말씀드렸듯이 다른 약속 때문에 그쪽에 가야 했거든요. 렌쇼씨 일은……." 거기서 미안한 듯이 페기를 보았다. "그러니까, 돌아가신 건 나중에 알았어요."

"하지만 그 직전까지 그곳에 있지 않았나요! 왜 경찰에 출두해서 그 이야기를 하지 않았죠?"

놀란 듯한 얼굴로 나를 보았다. "했어요."

어? 내가 더 놀랐다. "경찰에게요?"

"예, 물론이죠. 그 날은 다음 약속이 끝난 뒤에 회사로 돌아가 일을 했기 때문에, 그 소식을 밤이 되어서야 알았어요. 정말 믿을 수가 없었죠. 하지만 경찰에 연락해서 내가 알고 있는 건 모두 이야기했어요."

"하지만, 당신이라면 나의 알리바이를 확실하게 증명할 수 있었는데."

"그건 무리예요." 여자는 확실하게 대답했다. "왜냐면 내가 어떻게 알겠어요? 난 이미 가게에 없었는걸요."

"난 제1용의자였다구요. 지금도 여전히 완전히 혐의가 풀린 상태가 아니구요."

"아아, 코펭이 있었군요. 감정을 하러 왔다는 영국인이 당신일 거라고 생각했죠."

"이 건에 대해서는 당신이 생각하고 있는 이상으로 자세히 알고 있죠." 페기가 말했다.

"그런 것 같군요." 나는 마음껏 그녀를 노려봐주었다.

"그녀가 확실하게 설명할 거예요." 하는 페기.

"페기. 부탁이니, 좀 조용히 있어 주지 않겠어요? 텔레비전 뉴스나 신문을 보고 알게 된 걸 말하는 게 아니예요. 이 여성은 다른 사건이 일어난 장소에서도 여러 번 봤다구요."

"제발, 먼저 설명을 하게 해줄래요?" 여자는 과장된 톤으로 말했다. "코펭에 대해서도, 그리고 마블 코퍼레이션에 대해서도요……."

나의 의심은 제자리로 돌아왔다. 확실히 미인이긴 하지만 그렇다고 나의 '용의자 리스트' 에서 빼줄 순 없지.

"상당히 잘 알고 계시는군요."

"예, 그렇다고 생각해요." 서늘한 목소리였다.

"레오니아에 있는 마블 연구소는 얼마나 잘 알고 있는데요?"

"가끔 가곤 하죠."

나는 눈을 부릅뜨고 그녀를 보았다. "마지막으로 간 것은 언제였죠?"

"그건, 며칠 전이었어요." 밝게 대답했다. 나를 물끄러미 바라보고 있는 동안에, 뭔가 생각해낸 것 같았다. "설마, 그 날 본 것이 당신은 아니겠죠⋯⋯. 이상한 얼굴을 하고 장난을 치던⋯⋯. 환경보호 실험실에 갇힌 척하고 있었던⋯⋯."

그녀는 당장이라도 웃음을 터뜨릴 것 같은 얼굴이었지만, 나는 당장 벼락이라도 칠 것 같은 표정을 짓고 있었을 것이다. 그녀는 애써 웃음을 억눌렀다.

"복도를 걸어가는 당신을 봤지만, 설마 당신일 리가 없다고 생각했어요. 그 뒤에 경보가 울리기 시작해서, 그건 대소동이었죠⋯⋯. 그건 당신이 아니었죠?"

그렇게 말하고는 갑자기 격렬하게 기침을 했다. 그럭저럭 가라앉은 듯, 눈시울에 눈물이 맺혀 있었다.

"당신은 꽤나 이런저런 장소에 나타났었죠?"

아직 심문을 끝낸 건 아니었다. 웃음으로 얼버무려 도망가려는 모양인데, 그러시면 안 되지.

"교회의 세일에는 어떻게 왔었죠?"

무슨 말인지 모르겠다는 얼굴이었다. "교회? 무슨 말인지 모르겠는데요."

"식재료 창고 세일 말예요. 도난품에 유해품에, 아무튼 수상쩍은 식재료나 음료수를 팔고 있는 세일. 압생트, 오리혀, 매머드 고기……. 이만큼 설명해도 무슨 세일인지 모르겠어요? 도대체 그 수상한 세일에는 몇 번이나 갔던 겁니까?"

여성은 빙긋 미소지었다. 눈부신 미소였고, 지난 번에 만났을 때와 마찬가지로 귀엽게 고개를 갸웃했다.

"그런 세일에는 반드시 얼굴을 내밀고 있죠."

"왜요?" 나는 험악하게 물었다.

그녀는 은색 그물 소재의 작은 똑딱이 핸드백을 열더니 명함을 내밀었다. 거기에는 케이 그렌빌이라고 씌어 있었다. 그 아래에는 뉴 잉글랜드 보험회사라고 씌어 있다.

"그래서 코펭에 대해 잘 알고 있었던 거로군요." 나는 힘없이 중얼거렸다.

"예, 우리 보험에 들어 있었으니까요."

"그, 그런, 그렇다면, 전혀 수수께끼의 여성이 아니었군요." 엉겁결에 진심이 입을 통해 나와 버렸다.

"어머, 전 수수께끼의 여성이 아닌가요? 그건 유감이네요."

"잠깐만요." 어떤 일을 생각해냈다. "사, 5년 진의 제비집 보험도 당신 담당이었나요?"

그것을 듣고 눈을 반짝 빛냈다. "역시나, 당신도 공통점을 알아차렸군요."

"알아차린 건 돈 렌쇼죠. 그래서 살해당한 것 같더군요."

"예, 게인즈 반장도 그렇게 말하더군요. 유감스럽게도, 우리는 아무 것도 모르지만요."

다른 생각이 떠올랐다. "그 세일에 톰 에크와 함께 갔었죠?"

케이는 단호하게 머리를 가로저었다. "우연히 거기서 만났을 뿐이에요. 이전부터 아는 사람이었으니까요."

"당신이 그런 세일에 가는 건 알겠어요. 도난당한 물건에 관한 어떤 실마리를 들을지도 모르니까요. 하지만, 에크는 그런 곳에 왜 왔을까요?"

"그는 식재료를 구입할 때의 융자도 하고 있어요. 이런저런 곳에서 얼굴을 볼 수 있죠. 고객과의 접촉을 즐기는 타입인 것 같아요. 실제 고객이든 예비 고객의 가능성이 있는 인물이든지요. 시장과의 접촉을 유지하는 걸 좋아하기도 하죠."

"암시장까지도요?"

"예, 하지만 특별히 드문 일은 아니예요. 그런 세일에서 누구를 봤는지 이야기하면, 분명 놀랄 걸요."

나는 묵묵히 고개를 끄덕였다. 그러고보니 마블한테서 코펭을 사기 위해 융자를 요청해온 레스토랑 셰프가 여러 명 있다고 에크가 말했었지.

"또 하나 듣고 싶은 게 있는데요. 코펭에 대한 마블과의 보험 계약은 어떤 내용인가요?"

"당신까지 그 이야기를 하다니 이상한 느낌이네요……." 온화한 밤색 눈동자가 물끄러미 나를 응시하고 있었다. 페기는 우리 둘의 찻잔에 허브차를 따르면서 간청하는 얼굴로 나를 보았다. 나는 고개를 끄덕였다. 무엇보다 두 사람에게 절대적인 진정효과가 있는 듯하니 나도 동참하는 것이 좋을 것 같았다.

"뭐가 이상한데요?" 나는 그녀에게 상기시켰다.

"오늘, 마블이 보험금을 청구해왔어요."

"마블이 보험금을? 그것 참 재미있군요."

"아시겠지만." 케이는 생각을 거듭하며 이야기했다. "살인사건 뒤로 당신을 피했어요. 일단 당신에 대해 아무 것도 몰랐고, 단지 몇 분 동안 생강 이야기를 한 것만으로는 어떤 인물인지 판단하기 힘드니까요. 그런데 얼마 전에 게인즈 반장과 정보교환을 하다가 스코틀랜드 야드가 당신의 신원을 보증했다는 말을 듣고……."

"마침내, 나와 이야기를 해도 안전하다고 생각하게 된 건가요." 나는 신랄하게 말했다.

그런 말을 들어도 케이는 전혀 동요하지 않았다. "당신은 이미 제1용의자가 아니고, 게인즈 반장 말로는, 약간의 수사가 가능할 정도의 자유를 부여받고 있다면서요. 그래서 마블의 일이나 보험에 대해서 이야기를 해도 될 거라고 생각했어요."

"보험금 액수는 얼마죠?"

케이는 솔직하게 웃었다.

"보험에 대해 이야기하겠다고 했지, 보험금 액수까지 이야기 하겠다고는 안 했어요."

"자, 어떤 것을 이야기할 수 있나요? 보험금은 지불할 예정인 가요?"

"곧바로인지 묻는 거라면, 답은 아니오, 예요. 시간이 걸리죠."

"경찰 수사는 이제 곧 끝이에요. 앞으로 이틀만 지나면 사건에서 손을 떼야 한다구요. 요컨대, 경찰은 코펭을 되찾는 일을 거의 포기한다는 말이죠."

"그렇죠."

"그래서, 당신의 방침은요?"

"저희는 이런 자연물 선적에 대한 보험은 취급하지 않아요. 경우에 따라 메리트가 있는지를 판단하지만요."

"흠, 그건 그렇지만, 못된 방식이군요. 마블이나 보험에 대해서 나에게 이야기해도 괜찮겠다고 생각한다면서 아무 것도 가르쳐주지 않다니."

"또 다른 질문 있어요?" 케이는 막연하게 웃었다.

"마블의 보험에 대해서는 메리트가 있다고 판단했다고 했죠. 그럼, 그 메리트란 뭔가요?"

"저희는 곧바로 보험금을 지불할 예정은 없어요. 열흘 정도가 아니라 충분히 시간을 들일 생각이죠. 어느 정도 걸릴까? 그건 아직 몰라요. 다음 주, 다다음 주에 뭔가 명백해지면 그 건에 대해서 충분히 검토를 하겠죠."

"하지만 마블은 보험금을 지급하라고 계속 소란을 피우지 않을까요?"

깨끗이 어깨를 으쓱했다. "그렇겠죠."

"명함에는 부서가 적혀 있지 않던데, 조사를 하고 있나요?"

"조사를 하기도 하죠. 물론 조사원도 많이 있구요. 이 건에서도 몇 명인가가 조사를 하고 있어요."

"뭔가 확실한 단서는 있었어요?"

"경찰이 모르는 건 없어요. 하지만 당연한 말이지만, 경찰은 그렇게 흥미가 없는 일이라도, 우리에게는 중요한 것도 있겠죠? 우리 입장에서는 코펭이 어떻게 되었는지 알면 좋으니까요. 경찰은 살인사건을 해결하고 싶겠지만요."

"나는 플래밍엄 호텔에 묵고 있어요. 앞으로도 연락을 주고받을 수 있을까요?"

"물론이에요." 거기서, 문득 생각난 듯이 그녀는 말했다. "당신도 이번 자선 뷔페에 오실 거죠?"

"아니, 그런 모임이 있다는 것노 몰랐는데요. 하지만 참석하는 것이 좋을까요?"

"음식업계와 레스토랑업계가 주최하는 연례행사인데, 올해는 내일이에요. 회장은 파크 애비뉴 타워즈구요. 관계자는 전부 참석할 거예요."

"고마워요. 나도 참석할게요."

"접수에 당신의 티켓을 준비시켜 놓을게요. 12시쯤에 봐요."

그때 문을 두드리는 소리가 나고 메이지가 들어왔다. "실례합니다. 저장고의 기록을 확인하고 싶은데요."

"그래, 저기에 있어." 폐기가 선반을 손가락으로 가리켰다.

"예." 메이지는 한숨을 쉬었다. "이건 있어야 할 곳에 있네요." 그렇게 말하면서 기록부를 끌어당겼다. "어떻게 된 건지, 찾는 것이 가장 있을 만한 곳엔 없지 뭐예요."

메이지는 사무실에서 나갔다. 케이가 뭔가 입을 열려 했지만 나와 폐기는 얼굴을 마주보았다.

"가장 있을 만한 곳……." 목이 메어 좀처럼 말이 나오지 않았다. "돈이 말한 건……. 그런 뜻이었단 말…….?"

"무슨 이야기예요?" 하고 묻는 케이에게, 돈한테서 마지막으로 들은 말을 폐기가 전했다.

"코펭이 가장 있을 만한 곳이라면?" 나는 흥분해서 말했다. "「스파이스 창고」야! 값비싼 스파이스라면 온도에서 기압까지 모든 것이 제대로 관리되고 있는 장소에 두고 싶겠지."

폐기가 벌떡 일어나더니 문으로 뛰어가 큰소리로 메이지를 불러왔다. 메이지가 놀란 얼굴로 돌아오자 폐기는 기록부를 가리켰다.

"코펭이 도난 당한 뒤로 새로 저장고에 배달된 물품은 뭐가 있지?" 페기는 빠른 어조로 물었다.

메이지는 장부를 팔락팔락 넘겼다. "그 날 오후에 세 건 배달되었어요." 우리 세 사람은 얼굴을 마주보았다.

"범인은 되도록 빨리 코펭을 안전한 장소에 보관해두고 싶을 거예요." 나는 흥분해 있었다. "그래서 곧장 이리 보낸 거죠!"

페기는 기록부를 살펴보고 보낸 사람을 찾았다.

"블루밍턴 식품은 몇 년이나 거래하고 있는 단골이에요. 그밖에? 인도네시아 향신료……. 물품은 크로커스 잎이네요."

"크로커스?" 케이가 되물었다.

"그 회사의 비밀 향신료예요. 여기도 쭉 거래가 있어요."

"세 번째는?"

"맨해튼 상사." 페기는 읽었다. "무슨 회사야, 메이지?"

"들어본 적이 없어요." 메이지의 답은 빨랐다.

"보관번호는 몇 번이죠?"

우리 네 사람은 사무실을 나와 가게 안의 통로를 서둘러 걸었다. 인접한 저장고에 들어가자 메이지가 선두에 섰다. 천장에는 각각의 스파이스에 알맞은 환경을 유시하기 위한 파이프기 가로세로로 뻗어 있고, 벽이 쭉 이어져 있을 뿐인 미로였다. 길고 가느다란 네온 램프 빛이 광택이 있는 하얀 벽에 반사되어 건조하고 추웠다. 메이지는 먼저 창고지기를 만나러 갔다.

창고지기는 해리라는 이름이었지만, 이누이트 같은 외모로 보건대 예전에는 다른 이름이었을 것이다. 이렇게 추운데도 힘들어하는 기색이 없다. 보관번호를 확인하고는 열쇠다발을 꺼내 높이가 2미터 이상이나 되는 커다란 로커로 향했다.

해리가 열쇠를 따고 문을 열었다.

메이지가 비명을 질렀다. 해리는 우리가 알아들을 수 없는 말을 지껄이며 뛰어 달아났다. 케이와 페기도 공포에 찬 나머지 얼어붙어 있었다.

연한 색 슈트를 입은 남자의 몸뚱이가 바닥에 쓰러져 있었다. 얼굴이 이쪽을 바라보고 있었다. 사체 특유의 새파란 얼굴이었지만, 그래도 윌러드 카트라이트라는 것쯤은 한눈에 알아볼 수 있었다.

38

기나긴 하루였다. 지금 우리가 있는 경찰서는 비록 목격자 신분이라 해도 가능하다면 5분 이상은 머물고 싶지 않은 곳이었다. 경찰서에 있는 경찰을 보여주는 가장 사실적인 텔레비전 형사물을 보았더라도 무자비한 현실에 대한 충분한 대비는 되지 못한다. 윌러드 카트라이트의 시체를 발견했을 때에 다른 목격자 네 명과 함께 있지 않았더라면, 상황이 얼마나 악화되었을지 생각만 해도 몸이 떨린다.

게인즈 반장의 태도 역시 전혀 따뜻하지 않았다. 그는 찌푸린 얼굴에다 사람을 바보 취급하는 듯한 가시돋친 태도였지만, 적어도 킹스 밤의 효과는 있었던 듯했다. 입술을 깨물지도, 얼굴 근육이 일그러지지도 않았고, 제산제는 한 번도 먹지 않았으니까. 나는 이것이 취조가 아니라 그냥 인터뷰라서 정말 기뻤다.

게인즈 반장은 사이렌을 울리면서 「스파이스 창고」로 날아왔다. 현장을 봉쇄하고 손님과 점원은 조서를 썼으며, 오늘은 가게를 임시휴업하고 우리들 다섯 명은 경찰서로 끌려왔다.

"제 것은 기록에 있을 겁니다." 다섯 명의 지문을 뜨겠다는 말에 나는 그렇게 말했다.

"예, 지난 번 살인 때의 것이요." 게인즈 반장이 비야냥거리듯 말했다.

그 이후, 다른 네 명과는 만나지 못했다. 나는 일어난 그대로를 게인즈 반상에게 설명했다. 반징은 거칠고 신경이 곤두선 듯했고 나는 무리도 아닐 것이라고 그를 동정했다.

"같은 장소에서 두 건이나 살인이 일어났고 당신은 두 번 다 거기에 있었죠." 불만스러운 듯한 목소리였다.

"카트라이트도 같은 방법으로 살해당했습니까?" 반장이 떽떽

거릴 것을 각오했으나 의외로 반장은 고개를 끄덕였다.

"7밀리 총알이었소. 같은 총 같더군."

"살해당한 지 꽤 되었습니까?"

"사망추정 시각은 어제 오후 늦게라고 합니다. 참, 맨해튼 상사라는 회사는 없었소."

반장은 날카로운 눈으로 나를 보았다. "말하자면……. 마침내 용의자를 찾아냈다고 생각했더니, 당신이 그의 사체를 발견해준 셈이오."

"좀 다르게 표현할 수도 있을 것 같긴 하지만, 확실히 그 말대로이긴 하군요."

반장은 질문을 계속했고 나는 되도록이면 정직하게 대답했다. 질문이 끝나자 젊은 히스패닉계 여성 경관에게 불려가 음침한 방으로 끌려갔다.

거기서 조지 부시 대통령과의 인터뷰가 실린 잡지를 읽었다. 아까의 여성 경관이 돌아왔고, 이번에는 감식반으로 끌려가 자외선 라이트로 손을 조사당했다. 최근에 총을 쏜 흔적이 없는지를 확인하는 것이겠지. 나는 싸구려 커피를 대접받고 다시 잡지가 있는 방으로 돌아왔다가 다시 이번에는 가브리엘라가 앉아 있는 사무실로 끌려갔다.

"오늘 하루는 어땠나요?" 그녀는 냉소적으로 물었다.

"묻지 말아줘요."

가브리엘라는 고개를 끄덕였지만 어쩐지 동정하고 있는 듯했다. "카트라이트가 「스파이스 창고」에서 뭘 하고 있었는지는 알고 있나요?"

"몰라요. 설마 그런 곳에서 발견될 줄은 생각도 안 했죠."

가브리엘라는 의자 등에 기댔다. "당신한테 전화가 왔을 때 우린 그의 행방을 찾던 중이었어요. 이걸로 살인사건이 두 건. 위로부터의 압력도 엄청나구요. 마침내 핼 게인즈도 두 사건의 열쇠가 코펭이라는 점을 인정했어요."

"그 점에는 의문의 여지가 없는 것 같은데요."

"핼의 의견도 그래요. 하지만, 1백만 달러 이상의 가치가 있는 스파이스라는 게 아무래도 느낌이 팍 오지 않나 봐요."

"하지만 당신들은 특수범죄과죠? 훨씬 이상한 사건을 많이 봐오지 않았어요?"

"물론이죠." 그녀는 재빨리 동의했다. "하지만 어떤 사건도 음식과는 관계가 없었죠."

"그건, 만약 KFC의 커널 샌더스가 살해당했다면 반장은 위화삼없이 사건에 몰두할 수 있다는 말인가요?"

"프라이드 치킨이라면 그도 이해할 수 있겠죠. 하지만 1백만 달러짜리 스파이스라니, 도저히 무리예요."

"자, 이제부터 어떻게 할까요, 경사님?"

나의 의욕으로 가득 찬 질문에 가브리엘라는 미소를 지었다.

"그건 당신 하기 나름이죠. 여기에 사인만 하면 이제부터 당신은 자유예요."

샤워를 하고나서 몇 시간 동안 멍하게 텔레비전을 쳐다보고 있으려니 저녁식사는 어떻게 할 거냐고 뱃속에서 아우성이 들려왔으므로 75번가 근처의 야외 카페에 가기로 했다. 아마도 「라이트 뱅크」*라는 이름으로, 분명하게 프랑스적인 분위기를 지향하면서도 겉치레를 피하려는 유머감각이 느껴진다.

파리풍의 가게라는 이미지는 허상이었지만, 그렇게 보이려고 애쓴 흔적은 있었다. 빽빽이 들어찬 작은 테이블에 고문 박물관에나 있을 법한 철제 파이프 의자. 고문을 약간 완화시키기 위해서 얇은 쿠션이 올려져 있지만 이내 미끄러져 떨어져 버린다. 나는 운좋게도, 자신들의 고향인 샌프란시스코에 대해 이러쿵저러쿵 불평을 하고 있는 네 명의 주부와 찌푸린 얼굴로 식사를 즐기고 있는 독일인 가족 사이의 테이블로 안내되었다.

문득 불어온 한 줄기 바람에 가까운 테이블에서 파라솔이 날려갈 듯했다. "똑바로 고정시켜놔." 하고 누군가가 소리쳤다. "그렇지 않으면, 도로시처럼 날려가서 정신을 차리고 보면 마법사와 점심을 함께 먹게 될 테니까."

---

* 파리 센 강의 우안(右岸)으로 좌안보다 세련되고 호화스러우며 상업적임.

은빛 장식이 붙은 하얀 비닐옷을 입은 소년이 캐나다까지 들릴 만큼 굉음을 올리고 있는 라디오를 어깨에 둘러메고 지나쳐갔다. 그 소음 때문에 모든 테이블에서 대화가 불가능해졌으므로 손님들은 일제히 소년을 노려보았다. 그러더니 이번엔 트럭이 지나가면서 새까만 배기가스를 내뿜었다. 노인은 화가 치민 듯이 지팡이를 휘둘렀고 누군가 이렇게 중얼거렸다. "뭐야, 내 연어가 훈제연어가 되어 버렸잖아."

"야외 카페는 너무 좋아." 샌프란시스코에서 온 주부 가운데 한 명이 말했다.

"뭔가 프랑스같은 느낌이 들잖아."

가게 안은 상당히 혼잡했지만 서비스는 빨랐다. 이래저래 고민하다 마침내 뭘 먹을까 결정하자 이미 내 옆에 웨이터가 서 있었다. 프랑스 요리를 먹을 생각은 없었고 런던에서는 먹을 수 없는 미국 전통요리를 먹고 싶었다. 적어도, 런던에서는 먹을 수 없는 진짜배기 미국 요리를.

하지만 전통적인 미국 요리란 뭘까? 햄버거와 핫도그는 내키지 않았다. 메뉴에는 타코, 타밀레, 엔칠라디가 있었지만 미국 쪽이 맛있긴 해도 이들은 원래 멕시코 요리다. 마찬가지로, 미국 쪽이 훨씬 맛있다고는 해도 피자도 원래 이탈리아 요리다. 요컨대 미국 요리란 다른 나라 요리를 들여와서 그것을 변화시켜 오리지널보다 더 맛있게 한 것이 대부분이었다.

내가 찾는 것에 가장 가까운 음식은 숯불구이 스테이크라는 결론에 이르렀다. 미국의 스테이크는 세계 최고지만 유감스럽게도 대부분의 스테이크 하우스, 특히 뉴욕에서는 가스로 불을 붙인 연탄을 사용하고 있는 건 알고 있었다. 그런데 「라이트 뱅크」에서는 진짜 숯불구이 스테이크가 가능하다고 해서 175그램짜리 필레 미뇽을 골랐다.

사워 크림과 차이브를 뿌린 구운 감자가 딸려 나왔다. 감자는 아이다호산. 정통 미국 스타일이어서 채소는 곁들여져 있지 않았다. 파리에 있는 이런 가게라면 스테이크에는 적어도 세 가지 채소가 곁들여져 있지만, 파리와 비교할 생각은 없었다. 유럽에서는 좀처럼 와인을 잔으로 주문할 수 없지만, 다행히도 미국에서는 그것이 상식적이었다. 그래서 나는 와인 리스트를 보고 산타 크루즈산 피노 누아 한 잔을 주문했다.

웨이터는 틀에 박힌 서비스는 하지 않기로 결심한 듯했다. "아니오, 카푸치노는 없습니다." 딱 잘라 말했다. "여기가 어딘 줄 아시는 겁니까? 로마인 줄 아세요?"

하지만 날라져온 스테이크는 부드럽고 육즙도 풍부했다. 구운 상태도 주문한 대로 미디엄 레어였다. 이렇게까지 정확하게 주문대로 구워주는 나라는 미국 말고는 없다. 유감스럽게도 감자는 좀 지나치게 물컹했지만 와인은 강하고 진했다. 1년쯤 더 숙성시켜서 마시는 것이 더 나을 것 같긴 했지만.

계산을 하자 웨이터가 잔돈과 함께 메모를 내밀었다. 매니저의 감사장 같은 것이겠지, 하고 생각하며 펼쳐보았더니 '코펭을 감정하고 싶다면 가장 가까이에 있는 택시를 타시오'라고 씌어 있었다.

놀라서 주변을 둘러보았지만 아는 얼굴은 없었다. 당황해서 웨이터를 불러세워 누구한테 메모를 건네받았는지 물었다. 웨이터는 어깨를 으쓱하고는 이렇게 대답했다. "글쎄요. 모르는 남자였어요."

주차금지 표지판 앞에 시동을 건 채로 택시가 한 대 서 있었다. 얼굴에 얽은 자국이 있는 운전사는 아랍계 남자였다. "나를 기다리는 거요?"

"그런 것 같은데요." 운전사는 게으르게 대답했다.

나는 망설였다.

"탈 거요?" 그가 재촉했다. "돈은 받았수다."

내가 올라타자 택시는 출발했다. 물어봐도, 운전사의 이야기는 아무 도움도 되지 않았다. 누구에게 지시받았는지도 기억하고 있지 않다고 한다. 아마도 그가 기억하고 있는 건 지폐의 초상화뿐일 것이다.

그리 오랫동안 달리지는 않았다. 목적지는 극장가 북쪽 외딴 곳이었다. 52번가 닐 사이면 극장을 지나치고 일방통행 길을 몇 번인가 돌아서 어느 레스토랑 앞에서 멈췄다. 갈색 페인트를 칠한 정면은 비바람에 시달려 군데군데 칠이 벗겨져 있다. 창에는 하얀 커튼, 수수한 간판에는 「마서의 레스토랑」이라고 씌어 있었다. 운전사는 엄지손가락으로 아무렇게나 한 가게를 가리키더니 거기 서 있는 나를 두고 떠나가 버렸다.

가게 안은 어두웠다. 문에 팻말이 내려져 있었다. 정기휴일. 나는 화가 나서 문손잡이를 돌려보았다……. 그러자 문이 열렸다.

가게 안으로 들어갔다. 텅 비어 있었다. 나는 이쯤에서 전략적으로 후퇴할까도 생각했지만, 안 돼, 하고 단호하게 스스로를 타일렀다. 이건 코펭을 되찾을 기회에 한 발짝 다가갈 수 있는, 내가 기다리던 기회잖아. 단지 상대방이 너무 강적이라 도움을 청할 전화 한 통 걸 수 없다는 건 뼈아프지만.

어둠컴컴한 가운데 새하얀 식탁보가 어슴푸레하게 보였다. 문옆에 작고 높다란 예약 부스가 있었다. 물론, 그 뒤쪽에는 전화가 있었다. 그쪽으로 다가가려 하자 갑자기 방쪽에서 한 줄기 눈부신 빛이 번쩍 하고 비쳤다. 뒤쪽의 커튼이 열리고 거기에 검은 그림자가 서 있었다.

"이 파스타를 맛보고 싶다고 한 사람이 댁이요?"

범인이 나타날 것이라고는 거의 기대하지 않았다. 솔직히 말해 어떤 상황이 벌어질 지 전혀 짐작할 수도 않았다. 범인은 정체를 숨기고 싶은 걸까, 하지만 그건 사는 사람도 마찬가지일 것이다. 내가 할 수 있는 일은 일단 밀어붙이는 것뿐이다.

남자의 목소리는 낮았다. 그는 커튼을 열어젖힌 채로 한 발짝 앞으로 나왔다. 커튼 건너편 테이블에 몇 명의 사람들이 앉아 있는 것이 슬쩍 보였다. 설마 공개적으로 경매를 하겠다는 것은 아니겠지?

"당신이 마서요?" 하고 물어보았다.

"마티지." 그는 한 발짝 한 발짝 이쪽으로 다가오면서 말했다. "하지만 내 가게야. 마서는 5년 전에 웨이터 놈이랑 집을 나갔거든." 남자는 뒤쪽을 가리켰다. "앤지가 마서를 대신했지. 침대에서도, 가게에서도 말이야. 저 사람들은 앤지의 친구들이야. 오늘이 앤지 생일이거든."

갑자기 남의 집 사생활을 듣게 된 나는 당황했지만, 마티는 자신이 뭘 해야 하는지는 확실하게 이해하고 있는 것 같다.

"자, 앉아, 앉아." 그렇게 말하고, 정면 가까운 테이블을 가리켰다. "파스타는 준비되어 있지."

마티는 커튼 반대쪽으로 사라지더니 테이프로 밀봉된 스티로폼 상자를 들고 돌아왔다. 다른 한쪽 손에는 물이 든 잔. 천장의 불을 켜고는 이렇게 말했다. "이거야. 상자 채로 넘겨주란 말을 들었지. 댁이 직접 열 거라던데."

나는 고개를 끄덕였다. 안쪽 방에서 큰소리가 나고, 마티는 진저리나는 얼굴로 머리를 흔들었다.

"저 사촌 놈들이라니. 저 정도면 보스니아에 갔다놔도 살아남을 거야. 참, 전해달라는 말이 있었어. '봉 아페티'*라고 하던데." 마티는 생일 파티 자리로 돌아갔다.

나는 칼로 테이프를 자르고 딱 붙여져 있는 플라스틱 뚜껑을 살짝 들어올렸다. 뚜껑을 들어올리면서 숨을 멈추었다. 상자 바닥에는 작고 거무스름한 식물이 10포기쯤 들어 있었다.

숨을 쉬었다. 그리고 비교하기 위해 그 날 JFK 공항에서 처음으로 맡았던 향기의 기억을 불러들였다. 정향, 그리고 계피, 아니, 그보다는 카르다몸 같은 그 향기를. "아니스야." 돈은 그렇게 말했었지. "그리고 어렴풋이 오렌지향도……."

포크로 먼저 스파이스의 생김새를 열심히 조사했다. 그리고는 하나를 덜어내서 칼로 되도록이면 잘게 다졌다. 물을 한 모금 마시고 다진 것을 먹어보았다.

방 안에서 갑작스런 웃음소리, 이어 말다툼하는 소리, 다시 웃음소리가 들려왔다. 나는 물을 좀더 마셔서 입을 헹구고 잠시 그대로 앉아 있었다. 그리고는 다진 것을 다시 한 번 먹어보았다. 그래. 나는 다진 것을 상자 안에 집어넣고 뚜껑을 닫았다.

자, 지금 바로 어떻게 대답할 것인지 결정해야 했다. 고민할 시간은 충분했다. 결국 선택지는 두 가지 밖에 없다.

코펭은 진짜라고 해야 하나, 가짜라고 해야 하나.

---

* '많이 드시라' 는 뜻의 프랑스어.

진실을 이야기해야 하나, 거짓말을 해야 하나.

안쪽 방에서는 접시와 포크류가 달그락거리는 소리가 들려왔다. 아무래도 요리가 언쟁을 이긴 듯했다. 나는 여전히 결심이 서지 않아 이래저래 고민하면서 앉아 있었다.

전화가 울렸을 때, 나는 글자 그대로 자리에서 펄쩍 튀어올랐다. 온 맨해튼에 다 들릴 만큼 커다란 음량이었다. 벨이 세 번 울렸을 때 커튼이 열리고 마티가 얼굴을 내밀었다.

"당신한테 온 거요."

'어떻게 아는데요?' 라고 물어보려 했지만 이미 커튼은 닫혀 있었다.

나는 수화기를 들었다.

"조사는 잘 했나?"

미리 잘 생각해둔 대사인 듯했다. 게다가, 그 남자, 또는 여자는 목소리를 바꾸는 방법 따위야 얼마든지 있을 것이다.

"했지."

"무슨 이야기를 하고 있는지는 서로 잘 알고 있을 거다. 그건 어느 쪽이시?"

"당신은 누구지?"

"살 사람이지."

"코펭이라는 말을 들었겠군."

"그래. 이미 조사는 끝났겠지? 진짜 코펭인가?"

나는 크게 심호흡을 했다. "아니."

잠시 침묵이 흘렀다. 그 어떤 소음보다도 시끄러운 침묵이었다. "다시 한 번 말해봐."

"아니, 라고 했다."

다시 침묵.

"자신이 무슨 말을 하고 있는지 알고 있나?" 뭔가를 이용해서 목소리를 바꾸고 있다 해도 감정까지 숨길 수는 없었다.

"그래."

나는 다음에 나올 대사를 기다렸다. '확실한가?' 이리라. 그 말은 나오지 않았다. "감정료는 상자에 들어 있다." 그리고 전화가 끊겼다.

범인이 어떻게 마티에게 연락했는지 등 묻고 싶은 건 산더미같이 많았다. 사실은 그것을 물어보고 돌아갈 생각이었지만, 이렇게 된 이상 그럴 때가 아니다. 아무튼 일초라도 빨리 여기서 탈출하고 싶었다. 스티로폼 상자 바닥을 보았다. 내용물이 보이지 않는 비닐 봉투가 붙여져 있었다. 열어보니 1백 달러 지폐 다섯 장이 들어 있다. 돈을 주머니에 넣고 상자를 손에 들고 마티에게 말을 걸었다. "도와주셔서 감사합니다."

커튼 사이로 마티가 얼굴을 내밀었다. "무사히 끝났나. 그런데, 이건 새로운 파스타 시식 같은 거야? 좀 무시무시한 방법이지만, 뭐, 여기는 뉴욕이니까."

"그렇죠." 나는 고개를 끄덕였다. "정말로 그래요."

나는 잽싸게 가게를 나와서 거리를 걸어갔다. 오른쪽에 지그펠드 극장이 보인다. 톰 행크스가 「햄릿」으로 출연한다고 하는데, 일단 지금은 그런 것 신경쓸 때가 아니었다. 감시당하거나 미행당하고 있지 않은지를 확인하는 데에 온통 정신이 팔려 있었다. 교차로로 나왔으므로 손을 들어 택시를 불렀다. 곧장 한 대가 속도를 늦추더니 내 앞에 섰다. 그러나 나는 뒤로 물러나 그 차를 지나쳐 보냈다. 그 직후에 다른 택시가 왔으므로 이번에는 올라타서 링컨 센터로 향했다. 멋지게 정체를 피한 곳에서 내려서 다시 다른 택시를 잡아서 호텔로 향했다.

좋아, 이제 한숨돌렸다. 응? 잘 생각해보니, 이 기묘한 게임의 참가자들은 대부분 내가 묵고 있는 호텔을 알고 있었다.

39

나는 또다시 게인즈 반장과 로시니 경사의 사무실에 있었다. 다만 이번에는 좀더 자발적으로 왔다는 점이 다르지만. 가브리엘라에게 전화해서 「마서의 레스토랑」에서의 일을 설명하자, 나를 경찰서로 불러야 한다는 것에 게인즈 반장과 가브리엘라의 의견이 일치했기 때문이었다.

이번에는 지난 번과 다른 방이긴 했지만, 한 단계쯤 나은 정도였다. 두 형사는 나와 마주보고 앉았다. 게인즈 반장은 상태가 좋아보였다. 껌을 씹지도, 얼굴 근육을 씰룩거리지도 않았다. 사건의 전개를 생각하면 스트레스 때문에 주름이 늘어났다 해도 이상하지 않지만, 그렇지도 않다. 킹스 밤의 또다른 승리였다. 업무중에 가브리엘라는 새침한 얼굴을 하고 있었지만 그래서 평소보다 더 아름다워 보였다.

"억양도, 어조도 아무 특징이 없었다구요?" 게인즈 반장은 집요하게, 상자 안의 내용물을 맛본 다음에 걸려온 전화에 대해서 여전히 알아내려 했다.

"정말로 아무런 특징이 없었다니까요." 나도 집요하게 같은 대답을 되돌렸다.

"대부분은 입버릇이 있거나, 어미에 특징이 나타나는데요." 하는 가브리엘라. "다시 한 번 생각해봐요."

"벌써 해봤죠. 그때는 대답을 하는 것만으로도 온 힘을 쏟았지만 나중에 몇 번이나 생각해봤다구요. 하지만 역시 모르겠어요. 누군지 알 만한 특징은 없었다고 말할 수밖에 없어요."

제복을 입은 여성 경관이 들어와서 게인즈 반장에게 서류를 건넸다. 반장은 힐끗 보고는 책상 위에 두라고 손짓했다.

"레스토랑에 걸려온 전화를 조사하게 했소. 미드타운의 약국 전화였더군." 반장은 날카로운 눈으로 나를 지그시 보았다. "그래서, 그 녀석에게 가짜라고 대답했단 말이죠."

"예."

"하지만, 가짜가 아니었다구요?"

"예, 틀림없는 진짜라고 생각합니다."

"절대로?"

"절대로 진짜라고 생각합니다."

"그렇게 되면, 앞으로는 두 가지 가능성을 생각할 수 있겠군요." 반장은 짧고 통통한 까만 손을 금속제 테이블에 두드려 통통 부드러운 소리를 냈다. "하나, 살인범은 분노에 사무쳐서 어떻게 해서든 한시라도 빨리 죽이는 것을 목표로 삼게 된다."

나는 당황해서 가브리엘라를 봤지만 그녀는 어깨를 으쓱하고 이렇게 말했다.

"범인이 스파이스를 팔 기회를 망쳤으니 당연하겠죠?"

"하지만, 그 가능성은 마음에 들지 않는데요. 두 번째는요? 좀 더 희망을 가질 만한 가능성이라면 좋겠는데."

"두 번째." 하는 게인즈 반장. "살인범은 아직 돈을 포기하지 않았다."

"그걸 팔면 1, 2백만 달러라는 거금이 들어오니까요." 가브리엘라가 덧붙였다. "그 경우는, 한시라도 빨리 스파이스를 팔아치

411

우려고 필사적이 되겠죠. 문제는, 그가 한 번 배신한 당신에게 다시 감정을 시킬까 하는 거죠."

"그, 또는 그녀지." 게인즈가 중얼거리며 정정했다.

"음, 두 번째 가능성이 더 낫군요." 더 이상은 못 참겠다.

"하지만 당신에게 원한을 품고 있다는 걸 잊으면 안 돼요." 가브리엘라가 덧붙였다. "아직 원망하고 있는 것이 분명해요. 그 인물은 이미 두 명을 죽였으니까 세 명째라고 해서 망설일 거라고는 생각할 수 없어요. 사실." 그녀는 내가 생각하기엔 쓸데없는 말까지 덧붙였다. "동기라는 점에서는, 당신의 경우가 가장 강하다고 할 수 있겠군요."

게인즈 반장도 눈을 가늘게 뜨고 나를 보면서 찬성한다는 듯이 고개를 끄덕였다. "아아, 당신은 지금도 이 게임에서 가장 중요한 말이지."

"말 취급당하고 싶지는 않지만, 하지만 가장 중요하다는 건 뭐, 나쁘지 않군요."

"살인범이 어떤 수를 쓰든 당신은 위험하다는 말이요."

"그, 또는 그녀는 코펭을 팔기 전에 당신을 죽이려 할지도 몰라요. 또는 팔고난 다음에. 어쩌면 동시일지도 모르구요." 가브리엘라가 지적했다. 정말이지, 참 냉정하게도 분석한다.

여성경관이 다시 다른 서류를 들고 왔다. 열려 있는 문의 건너편에서 들려오는 목소리는 경찰의 무례함에 대해 항의하고 있는 것 같았다. 요 몇 분 동안의 대화를 들은 참이라, 그걸 대단히 지지해 주고 싶은 생각이 들었다.

게인즈 반장은 전달된 서류에 살짝 눈을 주고 고개를 끄덕였고, 여성 경관은 나갔다.

"내일의 자선파티 말인데." 하는 게인즈 반장. "음식업계 사람은 모조리 참가할 것 같은데."

"그렇다고 하더군요. 저도 초대를 받았고 반드시 참석할 예정입니다. 아무튼 살인범은 반드시 이 모임을 이용할 거라고 생각합니다. 그래서 말인데, 우리가 그를 자극하는 건 어떨까요? 이모임을 코펭 파티라고 이름붙여 달라고 하는 거죠."

가브리엘라는 고개를 끄덕였고 게인즈 반장은 어깨를 으쓱했다. "뭐, 그 정도라면 해볼 만하지. 마블과 뉴 잉글랜드 보험이 뒷거래를 한 가능성도 없는 것 같으니. 그 쪽은 일단 무죄야."

"그리고 우리도 파티장에 가요." 가브리엘라는 밝게 말했다.

"두 사람 모두요?" 나는 불안하게 물었다.

"아아, 비밀리에 수사하는 거요." 게인즈 반장은 별로 내키지 않는 것 같다.

"파티장의 스태프 속에도 경관을 심어둘 거예요."

"저기, 저는 제대로 보호해줄 거죠?"

"그렇게는 하지 않을 거요." 게인즈 반장은 잘라 말했다. "당신은 그야말로 공격하기 쉬워 보이는 것이 좋거든."

413

"제발 살인범을 움직이게 하고 싶어요." 오, 가브리엘라, 당신까지.

"알았어요." 나는 중얼거렸다. "경찰의 방침에 따르죠. 그건 그렇고, 파티장에는 몇 명의 경관이 오는 거죠?"

40

"뉴욕 사람들은 그저 먹고마시기만 한다고 생각하죠?" 헨리에타 윈슬로가 말했다. 잡지왕국인 패러곤 사의 음식 전문 기자라고 자기소개를 하고, 내가 영국에서 온 여행자라는 것과 미국에 대한 감상을 들은 다음, 그녀가 한 말이었다. 나는 그것이 뉴욕에 대한 의문을 뜻한다고 생각하고 거기에 어울리는 대답을 했다. 코펭이나 도난사건, 살인 같은 이야기는 하지 않을 생각이었다.

헨리에타는 웨이터한테서 마티니를 다시 한 잔 받아들고, 가까운 시일 안에 한 칼럼에 쓸 예정임이 틀림없는 의견을 말했다. 샴페인 글라스로 가득 찬 트레이를 가진 웨이터가 다가오기에 그것을 받아들었다.

"칵테일이 처음으로 만들어진 것은 1870년대. 그리고는 점점 인기가 생겨 1950년대, 60년대에는 미국에게는 없어서는 안 될 존재가 되었다는 건 알고 계시죠?"

"금주법 시대엔 일시적으로 줄어들었을 뿐이죠."

몸집이 크고 은빛 머리카락을 가진 헨리에타는 웃었다.

"금주법 시대야말로, 그때까지 이상으로 칵테일이 보급되었어요. 아마도 음주인구는 줄었겠지만, 더 많은 사람들이 칵테일을 알게 되었기 때문이겠죠. 내리막길이 된 것은 1980년대에 들어와서예요."

"왜 내리막길을 걷게 되었다고 생각해요?"

"진짜 술꾼들이 앱솔루트 같은 스트레이트를 지향하게 되었다는 것이 한 가지 원인이죠. 그리고, 칼로리나 운전을 걱정하는 사람들은 와인쪽으로 쏠렸구요."

"하지만, 당신은 어느 쪽에도 속하지 않는군요. 지금도 마티니를 즐겨 마시고 있잖아요."

"예, 지금까지 바람도 피우지 않았고, 앞으로도 그럴 거예요. 여기 미디니는 꽤 맛있어요. 오프닝에는 왔었나요?"

여기는 뉴욕에 새로 생긴 호텔 가운데 하나인 파크 애비뉴 타워즈로, 그곳의 베스푸치 홀이 자선 뷔페 파티장이었다. 내부 장식은 현대적이지만 차가운 느낌은 없었다. 천장에는 대륙발견 그림이 그려져 있었는데, 아무래도 화가는 콜롬버스는 무시하기로 마음먹었던 것 같다.

"아뇨, 유감스럽게도."

"오프닝이 대단했죠. 마티니 전용 바가 있어서 주문한 대로 만들어주는 거예요. 베르무트*의 양은 물론이고, 스무 종류 이상이나 되는 진과 보드카 상표도 정할 수 있고, 올리브 개수도 마음대로 선택, 산지도 대여섯 종류 중에서 골랐죠. 스터드**, 셰이크(흔들기 기법), 블렌드(혼합하기) 등, 속도에서 힘을 넣는 상태까지, 모두 생각한 대로……." 헨리에타는 최고의 경험을 떠올리면서 한숨을 내쉬었다. "하지만, 이 마티니도 맛있어요." 사랑스러운 듯한 눈으로 글라스를 바라보았다. 아마도 그녀는 어떤 마티니라도 맛있다고 말하리라.

"이 자선 뷔페에는 해마다 참석하고 있어요. LA는 변변치 않지만 뉴욕은 자선파티도 상당히 괜찮거든요. 그 중에서도 이 모임은 최고예요. 올해 오지 않은 사람은 시장과 로레레나 정도 아닐까요." 무슨 소린지 잘 모르겠지만, 물어보지는 않았다.

요리 테이블에 무리를 짓고 있는 사람들을 보면 그런 유명인

---

* 원료인 포도주에 브랜디나 당분을 섞고 향쑥, 용담, 키니네, 창포뿌리 등의 향료나 약초를 넣어 향미를 낸 리큐어. 원래 식전에 식욕을 촉진하기 위하여 전채용 와인으로 만들었지만 칵테일 재료로도 널리 쓰인다.

** 휘젓기 기법. 믹싱 글라스에 얼음과 재료를 넣고 가볍게 휘저어 재료를 섞는 기법이다. 기본주의 맛과 향을 유지하면서 재료들을 충분히 섞을 때 사용한다.

이외의 손님도 많이 와 있는 듯하다. 나지막한 이야깃소리, 마개를 따는 소리, 탄산 음료수가 펑 하는 소리, 유리잔들이 서로 부딪치는 소리가 난다. 그리고 맛있는 냄새가 풍겨왔다. 향기로운 고기, 냄새가 강한 치즈, 거기에 섞여 코리앤더, 카레, 생강 따위 스파이스의 향기.

"그런데, 아무리 생각해도 이 모임을 코펭 파티라고 하는 이유를 모르겠어요." 헨리에타는 반쯤 혼잣말처럼 중얼거렸다.

"요즘 시끄러운 스파이스잖아요. 기사를 읽은 적이 있을 뿐이지만요."

"그게 뭔지는 알아요. 내가 알고 싶은 건 왜 오늘 모임에 그 이름이 붙어 있느냐는 거예요."

알렉산더 마블의 대머리가 보였으므로 나는 그쪽을 턱으로 가리켰다.

"코펭을 사들인 남자가 저기에 있군요. 저 사람이라면 알지 않을까요?"

헨리에타는 생각에 잠긴 얼굴로 그쪽을 보고 있었다.

"뭔가 이유가 있을지도 모르겠네요." 내 말에 헨리에타는 거침없이 마블을 향해 걸어가기 시작했다. 도중에 마티니를 다시 한 잔 받아들 때에만 발을 멈추었다. 뷔페 테이블에서는 많은 것들을 즐기고 있기에 나도 그쪽으로 향했다.

캐비어를 얹은 작은 메밀 크레이프부터 먹어보기로 했다. 이어서 리크, 체다 치즈, 그뤼에르 치즈, 표고버섯을 넣은 파이를 맛보고 있는데 테이블 저편에서 누군가 손을 흔들었다. 윌린브로엑 교수였다.

"전설의 스파이스가 무사히 돌아왔나 보군. 오늘 모임이 코펭 파티라고 불리고 있는 걸 보면 말일세."

"정말이지 위험한 스파이스죠. 아마도 불확실한 상태로 있었던 몇 세기를 만회하기로 결심했겠죠."

"호오." 교수는 모호하게 말했다. "그럼 마블은 어쩔 속셈일까? 경매에 붙일려나?"

"저기에 있습니다. 직접 물어보시면 어떻겠습니까?"

"그러도록 하지."

교수는 얇게 썬 독일풍 흑빵에 블루 치즈를 올린 것을 맛보면서 사람들 속으로 사라졌다. 내가 좋아하는 전채 중의 하나인 훈제 연어가 엷게 썬 파파야 위에 올려져 있다. 입에 넣자 훈제 연어에 더한 파파야는 좋은 액센트가 되었다.

그릴에서 구운 동그란 사슴 고기 위에 넙적한 찬타렐(살구버섯) 파스타를 올리고 이쑤시개를 꽂아둔 것을 집어들었다. 사슴 고기는 레어로 즙이 듬뿍 들어 있었다. 응? 다시 귀에 익은 목소리가 들려왔다. 나는 서둘러 이 파스타에 대한 분석, 즉 건조된 찬타렐이 파스타 반죽에 영향을 미치고 있다는 분석을 마무리짓고 얼굴을 들었다.

익숙한 요리사용 앞치마 대신 다크 슈트에 커다란 몸을 팽팽하게 구겨넣은 에이브러햄 케팔릭이었다. 우리는 악수를 했다.

"달팽이 요리는 먹어봤나?"

아직이었으므로 곧바로 먹어보았다. 베이컨으로 싸서 숯불에 구운 것이었다.

"마늘, 파슬리, 말린 월계수잎으로 맛이 배어들게 했군요. 그밖에 뭘 사용했는지 알겠습니까?" 나는 물었다.

"「일 드 프랑스」의 마르셀 드라시가 이번 모임을 위해 특별히 만든 요리지. 그래서 조리법도 알아냈는데, 화이트 와인과 레몬즙뿐이라고 하더군."

"무척 맛있군요. 게다가 조리법도 정말 간단하구요."

"훌륭한 요리는 대개 그렇지." 케팔릭은 달팽이를 하나 더 집어들었다.

"그런데 소문은 진짜야? 코펭을 되찾았다고 들었는데." 하고 말하면서 얼굴을 찌푸렸다. "윌러드 카트라이트가 살해당했다는 건 정말이야? 게다가 녀석이 범인이라던데?"

"오늘 안으로 모든 것이 명백해지리라 생각합니다. 경찰발표도 있을 거고 알렉산더 마블도 뭔가 발표한다고 하더군요."

케팔릭은 덥수룩한 검은 수염을 쓰다듬었다. 코펭의 앞날을 생각하고 있는 건지, 다음에 뭘 먹을까 고민하고 있는 건지 알 수 없었다. 아마도 둘 다일 것이다. 그러나 내가 확인할 수 있었던 것은 그가 이어서 한 쌍의 구운 조개를 골랐다는 사실뿐이었다. 나는 갈리시아의 특별요리인 에스카베체*를 집어들었다. 상당히 오랜만에 먹어본다.

"마블이 우리에게는 코펭을 안 팔 것 같아." 케팔릭은 불쾌한 듯 말했다.

여기서 '우리'란 오너 셰프들일 것이다. 그가 정확하게 짚었다고 생각하긴 하지만, 지금은 아무 말도 할 수 없다. 나는 적당히 얼버무리기로 했다. "마블이 어쩔 셈인지는 곧 알게 될 겁니다." 케팔릭은 그 이상의 뭔가를 알고 있는 건 아닌가 하는 얼굴로 슬쩍 나를 보더니 "자, 그럼 또 보세." 하고는 사라져 갔다.

모델 같은 젊은 여성 둘이 테이블을 향해 걸어왔다. "다이어트 한다는 건, 오래 살기 위해서 굶어죽는 거나 마찬가지야." 하고 한 사람이 말하면, 상대방은 "절대로 오래 살 거야." 하고 대답하고 있었다. 두 사람이 망설인 끝에 고른 것은 올리브유에 적시고 겉에 마늘과 파슬리를 묻힌 야생 버섯이었다.

둥그런 몸집에 어두운 아시안계 얼굴의 인물이 다가왔다. 미스터 싱양이었다. 즐거운 듯이 눈을 빛내며 비쳐보일 정도로 얇게 썬 프로슈토**로 싼 칠면조 룰라드***를 맛있게 먹고 있었다.

---

* 굴을 식초에 절인 음식.
** 향신료가 많이 든 이탈리아 햄.
*** 잘게 썬 고기를 쇠고기의 얇은 조각으로 만 요리.

"훌륭해. 중화요리에도 칠면조를 좀더 이용해야겠는걸."

"닭고기 대용품으로만 여기는 셰프도 있지만, 그건 커다란 착각입니다. 칠면조는 지방이 더 많이 함유된 맛있는 고기죠. 다만 좀더 통통하게 살이 찔 때까지 기다려야 한다는 겁니다. 어린 칠면조는 맛이 없거든요."

"산딸기류를 먹는 야생칠면조가 최고지." 하는 미스터 싱양. "그것도 야생의 맛이 강한 것이 좋지. 미국의 상징으로 독수리가 채택되었을 때 벤자민 프랭클린은 칠면조를 택했어야 했다고 탄식했다지?"

"그렇다고 하더군요. 하지만 독수리가 더 강렬하다는 건 인정해야죠."

"게다가 칠면조는 테이블에 있는 게 더 어울리기도 하지."

우리는 소리를 맞춰 웃었다. 파티에 어울리는 사교적인 대화는 이것으로 마치고 예전과 똑같은 질문을 해보기로 했다.

"제비집 도난사건 말인가. 아아, 기억하고 있지. 하지만 이미 5년이나 지난 일이라서……."

"우리가 이야기를 나눈 다음, 일렉산더 마블의 오른팔인 윌러드 카트라이트가 살해당했습니다. 그 말을 듣고 뭔가 떠오르는 건 없습니까? 제비집 도난사건의 상황이 좀더 명백해지면, 살인범을 찾아낼 수 있을지 모릅니다."

"참으로 유감스럽네." 그는 중얼거렸다. 그러고보니 전에도 똑같은 말을 했었다.

"유감으로는 끝나지 않습니다. 정말로 제 목숨이 위태롭다구요. 제가 코펭을 감정할 수 있는 것이 알려져 있으니, 이젠 살인범의 리스트 맨 위에 있을 거라구요."

기특하게도 그는 칠면조 룰라드를 하나 더 집어들지는 않았다. 미스터 싱양은 나를 응시했다. "많은 소문이 돌고 있지. 카트라이트가 코펭을 훔친 범인이 아닐까 하는 말도 들었고."

"당신은 어떻게 생각하십니까? 모두 그저 떠도는 소문에 지나지 않을까요? 5년 전의 기억에 비추어, 그것이 진짜일 가능성은 있다고 생각하십니까?"

"그럴 가능성이 높겠지." 웬지 만족스러운 얼굴이었다. "죽은 사람을 나쁘게 말하고 싶지는 않지만 이 사건에 대해서는 산 사람을 우선시해야겠지."

그 말은 도난당한 제비집을 샀다고 인정한 것이나 마찬가지다. 이것으로 충분하다. 그렇게 생각은 했지만, 거무스름하고 거친 아랍빵 조각 위에 구운 포토벨로 버섯을 얇게 썬 것을 올린 요리에 손을 뻗는 것을 보고는 거기서 끝낼 수가 없었다.

"살아 있는 사람이라⋯⋯." 나는 반사적으로 물었다. "희생자가 될 가능성이 있는 저도 살아 있는 사람이지만, 카트라이트의 공범, 즉 살인범도 분명히 살아 있는 사람이겠죠." 나는 그를 강철도 꿰뚫을 듯한 날카로운 시선으로 노려보았지만 그의 갑옷을 꿰뚫는 데는 실패했다.

"유감스럽지만 공범이 누군지는 전혀 짐작도 가지 않아."

분명히, 당시에는 상대방의 정체를 모른 채 제비집을 샀을 가능성은 있었다. 최근에야 비로소 카트라이트일 것이라고 짐작은 했지만 공범이 누구인지는 정말 모를 수도 있었다. 어찌 되었든, 뭔가 알고 있다고 해도 이 이상 한 마디도 발설할 생각은 없는 것 같다. 우리는 서로의 반응을 살피면서 와인을 마셨다.

그가 포트벨로 버섯을 하나 더 집지 않을까 생각하고 있었으나 미스터 싱양은 자신이 떠나야 할 때를 알고 있었다. 미끄러지는 듯한 발걸음으로 멀어져가더니 커다란 목소리로 옛친구에게 인사를 건넸다.

41

파티장은 상당히 혼잡했다. 하는 수 없이 어깨로 밀치듯이 걷다가 무거워 보이는 검은테 안경을 쓴, 심각한 얼굴의 흑인 남성과 부딪칠 뻔했다. 처음엔 게인즈 반장인 줄 전혀 몰랐다. 어느 대학의 학장쯤이라 여기고 지나치려 했을 정도다.

"놀랍군요. 안경을 하나 걸쳤을 뿐인데 완전히 딴사람이네요."
나는 말을 걸었다.

반장은 고개를 끄덕였다. "용의자 리스트에 올라 있는 녀석은
모두 와 있군."

"저한테 생각이 있는데요……."

"음? 뭐요?"

"말하지 않는 편이 좋을 것 같기도 하네요. 어차피 웃을테고."

"그렇다면 왜 나한테 말을 건 거지?"

"제대로 감시를 해주고 있는지 확인하고 싶었을 뿐입니다."

반장은 어깨를 으쓱했다. "마음대로 하시오. 그런데 그 생각은
위험한 거요?"

"이곳에 있는 것만큼은 위험하지 않을 거라고 생각하죠."

"그렇다면 괜찮지 않나." 으르렁거리듯 말했다. 세상에 위험
없는 작전은 없는 법이라고 생각하고 있는 것이리라.

"이런 심각한 국면인데도 상당히 속 편한 얼굴이시군요."

"뭐 그렇지. 가브리엘라가 준 이것 덕분에 위장상태가 좋거든.
그래서 기분이 좋아서 말이야." 그렇게 말하고, 묘한 표정으로 나
를 보았다. "사실은 허브 나부랭이인데 당신이라면 잘 알지도 모
르겠군."

"이 엄혹한 정글에서 살아가려면 그런 것이 필요하겠죠. 그런
데 가브리엘라는 입구를 체크하고 있습니까?" 고개를 끄덕이는

것을 보고 나의 사랑스러운 여성 경관을 찾아 나섰다. 그런데 좀 처럼 나아갈 수가 없었다. 처음에는 나를 멈춰서게 한 것은 게살 케이크였다. 고추를 너무 많이 넣어서 게살의 맛이 살아나지 않은 바람에 보기만큼 맛있지는 않았지만. 다음에는 코펭과 관련된 정보를 열망하는 셀림 오스만이 나타났다.

"사건 해결은 이미 시간문제로군요." 악수를 한 다음 나는 그렇게 말을 꺼냈다.

사실, 코펭 사건은 주요 뉴스의 자리에서 미끄러져, 매스컴에 따르면, 청부살인업자에 의한 난해한 사건으로 밀려났다. 피에 굶주린 미국의 대중은 야구 스타나 드라마 주인공한테 그러하듯 연쇄 살인마에게 찬사를 보낸다. 이들은 희생자들의 목을 베어 페덱스를 이용해 경찰국장의 집으로 보내는 것으로 악명을 더해 가고 있었다.

"체포 직전이죠?" 셀림 오스만은 작은 목소리로 물었다.

"예, 그렇게 되면 도난당한 물건도 되찾을 수 있겠죠."

"축하합니다." 그의 눈은 그밖에 다른 정보는 없느냐는 듯이 나의 표정을 살피고 있었다.

"그 말은 체포가 발표되었을 때 경찰에게 할 말이죠." 나는 겸손을 떨었다.

나는 브리오슈에 얇게 썬 훈제 황새치를 올린 것을 맛보고 있는 오스만을 남기고 자리를 떠났고, 마침내 자신을 숭배하는 남자들의 무리에서 막 해방된 듯한 가브리엘라를 만났다. 이유는 금방 알 수 있었다. 그녀는 광택이 있는 소재의 암청색 드레스를 입고 있는데 가슴이 대담하게 트이고 허리를 꽉 졸라맨 디자인 이었다.

"이것도 또한 훌륭한 변장이로군요."

"경찰서 의상실에는 제게 맞는 사이즈의 옷이 별로 없어요." 눈이 반짝이고 있다. 분명히 메이크업 부서도 다녀왔을 것이다.

"그런 드레스도 총을 숨길 공간이 있다면 좋겠는데요."

"물론 있죠." 가브리엘라는 새침한 얼굴로 대답했지만 그 말을 들어도 도저히 믿을 수 없었다. 다시 한 번 자세히 온몸을 관찰 하고 나는 고개를 흔들었다.

"놀랍군요." 그 말을 듣고 가브리엘라는 웃었다.

"정면 출입구는 아무 이상 없어요?" 나는 물었다.

오늘 아침 회의 때, 정면 출입구에 어떤 장비를 설치했다고 게 인즈 반장한테 들었다. 원리는 공항의 금속탐지기와 같은 것으 로, 이 장치는 문틀에 설치된다. 아름다운 금발의 안내원 – 사실 은 경찰 요원 – 이 문을 통과하는 손님들에게 방명록에 이름을 적으라는 요청을 하는데, 그 여성은 책상 밑에 숨겨둔 모니터를 보고 이름과 대조한다. 그 장비는 토카레프 권총의 금속 부분을 즉시 감지할 수 있는 수준으로 설정되어 있다. 열쇠, 동전, 보석 류 정도는 통과시킨다.

"지금까지는 이상 없음. 여태까지 입장한 손님들은 모두 깨끗해요." 가브리엘라는 파티장을 둘러보았다. "하지만, 여기에 있는 누군가가 판매의 기회를 짓밟은 당신을 향한 분노에 미쳐 있다 이거죠."

"그럴 거예요. 이런 기회를 그냥 지나칠 가능성은 낮죠."

"코펭과 당신을 모두 처치할 최후의 기회인 셈이군요."

"경찰용어를 들으니 마음이 놓이는데요. 정말 인정머리라곤 없군요."

가브리엘라는 가까이에 있는 요리 테이블을 보고 있었지만, 이렇게 말했다. "저기 발코니를 봐요. 두 명이 배치되어서 파티장 안을 눈에 불을 켜고 체크하고 있죠. 그리고 웨이터도 두 명 잠입시켜 두었구요."

"당신의 샴페인을 또 한 잔 가져올까요? 내가 할 일은 그 정도밖에 없군요."

가브리엘라는 매혹적인 미소를 지었다. "아뇨, 이걸로 충분해요. 그리고, 이건 진저 에일이랍니다."

그녀는 파티장을 둘러보았다. "보험사 여자친구는 만났어요?"

"케이 그렌빌? 그녀에 대해서는 거의 아는 게 없어요. 게다가 나의 알리바이도 증명해주지 않았구요. 도대체 어떤 여자친구라는 겁니까?"

"그녀가 어떤 형태의 공범이 될 수 있는지를 알고 싶다구요."

그 말의 의미를 제대로 이해하는 데 한참 걸렸다. "공범?"

"그녀는 살인이 일어났을 때 두 번이나 「스파이스 창고」에 있었다구요."

"렌쇼 때는, 발견하기 전에 없어졌죠."

"당신 앞에서 없어진 것일뿐, 가게에서 나갔는지 어땠는지는 모르잖아요."

할 말이 없었다. 그러고 보니, 교회에서 열린 위법 식재료만 팔고 있는 창고 세일에도 왔었다. 납득할 만한 명쾌한 이유를 갖고 있긴 하지만 뉴저지의 마블 연구소에 있었던 것도 스스로 인정하고 있고.

가브리엘라는 미심쩍다는 눈으로 나를 보고 있다. 내가 뭘 생각하고 있는지는 훤히 꿰뚫어보았을 것이다. 그녀는 리 박사한테 레슨을 받았음이 틀림없다.

"뭔가 알고 있나요?"

"아니, 그냥 그녀가 공범이라고는 상상할 수 없다고 생각했을 뿐이에요."

"단지 그녀가……."

"알았어요. 당신 말이 맞아요. 철저히 조사해 보시죠."

"그 보험이 살인범에게 탈출구가 될 가능성도 있다구요. 만일 계약이 체결되기라도 한다면요."

"예, 맞아요. 부디 수사를 계속하시죠, 경사님."

가브리엘라는 아직 미심쩍다는 얼굴로 나를 힐끔 쳐다보고는, 희생자를 찾아 미끄러지듯 걸어갔다. 정말 대단하다. 어디를 봐도 형사로는 보이지 않는다. 용모 자체가 멋진 변장이다. 하지만, 저 차림으로 정말로 총을 숨겨 갖고 있는 걸까. 그 점만은 걱정이 되어 견딜 수가 없다.

그때, 인파 속에서 우뚝 솟은 장신의 인물을 보았다. 그가 오리라고는 생각지도 못했다. 므두셀라 재단의 리 박사였다. 박사도 나를 알아본 듯, 주변에 양해를 구하고 이쪽으로 걸어왔다.

"건강해 보여 무척 다행입니다." 박사는 그렇게 말하고 손을 내밀었지만, '건강해 보여서'란 말은 살아 있어서라는 의미일 것이다. "코펭을 되찾았다고 들었는데요." 나는 최선을 다해 무표정하기로 마음먹었다. "사실은 이 모임에는 거의 참석하지 않습니다. 물론 이런 숭고한 목적은 충심으로 지지하지만요."

역시. 박사가 있는 것을 의외라고 느낀 내가 옳았다. 하지만 그 뒤에 이어진 질문은 전혀 예상밖이었다.

"알렉산더 마블이 되찾은 코펭을 어떻게 할 생각인지 알고 계십니까?"

나는 그의 착각을 정정하지 않고 이렇게 대답했다. "이 모임에서 뭔가 발표가 있을 거라고 생각하는데요."

리 박사는 우아하게 고개를 끄덕였다. 검은 콧수염은 변함없이 말끔히 손질되어 깨끗하게 늘어뜨려져 있었다. 다시 비취색 눈에 빨려드는 듯한 느낌이 들었다. 그 눈을 들여다보다가 문득 좋은 생각이 떠올랐다. 잠시 박사와 시선을 마주치지 않도록 해서 머릿속을 말끔히 하고는, 똑똑히 설명하기 위해 묘하게 유혹하는 듯한 그의 눈을 피했다.

"리 박사님, 지금도 코펭을 손에 넣고 싶으십니까?"

"물론입니다." 박사는 즉시 대답하고는, 그 말을 강조하듯이 아스라이 위쪽에 있는 머리를 숙였다.

하지만, 이런 말을 어떻게 꺼내야 할까? 어떤 말을 사용해야 좋을지도 전혀 알 수가 없다. "이전에 만나뵈었을 때……. 저는 그러니까……. 박사님의 놀라운 재능에 감명을 받았습니다. 뭐랄까, 제 마음 속을 들여다보신 듯한 느낌이 들어서요."

길고 검은 콧수염 끝이 파르르 움직였다. 이건 박사 특유의 웃음임이 틀림없었다. "그렇지 않습니다만," 하고 겸손을 떨었지만 목소리는 자신에 차 있었다. "동양의 기법 중에는 서양에 잘 알려져 있지 않은 것도 있습니다. 저는 그런 기법에 정통합니다."

인정한다는 말이렷다. 나는 말을 이었다. "오늘 이 파티장에는 박사님처럼 코펭을 어떻게든 구하고 싶어하는 사람들도 와 있습니다. 누굴 말하는지는 알고 계시리라 믿습니다."

박사는 고개를 끄덕였다. 특이한 비취색 눈동자가 반짝 빛나는 듯한 느낌이 들었다. "그 중 한 사람이 렌쇼와 카트라이트를 살해하고 코펭을 훔쳤을 것으로 확신하고 있습니다. 제가 생각한 것은……. 박사님이 이 파티장을 돌아다니시면서 사람들의 마음을 탐색해본다면 죄책감을 느끼실 수 있지 않을까 해서요……. 그러니까, 제 말은……. 어떤 불안감이나 긴장감을 감지할 수 있지 않을까요……."

내가 생각해봐도 참으로 서툰 설명이었다. 하지만 뉴욕에서 오래 살아온 리 박사라면 이런 둔한 말에서도 미묘한 뉘앙스를 잡아내서, 내가 무슨 말을 하고 싶었는지 이해해 줄지도 모른다. 박사는 이해한 것 같다. 비취색 눈이 반짝이며 나의 기대대로 번뜩이고 있었다.

그 눈에 빨려들지 않으려 나는 온몸에 힘을 주었다. 이야기를 끝낼 때까지는 그 눈을 쳐다보면 안 된다. "박사님이 전설의 스파이스 이외에는 별로 흥미가 없다는 것은 알고 있지만 저에게는 사람이 둘이나 죽었다는 것이 더 중요합니다. 게다가 박사님이라면 당신의 재능을, 그러니까, 숭고한 목적을 위해 쓰는 데에는 공감하시리라 생각합니다."

박사의 두 눈이 발하는 광선이 내 속으로 파고들었다. 내가 그에게 말한 것 이상을 알고 있는지 어떤지를 살펴보는 걸까. 아니, 어쩌면 그는 모든 것을 알고 있는 걸까?

"별로 기대는 마십시오." 하고 온화하게 말하고 박사는 인파 속으로 발길을 돌렸다.

긴 다리로 눈깜짝할 사이에 멀어져가는 박사의 뒷모습을 쭉 지켜보고 있었다. 제일 먼저 누구한테 다가가는지 알고 싶었지만, 그토록 큰 키에도 불구하고 인파에 휩쓸린 순간 그의 모습을 놓쳐버리고 말았다. 뭐, 시험해볼 가치는 있으리라.

웨이터가 다시 새로운 음식을 담은 거대한 트레이를 밀고 나타나서 요리를 테이블에 늘어놓기 시작했다. 그가 '우리편'인지 아닌지 몰라 잠시 관찰했다.

월린브로엑 교수와 케이 그렌빌이 이야기를 하고 있는 것이 보였다. 무슨 이야기를 하고 있는지 엿들으려고 다가가자 예리한 교수의 눈이 나를 포착하고는 오라고 손을 흔들었다.

먼저 인사를 나누었다. 교수는 밝은 색 마 슈트를 입고 있었고 케이는 샛노란 실크 슈트에 금귀고리를 달고 있었다.

"코펭 이야기를 하고 있었어요." 하는 케이.

"재미있는 화제죠." 나는 동의했다.

"마블은 코펭을 되찾은 건가?" 교수는 궁금해 했다. "되찾았다는 소문이 돌고 있는데, 정작 본인은 아주 모호하게 말하고 있으니 말야."

"모호하게 말했다구요?" 새로운 목소리가 들렸다. "정치가와 이야기를 하셨나보군요."

누군가 하고 뒤를 돌아보았더니 독일어 억양이 있는 몸집이 작은 남자가 미소를 지으며 서 있었다. 뉴욕의 유명한 레스토랑 경영자라고 월린브로엑 교수가 소개했다. 케이 그렌빌은 어느 정도 아는 사이인 것 같았다. 우리는 잠시 잡담을 했다. 그는 매주 진행하는 자신의 TV 프로그램에 교수를 출연시키고 싶은데 아직 설득하고 있지 못한 것 같았다.

여전히 미소를 지으면서 그는 교수의 팔을 붙들고는 어딘가로 끌고 갔다. 그들이 사라진 순간, 「포춘」지 500대 기업에 들어가고 8천 가지나 되는 제품을 생산하고 있다는 키호 화학의 넬슨 키호가 나타났다. 먼저 케이에게 인사하고 이어서 나와 악수를 했다.

"소문으로는 마블이 코펭을 되찾았은 것 같더군요." 키호는 우리 두 사람의 얼굴을 번갈아 보았다. 마치 상관으로부터 대답하라고 명령받고 있는 듯한 기분이었다.

"그 점에 대해서는 그렌빌양이 자세히 알고 있지 않을까요? 보험회사의 의도도 알고 있을 테니까요."

"이야기할 만한 것은 없어요." 우아한 목소리로 대답했다.

"저기, 말해줘요. 이런 종류의 사건에서는 보험회사가 훔쳤다고 판명되는 일이 많다는 건 사실인가요?" 키호가 말했다.

케이는 그야말로 결백하디는 표정으로 키호를 비리보았다. "있잖아요, 넬슨, 어쩐지 책망당하는 것 같네요!"

"그럴 생각은 아니요." 하고 퉁명스럽게 대답했다. "통계상의 사실을 말한 것뿐이죠."

"음, 그렇다면요." 케이는 신중하게 말을 고르고 있는 것 같다.

키호가 옆을 스쳐가던 트레이에서 우아하게 샴페인 잔을 집어들어 우리 두 사람에게 건네주는 동안에는 입을 다물고 있었다. "특별히 의미는 없다는 말인가요?" 장난치듯이 물었다. "단지 통계상의 이야기라구요?"

키호는 능숙한 손놀림으로 또 하나의 잔을 들고 피어오르는 거품을 응시하고 있다.

"어쩐지 이상한 것 같아서요……."

"어쩐지 뭐가 이상한데요?" 케이가 물었다. 나도 그 다음 이야기를 듣고 싶어서 견딜 수가 없었는데, 그건 그녀도 마찬가지인 것 같았다.

"JFK 공항 말이오. 코펭을 인수하러 온 사람은 윌러드 카트라이트였지." 그렇게 말하면서 키호는 테이블로 다가갔다. 거기에 놓여 있는 인도네시아의 사테*를 발견하고 하나 집어들었다. 아마도 간장과 향신료가 배어든 돼지고기를 각지게 썰어서 그릴에서 구웠을 것이다. 땅콩 딥 소스가 옆에 놓여 있었다. 나는 토르티야로 감싼 초리조 소시지**를 하나 집었다. 케이는 손을 내저었다.

"그래서요?" 케이가 다음을 물었다.

---

* 닭고기나 쇠고기 꼬치구이.

** 멕시코와 스페인 요리에서 많이 사용하는 소시지. 마늘과 칠리 파우더 등 매운 양념이 많이 들어가서 약간 강한 맛이 난다.

"그러니까, 마블이 코펭밭을 발견했을 때의 그 소설 같은 이야기는 들었죠? 신비한 오로라가 있었다든지, 동양의 신비 같은 것 말예요. 그렇다면 분명히 본인이 공항에 나올 거라고 생각하지 않아요? 그런데 마블은 카트라이트를 보냈죠."

세 사람 사이에 침묵이 흘렀다. 주위의 소란과 대조적이었다. 키호의 말에도 일리가 있다……. 카트라이트에게 훔치라고 지시한 공범자는 마블이라는 암시였다. 그리고 보니, 가브리엘라가 케이를 의심하고 있다는 사실이 떠올랐다. 그 두 가지 가설은 딱 맞아떨어진다. 마블은 보험금을 받아내고 코펭도 팔아치울 수 있다. 게다가 카트라이트에게 나눠줄 필요도 없다. 그렇게 되면 마블은 케이를 어떻게 할 셈이었을까? 아니면 케이는 단지 사건에 휘말린 피해자일 뿐인 걸까?

42

"저건 뭘까요?" 케이가 줄줄이 늘어선 파이의 무리를 손으로 가리켰다.

"각각 다른 치즈가 들어 있는 것 같군요. 이쪽은 모짜렐라이고,

저건 벨 파에제*, 페타**는 알고 있죠? 이건 노르웨이의 미소스트***, 저쪽 끝에 있는 건 아마 산양치즈 아닐까요."

케이는 마블의 계획이 어떻게 되어 가는지, 또는 그것에 휘말려 있는지 등을 걱정하는 기색이라곤 눈씻고 봐도 찾아볼 수가 없었다. 내 눈 앞에 있는 건 그저 퍼프 페스트리****를 먹고 있는 매력적인 미녀였다. 한창 파이를 우물거리고 있는데 이탈리아 억양의 남성이 다가와서 두 사람은 인사했다. 키호도 얼굴을 아는 커플을 만나서 고개를 끄덕이고 있으므로 이 틈을 타서 도망치기로 했다.

쟁반을 치켜든 웨이터들이 생강과 마늘의 맛있는 냄새를 흩뿌리면서 지나갔다. 파티장의 소음은 점점 심해졌다. 아마도 여기서 소비되는 알코올의 양을 그대로 반영하고 있는 것이리라.

레몬빛 드레스를 입은 몸집이 큰 여성이 홍합은 없냐고 웨이터에게 묻고 있었다. 웨이터가 한 테이블을 가리키자 "그건 벌써 먹었는데 너무 짜던데요." 하고 대답했다. 여성은 주위를 둘러보고 "새우요리는 있어요?" 하고 물었다. 웨이터가 저쪽을 가리키자

---

* 이탈리아산의 딱딱한 외피로 싼 부드럽고 연한 치즈.
** 양이나 염소의 젖으로 만드는 흰 색의 부드러운 그리스 치즈.
*** 스칸디나비아 국가들에서 많이 생산되는 대표적인 유청치즈. 달콤한 캐러멜 맛이 나는 특징이 있다.
**** 파이피로 만든 과자류.

다시 고개를 저었다. "머리와 꼬리가 붙어 있는 새우는 못 먹어요. 굴은 없나요?"

"진주가 붙어 있는 것과 붙어 있지 않은 것, 어느 쪽이 좋으신가요, 마담." 웨이터는 진지한 척하는 얼굴로 물었다.

나는 양계와 양계장 환경에 대해 토론을 하고 있는 여섯 명의 사람들이 모여 있는 옆을 지나쳤다. 그러나 그 중에 실제로 양계장을 본 적이 있는 사람은 한 명도 없는 것 같았다. 커다란 목소리가 들리기에 그쪽으로 가보았다. 전혀 어울리지 않는 꽃무늬 드레스에 번쩍이는 목걸이 차림의 몸집이 작은 여성이 소란을 피우고 있었다.

"이런 모임에서 이런 요리를 내면 안되죠." 그녀가 소리를 질렀다.

"무슨 요리 말입니까?" 나는 물었다.

여성은 등심 스테이크를 가리켰다. 아마도 참깨와 마늘을 넣은 간장으로 매리네이드*한 듯했다.

"이것도요." 여성은 화가 난 듯이 미트볼을 가리켰다. 거기에는 세계 각국의 미트볼이 놓여 있었다. 카레 소스가 묻혀져 있는 것은 페르시아, 이쪽은 덴마크의 프리카델라인 것 같았다. 토마토 소스 속에 있는 건 터키의 코푸테시고, 생박하로 향을 낸 그

---

* 식초, 포도주, 향신료를 넣은 액체. 여기에 고기나 생선을 담근다.

리스의 케프테타키아도 있었다. 코리앤더, 커민, 마저럼*으로 맛을 낸 모로코의 케프타도 있고, 인도의 코프테는 카슈미르 풍으로 진한 코르마 소스**가 뿌려져 있다. 이렇게 쭉 늘어놓고 보니 이름이 비슷한 것에 흥미가 솟았다. 나중에 문헌을 보고 어느 지역에서 시작되었는지를 조사해 봐야겠다.

"우리가 작년에도 항의를 했는데 들은 체도 않더라구요."

"우리라구요?"

"순수 채식주의를 표방하는 '뉴잉글랜드 비건' 요. 올해도 항의했지만 또 무시당했어요. 우리의 T셔츠를 본 적이 있나요?"

본 적이 없다고 대답할 수밖에 없었지만 그럴 수는 없다는 생각이 들어 뭐라고 씌어 있느냐고 물었다.

"가슴에 '동물은 인간의 친구다. 친구를 먹지 말라' 고 씌어 있어요. 슈퍼마켓에 갈 때도 반드시 입고 가죠."

깔끔한 백발의 비쩍 마른 남성이 목소리를 키웠다. "좀더 건강을 제대로 생각해야 합니다. 쇠고기만 먹다보면 죽는다구요." 하고 딱 잘라 말했다.

---

* 지중해 연안산 꿀풀과의 식물. 포기 전체에 가볍고 달콤한 향기가 나며 맛은 약간 쓴 편이다. 옛날부터 향초 중에서 가장 향기가 강한 것으로 알려져서 향료자원 또는 약료자원으로 널리 재배해 왔다. 수프, 스튜, 소스 등의 향료나 닭고기, 칠면조고기 등의 통조림에 사용한다.

** 요구르트나 크림에 아몬드를 넣어 만드는 아시아 남부 지방의 소스.

"에이즈보다도 훨씬 위험하죠. 오프라 윈프리가 그랬거든요."

"오프라가 쇠고기에 대해 뭘 알고 있는데요?" 똑같이 강한 목소리가 물었다.

"어머, 오프라는 쇠고기에 대해 책까지 쓰고 있어요." 몸집이 작은 여성이 옹호했다. "그러니까 당연히 잘 알고 있겠죠."

나는 싸움이 나기 전에 그 자리를 벗어나, 달팽이 양식은 어떻게 해야 하는지에 대해서 토론하고 있는 그룹의 이야기에 잠시 귀를 기울였다. 미국은 수입쌀에 관계를 매겨야 한다고 이야기하고 있는 그룹도 있었다. 국내에서 소비하는 양이라면 생산도 가능하고, 수입쌀보다 훨씬 싸고 맛도 좋다고. 최근에 살균보존을 위한 감마선을 쐬는 일이 다시금 늘어나고 있다는 사실을 지적해줄까 생각했지만, 그만두기로 했다.

파티장을 둘러보았지만, 게인즈 반장도 가브리엘라도 보이지 않았다. 뭐, 오히려 상황이 좋은 건지도 모른다. "그런데 참, 중국인 독심술사가 협조해 주기로 했답니다." 하고 말하면 독설가 뉴요커한테서 어떤 신랄한 반응이 돌아올까.

누군가가 내 바로 뒤에 온 듯해서 돌아보자 알렉산더 마블이 서 있었다. 나의 틀에 박힌 인사가 아니라, 한 트럭분의 격려의 말을 필요로 하고 있는 듯했다. 엄격하고 완고해 보이는 얼굴을 보고, 이번에야말로 심한 말을 들을 각오를 하고 있는데, 뜻밖에도 마블은 아주 정중했다. 그는 심지어 나의 의견을 물었다.

"이 끔찍한 비즈니스도 마침내 해결되는 건가."

"그렇게 생각합니다." 그건 진심이었다. "어쨌든, 그 때문에 목숨을 걸고 있다고 해도 과언은 아닙니다."

마블이 뭐라고 중얼거렸다. 그것이 나의 위험한 처지에 대한 동정의 말인지, 의심의 중얼거림인지는 알 수 없었다.

"한 가지 묻고 싶은 것이 있습니다." 마침 좋은 기회이니 물어 봐 버리자. "그 날, 왜 카트라이트를 JFK 공항에 보내신 겁니까? 227편이 도착하는 것을 자신의 눈으로 보고 싶다는 생각은 안 하셨습니까?"

마블은 힐끗 나의 얼굴을 보고 시선을 딴 데로 돌렸다. "개인 적인 급한 용무가 생겼기 때문이었소."

"아, 그렇군요." 일단 이해한 척했다. "그렇다면 당신은 카트 라이트를 전적으로 신뢰하고 있었군요."

고개를 끄덕였다. "그것은 오판으로 확인되었지만."

가브리엘라는 도난사건 중요 관련인물들의 알리바이를 조사 했을까. 그녀가 조사하지 않았을 리는 없을 것 같지만……. 문득 깨닫고보니, 마블은 의심스러운 눈으로 나를 보고 있었다.

"나도 당신한테 물어보고 싶은 것이 있소." 갑자기 차가운 목 소리가 되어 있다.

"뭡니까?"

"왜 메클렌버크의 식물연구소에 전화를 했지?"

"샌프란시스코에 있는 연구소요?" 이런 바보 같은 반응을 보이다니. 어디에 있는지가 무슨 상관이람. 하지만 메클렌버크 식물연구소가 왜 나오는지 당혹스러웠다.

"그렇소."

"안 했는데요."

"전화가 왔었다고 하던데."

그건 또 무슨 소리야? "연구원과 이야기를 하신 겁니까? 아니면, 그들이 그렇게 말한 겁니까?"

"다른 일로 전화를 했더니 그렇게 말하더군."

나는 단호하게 고개를 저었다. "전화 안 했습니다."

마블은 납득하지 않는다. "전화가 왔었다고 분명히 들었어."

"그건 제가 아닙니다. 그들이 착각하고 있는 겁니다."

여전히 의심스러운 눈으로 나를 노려보고는 으스대면서 사라졌다.

그때 글로리아 브랜슨의 모습이 보였다. 그녀도 분명히 나를 알아보았을 텐데 등을 돌려버렸다. 잘못 봤나 생각하면서 아무튼 다가갔다. 뒷모습도 앞모습에 지지않을 만큼 아름다웠다. 하얀 드레스에 심홍색 벨트를 맨 눈부신 차림이었지만 악수하는 얼굴은 차갑기만 했다.

"이미 런던으로 돌아갔다고 들었는데요."

"상당히 성급한 소문이군요." 왜 이렇게 차가운 태도를 보이는 걸까? "아직 남아 있는 일이 있어서요. 잘되면 오늘로 끝날지도 모르지만요."

"어머 그렇군요." 아무런 흥미도 없는 듯한 목소리였다. 그 얼굴은 마치 설화석고처럼 아름다웠다. 심지어 미동도 하지 않는다는 점까지도 똑같았다. 그 순간, 그녀가 왜 그런 태도를 취한 건지 알아차렸다.

무슨 말을 해야 할지 고민할 필요도 없었다. 글로리아는 나를 완전히 무시하고 등을 돌려 뒤에 있던 사람들과 이야기를 하기 시작했다. 그때 귀에 익은 목소리가 뒤에서 들렸다.

"아직 조사를 하고 계십니까?" 톰 에크였다. 악수하는 동안, 에크는 한 손에 브로콜리를 쥔 채였다. "이건 드셔 보셨습니까? 아주 맛있군요." 그러면서 가까운 테이블을 턱으로 가리켰으므로 나도 하나 집었다. 하지만 무슨 맛인지 전혀 모르겠다.

"예, 아직 조사중이죠."

"뭔가 진척은 있습니까?"

"어느 정도는요." 나는 주위를 둘러보았다. "와인을 한 잔 더 마셔야겠군요. 아, 여기 있군." 에크도 함께 왔으므로, 포기하고 옆의 테이블에서 잔을 집어들었다. 에크는 그 옆에 늘어선 요리를 물색하고 있는데, 얇게 썬 아보카도와 파르마 햄*에 카레맛 마

---

* 이탈리아식 생햄.

요네즈를 친 것을 집었다.

"바로 조금 전까지 케이 그렌빌과 이야기를 했거든요." 하고 말을 걸자 에크는 고개를 끄덕이며 비상한 관심을 보였다.

"보험금을 지불할 예정일까요?"

"글쎄요. 시간이 걸릴 듯하더군요." 나도 얇게 썬 아보카도를 집었다. "이런 케이스에서는 보험금이 지불되는 경우가 많습니까? 당신의 경험상 그런 쪽도 잘 아시겠죠."

"보험회사는 해마다 몇 백만 달러를 지불하고 있죠."

"보험회사 조사원이 경찰도 모르는 사실을 찾기도 합니까?"

"없진 않겠지만 중요한 사실은 아니겠죠."

에크는 나의 등 뒤에 있는 인물을 알아차리고 소개해주었다.

"BJ 비타민사의 벵그트 요한손입니다." 금발에 파란 눈의 요한손은 불굴의 바이킹 같은 인상이었다. 적당히 도망치려는데 오늘의 요리에 함유된 비타민 강의가 시작되고 말았다.

"여기에 있는 요리를 하루종일 계속 먹는다 해도 필요한 비타민은 섭취할 수 없습니다." 그는 엄숙하게 선언했다. "비타민이 첨가된 시재료는 필수입니다. 합성 비타민이 좋지 않다는 잘못된 정보에 속아서는 안 됩니다. 합성 비타민도 좋기로는……."

나는 그럭저럭 그 곳에서 달아나서 게인즈 반장이나 가브리엘라를 찾았다. 알아차리지 못하도록 잠입한다더니 그 작전은 분명히 성공했다. 그 두 사람만은 아무리 해도 발견되지 않는데, 그

밖의 사람들은 차례로 발견했다. 아이샤와 눈이 마주쳤지만 손만 흔들어줄 수밖에 없었다. 덕분에 그녀 바로 옆에 있던 레니 리프킨이 무시무시한 얼굴로 나를 노려보았다. 미스터 쿠는 구운 시리아 빵에 올려진 아티초크 무스를 우물거리면서, 이 재료를 중화요리에 적용해 보이겠다고 선언하고 있었다.

그때 그러자 아까 보았던 채식주의자 여성이 눈 앞에 나타나서 붓다가 과연 채식주의자였는지 어땠는지 하는 토론을 시작하려고 했다.

다른 때였다면 기꺼이 받아들였겠지만 지금은 그럴 때가 아니다. 게인즈 반장이나 가브리엘라를 찾아내서 렌쇼와 카트라이트를 살해하고 코펭을 훔친 범인이 누군지 알았다고 전해줘야 하니까.

43

두 사람은 찾을 수가 없었다. 계속해서 찾고 있는데 웨이터가 나를 보고 발을 멈추었다. "반장님이 찾고 계십니다." 하며 발코니를 가리켰다. "저 위에 있는 애틀랜틱 홀입니다."

나는 계단을 뛰어올라갔다. 이런 호텔이라면 이 정도 규모의 방이 몇 십 개는 있겠지만, 애틀랜틱 홀은 드넓은 회의실이었다. 안으로 한 발 들어가보자 실내는 암흑에 가까웠다. 손을 뒤로 해서 문을 잡고 있었는데 끌어당겨져 탁, 하고 닫혀버렸으므로 거기서 발을 멈추었다.

희미한 빛 속에서 톰 에크의 모습이 보였다.

"내가 뭔가 말을 했나?" 고양이 같은 목소리로 물어온다.

지금이야말로 더쉴 해미트가 창조한 사립탐정 닉 찰스와 같은 재치로 빠져나갈 절호의 기회였지만 타이밍을 놓쳐 버렸다. 그 탓에 에크가 하는 말의 의미가 뼛속까지 스며들었다.

"당신은 알고 있지, 그렇지?" 여전히 고양이 같은 목소리였다.

부디 내 머리가 전속력으로 회전하는 소리가 들리지 않기를. 머릿속에는 망가진 전기톱 같은 소리가 나고 있었다. 그래, 이런 식이라면 어떻게든 얼버무려서 도망칠 수 있을지도…….

"코펭을 살 사람은 당신이나 키호, 글로리아 브랜슨 중 하나일 거라고 생각하고 있었죠." 마음과는 달리 목소리가 떨려 나왔다. "그밖에도 수상한 사람은 있지만, 윈린브로에 교수는 보수적인 사람이고 리 박사의 스타일도 아니거든요. 하지만 그 다섯 명 중에 살 사람이 있는 건 틀림없죠." 거기서 말을 잘랐다. 극적인 효과를 노린 것은 전혀 아니었다. 애드 리브로 말하는 것을 머리가 따라오지 못하는 것뿐이었다.

"이제, 당신이라는 걸 알았죠."

마침내 눈이 어둠에 익숙해졌다. 빛은 멀리 떨어진 건너편 끝의 조명이 유일했다. 방의 이쪽편은 무대였다. 무대 위에는 연단과 마이크, 그 뒤에 커다란 스크린이 있었다. 우리 두 사람은 문의 안쪽, 무대 귀퉁이 근처에 있었다.

"식재료 브로커를 하다 보면 사람들이 꼬여들지." 가벼운 수다라도 떨고 있는 듯한 말투였다. "팔고 싶다는 녀석이 있는가 하면, 사고 싶다는 녀석도 있지. 저렇게 많은 사람들이, 어떻게 해서든 코펭을 손에 넣고 싶어하고 있어. 내가 있는 곳에 모여드는 것도 당연하지."

나는 고개를 끄덕였다. 모두 이해한다는 표정을 지으면서.

"그래서 코펭을 팔고 싶다는 사람도 당신에게 간 건가요?"

"그렇지."

"왜 직접 어딘가의 연구소와 접촉하지 않았죠?"

"처음엔 그럴 생각이었지. 그런데 당신이 끼어드는 바람에 일이 귀찮게 되었지. 게다가 파는 녀석도 자기 정체는 숨기고 싶어했고 스파이스 감정이라는 귀찮은 문제까지 있었고."

"그래서 당신에게 중개를 부탁했군요."

"그렇지."

"그 인물이 살인범인가요?"

"살인범을 체포하는 건 경찰의 일이지." 에크는 어깨를 으쓱했다. "나는 단지 브로커일 뿐이야."

"도난품의 구입자이기도 하죠." 똑똑히 못박아 두었다.

밖에서 말소리가 들려왔다. 이 회의실은 방음이 되어 있다고 알고 있으므로 큰 소리로 이야기하고 있는 것이겠지. 우리는 문 바로 옆에 있었으므로 뭔가 들려왔지만, 내용까지는 알 수 없었 다. 호텔 종업원이 뭔가에 대해 말다툼을 하고 있는 것 같았다. 천천히 말소리는 멀어져 갔다.

"알겠어요. 빨리 끝냅시다." 나는 포기한 척했다.

에크는 아무 흥미 없다는 얼굴로 나를 보았다. "뭘 끝내?"

"내가 감정을 해주길 바라는 거잖아요? 코펭은 어디 있죠?"

이번에는 재미있어 하고 있는 듯한 얼굴로 손사레를 쳤다. "당 신이 해주었으면 하는 일은 더 이상 아무 것도 없어."

"하지만," 나는 더듬거렸다. "하지만 진짜라고 확실히 밝혀지 지 않으면 당신은 코펭을 사지 않을 것 아닌가요."

"그런 건 벌써 끝났지." 나를 바보 취급하는 듯한 말투였다.

이런이런, 예상 밖의 전개였다. 어떻게든 도망가야겠다는 계 획도 물거품이 되었다.

"그래서 이 사건에서 당신의 역할도 끝인 거지."

이미 이야기는 끝났다고 해도 좋을 것이다. 어떡하지, 무슨 수 라도 써야 한다. 필사적으로 밝은 목소리로 말해보았다. "그럼, 다음 런던행 비행기편을 알아보는 편이 낫겠군요."

에크는 움직이지 않았다. "아직이야. 처리해야 할 소소한 문제가 몇 가지 남아 있지."

"소소한 문제?"

에크는 물끄러미 나를 보고 있다. 그가 아직 모르는 뭔가가 있는 듯하다. 확실히 해두고 싶은 뭔가가. 마침내 에크가 입을 열었다. 똑같은 대사였다. "당신은 알고 있어, 그렇지?"

44

조용했다. 발코니에서는 아무 소리도 들리지 않았다. 한쪽에 조명이 켜져 있을 뿐인 어둑한 회의실에서는 이 적막이 오히려 무섭다. 에크는 한 손을 주머니에 넣었다. 적어도, 거기에 토카레프가 있을 가능성은 없다고 생각하자 안심이 된다. 그건 그렇고, 가브리엘라와 게인즈 반장은 대체 어디 있는 걸까. 왜 제대로 나를 지켜보고 있지 않는 거야. 설마, 아직까지 가짜 메시지에 불려온 것도 모르는 건 아닐까.

"이봐, 말하시지." 에크는 주머니 속에서 손을 움직였다.

"알았어." 나는 당황해서 이야기하기 시작했다. "마블이겠지?

카트라이트의 도움을 받아서 마블이 코펭을 훔친 거야. 그리고 렌쇼가 이전의 제비집 사건과의 공통점을 알아차렸기 때문에 둘 중 하나가 렌쇼를 죽였지. 그 뒤 카트라이트가 배신하려 했으므로 마블이 그를 죽였어. 마블 정도의 배경이 있으니, 레스토랑 업계의 사람에게 간단히 코펭을 팔아치울 수 있을 거라고 생각했지. 그런데 상황이 변했어. 연구소 사람들에게 팔면 더 돈이 될 거라고 부추긴 건 카트라이트야. 그런데 거기에는 번거로운 문제가 있었어. 자네가 이야기했듯이 코펭을 감정할 방법이 없었고, 자신의 정체를 숨기고 팔 수도 없었지."

나는 "어때?" 할 양으로 말을 끊었다. 그런데 에크가 아무 말도 하지 않았으므로 그대로 계속했다.

"내가 명확히 알 수 없는 것은, 보험회사의 여성이 어디까지 사건에 관계하고 있냐는 것이지. 전부 알고 있는지, 전혀 모르는지, 아니면 의심하고 있는 것뿐인지. 그건 그렇고, 마블은 카트라이트를 죽이고, 코펭을 팔아치우고는 보험금까지 손에 넣으려고 결심했지. 그렇게 되면, 파는 상대로는 자네가 이상적이지. 이 업계에 얼굴이 팔려 있고, 가장 비싼 값을 부를 사람을 찾아줄 수 있을 테니까."

우리가 서 있는 곳은 무대 바로 옆이었다. 무대는 30센티미터 정도의 높이였고 눈이 어둠에 익숙해진 덕분에 마이크에서 전선이 늘어져 있는 것이 보였다. 전선은 연단 밑에서 나와서 내가 서 있는 곳까지 약 1미터쯤 떨어진 곳을 지나가고 있다.

나는 이야기를 계속하면서 그쪽으로 슬슬 다가갔다. 그리고 내 말을 강조하듯이 상당히 요란하게 손짓발짓을 해댔다. 그래도 평균적인 뉴요커에는 미치지 못하겠지만 나로서는 꽤나 요란하게 움직인 셈이었다. 나의 몸짓에 정신을 빼앗겨 내가 움직이고 있는 것을 알아차리지 못하기를 바랐다. 에크는 찌푸린 얼굴이었지만, 내가 말한 내용을 생각하고 있는 건지, 나답지 않은 요란한 제스처에 당혹스러워하고 있는 건지는 알 수 없었다.

"코펭은 국외로 갖고 나가버렸는지도 모른다고 생각한 적도 했지. 하지만 그건 너무나 위험이 클테니 생각을 바꿨지."

"훔친 범인이 오늘 이 모임에 와 있는 것은 틀림없다." 에크도 동의해주었다.

"당신은 '훔친 범인' 이라고 하지만, 그 사람한테서 코펭을 샀다면 그가 마블이라는 건 알고 있을 텐데."

에크는 이상하다는 듯이 나를 바라보았다.

"범인도 사는 쪽도 정체를 밝히고 싶지 않아 하지. 다른 감정인을 끌어온 덕분에 사태는 더욱 번거롭게 되었지."

머릿속에서 딩동, 하고 벨이 울렸다. "다른 감정인이라고! 메클렌버그 식물연구소에서 누군가 불렀다……."

"당신이 그랬지."

"내가? 왜 내가……. 알았다. 나의 이름을 댔군."

전선까지 이제 몇 센티미터 남았다.

"그래." 에크는 손을 주머니에서 꺼냈다. 그의 손은 어쩐지 플라스틱으로 만든 것 같은 회색 자동권총을 쥐고 있었다.

에크는 총을 휘두르면서 위협적으로 말했다. "미리 말해두지만 이건 진짜야. 겉모습에 속지 말라구. 충격에 견디는 ABS 플라스틱으로 만들어져 있고, 총신은 티타늄이야. 3미터 정도는 보통 총의 위력과 다를 바 없지. 그리고 이 놈은 금속탐지기에는 반응하지 않거든."

나의 얼굴빛이 달라진 것을 알아차린 것 같다. "그래. 어슬렁어슬렁 파티장에 들어오다가 접수대 여자가 아래쪽을 너무 자주 내려다보고 있는 걸 알았지. 그래서 잠시 관찰해 봤어. 그랬더니 손님이 앞을 지나갈 때마다 아래를 내려다보더군. 탐지기가 있다는 감이 팍 와서, 이 녀석을 놓아둔 차로 돌아갔지." 다시 총을 휘둘렀다. "고속도로에서는 조심하는 것보다 좋은 건 없으니까."

에크는 나를 향해 권총을 들이댔다. 나는 원래부터 총 같은 건 정말 싫어하고 절대로 갖고 다니지도 않는다. 혹시 식재료 조사를 하다가 위험하다고 느끼는 사태가 생기더라도 말이다. 에크의 총은 플라스틱제일지 모르지만 그래도 무시무시하다는 것에는 변함이 없다. 또 한 가지 알아차린 것이 있었다. 총신 앞에 작은 코르크 같은 것이 붙어 있었다. 아마도 소음기겠지.

나는 한쪽 발을 마이크 전선 밑으로 미끄러뜨렸다.

"연기는 그만 해도 돼." 에크의 목소리는 냉혹 그 자체였다. "당신이 「마서의 레스토랑」에서 저지른 못된 장난만으로도 충분해. 있잖아, 이렇게 묻는 건 마지막이야. 당신은 알고 있어, 그렇지? 그런데 어떻게 알게 된 거지?"

그게 마음에 걸리는 것이었군. 그래, 그래서 아직 쏘지 않은 것이다. 어떻게 들켰는지 알고 싶은 거겠지. 특별히 자존심이 상처를 입었기 때문도, 호기심 때문도 아니었다. 다른 사람에게도 들킬 가능성이 있는지를 알고 싶은 것이다. 좋아, 이건 이용해 먹을 수 있겠다.

이 화제를 좀더 질질 끌기로 마음먹었다. 내가 똑똑히 대답할 때까지는 쏘지 않을 테니까. 무엇보다, 빌어먹을 전선이 헐거웠다. 나는 전선을 팽팽하게 하기 위해 발을 약간 끌어당겼다.

"그래, 좋아. 마블과 카트라이트 두 명의 짓이라고 생각하고 있었지, 바로 얼마 전까지는. 하지만, 그래도 일단은 확인을 해두자고 생각해서 모든 사람들과 악수를 해봤지. 당신과 악수를 했을 때 알았어. 당신과 카트라이트의 짓이라는 것을. 당신이 렌쇼를 죽이고 이어서 카트라이트도 죽였어. 둘 중 하나가 코펭을 독차지하려고 상대를 배신한 거겠지."

"묻는 건 이번이 마지막이라고 말했지." 이런 냉혹한 목소리는 들은 적이 없다. 에크가 원자력 잠수함의 사령관이었다면, 그의 손가락은 이미 빨간 버튼 위에 올라가 있으리라.

"당신 손에서 코펭의 향기가 났어."

에크의 네모진 턱은 더 이상 단호해 보이지 않았고 지금은 다만 위협적이었다. 회색 눈은 예전에는 냉정해 보였지만 지금은 금속성으로 위험스러워 보였다. 방아쇠에 걸린 손가락에 힘을 준 것이 보인 것 같기도 했다.

"말도 안 돼."

"진짜야. 코펭은 맛도 독특하지만 향기도 놀랄 만큼 강하지. 도난당한 다음 날, 나의 손도 그랬으니까. 그때까지도 코펭의 향기가 남아 있었다구. 그래서 오늘 오후에는 일단 모든 사람과 돌아가며 악수를 했지. 당신의 손을 잡은 순간 범인인 줄 알았고."

그 이야기가 진짜인지 아닌지 망설이는 듯한 눈으로 나를 보았지만 험악한 분위기가 부드러워진 것은 아니었다.

"절대로 당신 손으로 만졌을 걸." 나는 한쪽 발을 비튼 채로 움직이지 않고 말했다. 에크가 계속 쳐다보고 있으니 그대로 있을 수밖에. "그것을 참을 수 있는 사람은 없을 걸⋯⋯. 몇 세기나 멸종되었다고 생각하던 전설의 스파이스⋯⋯. 그것이 손아귀에 있다면 당연히 봉지를 열고, 만져보고, 향기를 맡고⋯⋯."

그것은 반사적인 움직임이었다. 총구는 여전히 나를 향한 채, 에크는 총을 쥔 팔을 들어 손등의 냄새를 맡았다. 에크와 눈이 마주쳤다. 나는 회심의 미소가 흐르는 것을 필사적으로 참았다. 결국 에크는 스스로 정체를 폭로해 버린 것이다.

에크는 팔을 내리고 다시 총을 나의 배로 향했다. 그 순간에 가벼운 구토감을 느낀 것은 아보카도나 마요네즈, 게살 케이크 탓이 아니었다. 나는 더욱 발을 비틀었다. 이렇게 된 이상 보거나 말거나 알게 뭐냐.

팽팽하게 당겨진 마이크 전선을 옆으로 힘껏 차서 날렸다. 전선이 당겨져서 마이크가 연단에서 구르고, 에크가 이쪽으로 휙 얼굴을 돌렸다. 그런데 연단도 굴러가야 하는데, 꿈쩍도 하지 않았다. 마이크가 무대 마룻바닥에 떨어지는 퉁, 하는 소리만이 회의실에 울려퍼졌다. 엉겁결에 우리 둘 다 마이크가 두 번 튕기는 것을 보고 말았다.

그때 놀라운 일이 일어났다. 뭔가가 소리치는 소리가 들리고, 갑자기 조명이 전부 켜진 것이다. 어둠에 익숙해진 눈에는 너무 눈부셨지만 나는 더듬더듬 마이크를 잡아서 에크가 있을 것 같은 방향으로 집어던지고는 가장 가까운 문을 향해 돌진했다. 몸을 부딪치면서 문을 통과함과 동시에 소음기의 팡, 하는 소리가 나고 벽에 총탄이 박혔다.

나는 가장 가까운 계단을 향해 복도를 달렸다. 계단을 세 단씩 뛰어내려가면서 스윙 도어를 몸을 부딪쳐서 통과했다. 앞에 있는 커다란 입구에는 베스풋치 홀이라고 씌어 있고, 내 머릿속에는 '수가 많으면 안전하다'는 말이 떠올랐다. 반드시 그렇지는 않겠지만 아드레날린이 충만한 머리로는 그 이상의 것을 생각할 수 없었다. 나는 문으로 뛰어들었다. 드넓은 파티장에는 사람들, 소음, 밀치락달치락하는 혼란, 이야기를 나누는 왁자지껄한 소리, 접시와 잔이 부딪치는 소리……

들리지 않았다.

사람들은 있었지만 모두들 조각상처럼 미동도 없이 조용히 있었다. 거기에 내가 요란하게 뛰어들어가자 몇 천 개나 되는 눈이 나를 향했다.

45

나도 그들을 보았다. 무례해서가 아니라 다만 당황했기 때문이었다. 왜 이렇게 조용하고 아무도 움직이고 있지 않은 거지? 사람들의 머리 건너편에 알렉산더 마블이 보였다. 저편의 연단에 서 있었다. 그 옆에는 마리 앙투아네트 같은 머리를 하고 보석을 주렁주렁 단 몸집이 큰 여성이, 반대쪽에는 빈틈 없이 정장을 한 나이 지긋한 남성이 서 있었다.

아무래도 마블이 한창 연설을 하고 있었던 듯했다. 게다가 분노에 불타는 눈으로 이쪽을 노려보는 걸 보면 나의 등장으로 무참히 방해받았음에 틀림없다. 마블은 원고로 눈길을 돌리고 다시 연설을 시작했다. 위원회의 공적을 치하하고 오늘 파티에서 생긴 수익을 기부할 몇 군데 자선단체를 읽어내려갔다.

이쪽을 향하고 있던 사람들의 시선도 조금씩 마블 쪽으로 돌아가기 시작했다. 많은 사람들의 시선을 한몸에 받고 있을 때에는 안전했지만 다시 위험한 외톨이가 되고 말았다. 나는 경찰을 찾아서 살짝 파티장 뒤쪽으로 이동했다. 이만큼 화려하게 등장했으니 누군가가 알아보았을지도 모른다. 그러자 암청색 드레스가 이쪽으로 다가오는 것이 보였다.

"도대체 어디에 가 있었던 거예요?" 가브리엘라는 화를 내고 있었다. "계속 찾았다구요."

"내 말을 먼저 들어요." 지금은 그럴 때가 아니다. "호텔 주차장에 있는 톰 에크의 차를 찾아내요. 녀석을 차에 접근하지 못하게 해야 해요. 범인은 녀석이에요. 살인에 썼던 권총도 차에 있어요. 아직 호텔 안에 있을 테니 모든 출구를 봉쇄해요."

내 말이 끝나기도 전에 가브리엘라는 전화를 꺼내 잇따라 지시를 내리고 있었다. 그리고 나는 무슨 일이 있었는지를 설명했다. 이야기 도중 청중 속에서 게인즈 반장이 나타났으므로 그에게도 설명했다. 반장은 밖에 있는 경찰에게도 경계하라고 명령하고 지원을 더 요청하라고 가브리엘라에게 지시했다.

"파티장 안은 조사했나?" 반장이 물었다. "당신보다 조금 더 조용히 들어왔을 가능성이 있지."

"아직 조사하지 않았어요. 우리가 찾아내기 전에 발견될지도 모른다고 생각해서."

"저기, 생각 좀 해봐요. 에크에게는 어느 쪽이 중요할 것 같아요?" 하는 가브리엘라. "당신을 죽이는 것과, 아니, 이렇게 된 이상은 단지 복수뿐이겠죠. 그것과 도망가는 것 중에서."

"오호." 하는 게인즈 반장. "하지만 거래가 끝나고 돈이 손에 들어왔다면 곧장 튀겠지. 이런 곳에 올 필요는 없지 않을까."

"그 이유라면 알고 있습니다. 인터뷰 때 에크를 두 번 만났는데 이기주의자더군요. 그는 여기에 와서 흡족해 하고 싶은 욕망을 참지 못했을 겁니다. 아무도 모르는 것을 자기만 알고 있는 상황에서 관계자 모두와 이야기를 할 수 있으니까요."

"아무튼." 어디까지나 실용주의자인 게인즈 반장이 말했다. "일단 놈을 찾자고. 인파 속을 헤치고 찾아내는 거요. 두 사람은 함께 있는 게 좋겠군. 저쪽 끝부터 시작합시다. 나는 이쪽부터 찾겠소."

5분 후에 만났을 때는 서로 손사레를 쳤을 뿐이었다. 에그는 파티장에는 없었던 것이다. 그리고 잠깐 동안 에크는 잊혀졌다. 적어도 내 머릿속에서는. 수많은 높으신 분들이 소개되고 모금을 조달한 이들에게 감사의 말이 늘어놓아진 다음, 다시 마블의 연설이 시작되었다.

"오늘의 모임이 왜 코펭 파티냐고 많은 분들이 물으시더군요. 경찰의 조사 덕분에 되찾는 것도 시간의 문제일 것 같아서, 오늘을 기회삼아 앞으로의 계획을 이야기할까 했던 것입니다. 미국에 온 뒤로 전설의 스파이스는 피로 얼룩진 환영을 받았습니다. 코펭이 원인이 되어 두 사람이 살해당하고, 많은 사람들이 강한 욕망에 시달렸습니다. 그래서 저는 이 스파이스를 글로버스 그룹에 위탁하기로 했습니다. 알고 계시는 분도 많겠지만, 모든 경제활동으로부터 독립된, 공정한 활동으로 알려진 재단이죠. 앞으로 코펭을 어디에 어떻게 배분할 것인지는 모두 그곳에 맡기겠습니다. 유익한 목적을 위해 사용되길 바랍니다."

내가 만약 알렉산더 마블이 도난과도 살인과도 관계가 없다는 증거를 원했다면, 바로 지금 이 순간, 그것을 손에 넣은 셈이었다. 코펭을 손에서 놓는다는 것은, 동기가 없어져 버리는 것이니까. 하지만 정말로 마블을 의심하고 있지도 않았다. 에크에게 그렇게 말한 것은 단지 시간을 벌기 위해서였다. 마지막에는 진실을 말할 수밖에 없게 되었지만.

박수갈채 속에서 마블은 자리에 앉았다. 보석으로 치장한 여성이 청중을 향해 자유롭게 말씀을 하시라고 말했다. 게인즈 반장이 가브리엘라와 나에게 얼굴을 향했다. "이 방의 모든 출입구를 조사한다."

재빨리 행동으로 옮겼지만 얼굴을 마주쳤을 때는 다시 고개를 저었다. 모든 문을 지키던 경관들이 아무도 나가지 않았다고 보고했던 것이다. 파티장에서 나갈 수 없는 것에 불만을 말하는 손님도 있었고, 중요한 약속이 있어서 어떻게든 나가야 한다고 애원하는 사람도 있었지만, 얼핏 봐도 여기에 에크가 없다는 것은 알 수 있었다.

파티는 여전히 흥청거리고 있었다. 훌륭한 방음시설에도 불구하고 사람들이 떠드는 소리가 들려오고, 여러 가지 요리의 냄새가 풍겨왔다. 자극적인 냄새, 달콤한 향기, 너무 먹어서 질린 냄새, 톡 쏘는 냄새, 스파이시한 향기, 여러 가지였다. 그리고 마치 멀리 떨어진 랭스*와 파이프관으로 연결이라도 되어 있는 듯, 계속해서 샴페인이 나온다.

우리는 몇 개의 소형 엘리베이터가 나란히 있는 근처에 서 있었다. 이 엘리베이터로 지하에 있는 주방에서 요리가 운반되어 오는 것이다. 칸막이가 쳐져서 손님들로부터는 보이지 않게 되어 있다. 브룩클린 사투리의 웨이터가 내뱉듯이 말했다. "빌어먹을! 아래에 있는 놈들은 어떻게 된 거야? 주방에 처음 들어갔냐?"

이 허풍스러운 말에 문득 짚이는 점이 있었지만, 그것은 웨이터의 의도와는 전혀 다른 것이었다. 동시에 게인즈 반장도 돌아

---

* 프랑스 북부 샹파뉴 지방에 있는 상공업 도시. 로마 시대부터 종교 도시로 번영하였으며 샴페인 거래로 유명하다.

서서 나와 눈이 마주쳤다. 웨이터가 향하는 엘리베이터를 보고 있자니, 잘라지지 않은 커다란 빵덩어리가 몇 개나 나왔다. 게인 즈 반장도 같은 생각을 하고 있는 것이다. 주방에 있는 누군가는 게으름을 피고 있는 것이 아니라 총으로 위협당하고 있으므로 일 단 손에 잡히는 것을 무조건 올려보내고 있는 것이다.

"우린 주방에서 나오지 못하게 출구를 봉쇄했지." 반장이 빠르 게 말했다. "하지만 들어갈 수는 있겠지! 가자고!"

우리 세 사람은 달려나갔다. 발을 멈춘 것은 반장이 문 가까이 의 경관에게 "주방에 들어가는 계단은 어딘가?" 하고 물었을 때 뿐이었다. 모두들 그 경관이 가리킨 방향으로 달렸다.

강렬한 조명 아래서 번쩍번쩍하게 닦인 스테인리스와 따뜻하 고 매끄러운 구리가 빛났고, 희미한 그림자가 하얀 타일이 깔린 바닥에 비치고 있다. 명랑한 소리를 내고 있는 냄비는 몇 개밖에 없었다. 이것은 저녁식사를 준비하고 있는 것이리라. 뷔페요리 는 대부분 미리 만들어져 있으므로 주방은 조용했다. 하얀 셰프 복 차림의 너댓 명이 유령처럼 움직이고 있었고 들려오는 소리 라곤 식기세척기의 소음뿐이었다.

갑자기 가브리엘라가 소리쳤다. "저길 봐요!" 바로 조금 전에 누군가 지나간 듯 스윙 도어가 흔들리고 있었다. 선반이나 작업 대의 그늘에 숨어 있는 사람이 없다는 것을 재빨리 확인하고는 가브리엘라가 앞장서서 문으로 향했다.

가브리엘라가 이제 곧 문에 도착하려 하는 순간, 갑자기 문이 열렸다. 게인즈 반장은 낮은 목소리로 뭔가 중얼거리고 권총을 잡았다. 가브리엘라도 권총을 빼들고 있었지만, 너무나 빠른 동작이었으므로 어디에서 뺐는지는 알 수 없었다. 세 사람 중에서 유일하게 맨손인 나는, 당연히 가장 뒤로 빠졌다. 그러나 세 사람 모두 놀라서 멈춰섰다.

문을 지나 주방으로 들어온 것은 톰 에크였다. 발끝으로 서서 걸으면서, 천식이라도 일으킨 듯 새빨간 얼굴이다. 손발이 제멋대로 움직이고 있어 마치 마리오네트 같았다. 그의 상태가 이상한 이유는 곧 알았다. 에크의 뒤에 거인이 서 있었던 것이다.

그 남자는 까맸다. 이 정도로 거구에 까맣다면, 역시나 야루바 다였다. 빙긋 웃는 걸 보면 상당히 이 상황을 즐기고 있는 것 같았다. 두 줄의 이가 새하얗게 빛나고 있다. 파인애플처럼 큰 손으로 에크의 목덜미를 붙잡고 한 손으로 힘을 들이지 않고 다리가 둥둥 뜰 정도로 들어올리고 있다. 이 정도라면, 손목만 한 번 돌려도 목을 꺾어버릴 수도 있을 것 같다.

"이 남자가 내 옆을 지나가려 하는데 이런 걸 갖고 있더군요." 그렇게 말하고 야루바 다가 새까만 손을 펼쳤다. 손바닥의 크기에 비하면 회색 권총은 장난감 같았다. "어떻게 된 건지는 모르겠지만, 그냥 내버려둬서는 안 될 것 같아서요." 야루바 다는, 해서는 안 될 짓을 한 초등학생을 나무라는 선생 같은 얼굴로 운나

461

쁜 에크를 노려보았다. "그래서 무기를 맡아 두었죠." 하고 우리를 향해 미소지었다.

"어떻게 말해야 할지 알고 있다면 그의 권리를 읽어주고 싶지만요. 하지만 한 손에 총을 들고 어슬렁거리는 사람에게 권리 따위는 없는 거죠. 아닌가요?"

다른 문에서 두 명의 제복경관이 뛰어들어왔으므로 게인즈 반장이 용의자를 체포하라고 명령했다.

"여기서 뭘 하고 있었나요?" 가브리엘라가 물었다.

콩고에서 온 거인은 사람좋은 미소를 지었다. "위에서 나온 오르되브르* 중에 아주 맛있는 것이 있어서 어떻게 만드는지 주방에 숨어들어서 스파이 노릇을 해볼까 했죠."

"그래서 위층에서는 보이지 않았군요." 하는 나.

"특별히 사교성이 나쁘지는 않지만." 야루바 다는 당황해서 말했다. "내 일이 무엇보다 좋으니까요."

야루바 다는 묵묵히, 저항도 하지 않는 에크를 두 사람의 제복경관에게 인도했다. 게인즈 반장이 당신에겐 묵비권이 있다고 알렸지만 그는 벌써 실천하고 있는 듯했다.

---

* 수프 전에 나오는 전채요리.

46

우리는 파티장으로 돌아왔다. 게인즈 반장은 마블에게 에크가 체포되었다고 알리고 오라고 나에게 말했지만, 그건 반장의 역할이라고 대답했다. 체포하는 건 경찰의 업무니까.

"하지만, 한 가지 일이 남아 있습니다." 하고 반장에게 말했다. "문을 열고 손님들을 자유롭게 돌아가게 하는 걸, 잠깐만 멈추게 해줄 수 있을까요."

반장은 이상하다는 얼굴로 나를 보았지만, 허락해 주었다.

리 박사는 곧 찾아냈다. 이야기를 하고 있는 두 명의 오스트레일리아 사람 사이에 우뚝 서 있다. 박사는 두 사람에게 양해를 구하고, 나를 떨어진 곳으로 데리고 갔다.

"뭔가 아셨습니까?" 그 대답을 듣는 것을 기다릴 수가 없다.

박사의 비취색 눈은 막이 씌워진 듯했으므로, 안심했다. 만약에 박사가 눈의 전압을 높인다면 나는 아무런 저항도 하지 못하리라는 느낌이 들었다.

"글쎄요. 미스터 에크에 대해서는 모르겠습니다. 이 모임에 와 있는 건 알고 있는데, 못 만났거든요."

"아아, 그는 됐습니다. 그 이유는 나중에 설명드리구요, 다른 사람은 어땠습니까?"

"브랜슨양과 키호씨는 코펭 이야기를 꺼내자 정신적으로 상당히 불안을 느끼고 있는 듯했습니다. 브랜슨양의 경우는 코펭 이외에도 원인이 있는 것 같던데요."

"두 사람은 유죄입니까?"

"두 사람 모두, 뭔가 숨기는 건 있는 것 같습니다. 유죄인지 아닌지는 사법당국이 판단하는 것이니까요."

박사는 막이 씌워진 눈으로 나를 응시하고 있었다. 어디까지 이야기해야 할 것인지 숙고하고 있는지, 아니면 내가 도와주기를 기다리고 있는 건지 알 수 없었다.

"고마웠습니다. 협조에 감사드립니다. 그리고 아직 뭔가 하실 말씀이라도?"

"제가 코펭의 거래에 관여하고 있을 가능성이 있다고 생각하셨죠?"

"생각했던 적도 있습니다. 지금은 아니라고 생각합니다."

박사는 감사의 증표로 가볍게 머리를 숙였다. "믿어주신 데에 대해 감사를 표합니다."

"천만에요." 최대한 예의바르게 대답했다. "협조해주신 데 대한 감사로, 거의 아무도 모르고 있는 최신 뉴스를 가르쳐 드리죠.

방금 에크가 체포되었습니다. 코펭을 훔친 죄에 더해, 렌쇼와 카트라이트 살해 혐의로요."

한순간 비취색 눈이 빛났지만, 곧 꺼졌다.

"코펭은 어떻게 될까요?"

"마블이 저렇게 발표해 버렸으니 박사님의 연구를 위해서라면 손에 넣으실 수 있겠죠."

"예, 훌륭한 의견이었습니다. 전설의 스파이스의 이름이 욕되지 않기를 바랍시다."

"정말로 그렇죠. 그런데, 꼭 이야기를 해야 할 사람이 있어서 슬슬 실례하겠습니다."

동양의 신비로운 지혜 덕분에 드러난 용의자 두 사람을 인파 속에서 찾았다.

마블은 아직 연단 가까이에서 게인즈 반장과 이야기를 하고 있다. 체포를 알린 것이겠지. 반장은 나를 알아보고 눈썹을 치켜올리고, 손짓으로 거기서 기다리고 있으라고 했다. 나도 손짓으로 잠깐만 기다리라고 전했다.

글로리아 브랜슨은 역시 넋이 빠질 정도로 아름다웠다. 루돌프 발렌티노를 닮은 사람과 이야기를 나누고 있었지만 나를 알아보고는 이야기를 중단했다.

"아까 당신이 심하게 냉담했던 이유를 알았어요. 나 때문에 못 사게 되었기 때문이었군요."

"무슨 말씀이신지요." 글로리아는 담담하게 대답했다.

"알고 있을 텐데요. 에크는 절도와 살인 혐의로 체포되었어요. 코펭이 발견되는 것도 시간문제일 테니, 여러 가지 일이 있었지만, 당신도 연구가 가능해진 것 아닙니까?"

그 소식을 들은 글로리아는 눈을 동그랗게 떴지만 이어서 슬픈 듯이 손사레를 쳤다.

"유감스럽지만 더 이상 연구를 못해요."

"왜죠?"

"회사에서 조직개편이 있었는데, 이제 난 필요없대요."

"해고되었다는 말인가요?"

"예."

"코펭 때문에?"

"물론이죠."

"하지만, 바로 조금 전의 마블씨의 발표는 들었겠죠. 글로버스 그룹에 일임한다고. 그 말은, 비타민, 약품, 식품 등 모든 분야에서 연구가 가능해진다는 말인데요."

"멋지군요." 약간의 비아냥을 담아 그녀가 말했다. "인류에게 유익하겠죠. 하지만, 한편으로는 비즈니스라는 이름의 거대한 괴물이 으르렁거리고 있죠. 불필요한 인간은 낙오시켜가면서요. 파라마운트 제약을 위해 코펭을 손에 넣지 못했으니 전 역시 패배자예요. 우리가 독점하지 못 하면 의미가 없는 걸요."

"너무 자신을 책망하지 말아요." 하고 위로했다. "하지만," 여기서는 신중하게 말을 골라야 해. "당신은 노력했죠."

글로리아의 아름다운 눈동자가 한순간 반짝, 빛났다.

"노력이 부족했던 거로군요." 그녀는 그 말만을 했다.

"한 가지, 가르쳐줬으면 하는 것이 있어요. 거의 다 끝났지만 대답해줘요. 그 레스토랑에, 그때 그 시간에 전화해서 코펭이 진짜인지 물었었죠. 정말로 살 생각이었나요?"

"당신이 코펭을 감정하기 위해 어떤 레스토랑에 갔고, 거기에 누군가한테서 전화가 걸려왔다는 말인가요?" 글로리아가 눈을 치켜떴다. "그 동안에, 누구에게도 들키지 않았다구요?"

"그래요. 코펭의 맛을 보고, 진짜인지 아닌지 물어보던데요."

"진짜였나요?"

"아니라고 대답했죠. 가짜라고."

"그랬나요?"

"아니, 거짓말을 했죠."

"놀랍군요. 정직한 영국인 탐정이라고 생각했었는데."

놀란 것을 얼버무리기 위해 당황해서 한 말이었지만, 그러기엔 늦었다는 것을 우리 둘 다 알고 있었다. 한순간 떠오른 표정은 뚜렷이 보이지 않았지만 그렇게 생각한 순간에는 사라져 있었다. 그 표정과 해고되었다는 사실로 미루어 글로리아는 스파이스를 사지 않은 것 같다.

"사실 전 진짜 탐정이 아닙니다. 면허도 갖고 있지 않고, 그냥 과장되게 그렇게 불리는 것뿐입니다."

글로리아는 묵묵히 고개를 끄덕이고 멀어져갔다. 빨리 좋은 직장을 구하기를!

게인즈는 아까의 장소에서 끈기있게 기다리고 있었다.

"키호가 코펭을 갖고 있습니다." 나는 말했다. "분명히 어제 샀을 테니까, 손쓸 시간은 없었을 겁니다."

반장은 얼마나 확실한 정보인지 물으려 했지만, 다행히도 입을 다물고 고개를 끄덕였을 뿐, 빠른 걸음으로 가주었다. 아아, 다행이다. 이것에 대해서는 별로 설명하고 싶지 않다…….

47

「라 펠라 디 나폴리」는 그리니치 빌리지의 모퉁이의, 급진적인 사상을 선전하는 신문을 발행하는 작은 사무실과 식료품 가게 사이에 끼어 있었다. 외벽은 진녹색인데 슬슬 페인트를 다시 칠해야 할 것 같았다. 녹색과 흰 색의 세로줄 무늬 차양은 앞으로 몇 년이나 더 버틸 수 있을지 모르겠지만 안으로 한 발짝 들어가면 따뜻한 주인과 흥청거리는 이탈리아의 분위기가 그런 것을 잊어버리게 했다.

물론 따뜻하게 맞아준 것은 가브리엘라와 함께였기 때문이지만, 우리 다음에 온 커플이나 가족들도 모두들 조반니와 엘사 부부와 아는 사이인 것 같다. 열두 개 뿐인 테이블이 빈틈없이 채워진 작은 레스토랑이었다. 벽에는 비둘기가 잔뜩 있는 산 마르코 광장부터, 상당히 기울어져 있는 것으로 유명한 탑 등 익숙한 이탈리아 풍경을 그린 지방 화가가 그렸음직한 유화가 걸려 있었다. 그 틈새를 메우고 있는 것은 버들고리로 커버를 씌운 샨티병, 축구팀 인터밀란에 끝없는 충성을 맹세하는 깃발, 그리고 토니 베넷이나 딘 마틴에서 파바로티와 교황까지, 저명한 이탈리아인들의 사진이었다.

작은 가게 안에는 바질향이 짙게 배어 있었지만, 마늘 냄새와의 불공평한 싸움에서 진 것 같기도 했다. 바질과 마늘의 격투 속에 세이지와 로즈마리 향기도 나는 듯했지만, 만약에 파스타에 향기가 있었다면 단연코, 대대적인 승리를 거두었을 것이다. 왜냐하면 뜨거운 김이 피어오르는 접시가 차례차례 날라져오고 있으니까. 접시를 높이 들고 있는 것은 가브리엘라의 바지런한 아버지였다. 몸집이 작고 깐깐하게 생긴 그는 줄곧 행복한 미소를 지으며 영어와 이탈리아어로 쉴새없이 이야기를 했다.

"아버지도 요리를 하나요?" 가브리엘라에게 물었다. 그녀는 작은 스팽글이 달린 검정 스웨터에 코발트 블루랄까, 아름다운 빛깔의 스커트를 입고 있었다. 머리칼은 고혹적으로 까맣다. 까마귀의 젖은 깃털이라는 표현은 너무나 진부해서 쓰고 싶지 않았다.

"예, 물론이죠. 다만 엄마보다 가볍게 몸을 움직일 수 있으니까 홀에 나오는 일이 많아요. 하지만 매일 아침 6시에 일어나서 파스타를 만드신답니다."

"그건 좀처럼 하기 힘든 일이죠."

먼저 안티파스티*로 시작했다. 모르타델라**, 파르마 햄. 마르고티니(그뤼에르 치즈를 뿌린 둥근 폴렌타), 살라미, 얇게 썬 버섯을 곁들인 훈제 연어(가브리엘라는 눈을 동그랗게 뜨고 "아무한테나 내오는 요리가 아니에요." 하고 털어놓았다), 체치(병아리콩), 카초카발로 치즈로 돌돌 만 얇게 썬 가지, 매리네이드한 홍합, 스카르파초네(시금치 파이)…… 모든 음식이 단연 끝내주는 맛이었다. 곁들여져 나온 마늘빵도 올리브 오일에 듬뿍 적셔져 있음에도 질척한 느낌이 전혀 없었다.

다음의 파스타도 최고였다. 파스타에 가장 좋은 세몰리나****

---

* 이탈리아식 전채요리.
** 이탈리안 소시지.
*** 옥수수 가루로 만든 죽이나 빵.
**** 양질의 거친 밀가루. 마카로니나 푸딩용으로 쓴다.

로 만들었다는 건 금방 알았지만, 가브리엘라의 설명에 따르면, 이것은 풀리아* 지방의 특별요리로, 카바티에디**라고 한다고 한다. 엄지손톱 정도의 크기의 반죽에 버터나이프의 끝을 눌러가면서 조개껍질 모양의 파스타를 만든다. 그것보다 작지만 좀더 유명한 오레키에타라는 귓불 모양의 파스타도 있었다.

조반니씨가 오더니 루비처럼 붉은 최상급 와인인 아마로네를 따라주었다. 빵을 더 달라는 소리에 "프론토, 프론토(지금 갑니다)." 하면서 서둘러 돌아갔다.

우리는 와인을 한 모금씩 마셨다. 깊은 맛이 있고 부드러웠다. 와인 감정가라면 건포도와 초콜릿향이 난다고 묘사할 테지만, 그런 묘사는 상업적인 데에 국한되어야 한다. 그런 것은 일반 와인 애호가를 혼란에 빠트릴 뿐이다.

"자, 마침내 사건은 끝났죠." 감개무량했다. "당신이 에크의 차에서 찾아낸 총이 살인에 사용된 것이었구요."

가브리엘라는 다시 와인을 한 모금 마셨다. "완벽하게 매듭지어졌죠. 미스터 싱양에게도 압력을 가해봤구요. 입증할 수는 없겠지만 그가 제비집을 산 건 거의 틀림없거든요. 하지만 거래를 신중하게 했는지, 누가 팔았는지는 정말 몰랐나봐요."

---

* 이탈리아 남부에 있는 주로, 이탈리아 제일의 올리브 생산지.
** 풀리아 지방의 세몰리나 가루로 만든 파스타의 일종.

"키호는 어떻게 에크에게 지불을 했는지 알아냈어요? 그러니까, 50달러 지폐 2만 장으로 줬다든지?"

"아직 추적하고 있긴 하지만 그것도 시간문제죠. 아마 다이아몬드 아닐까요? 고액 거래에서는 많이 사용되는 수법이죠."

"그렇다면, 파는 쪽도 진짜인지 가짜인지 구별할 수 있어야겠군요. 그쪽에서도 감정인을 구해야 할까요?"

"그랬으면 좋겠군요. 악당들의 고생이라면 얼마든지 늘어나길 바래요."

"그런데 말이죠, 마블의 행동을 그렇게까지 자세히 조사하고 있었다니, 전혀 몰랐어요."

"아, 그거야 당연하죠. 마블은 보스턴에 갔었어요. 딸이 힘든 뇌수술을 받았거든요."

"그렇다면 그렇다고 말해줬으면 좋았을걸."

"그 사람은 대단한 비밀주의자예요. 사적인 것은 무엇 하나 말하려 들지 않더군요. 수술은 2주 전에 알았대요. 그 때 카트라이트에게 대신 가라고 했으니까, 카트라이트가 에크와 함께 계획을 세울 시간은 충분했던 거죠. 또한 에크가 마블이 수상하다는 소문을 퍼뜨리는 데에 더욱 좋았겠죠. 물론 소문을 더욱 무성하게 퍼뜨린 건 키호였지만요."

"그렇게 해서 키호는 항복했고 마블은 코펭을 되찾았구요."

가브리엘라는 묵묵히 고개를 끄덕였다.

"돈 렌쇼가 살해당한 이유를 아직 잘 모르겠는데요."

"에크를 취조해보면 자세한 건 알겠지만, 렌쇼가 두 도난사건의 공통점을 알아차린 탓이었다는 건 알고 있죠. 당연히 렌쇼는 제일 먼저 카트라이트에게 연락을 했으니까, 그것이 에크에게 전해졌고, 두 사람은 렌쇼가 너무 많은 것을 알고 있다고 판단한 것 같아요. 참, 에크는 상당한 빚이 있다고 하더군요."

그리고 말 나온 김에 하는 듯한 말투로 말했다. "오늘 아침, 파라마운트 부사장한테서 30분 정도 이야기를 들었어요. 그 사람이 여성이라고 말 안 했었죠?"

"어, 말 안 했었나요?" 나는 이마를 탁 치면서 얼굴을 찌푸렸다. "별 상관 없다고 생각했던 것 아닐까요? 그냥 부사장이라는 시각에서 봤을 뿐이었으니까요."

"놀랍더군요." 가브리엘라는 아무렇지도 않은 말투로 계속했다. "코펭을 구하지 못한 탓에 해고되었다는 이야기를 왜 당신이 믿었는지가 말예요."

"아닌가요? 해고된 게 아니라는 말인가요?"

"어머, 그건 정말이에요. 그녀와 이야기를 하기 전에 확인했거든요. 그것 말구요. 왜 당신이 그 이야기를 믿었는지 불가사의했다구요."

"뭐, 그건 경험으로 알죠." 나는 크게 나갔다. "이래봬도 오랜 세월 동안 숱한 증인들의 이야기를 들었거든요."

"예를 들면, 누가 고르곤졸라 치즈에 구리선을 갖다댔는지 증언하는 증인들 같은?"

"교도소에 갇히는 살인범들과 다르다는 건 알아요. 하지만 그녀가 그 전설의 스파이스를 사지 않았다고 말할 순 있죠."

"그녀가 너무 아름다워서요?"

"그런 게 아니라요."

"그녀가 미녀라고 생각지 않는다는 말인가요?"

"아, 그거야 뭐, 금발에다가, 음, 예쁘긴 하죠. 하지만 스파이스를 사지 않았다고 판단한 건, 그것과는 전혀 관계없어요."

"흐음." 명백하게 흘려듣는다. 하지만 상대는 뉴욕 시경으로 심문 테크닉을 갈고닦은 형사이니, 이 정도로 그친 걸 기뻐해야 하리라. "그러고보니, 왜 스파이스를 샀는지 키호라면 알겠지만, 아직 가르쳐주지 않았잖아요."

"그건, 나도 확신이 있었던 건 아니예요. 확실히는……."

"하지만, 아직 용의선상에 떠올라 있지 않은 사람이 샀을 가능성도 있었을 거잖아요."

"그렇지는 않다고 생각해요. 범인은 상당히 압박을 느끼고 있었을 테니까요. 무엇보다, 내가 가짜라고 말했기 때문에 팔아치울 기회를 잃고 말았죠. 그에 대한 복수로 내가 살해당할 가능성도 이야기했는데, 제 생각에 범인은 지금까지의 합리적인 행동 패턴을 바꿀 것 같지 않더군요. 감정적인 행동으로는 치닫지 않을 것이라고. 그래서 오히려 멀리 떨어진 곳으로 간 거죠. 원점으로 돌아가면 다시 시간도 걸리구요. 그는 영리한 방법을 생각해냈어요. 다른 감정인을 찾아낸 거죠. 4천 킬로미터 이상이나 떨어진 곳에서요. 그리고 자신이 알고 있는 바이어 중에 한 명과 자신이 할 수 있는 한 최고의 거래를 했죠."

"「마서의 레스토랑」에서 당신이 감정을 했을 때, 살 사람은 한 사람이라고 생각했는데, 누구였을까요?"

"글로리아 브랜슨이었죠."

가브리엘라는 날카로운 눈을 나에게 향했다. "그런가요? 하지만 목소리를 알 수 없었다고……. 뭐, 무리도 아니죠. 호신용품 가게에서 19달러 95센트에 팔고 있는 기구를 써도 나를 낳아준 엄마도 알아들을 수 없는 목소리로 변해버리긴 하니까요."

"그녀로서는 처음 선택을 잘 한 것일지도 모르죠. 새로운 사업을 성공시키기 위해 어떻게 해서든 코펭을 손에 넣고 싶었을 테니까요. 그래서 에크는 그쪽과 이야기가 잘 되지 않자 다음으로 키호에게 연락을 한 게 아닐까요."

"나도 그렇게 생각해요. 키호는 그다지 적극적이지 않았구요. 그런데 글로리아 브랜슨한테서 어떤 연구에 당신이 협조할 예정이었다고 들었는데요."

"앞으로 기회가 있다면, 데이터를 늘리기 위해 협조할 생각이에요." 나는 한껏 고결한 표정을 지으며 대답했다.

"뉴 잉글랜드 보험의 케이 그렌빌과도 이야기를 했어요. 코펭을 다시 살 생각은 없느냐는 연락을 받았대요."

"역시 그랬군요. 그럴 가능성도 있다고 제가 말 안했었나요? 코펭을 파는 건 어려울 것 같으니까 그쪽 가능성을 뒤졌군요. 그래서, 뭐라고 대답했대요?"

"상대가 누군지는 몰랐지만 거절했다고 하더군요. 사람을 둘씩이나 죽인 녀석과 거래를 하다니, 꿈에서도 생각해본 적이 없다고 말해줬대요."

만면에 웃음을 띤 조반니 로시니씨가 프리토 미스토* 접시 두 개를 손에 들고 나타나 요란한 몸짓으로 테이블에 놓고 다시 아마로네를 따랐다. 그야말로 정통 이탈리아식으로, 레드 와인과 화이트 와인은 언제 마셔야 한다는 둥의 잔소리는 하지 않았다.

가브리엘라는 사건 이야기를 계속했다. "레스토랑 관계자에게도 다시 이야기를 들었어요. 에크가 그쪽에도 연락을 했을 경우에 대비해서. 맨 처음엔 리프킨 부부였죠."

"누구 말인가요?" 그렇게 물어보고는, 누군가를 생각해냈다. 그러나 가브리엘라는 이미 대답하고 있었다. "아아, 당신은 아이샤라는 이름밖에 몰랐군요……."

"도대체 어떤 식으로 인터뷰를 하고 있죠?" 나는 작은 물고기

---

* 이탈리아식 모듬 튀김.

의 바삭함을 즐겼다. "먼저 여성부터 시작하는 건가요?"

가브리엘라는 그 말을 듣고 웃었다. "핼은 여성은 제가 담당하는 게 좋다는 의견이에요. 아시다시피 여자 대 여자는…… 그런데, 그게 뭔가 문제가 되나요?" 장난치듯이 물었다. "여자친구들이 무심코 뭔가 비밀을 흘릴까봐 걱정되나요?"

"특별히 어떤 비밀을 흘려도, 그것이 사건에 관계 있는 것이라면 아무 문제도 없지만요." 나는 프리토 미스토를 가리켰다. "정말 맛있군요. 딱 알맞게 튀겼어요. 어머니는 마법의 손을 가진 분이시군요."

가브리엘라는 기쁜 듯이 웃으면서 신나게 프리토 미스토를 향해 덤벼들었다.

"뭐, 당신을 못살게 구는 건 그만두죠. 이거 마음에 들어요? 엄마의 특제 요리 가운데 하나인데, 튀김을 잘하세요."

가게 안은 모든 자리가 꽉 찼고 가브리엘라의 아버지는 여전히 바빴다. "금요일과 토요일 밤은 웨이트리스가 오지만 그밖에는 혼자서 하고 계세요."

작은 물고기 프리토는 짜기 마련인데, 조반니씨가 이달리이의 미네랄 워터인 산 펠레그리노를 큰 병으로 갖다주었다.

"거의 다 됐어." 그 말에 가브리엘라와 나는 눈을 빛내면서 마주보았다.

어젯밤, 코펭을 산 것은 키호라고 게인즈 반장에게 가르쳐주자 반장은 즉석에서 키호를 체포했다. 그리고 에크가 누구한테 팔았는지 다 불었다고 착각하도록 유도심문을 하자 키호도 깔끔하게 모두 자백했다. 이렇게 해서 귀중한 꾸러미는 무사히 회수되어 — 부디, 이것이 마지막이길 — 감정을 위해 내가 불려갔다.

게인즈 반장을 향해 이것은 코펭이 아니라고 말해보고 싶은 유혹에 휩싸였지만, 지금은 유머 센스도 인내심도 바닥나 있는 듯했기 때문에 반장을 향해 엄지손가락을 얌전히 세웠다.

"마블에게 연락해." 반장은 말했다. "그럼 가지러 오겠지."

나는 손을 펴보였다. 코펭을 두 개 쥐고서. "이건 감정료로 받아두죠." 반장은 빙글 눈을 돌리고는 좋을 대로 하라는 듯 어깨를 으쓱하고 나갔다.

지금 로시니 부인이 메인 요리로 만들고 있는 오소 부코에는 잘게 다진 그 감정료가 사용되고 있다. 우리가 당장이라도 침이 떨어질 듯한 얼굴을 하고 있는 것도 이상할 건 없으리라.

"감정료 말이 나와서 말인데요." 가브리엘라가 입을 열었다. "「마서의 레스토랑」에서 받은 500달러를 어제 자선단체에 기부했다면서요."

"그걸 어떻게 들었죠?"

"우리 경찰 나름의 방법이 있답니다."

"물론 그렇겠죠. 사실은 마블을 처음 만났을 때 그야말로 완벽하게 해고당했거든요. 그런데 결과적으로 이렇게 되자 원래 경

478

비로 지불하기로 했던 수임료를 모두 지불했으니까요."

"그것과는 별도로 500달러도 받아도 되는데요."

"아뇨, 그건 피투성이 돈이죠. 피로 더럽혀진 돈이라구요."

두 손에 파스타 접시를 여러 개 든 조반니씨가 옆을 스쳐가더
니 곧바로 새 아마로네 병을 들고 돌아왔다. 코르크를 따고 다시
와인을 따라주었다. 그때 그가 놀란 듯이 뒤돌아보았다. "어라,
엄마가 행차하시네?"

만면에 웃음을 띤, 땀으로 범벅이 된 어머니가 두 손에 접시를
들고 바쁜 걸음으로 나와서 그것을 우리 앞에 놓았다.

"맛을 봤어요, 엄마?" 가브리엘라가 눈을 빛내며 물었다.

어머니는 손가락을 입에 댔다가 그 손을 하늘높이 치켜들었다.

"부온 아페티토!(많이 먹어라!)" 그녀가 말했다. "마그니피
코!(최고야!)"

그녀는 주방으로 돌아갔다. 가브리엘라와 나는 한 입 맛을 보
았고 서로 눈이 마주쳤다. 어쩌면 코펭의 전설적인 특징 가운데
하나를 연구할 기회는 놓치지 않을 것 같았다.

이 책을 쓴 피터 킹Peter King은 런던대를 졸업하고 다양한 직업을 거치면서 프랑스, 이탈리아, 브라질 등 세계를 떠돌아다녔다. 다재다능한 인물로, 라디오 대본이나 연극각본, 여행기, 미스터리, 미식 가이드 등 1백 권이 넘는 작품을 발표했다. 요리 솜씨는 세계 최고의 요리학교인 '르 꼬르동 블루'의 셰프 수준을 자랑하며, 그 솜씨를 발휘해서 쓴 「미식가 미스터리」 시리즈는 맛있는 음식들의 향연과 덜렁거리는 성격의 미식가 탐정이 호평을 받아 여덟 번째 작품까지 발표되었다.

이 책을 우리말로 옮긴 위정훈은 고려대학교 서어서문학과를 졸업하고 영화주간지 「씨네21」에서 5년여 동안 기자로 일했다. 2003년부터 2년 동안 도쿄대 대학원 총합문화연구과 객원연구원으로 유학했다. 지금은 인문, 정치사회, 문학 등 다양한 분야의 출판기획과 번역을 하고 있다. 옮긴 책으로 「뿌리깊은 인명이야기」, 「뿌리깊은 지명이야기」, 「프랑스요리 살인사건」, 「다질링 살인사건」, 「지중해를 물들인 사람들」, 「콤플렉스 카페」, 「왜 인간은 전쟁을 하는가」, 「의료천국, 쿠바를 가다」, 「레스토랑의 탄생에서 미슐랭 가이드까지」 등이 있다.

스파이스 살인사건

지은이_ 피터 킹
옮긴이_ 위정훈
펴낸이_ 강인수
펴낸곳_ 도서출판 파피에

초판 1쇄 발행_ 2011년 7월 28일

등록_ 2001년 6월 25일 (제300-2001-137호)
주소_ 110-070 서울시 종로구 내수동 74 광화문시대 1309호
전화_ 02-733-8668
팩스_ 02-732-8260
이메일_ papier-pub@hanmail.net

ISBN 978-89-85901-59-8 03840
       978-89-85901-57-4 (세트)

잘못 만들어진 책은 바꾸어 드립니다.
값은 뒷표지에 있습니다.